Barrières doorbreken

In het hart van Australië: moedige vrouwen en onvergetelijke paarden

Caitlyn Lynch

Shenanigans Press

Inhoudsopgave

Dankwoord

Deze serie had nooit geschreven kunnen worden zonder de gulheid van paardendeskundigen uit alle geledingen van de sector, die hun kennis met mij deelden, meestal zonder het flauwste idee waarom ik deze ogenschijnlijk krankzinnige vragen stelde. Alle fouten, dat verzeker ik je, zijn de mijne.

Charlotte, paardenarts pur sang

Caleb, een hoefsmid die zowel betaalbaar als betrouwbaar is (goud waard!)

Emma, een Masterson-therapeut met werkelijk magische handen

Tamara, OTTB-trainer en coach

Katie Van Slyke, die ik niet persoonlijk ken, maar wiens inzichten op social media me op het idee brachten voor de fokzwendel in dit boek... al geloof ik niet dat zoiets vandaag de dag in Australië mogelijk zou zijn, zoals ik het hier schets, omdat de sector tegenwoordig zeer streng gereguleerd is en veel topsportpaarden DNA-getest worden. Alle vrijheden die ik heb genomen, zijn de mijne.

En de mensen van de paardensportgemeenschap in Elimbah, die momenteel vechten voor hun huizen tegen de stoomwals van Main Roads, een strijd waaruit ik inspiratie haalde voor het gevecht om de rondweg dat de McKenzies leveren.

Hoofdstuk Één

Jake Harrisons knokkels werden wit om het stuur toen hij de heuveltop bereikte vanwaar je uitkeek over Ridgemont. De ochtendzon weerkaatste fel op zijn voorruit, waardoor hij zijn ogen tot spleetjes moest knijpen om de enige hoofdstraat die beneden lag uit te nemen. Verweerde winkels, weinig verkeer, het ongedwongen tempo van landelijk Queensland. Precies wat hij had gevraagd. Een frisse start, ver weg van de complicaties en fouten van Brisbane.

Hij keek op zijn horloge. Vijftien minuten te vroeg voor zijn eerste dienst, precies volgens plan.

Het stadje leek op honderden andere die over het platteland van Queensland verspreid lagen: een bakkerij met een verbleekte luifel, een pub die 'koud bier' beloofde in afbladderende letters, een agrarische winkel waar boeren in stoffige pick-ups voer laadden. Eenvoudig. Voorspelbaar. Veilig. Alles wat Brisbane in die laatste maanden niet was geweest.

Achter het politiebureau, een klein bakstenen gebouw dat de nodige stormen had doorstaan, streek Jake zijn uniform recht en haalde een hand door zijn kortgeknipte blonde haar. De Australische vlag hing slap in de stille aprillucht, er was niet eens een zuchtje wind om haar te laten bewegen.

'Volgens procedure,' mompelde hij. Die gewoonte had hem goed van pas gekomen op de politieacademie en in zijn jaren bij het korps. Doe dingen zoals het hoort, volg de stappen, houd de controle. Zijn mantra, gesmeed nadat hij had gezien hoe het leven van een collega instortte toen die de regels aan zijn laars lapte.

Het interieur van het bureau paste bij de buitenkant: functioneel maar gedateerd. Linoleumvloeren, een balie met een versleten houten toog en kogelwerend glas erbovenop, muren volgeplakt met berichten voor de gemeenschap. De airco zoemde moeizaam tegen de ochtendhitte in.

'Senior Constable Harrison.' Een gedrongen man met grijs doorregen haar kwam uit een kantoortje achterin, hand uitgestoken. 'Sergeant Neil Porter. Welkom aan het einde van de wereld.'

Jakes handdruk was stevig. 'Dank je, meneer. Blij dat ik er ben.'

'Brisbane Central, toch? Hier is het wat anders.' In Porters ogen lag de blik van iemand die genoeg stadsagenten had zien uitwijken naar het platteland na gedoe.

'Dat is juist de aantrekkingskracht, meneer.' De eerlijkheid verraste Jake. 'Ik kijk ernaar uit om de lokale gemeenschap te dienen.'

Porter knikte, zonder verder te prikken. 'Nou, we hebben een welkomstcadeautje voor je. Niet bepaald de rustige dorpsdienst die je misschien had verwacht.' Hij gebaarde naar een klein kantoor waar een bureau was vrijgemaakt. 'Kom.'

Jakes maag trok samen. Hij had deze standplaats juist aangevraagd vanwege het lage misdaadcijfer.

Porter liet met een bons een dikke manillamap op het bureau vallen. 'Veediefstal. Paarden, om precies te zijn. Teistert het district nu zo'n maand.'

Jake sloeg de map open, zijn gezicht zorgvuldig neutraal terwijl zijn schouders een fractie zakten, de spanning week. Veediefstal. Geen door drugs aangewakkerde uitbarstingen of ramkraken met gestolen auto's. Op de eerste pagina stond een rapport van Westridge Stock Company: twee merries verdwenen uit een achterste weide, gewaardeerd op $8.000 per stuk. De volgende pagina beschreef een vergelijkbare diefstal op een kleiner erf: een fokmerrie van $15.000 spoorloos weg, met het waardevolle veulen nog in haar buik.

'Hoeveel zaken?' Jake bladerde door de stapel rapporten.

'Zeven erven in de afgelopen vier maanden. Vijftien paarden in totaal, allemaal waardevol fok- of sportpaard. Geen sporen van braak aan hekken, geen bandensporen waar ze niet horen. Wie dit doet, kent paarden en kent de omgeving.'

Jake knikte en ordende de papieren in nette stapels terwijl hij de informatie in zich opnam. Perceelkaarten, getuigenverklaringen, of het gebrek daaraan, waardebepalingen van de gestolen dieren. Zijn hoofd begon automatisch te rubriceren en naar patronen te zoeken. De procedurele aanpak die altijd zijn kracht was geweest.

'Nog aanknopingspunten?' Zijn stem bleef neutraal.

Porter schudde zijn hoofd. 'Niets hards. De locals worden zenuwachtig. Dit zijn niet zomaar huisdieren, het is hun broodwinning. Fokdieren, wedstrijdpaarden.

Sommige zes cijfers waard, of ze zouden dat zijn als ze ooit te koop zouden staan. De eigenaren zien ze als familie.'

'Zijn er erven meer dan één keer getroffen?'

'Nog niet, maar mensen zijn bang dat zij de volgende zijn. Ze installeren camera's, slapen in hun stallen, het hele circus. En ze zijn niet blij met onze voortgang, die precies nul is.'

Jake klemde zijn kaken op elkaar voordat hij zijn uitdrukking weer in de plooi trok. Hij had rustige straten gewild, kleine burenruzies, misschien af en toe een dronken bestuurder. Problemen met duidelijke protocollen en minimale emotionele lading. In plaats daarvan stapte hij blijkbaar een snelkookpan binnen van verwachtingen in de gemeenschap en financiële belangen.

Het zijn in elk geval 'maar' dieren, hield hij zichzelf voor. Hier staan geen mensenlevens op het spel.

'Ik snap het.' Hij bleef de papieren in logische volgorde leggen. 'Ik maak hier prioriteit van. Eerst ga ik de incidenten in kaart brengen om te kijken naar geografische patronen. Daarna gesprekken met alle getroffen eigenaren.'

Porter keek mild verrast door Jakes methodische reactie. 'Goed. Het grootste erf in de buurt is nog niet aan de beurt geweest, gelukkig. Dat is Ridgewater, aan de westelijke weg. Oud-olympische ruiters runnen het, de McKenzies. Ze hebben een van de meest waardevolle fokbestanden van Queensland. Als daar paarden verdwijnen, zijn de rapen gaar.'

Jake maakte een aantekening op zijn blocnote. 'Ik breng ze een bezoek, beoordeel hun beveiliging.'

'Vooraf even een waarschuwing: ze staan tot hun knieën in een strijd met Main Roads over een voorgestelde rondweg. Niet bepaald in hun sas met autoriteitsfiguren op dit moment.' Porters lippen trokken in iets wat amusement kon zijn.

'Genoteerd.' Jakes pen bewoog in nette, gelijkmatige halen over de pagina.

Toen Porter hem alleen liet om zijn bureau in te richten, staarde Jake naar de stapel dossiers. Het vertrouwde gewicht van verantwoordelijkheid drukte op hem, zwaarder dan het zou moeten zijn bij routinezaken van diefstal. Maar niets voelde nog routine, niet sinds Brisbane. Niet sinds hij de waarschuwingssignalen niet had herkend, de angst van een vrouw niet had geloofd, niet had voorkomen wat daarop volgde.

Hij printte een kaart en begon de diefstallocaties te markeren met precieze rode stippen, die hij met rechte lijnen verbond met een lineaal. Het vertrouwde proces van orde scheppen in chaos kalmeerde zijn polsslag. Dit was anders dan Brisbane. Dit waren paarden, geen mensen. Vermogensdelicten, geen potentieel geweld. Dit kon hij volgens het boekje afhandelen.

Tegen de tijd dat hij de dossiers had geordend, had Jake een voorlopige tijdlijn en patroonanalyse opgebouwd. Hij streek de randen van de papieren recht en legde ze precies gelijk met de rand van het bureau.

'Ik maak hier prioriteit van,' zei hij toen Porter terugkwam om te kijken hoe het ging. 'Deze diefstallen zijn geraffineerd en duidelijk doelgericht. Ik begin onmiddellijk met een systematisch onderzoek.'

Porter knikte, blijkbaar tevreden. 'Braaf zo. Welkom in Ridgemont, Harrison. Ik hoop dat je hier vindt wat je zockt.'

Jakes uitdrukking bleef professioneel neutraal, maar zijn vingers klemden zich om zijn pen. Dat hoopte hij ook.

Pip Rodriguez-McKenzie klikte zachtjes met haar tong toen Glitter met zijn hoofd schudde, de bronzen vacht van de buckskin-pony glanzend in de ochtendzon. 'Rustig maar,' murmelde ze, haar stem amper hoorbaar over de roundpen. Ze verplaatste haar gewicht en de pony draaide zijn oren naar haar, haar bevel erkennend zonder dat er een woord werd gesproken. Dit was de taal die Pip het vloeiendst sprak: de stille communicatie tussen mens en paard waardoor zelfs de koppigste dieren zich naar haar leiding voegden.

Glitter stapte onverwachts opzij, haar testend, zijn dikke zwarte manen over één oog vallend alsof hij zijn ondeugende plannen wilde verbergen. Met tien hands was hij niet veel kleiner dan Pip zelf. Maar wat zij aan lengte miste, maakte ze ruimschoots goed in présence.

'Ik zie je.' Er klonk een lachje door haar stem. Ze paste haar positie aan en kneep de teugels lichtjes, als herinnering dat zij degene was die de beslissingen nam. De oren van de pony trilden opnieuw en hij werd stil, wachtend op haar volgende aanwijzing. Dit was hun dans; Glitter zou duwen en Pip zou reageren met onverzettelijke consistentie totdat hij haar als leider accepteerde.

Ze drukte haar benen tegen zijn flanken, stevig maar zacht. De reactie kwam onmiddellijk. Glitter ging vanuit stilstand over in een perfecte draf, zijn hoeven raakten in ritmische precisie de grond. Pips glimlach werd breder. Drie maanden geleden was hij zo goed als onhandelbaar geweest, voor een prikje gekocht op de Laidley-veiling omdat niemand het geld aan hem wilde besteden dat nodig was voor een complexe medische ingreep. Nu bewoog hij als de showpony die hij voorbestemd was te worden.

Vanuit de wei achter de roundpen keken meerdere paar paardenoogjes nieuwsgierig toe. Elke paddock bevatte pony's in verschillende fases van Pips trainingsprogramma, sommige recent aangeschafte projecten zoals Glitter, andere het eindproduct, klaar voor verkoop. Hun glanzende vachten en alerte uitdrukking getuigen van de kwaliteit van haar zorg. Dit waren niet zomaar pony's; dit waren moedersdromen, winnende showpony's die je zelfs een krijsende kleuter kunt toevertrouwen.

'Hij gaat geweldig vandaag!' riep Jemima McKenzie vanaf de hekrail waar ze op zat, haar blonde haar vangend in het zonlicht. Acht jaar oud en nu al toonde ze het aangeboren paardenverstand van de familie McKenzie, en nu de schoolvakantie bezig was had ze zichzelf benoemd tot Pips onofficiële assistent. 'Mag ik hem terug naar de stal brengen als je klaar bent? Alsjeblieft?'

'We zullen zien hoe hij zich de rest van de sessie gedraagt.' Pip verloor haar concentratie geen moment terwijl ze Glitter door een reeks overgangen stuurde. 'Maar als hij zo blijft luisteren, dan ja. Onder toezicht van Hana.' Ze wierp een snelle blik op de Koreaanse backpacker, die net bezig was mest te scheppen uit de aangrenzende paddock. Hana keek op en knikte.

Jemima maakte een zegegebaar in de lucht en herpakte zich toen snel, in een poging Pips professionele houding na te doen. Het deed Pips lippen even trekken.

Ze richtte haar volledige aandacht weer op Glitter, die haar hulpen begon te anticiperen, zijn oren voortdurend naar achteren draaiend om haar subtiele aanwijzingen op te pikken. Voor zo'n kleine pony had hij enorm veel uitstraling, precies wat Pips aandacht op de veiling had getrokken. Onder de vervilte vacht en het wantrouwige gedrag school een pony met perfecte bouw en natuurlijke bewegingen die elke jury zouden opvallen.

'En halthouden.' Haar lichaam gaf het commando al vóór haar woorden. Glitter stopte vierkant en bleef keurig stil staan waar veel jonge pony's zouden gaan drentelen. 'Brave jongen.' Ze klopte zijn hals en voelde de warmte van zijn vacht onder haar hand.

De bries voerde de geur van hooi en paardenzweet mee, gemengd met de aardse geur van de pas besproeide bak. April in Queensland was aangenaam warm, de ergste zomerhitte voorbij en de winterkou nog niet gearriveerd. Perfect trainingsweer. Ze vroeg Glitter opnieuw aan te zetten, dit keer in een vloeiende galop.

Haar lichaam bewoog in perfecte harmonie met de beweging van de pony, waardoor de uitdagende oefening moeiteloos leek. Jaren als jockey hadden haar een uitzonderlijk zitgevoel gegeven, en hoewel ze na Kits dood met de koersen was gestopt, bleken die vaardigheden perfect inzetbaar in haar nieuwe carrière.

'Kijk naar zijn knieën!' riep Jemima, wijzend terwijl Glitter bij elke pas zijn voorbenen hoog optilde. 'Hij wordt geweldig over sprongen.'

Pip knikte, terwijl ze Glitter al in de showring voor zich zag. 'Hij heeft natuurlijke verheffing. Als we hem betrouwbaar over sprongen hebben, is hij perfect voor lead-rein-klassen met hele kleine kinderen.'

'Is hij klaar voor de Easter Show?' Jemima's ogen stonden wijd van verwachting.

'Niet onder het zadel, dat is al over een week! Maar ik neem hem mee in een geleid-klasse, en misschien is hij tegen de zomer klaar voor bereden rubrieken. Hij heeft nog meer blootstelling aan publiek en luidsprekers nodig. Hij heeft het talent, maar we moeten zijn vertrouwen opbouwen.'

Ze bracht Glitter terug naar draf, daarna stap, om hem na de training uit te stappen. De pony blies zachtjes door zijn neusgaten, duidelijk tevreden met zichzelf. Vanuit de aangrenzende paddocks hinnikten een paar pony's, misschien jaloers op de aandacht die Glitter kreeg of simpelweg hopend dat zij straks aan de beurt waren.

Pips bedrijf was de afgelopen zeven jaar gestaag gegroeid, van een project om haar bezig te houden tot een van de meest gerespecteerde ponytrainingsbedrijven in Queensland. Haar wachtlijst voor getrainde pony's was maandenlang, met ouders die graag een premie betaalden voor dieren die ze hun kostbare kinderen konden toevertrouwen. De financiële zekerheid die het haar gaf, was een troost die ze niet had verwacht toen ze begon met het redden en hertrainen van pony's als therapie na het verlies van haar man.

Het geluid van banden op grind trok haar aandacht. Ze draaide zich om en zag een onbekende luxe SUV de oprit op rijden. Pip streek haar rijjasje glad en klopte stof van haar jodhpurs. Haar nieuwste potentiële klant was gearriveerd en hopelijk zou deze dag nog beter worden.

De SUV kwam knarsend tot stilstand op de grindoprit, de glanzend zwarte lak spiegelde de late ochtendzon. Terwijl ze met Glitter bleef werken, nam Pip het voertuig op: het Porsche-logo en de gepersonaliseerde nummerplaat. Een smaakvol geklede vrouw stapte uit, streek haar zijden blouse glad en sloot de deur met een zachte bons. Potentiële kopers verraadden zichzelf in die eerste momenten: de voorzichtigen die uit de buurt van de paarden bleven, de overmoedigen die meteen probeerden hun wil op te leggen, en de serieuzen die eerst stil keken voordat ze spraken. Deze vrouw, met haar zelfverzekerde tred en taxerende blik, viel duidelijk in die laatste categorie.

'Goedemorgen.' Pips stem droeg over de bak terwijl ze Glitter door een perfecte acht stuurde. 'Ik ben zo bij je.'

De vrouw knikte en ging op respectvolle afstand van het hek staan. Ze was lang en slank in een getailleerde broek en laarzen die er duur uitzagen, het uniform van welgestelde ruiters overal ter wereld. Haar ogen volgden Pips bewegingen met zichtbare interesse en namen de precisie waar waarmee ze de gouden buckskin-pony reed.

'Dat is een prachtig dier.' De waardering in de stem van de vrouw klonk oprecht. 'Welsh-kruising?'

'Ja, dat denk ik. Tien hands. Hij is nog in training, maar maakt mooie vorderingen.' Pip klopte Glitter op de hals en stapte met een vloeiende beweging af.

De wenkbrauwen van de vrouw gingen een fractie omhoog, misschien verrast door hoe klein Pip eigenlijk was. Het was een veelvoorkomende reactie, waar Pip in de loop der jaren aan gewend was geraakt. Mensen verwachtten vaak dat paardentrainers lang, imposant waren, niet iemand die in rijlaarzen amper 4'10' haalde.

'Ik ben Pip Rodriguez-McKenzie. Welkom op Ridgewater.'

'Claire Harrington.' De handdruk van de vrouw was stevig. 'Ik belde gisteren over de mogelijke aankoop van een showpony voor mijn dochter. Jouw reputatie snelt je vooruit.' Toch keek ze nog wat sceptisch. Pips hoofd kwam bij lange na niet tot aan haar schouder.

Pip glimlachte. 'Klein zijn heeft zo zijn voordelen met pony's. Ik kan pony's rijden en trainen op een manier die kinderen niet kunnen, omdat zij de fysieke kracht en jaren ervaring missen. Ik kan die "knopjes" installeren die aanwezig moeten zijn voordat je het ooit waagt een kind ook maar in de buurt te laten.'

Alsof ze het wilde demonstreren, maakte ze een kleine zijwaartse beweging en claimde ruimte; Glitter stapte meteen terug en gaf haar terrein. Claire knikte, duidelijk onder de indruk.

'Jemima, zouden jij en Hana Glitter nu willen gaan poetsen? Hij heeft het vandaag heel goed gedaan.'

Jemima huppelde naar voren, Hana volgde op een gemeten tempo. 'Kom op, Glitter! Je gaat er zo knap uitzien als ik klaar ben met je.'

Pip gaf de halstertouw aan Jemima met een veelzeggende blik naar Hana die haar verwachtingen over toezicht overbracht. 'Zorg je dat zijn manen goed uitgekamd worden? En vergeet niet...'

'De kokosolie op zijn hoeven, ik weet het.' Jemima keek serieus. 'En extra wortels omdat hij zo braaf was.'

'Één klein worteltje. We willen hem niet verwend maken.'

Terwijl Hana Glitter wegleidde en Jemima naast hem vrolijk kwebbelde, richtte Pip haar volle aandacht op Claire. 'Zullen we wat opties voor jouw dochter bekijken? Hoe oud is ze?'

'Negen, maar ze is vrij klein. Ze rijdt al drie jaar manegepony's en plaatst goed in lokale wedstrijden. We zijn klaar om te investeren in iets met echt potentieel.'

Pip knikte en liep voorop langs een reeks paddocks waar pony's in allerlei kleuren tevreden graasden. 'Ik heb meerdere pony's tussen de 12 en 14 hands, geschikt voor kinderen van 8 tot 14 jaar, afhankelijk van lengte en gewicht. Ik train de meesten allround, want naar mijn ervaring willen kinderen alles proberen. Mijn nichtje Jemima in elk geval wel!'

Claire glimlachte. 'Oh ja. Emmeline wilde echt álle rubrieken in haar leeftijdsklasse meedoen op de Woodford Show. Inclusief de eier-en-lepel-race, en een springrubriek van 80 centimeter terwijl het grootste wat ze daarvoor ooit had gesprongen 50 centimeter was!'

Ze bleven staan bij een paddock waar een fijngebouwde schimmel met een golvende maan langs de afrastering draafde en haar natuurlijke, zwevende bewegingen showde.

'Dat is Meredith.' Pip keek trots naar de mooie merrie. 'Dertien hands, zeven jaar oud, zeker wat Arabisch bloed met dat holle hoofd. Ze is bijzonder getalenteerd in dressuur; mooie zijgangen en ze kan een nette vliegende wissel. Een heel zachte mond, geschikt voor een zelfverzekerde jonge ruiter.'

Claire bekeek de beweging van de pony met een geoefend oog. 'Prachtige verheffing. Wat is haar wedstrijdervaring?'

'Drie overwinningen in de klasse novice dressuur dit seizoen, maar ze kan veel meer met de juiste combinatie.'

Ze liepen langs nog enkele paddocks, terwijl Pip per pony de capaciteiten, het karakter en de prestaties beschreef. Ze lette op welke opmerkingen Claires ogen deden oplichten en maakte in gedachten een shortlist van pony's die haar dochter konden liggen.

Bij de laatste paddock in de rij ving een palominomerrie met sneeuwwitte manen en staart het zonlicht, haar vacht glanzend als gepoetst goud. De merrie merkte hen op en draafde naar het hek, gracieuze bewegingen makend.

'En dit is Honey.' Pip kon de trots niet uit haar stem houden; Honey was het pronkstuk van haar huidige aanbod. De palomino stak haar hals over het hek, blauwe ogen nieuwsgierig en zacht. 'Twaalf-drie, vijf jaar oud. Ze is een heerlijk springertje, ik heb haar over 80 centimeter genomen.'

Claire kwam dichterbij, duidelijk gegrepen door de opvallende verschijning van de merrie. 'Ze is absoluut prachtig. Die blauwe ogen zijn bijzonder.'

'Ze is net zo lief als ze eruitziet.' Pip streelde Honeys fluwelige neus. 'Ik vond haar een jaar geleden op de Laidley-veiling, half uitgehongerd, haar vacht door regenschurft aangetast en vol wormen. Je zou haar eerlijk niet herkennen als dezelfde pony.' Ze noemde de $200 die ze had betaald niet; dat deed niets af aan Honeys huidige marktwaarde. Een jaar hard werk en liefdevolle verzorging zou zich uitbetalen zodra de juiste koper langskwam.

De merrie duwde hoopvol tegen Pips jaszak, waardoor beide vrouwen moesten lachen.

'Geen snoepjes nu, dame. We blijven professioneel.'

'Heeft ze al wedstrijden gelopen?' Claire liet haar hand waarderend over Honeys glanzende hals glijden.

'Ze heeft net twee rubrieken gewonnen op een show met Jemima in het zadel. Hack voor kinderen en een springrubriek van 60 centimeter. De jury's waren erg gecharmeerd van haar en ze werd reservekampioen algemene hackklasse.'

'Ik begrijp waarom.' Claires stem was zacht. 'Mijn dochter Emmeline zou op slag verliefd zijn. Die ogen alleen al...'

Pip knikte en herkende de blik van een ouder die zijn kind al voor zich zag op een mooie pony die linten verzamelde. 'Honey is uitzonderlijk zachtaardig en vergevingsgezind, perfect voor een kind dat de stap maakt van manegepony's naar een eerste serieuze pony. Ze is volledig verkeersmak, om honden geeft ze niets, tractors, alles.'

'Zou het mogelijk zijn dat Emmeline haar uitprobeert?' Claires toon verschoof van nieuwsgierig naar geïnteresseerd.

'Absoluut. Ik stel voor dat je haar morgen na school meeneemt? Dan kan ze meerdere pony's proberen, inclusief Honey. Ik wil altijd zeker zijn dat de match klopt voor zowel pony als kind.'

'Perfect.' Claire wierp de palomino nog een laatste bewonderende blik toe. 'Welke tijd kom je uit?'

'Vier uur? Dan hebben we genoeg daglicht en zal ik een paar opties klaarzetten voor haar om te proberen.' Pip liep terug richting de parkeerplaats en besprak de details van Emmelines rijervaring en wedstrijdambities.

Bij Claires SUV hield de vrouw even stil. 'Mag ik vragen in welke prijsklasse? Voor Honey specifiek?'

'Voor het juiste thuis is Honey $20.000.' Pip zei het zonder aarzelen. Het was een fors bedrag voor een pony, maar fair gezien Honey's kwaliteit, training en showpotentieel.

In plaats van te verbleken bij het bedrag, knikte Claire bedachtzaam. 'Dat ligt in de lijn van wat we verwachten te investeren voor een kwaliteitspony.'

'En ik wil nog zeggen dat ze volgend weekend is ingeschreven voor meerdere rubrieken op de Easter Show.

Ik verwacht eerlijk gezegd terug te komen met een trailer vol linten en kransen. Daarna zal er veel belangstelling zijn.'

'Ik begrijp het.' Claires glimlach was veelbetekenend; de hint dat ze snel moest handelen, kwam binnen. 'We zullen zien wat Emmeline zegt, maar ik neem mijn chequeboek mee.' Ze keek naar de paddocks vol glanzende pony's. 'Ik twijfel er niet aan dat je iets hebt waar ze verliefd op wordt!'

Ze rondden de details voor de afspraak af en Pip keek de Porsche met een tevreden glimlach na toen die de oprit afreed. Honey had Claires aandacht precies gevangen zoals Pip had voorzien; die opvallend blauwe ogen en die glanzend gouden vacht waren onmogelijk te weerstaan. Als Emmeline redelijk kon rijden, was de verkoop nagenoeg zeker.

Pip draaide zich om naar de stallen en was in gedachten al bezig met welke pony's ze voor de proefrit van morgen zou klaarzetten. Met $20.000 zou de verkoop van Honey haar grootste van het jaar tot nu toe zijn. Het geld zou haar in staat stellen om te investeren in meer veelbelovende projecten van de veilingen, waarmee ze de cyclus voortzette die haar bedrijf uit het niets had opgebouwd tot een van de meest gerespecteerde ponytrainingsbedrijven in Queensland.

Toen ze langs Honeys paddock liep, hinnikte de palomino zacht ter begroeting. Pip bleef staan om haar hals te aaien. 'Gewoon jezelf zijn morgen, meisje. Laat ze zien waarom jij bijzonder bent.'

Honey gooide haar witte manen naar achteren alsof ze het helemaal begreep, en Pip lachte. Morgen zou inderdaad een heel goede dag worden.

Hoofdstuk Twee

Jake rangschikte de diefstalrapporten in chronologische volgorde, terwijl zijn vingers het patroon volgden dat zich aftekende op de kaart die hij aan het prikbord naast zijn bureau had geprikt. Twee weken na zijn plaatsing in Ridgemont bleven de paardendiefstallen zijn voornaamste focus. De misdrijven verraadden planning, kennis van de eigendommen en een zorgwekkende escalatie in waarde. Hij had met de meeste getroffen eigenaren gesproken, maar de aanwijzingen bleven schaars. De rustige, landelijke standplaats waar hij op had gehoopt, bleek onverwacht complex, al gelukkig zonder de menselijke slachtoffers die hem in zijn vorige functie hadden achtervolgd.

Uit het voorste kantoor klonk rumoer, dat de middagstilte van het kleine bureau doorbrak. De sussende toon van de receptioniste werd overstemd door de scherpe, dwingende stem van een vrouw die onmiddellijke aandacht eiste. Jake keek op van zijn papierwerk en ving door de deuropening sergeant Porters opgetrokken wenkbrauwen op.

'Harrison,' riep Porter, terwijl hij met zijn hoofd naar voren knikte. 'We hebben een situatie die afgehandeld moet worden.'

Jake stond meteen op, streek zijn uniformhemd glad en stapte de ontvangstruimte binnen. De vrouw aan de balie droeg een designerjeans en een zijden blouse die waarschijnlijk meer kostte dan Jakes weeksalaris. Haar kastanjebruine haar was in een smetteloze blow-out gestyled; geen plukje uit de plooi ondanks de warme dag. Alles aan haar schreeuwde geld—en de verwachting dat het deuren zou openen.

'Het kan me niet schelen of hij het druk heeft,' zei ze, terwijl haar gemanicuurde nagels ongeduldig op de balie tikten. 'Ik eis onmiddellijk actie.'

'Mevrouw,' zei Jake, terwijl hij naar voren stapte en beleefd knikte. 'Brigadier Jake Harrison. Hoe kan ik je vandaag van dienst zijn?'

De vrouw draaide zich om en mat hem met koele, groene ogen die leken te oordelen dat hij tekortschoot. 'Eindelijk iemand die misschien daadwerkelijk iets doet. Ik ben Vivienne Ashford. De pony van mijn dochter is gestolen en ik weet precies wie hem heeft.'

'Ik begrijp jouw bezorgdheid, mevrouw Ashford. Als je mij wilt volgen, kunnen we jouw verklaring op de juiste manier opnemen.' Jake gebaarde naar de kleine verhoorkamer en hield, ondanks haar overduidelijke minachting, zijn professionele houding vast.

'Het is trouwens juffrouw Ashford,' corrigeerde ze met een strakke glimlach die haar ogen niet bereikte. 'En dit hoeft niet lang te duren. Ik weet wie de dief is, ik heb de pony van mijn dochter rond zien paraderen op een lokale show en ik wil dat hij vandaag nog wordt teruggehaald.'

Jake knikte en hield de deur voor haar open. 'We moeten alles goed documenteren. Paardendiefstal is momenteel een aanzienlijk probleem in het district.'

Vivienne nam plaats op de stoel tegenover hem en zette een dure leren handtas op tafel. 'Daar ben ik me terdege van bewust. Het is het enige waar ze in de countryclub over praten. Maar dit is geen anonieme criminele bende. Dit is schaamteloze diefstal door die kleine Mexicaanse vrouw op Ridgewater.'

Jake hield zijn gezicht in de plooi terwijl hij een nieuw notitieblok opensloeg. 'Voor de duidelijkheid: kun je de specifieke details geven? Wanneer is de pony gestolen en welk bewijs koppelt hem aan iemand op Ridgewater?'

'De pony van mijn dochter Charlotte is ongeveer vier maanden geleden gestolen,' verklaarde Vivienne, terwijl ze een map uit haar tas haalde. 'Een palomino merrie, dertien hands, met opvallende blauwe ogen. Zeer waardevol en onvervangbaar.' Ze schoof verschillende glanzende foto's over tafel. 'En dit weekend zag ik exact dezelfde pony linten winnen op de Mount Dayles Show, bereden door dat McKenzie-kind, maar vastgehouden door hun Filipijnse of Mexicaanse of wat ze ook is stalhulp.' Ze voegde nog een foto toe.

Jake bekeek de foto's aandachtig. De eerste lieten een roodharig meisje zien op een gouden palomino met golvende witte manen. De laatste, kennelijk van de recente show, toonde wat beslist dezelfde opvallende pony leek met een andere ruiter, een blond meisje. Op de achtergrond van de tweede foto stond een kleine vrouw die de teugels van de pony vasthield, haar donkere haar in een praktische vlecht teruggebonden.

'En je bent zeker dat dit hetzelfde dier is?' vroeg Jake, terwijl hij met zijn precieze handschrift aantekeningen maakte. 'Palomino's kunnen voor een ongetraind oog behoorlijk op elkaar lijken.'

Viviennes mond verstrakte. 'Ik denk dat ik de pony van mijn dochter wel ken, brigadier. Die blauwe ogen zijn onmiskenbaar. Het is Celestia, zonder enige twijfel.'

'En de vrouw op wie je doelt is...?' moedigde Jake aan.

'Pip iets-met-iets. Getrouwd met die McKenzie-jongen die is overleden, maar ze leeft nog steeds op hun land en runt een of andere ponyzaak.' Viviennes toon droop van minachting. 'Ik heb gehoord dat ze goedkoop pony's opkoopt op landelijke veilingen. Duidelijk dat sommige van die aankopen niet helemaal zuiver zijn.'

Jake noteerde de beschuldiging, samen met de subtiele minachting die door Viviennes woorden heen sneed. 'Mevrouw Ashford, welk bewijs heb je dat deze pony gestolen is en niet verkocht? Heb je registratiepapieren, microchipgegevens of verkoopdocumenten?'

Een zweem van irritatie gleed over Viviennes gezicht. 'De pony stond op een pensionstal. De beheerder liet ons weten dat hij 's nachts verdwenen was. Duidelijk gestolen.'

'Heb je destijds aangifte gedaan?' vroeg Jake, met een neutrale toon, al vermoedde hij het antwoord al. In zijn stapel dossiers kwam deze pony niet voor.

'Ik... we waren bezig Charlotte over te plaatsen naar een geschiktere manege. Er was wat verwarring over wie de papieren moest afhandelen.' Vivienne wuifde het weg. 'Dat is nu nauwelijks relevant, nu ik de pony heb gevonden.'

Jake maakte nog een aantekening. 'Volgens procedure moeten we het eigendom verifiëren voordat we beschuldigingen uiten. Heb je documenten die jouw eigendom bevestigen? Aankoopbewijzen, dierenartsdossiers, registratiepapieren?'

'Ik heb toch deze foto's?' Viviennes stem verhief zich iets. 'En Charlotte's rij-instructeur zal alles bevestigen. Ik verwacht dat je haar pony vandaag nog terughaalt. Die vrouw heeft geen recht om met gestolen eigendom te pronken.'

'Mevrouw Ashford,' zei Jake behoedzaam, 'ik begrijp jouw frustratie, maar we moeten het onderzoek volgens de regels uitvoeren. Als deze pony inderdaad gestolen is, moeten we het eigenaarschap sluitend vaststellen voordat we actie kunnen ondernemen.'

Viviennes uitdrukking versteende. 'Ik denk dat je niet begrijpt wie ik ben in deze gemeenschap, brigadier Harrison. Mijn ex-man is Joseph Ashford, wellicht de meest prominente advocaat in het district. Ik verwacht dat deze kwestie vlot wordt afgehandeld.'

'Wees gerust, ik onderzoek dit onmiddellijk,' antwoordde Jake, zijn kalme stem verborg zijn groeiende ergernis. 'Ik ga vandaag nog naar Ridgewater om naar de pony te informeren en de documenten te bekijken die zij hebben over de aanschaf.'

'Goed. Ik verwacht vanavond jouw telefoontje.' Vivienne stond op en pakte haar tas. 'Charlotte is kapot geweest sinds ze Celestia is kwijtgeraakt. Hoe eerder dit is opgelost, hoe beter.'

Jake ging ook staan en overhandigde zijn kaartje. 'Ik neem contact met je op zodra ik een eerste onderzoek heb gedaan. Dank je dat je dit onder onze aandacht hebt gebracht.'

Terwijl Vivienne het bureau uit stoof, haar zware parfum als een spoor in de lucht achterlatend, bekeek Jake met een frons zijn aantekeningen. De beschuldiging sloot aan bij het lopende onderzoek naar paardendiefstallen, maar er klopte iets niet aan Viviennes verhaal. De ontbrekende aangifte, de vage uitleg over de pensionstal, het nonchalante racisme jegens de trainer van Ridgewater; het deed stille alarmbellen rinkelen.

Toch is procedure procedure. Hij zou Ridgewater bezoeken, met die Pip praten en alle documentatie over het eigendom van de palomino doornemen. Wat zijn instinct ook fluisterde, Jake zou het bewijs methodisch volgen, stap voor voorzichtige stap. Het was de enige manier die hij kende om te zorgen dat het recht op de juiste manier zijn beloop kreeg.

Jake stuurde over de smalle landweg naar Ridgewater, terwijl Vivienne Ashfords beschuldigingen door zijn hoofd tolden. Het landelijke landschap lag om hem heen uitgespreid; de percelen werden groter en beter onderhouden naarmate hij dichterbij kwam wat sergeant Porter had omschreven als de toonaangevende hippische voorziening van het district. Elk bezwaar grondig onderzoeken was een fundament van politiewerk, maar er knaagde iets aan Viviennes verhaal. De ontbrekende aangifte, haar vage antwoorden over documentatie, de achteloze vooringenomenheid in haar stem. Het zat hem niet lekker. Toch toonden de foto's een opvallende palomino met ongebruikelijke blauwe ogen, en dat verdiende degelijk onderzoek.

De ingang van Ridgewater doemde op na een bocht, gemarkeerd door een verweerd houten bord en stevige, openstaande hekken. Jake sloeg de lange oprit in; het grind kraakte onder zijn banden terwijl hij het uitgestrekte terrein in zich opnam. Goed onderhouden weiden strekten zich aan weerszijden uit, met paarden in allerlei maten en kleuren. In de verte zag hij forse stalgebouwen en wat een overdekte rijhal leek. Porter had niet overdreven; dit was duidelijk een professionele onderneming met een aanzienlijke investering erachter.

Toen hij de centrale gebouwen naderde, zag Jake activiteit in een omheinde, ronde ring aan zijn rechterhand. Hij parkeerde het politievoertuig en stapte uit, besluitend eerst even te observeren voordat hij zich kenbaar maakte. Drie personen bevonden zich in de bak: een vrouw en een jong meisje dat, afgaand op hun schone, dure rijkleding, cliënten leken, en een piepkleine vrouw die een glanzende palominopony hanteerde.

Jake herkende de pony meteen van Viviennes foto's; dezelfde gouden vacht en opvallende witte manen, dezelfde kenmerkende blauwe ogen. Het dier bewoog met gracieuze precisie door de ring, reagerend op subtiele aanwijzingen van de kleine vrouw die haar leidde. Dit moest Pip Rodriguez-McKenzie zijn, besefte hij, terwijl hij toekeek hoe ze de pony door een reeks oefeningen stuurde die diens training en temperament lieten zien.

Ondanks haar geringe lengte voerde Pip met stille autoriteit de regie in de ring. Ze kon niet meer dan 1,47 m zijn, waardoor de pony groter leek dan hij was, en toch ging ze met absolute zekerheid met het dier om. Jake betrapte zich erop dat hij onder de indruk was van haar evidente vakmanschap, ondanks de reden van zijn komst.

'Goed, Emmeline, denk eraan: hakken omlaag en je rug recht,' zei Pip terwijl het meisje zich, met hulp van de langere vrouw, klaarmaakte om op te stijgen. 'Honey is heel goed getraind, maar ze test je heus nog een beetje om te zien waarmee ze weg kan komen.'

Honey. Die naam strookte niet met wat Vivienne de vermeend gestolen pony had genoemd, maar goed, als hij echt gestolen was, zouden ze die naam vast niet behouden. En hij moest hier niet zomaar blijven staan kijken als de herkomst van de pony mogelijk ter discussie stond. Jake trok zijn uniformjasje recht en liep naar het hek; zijn aanwezigheid deed alle drie de mensen even opkijken. De pony bewoog slechts een oor, totaal onverstoorbaar.

'Goedemiddag,' riep hij, zijn toon professioneel maar niet-bedreigend. 'Ik ben brigadier Jake Harrison van Ridgemont Police. Mevrouw Rodriguez-McKenzie, mag ik je even spreken over deze pony?'

Het effect was onmiddellijk. De uitdrukking van de langere vrouw sloeg om van beleefde nieuwsgierigheid naar ongerustheid en ze legde snel een hand op de schouder van het meisje.

'Emmeline, kom. We gaan,' zei ze beslist, terwijl ze het kind bij het opstapblok wegleidde.

'Maar mam, ik heb nog niet eens op Honey gereden,' protesteerde het meisje teleurgesteld.

'Ik koop geen paarden met dubieuze herkomst,' antwoordde de vrouw luid. Ze leidde haar dochter naar een dure Porsche-SUV die dichtbij geparkeerd stond en wierp Pip nog een afkeurende blik toe voordat ze instapten.

Jake keek toe hoe het voertuig de oprit af schoot, waarbij het in zijn haast wat grind deed opspatten. Toen hij zich omdraaide, stond Pip bij het hek, met de teugels van de palomino in één hand, haar uitdrukking onweerachtig ondanks haar kleine gestalte.

'Heb je enig idee hoeveel geld daar net is weggereden?' eiste ze, terwijl haar donkere ogen verontwaardigd flitsten. 'Twintigduizend dollar! Dat is wat jouw timing me net heeft gekost.'

Jake hield zijn professionele houding vast, ondanks haar begrijpelijke frustratie. 'Mevrouw Rodriguez-McKenzie, mijn excuses voor de onderbreking. Ik ben brigadier Jake Harrison, recent overgeplaatst naar Ridgemont. Ik onderzoek een claim met betrekking tot deze pony.'

'Welke claim?' vroeg Pip scherp, al merkte hij dat haar vakkundige omgang met de pony geen moment haperde ondanks haar zichtbare agitatie. Ze streek gedachteloos over Honey's hals en hield het dier kalm terwijl ze hem aansprak.

'Een mevrouw Vivienne Ashford heeft gesteld dat deze pony, Honey, toch? vier maanden geleden ongeveer bij haar dochter is gestolen,' legde Jake uit, terwijl hij haar reactie nauwlettend volgde. 'Ze heeft foto's overlegd van een palomino met opvallende blauwe ogen die overeenkomt met dit dier.'

Pips uitdrukking sloeg om van boosheid naar pure ongeloof. 'Vivienne Ashford? Die beweert dat Honey de gestolen pony van haar dochter is?' Er ontsnapte haar een kort, ongelovig lachje. 'Dat is volstrekt belachelijk. Ik heb Honey al meer dan een jaar. Ik heb haar op de veiling in Laidley gekocht, gered uit verwaarlozing, en maandenlang gerevalideerd en getraind.'

Jake knikte en noteerde de specificiteit van haar antwoord. 'Heb je documentatie die jouw eigendom ondersteunt? Aankoopbewijzen, veterinaire geschiedenis, dat soort zaken?'

'Natuurlijk,' antwoordde Pip, waarbij haar aanvankelijke boosheid plaatsmaakte voor vastberaden focus. 'Ik heb de verkoopdocumenten, haar microchipregistratie op naam van mijn bedrijf, een Hendra-vaccinatiecertificaat ondertekend door dr. Webb, en een complete sociale-mediatijdlijn die haar transformatie laat zien van het half uitgehongerde wrak dat ik kocht tot de showpony die ze nu is.' Ze klopte Honey op de hals. 'Dit is complete onzin, en ik wil het onmiddellijk rechtzetten.'

'Ik waardeer jouw medewerking,' zei Jake, enigszins opgelucht door haar zelfverzekerde reactie. 'Zou je die documentatie willen aanleveren zodat we deze kwestie kunnen oplossen?'

Pip knikte, haar uitdrukking verhardde tot vastberadenheid. 'Ik moet even langs de dierenkliniek in Ridgemont om kopieën van sommige dossiers te halen. Maar ik breng alles morgenochtend als eerste naar het bureau.' Ze keek naar de oprit waar de Porsche verdwenen was. 'En daarna wil ik dat Vivienne Ashford publiekelijk haar excuses aanbiedt voor wat ze me het heeft gekost.'

'Laten we beginnen met het vaststellen van de feiten,' stelde Jake kalm voor. 'Ik ben vanaf acht uur op het bureau.'

'Ik ben er,' bevestigde Pip, terwijl haar kin een fractie omhoog kwam. Hoewel ze hem nog niet tot borsthoogte reikte, was er niets kleins aan haar aanwezigheid of vastberadenheid. 'En ik breng genoeg bewijs mee om deze absurde beschuldiging eens en voor altijd te beëindigen.'

Jake keek hoe ze Honey richting de stallen leidde, haar rug recht en haar bewegingen doelgericht. Zijn professionele instinct, aangescherpt door jarenlange ervaring met het lezen van mensen in gespannen situaties, zei hem dat ze de waarheid sprak. De directe specificiteit van haar antwoord, haar vertrouwen in het aanleveren van documentatie en haar verontwaardiging wezen er allemaal op dat Vivienne Ashfords claim onjuist was.

Toch zou hij de procedure volgen. Niet instinct, maar bewijs zou zijn acties bepalen. Maar toen hij terugliep naar zijn voertuig, betrapte Jake zich erop te hopen dat de documentatie van Pip Rodriguez-McKenzie zo volledig zou zijn als ze beloofde. Er was iets aan het achteloze racisme in Viviennes beschuldigingen dat een wrange nasmaak had achtergelaten, en hij begon te vermoeden dat hij voor het karretje was gespannen om een legitieme transactie te verstoren. Hij had eerlijk gezegd geen idee dat de pony van een kind $20.000 waard kon zijn, maar hij had geen reden om aan Pips bewering te twijfelen.

Jake richtte de kleine vergaderruimte zorgvuldig in, plaatste drie stoelen op gelijke afstand rond de tafel en legde bij zijn plek een notitieblok en pen klaar. Hij was vroeg gekomen om zich voor te bereiden en bekeek Vivienne Ashfords verklaring en zijn aantekeningen van het bezoek aan Ridgewater. Hoewel de procedure eiste dat hij elke claim grondig onderzocht, kreeg hij het gevoel niet van zich afgeschud dat de bijeenkomst van vanochtend zijn groeiende vermoedens over Viviennes beschuldigingen zou bevestigen. De zaak droeg geen enkel kenmerk van de professionele paardendiefstallen die het district teisterden; in plaats daarvan hing er een duidelijke zweem van wrok omheen.

Vivienne arriveerde een kwartier voor de afgesproken tijd en beende het bureau binnen in alweer een dure outfit, ditmaal een getailleerd colbert over zijden broek die hun ontwerpersoorsprong zowat van de daken schreeuwden. Jake nam haar gespannen houding in zich op en de lichte neerwaartse krul van haar lippen terwijl ze herhaaldelijk haar horloge checkte: de uitstraling van iemand wiens tijd buitengewoon kostbaar is. Haar make-up was onberispelijk, haar sieraden subtiel maar duidelijk prijzig.

'Mevrouw Ashford,' begroette Jake haar, terwijl hij de weg wees naar de vergaderruimte. 'Dank je dat je vanmorgen bent gekomen.'

'Ik ging ervan uit dat je Charlotte's pony inmiddels wel had teruggehaald,' antwoordde ze, terwijl ze neerzakte in de stoel en de bescheiden ruimte met een afkeurende blik opnam. 'Dit lijkt me overbodig.'

'Zoals ik gisteren uitlegde, moeten we het eigenaarschap sluitend verifiëren,' zei Jake, neutraal maar beslist. 'Mevrouw Rodriguez-McKenzie brengt documentatie mee ter onderbouwing van haar aanspraak op haar pony.'

Viviennes wenkbrauwen schoten omhoog. 'Ik durf te wedden dat ze heel bedreven is in het vervalsen van papieren. Zulke mensen zijn dat meestal.'

Jake besloot niet te reageren op het flinterdunne racisme en richtte haar aandacht in plaats daarvan op de foto's die ze gisteren had aangeleverd en die hij op tafel had uitgespreid. 'Terwijl we wachten, zou je misschien kunnen verduidelijken wanneer jouw pony precies is verdwenen en van welke pensionstal? Zonder die details kan ik de diefstal niet fatsoenlijk onderzoeken.'

Voordat Vivienne kon antwoorden, kondigde een lichte klop op de deur Pips komst aan. Ze stapte binnen met een professioneel ogende ordnermap, gekleed in nette kaki broek en een fris donkerblauw overhemd met knopen; haar donkere haar zat in een praktische vlecht. Ondanks dat ze kleiner was dan zowel Jake als Vivienne, droeg ze zichzelf met onmiskenbaar zelfvertrouwen.

'Goedemorgen, brigadier Harrison,' zei ze beleefd, waarna ze kort knikte naar Vivienne. 'Mevrouw Ashford.'

'Mevrouw Rodriguez-McKenzie,' antwoordde Jake, terwijl hij naar de overgebleven stoel gebaarde. 'Dank je dat je gekomen bent. Begrijp ik goed dat je documentatie hebt meegebracht over de palominopony die Honey heet?'

'Ja, die heb ik,' bevestigde Pip, terwijl ze ging zitten en de map op tafel legde. Hoewel ze professioneel kalm bleef, merkte Jake de lichte verstrakking rond haar ogen op wanneer ze naar Vivienne keek.

'Laten we dan geen tijd verspillen,' zei Vivienne met overdreven geduld. 'Ik vermoed dat we allemaal wel iets beters te doen hebben dan naar ingewikkelde verhalen te luisteren over waar die pony zogenaamd vandaan komt.'

Pip opende haar map met beheerste kalmte. 'Er is niets ingewikkelds aan gedocumenteerde feiten, mevrouw Ashford. Ik heb Honey op 18 februari vorig jaar gekocht op de veiling in Laidley.' Ze schoof het eerste document naar voren: een aankoopbewijs met eraan gehechte foto's waarop een veel magerdere, duidelijk verwaarloosde versie van de gouden pony te zien was. 'Zoals je ziet, was ze er slecht aan toe: regenschurft, aanzienlijk gewichtsverlies, overgroeide hoeven en een zware wormbesmetting.'

Jake bekeek het bonnetje zorgvuldig en noteerde de datum, omschrijving en verkoopprijs van $200. De foto's toonden een palomino die nauwelijks nog als hetzelfde dier te herkennen was, in beduidend slechtere conditie, met een doffe, starende vacht en uitstekende ribben.

'Dat is niet eens dezelfde pony,' sneerde Vivienne wegwuivend.

'Honey's microchipnummer is AUST1099284553,' vervolgde Pip, terwijl ze een registratiedocument tevoorschijn haalde. 'Dit is haar microchipregistratiecertificaat, het nummer staat op het aankoopbewijs en is op 20 februari vorig jaar op mijn naam gezet, twee dagen na aankoop. De microchip is gescand en bevestigd door dr. Caroline Burnett van Ridgemont Veterinary Clinic. Ik laat met alle plezier een dierenarts naar jouw keuze op Ridgewater komen, op mijn voorwaarden, om Honey te scannen en te bevestigen dat dit de geïmplanteerde chip is.'

Jake lette op het officiële briefhoofd en de registratiedetails en vergeleek die met de informatie op het verkoopdocument.

'Daarnaast,' ging Pip verder, 'is hier Honey's Hendra-vaccinatiecertificaat, van januari dit jaar, voorafgaand aan haar wedstrijdseizoen, ondertekend door dr. Marcus Webb.' Ze presenteerde de medische dossiers, elk gedateerd en ondertekend, met hetzelfde microchipnummer vermeld. 'En tot slot een volledige sociale-mediatijdlijn die Honey's revalidatie en training van de afgelopen veertien maanden documenteert.'

Ze legde een geprinte compilatie neer van gedateerde posts op sociale media die de transformatie van de pony lieten zien: van verwaarloosde rescue tot glanzend showdier. De opbouw was onmiskenbaar, met regelmatige updates die meer dan een jaar teruggingen.

Jake bekeek elk document methodisch en vergeleek data, beschrijvingen en identificerende details. Het bewijs vormde een consistent, ononderbroken spoor van eigendom en zorg.

'Dit ziet er allemaal in orde uit,' zei hij uiteindelijk, terwijl hij opkeek en zag dat Viviennes gelaatskleur aanmerkelijk bleker was dan bij aanvang. 'Mevrouw Ashford, je zei dat jouw pony Celestia ongeveer vier maanden geleden is verdwenen. Deze stukken tonen duidelijk aan dat mevrouw Rodriguez-McKenzie Honey al meer dan een jaar in eigendom heeft.'

Vivienne verschoof ongemakkelijk. 'Nou... maar die blauwe ogen zijn wel heel opvallend...'

'Blauwe ogen komen voor bij ongeveer één op de tien palomino's,' stelde Pip droogjes. 'Ongebruikelijk, maar allerminst uniek.'

Jake schoof de documenten bij elkaar en legde ze netjes neer. 'Op basis van het overgelegde bewijs ben ik ervan overtuigd dat de pony die bekendstaat als Honey juridisch eigendom is van mevrouw Rodriguez-McKenzie, en dat al meer dan een jaar. Er is geen enkele aanwijzing voor diefstal of onrechtmatige verkrijging.'

Viviennes uitdrukking versteende toen ze besefte dat haar beschuldiging volledig was ingestort. 'Nou, vergissingen gebeuren,' zei ze met geforceerde luchtigheid. 'Al moet ik zeggen dat ik het zorgelijk vind dat bepaalde... exotische bedrijfjes paarden uit dubieuze bronnen lijken te halen. Misschien moeten sommige van haar andere pony's ook onderzocht worden. Het probleem met paardendiefstal in dit district is tenslotte behoorlijk ernstig.'

Jakes geduld was eindelijk op. 'Mevrouw Ashford, ongegronde beschuldigingen uiten op basis van iemands etniciteit is ongepast en mogelijk lasterlijk. Mevrouw Rodriguez-McKenzie heeft uitgebreide documentatie voor dit dier overgelegd en, gezien de kundige en onmiddellijke wijze waarop ze dat op mijn verzoek deed, twijfel ik er niet aan dat ze voor al haar andere dieren iets soortgelijks kan aanleveren. Tenzij je concrete aanwijzingen heeft over andere paarden, raad ik je ten stelligste af verdere insinuaties te maken.'

Viviennes mond trok in een dunne lijn. Ze pakte haar handtas met beheerste bewegingen. 'Ik begrijp het. Nou, ik hoop dat je minstens zo grondig bent wanneer je echte misdrijven onderzoekt, brigadier Harrison. Goedendag.'

De deur sloot achter haar met iets meer kracht dan nodig, waardoor er een moment van ongemakkelijke stilte achterbleef tussen Pip en Jake.

'Mijn excuses voor het ongemak dat dit je hebt bezorgd,' zei Jake uiteindelijk, terwijl hij de documenten aan Pip teruggaf. 'Jouw administratie is indrukwekkend grondig.'

'Als je zo groot bent als ik en eruitziet als ik, leer je alles te documenteren,' antwoordde Pip met een wrange glimlach die haar serieuze gezicht transformeerde. 'Mensen doen aannames. De paardensector in Australië is heel wit, en ik ben dat, nou ja, niet.'

Jake knikte, en begreep meer dan hij goed kon verwoorden. 'Ik hoop dat jouw relatie met de potentiële kopers van gisteren niet blijvend beschadigd is.'

'Claire Harrington,' vulde Pip aan. 'Ik neem contact met haar op en leg de situatie uit. Ze is een redelijk persoon... hoop ik.' Ze verzamelde haar documenten en schoof ze zorgvuldig terug in de map. 'Dank je dat je dit professioneel hebt afgehandeld, brigadier. Ik waardeer het dat ik niet als schuldig werd behandeld tot het tegendeel was bewezen.'

'Zeg maar Jake,' bood hij aan, tot zijn eigen verrassing in deze mate van informaliteit. 'En ik heb gewoon de procedure gevolgd. Het bewijs was overtuigend.'

Ze grijnsde, tot zijn verbazing. 'Toch bedankt. En als je Viviennes verdwenen pony wilt vinden: ga eens praten met Martin Wattley, de eigenaar van de stal waar Celestia stond. Aangezien Vivienne bereid was om, recht in mijn gezicht nota bene, zulke insinuaties over mij te uiten, heb ik er geen enkele moeite mee om je te vertellen dat het hier algemeen bekend is dat Viviennes affaire met Martin een groot deel van de reden was dat haar huwelijk stukliep. Haar man stopte met betalen toen de scheiding rond was, en ik geloof dat Martin Celestia verkocht heeft ter compensatie van openstaande rekeningen, volledig legaal. Je zou met hem moeten praten.'

Jakes mond viel open. Hij wist niet wat hij moest zeggen en schold zichzelf inwendig uit omdat hij Vivienne niet harder had doorgevraagd waarom ze de diefstal destijds niet had gemeld. Hij had zich als een totale idioot gedragen.

Pip keek hem aan met een blik vol begrip. 'Ik weet dat je nieuw bent in de stad,' zei ze, en in haar expressie lag medeleven. 'Je kent hier nog niet iedereen, en het zal even duren voor je helemaal bij bent. Dus ik neem het je niet kwalijk dat je in Viviennes onzin bent getrapt. Ze heeft het op mij gemunt sinds ik haar dierbare Celestia op de Ekka vorig jaar versloeg met een pony die ik gratis van de RSPCA kreeg.'

'Het spijt me,' zei hij toch. 'En ik hoop dat je die verkoop alsnog kunt rondkrijgen.'

'Dat hoop ik ook, maar ik geef je de schuld niet als het niet lukt. Kom gerust eens langs op Ridgewater,' bood Pip aan, terwijl ze haar hand uitstak.

Toen ze elkaar de hand schudden, viel het Jake opnieuw op hoe klein haar hand was in de zijne, en toch was haar handdruk stevig en zelfverzekerd. Er was iets aan Pip Rodriguez-McKenzie dat respect afdwong ondanks haar geringe postuur; een deskundigheid en waardigheid die in schril contrast stond met Viviennes verwende gedrag.

'Daar maak ik misschien wel gebruik van,' antwoordde hij, terwijl hij merkte dat hij er daadwerkelijk naar uitkeek. 'De koffie op het bureau is toch vreselijk.'

Pips lach klonk onverwacht helder en transformeerde haar serieuze gezicht volledig. 'Die van Ridgewater is veel beter. Er zijn misschien zelfs wat van mijn beroemde pompoenscones bij.'

Hij grijnsde terug en vond haar met de minuut sympathieker. 'Dan kom ik daar zeker op terug.'

Hoofdstuk Drie

Pip zat tegenover Jake in het kleine verhoorkamertje, de map met Honey's papieren nog steeds op tafel tussen hen in. De benauwde ruimte maakte dat ze zich nog kleiner voelde dan anders, al liet ze zich allang niet meer door haar lengte voorschrijven hoe ze zich moest gedragen. Jake was bezig papieren terug te stoppen in hun respectieve dossiers. Terwijl hij een document verschoof, bleef haar blik hangen: een lijst met gestolen paarden, inclusief gedetailleerde beschrijvingen.

'Vind je het goed als ik daar even naar kijk?' vroeg ze, terwijl ze naar het papier gebaarde.

Jake aarzelde een fractie van een seconde, zijn blauwe ogen flitsten tussen haar en het document. 'Het is een lopend onderzoek,' zei hij, al klonk hij niet bijzonder overtuigd.

'Misschien zie ik iets wat je niet ziet,' antwoordde Pip, zonder een stap terug te doen. Ze had haar hele leven te maken gehad met mensen die haar onderschatten; deze lange, serieuze politieman was geen uitzondering.

Na kort nadenken schoof Jake het papier naar haar toe. 'Een lokaal perspectief uit de sector kan geen kwaad, neem ik aan.'

Pip trok het document naar zich toe en liet haar blik over de lijst met gestolen paarden gaan. Bij elke vermelding stonden leeftijd, ras, kleur en geschatte waarde van het dier. Haar wenkbrauwen trokken samen toen er een patroon zichtbaar werd dat, eenmaal opgemerkt, eigenlijk voor de hand lag.

'Het zijn allemaal merries,' zei ze zacht, terwijl ze opkeek en Jake haar nieuwsgierig zag aankijken. 'Elke keer weer.'

'Is dat belangrijk?' vroeg hij, iets voorover buigend.

Pip knikte en tikte met haar vinger op het papier. 'En meer dan de helft is bewezen drachtig. Kijk, hier en hier, foknotities.' Ze wees specifieke vermeldingen aan. 'Twee voor de prijs van één, en de vermelde dekhengsten zijn niet goedkoop. Die daar is een barrelracing-winnaar met zes cijfers aan prijzengeld.'

Jake pakte een ander dossier en bladerde er snel doorheen. 'Dat detail had ik niet gekoppeld,' gaf hij toe, en zijn professionele koelheid barstte net genoeg om oprechte nieuwsgierigheid te tonen.

'Mag ik?' Pip gebaarde naar de andere dossiers die keurig opgestapeld op tafel lagen. Toen Jake knikte, begon ze geselecteerde papieren eruit te halen en legde ze in een nieuwe ordening neer, terwijl haar theorie zich verstevigde. Haar kleine handen bewogen doelmatig, dezelfde handen die een in paniek geraakte merrie konden kalmeren of een pittige pony door complexe manoeuvres konden leiden.

'Iemand draait een fokfraude,' zei ze, terwijl ze achteroverleunde en het bewijs voor hen lag uitgestald. 'Eigenlijk best geniaal, op een criminele manier.'

Jake trok een wenkbrauw op, nog niet overtuigd. 'Zouden gestolen paarden niet te herkenbaar zijn om te verkopen, en bovendien gechipt?'

'De merries wel,' gaf Pip toe. 'Maar hun veulens niet.'

Ze boog voorover; haar hele houding veranderde zoals altijd wanneer ze in uitlegmodus ging, dezelfde stand die ze aannam als ze nerveuze eerste eigenaren ponyverzorging uitlegde.

'Zo werkt het. Je steelt drachtige merries, of kwaliteitsmerries die je snel drachtig kunt krijgen. Je houdt ze verborgen tot ze veulenen. De veulens worden geboren zonder registratie, zonder enig spoor van bestaan.' Ze tikte nog eens op het papier ter nadruk. 'Die veulens kun je vervolgens verkopen als 'eigen fok' met verzonnen papierwerk. Zonder DNA-testen, die eigenlijk alleen standaard gebeuren bij renpaarden of heel waardevolle warmbloeden, is er vrijwel geen manier om te bewijzen dat ze uit gestolen merries komen.'

Jake's blik verschoof van sceptisch naar nadenkend. 'En de oorspronkelijke merries?'

'Waarschijnlijk elders verkocht of naar de slacht zodra ze geveuuld hebben,' zei Pip somber. 'Of verborgen gehouden voor meerdere fokcycli als ze bijzonder waardevol zijn en de dieven toegang hebben tot een fatsoenlijke hengst of twee.'

Ze zag het begrip op zijn gezicht dagen.

'Dat zou de gerichte werkwijze verklaren,' mompelde hij. 'De dieven pakken niet zomaar elk paard dat voorhanden is.'

'Precies. Ze selecteren fokdieren met verkoopbare kwaliteiten.' Pip wees naar één vermelding. 'Deze is gedekt door Magnificent Cat, een top hengst in het barrelracing. Haar veulen zou minimaal vijftienduizend opbrengen, zelfs zonder papieren, puur op het mondelinge verhaal dat het zijn nakomeling is, en er zijn genoeg gewetenloze types die dat paard graag in de sport uitbrengen en er grof geld mee willen verdienen, terwijl ze beweren dat het op de ranch gefokt is. Het wordt vervolgens zelf een waardevolle vader of moeder, snap je? Een lange adem, maar potentieel heel lucratief.'

Jake knikte langzaam; de professionele afstand in zijn ogen maakte plaats voor respectvolle aandacht. 'En zonder registratie...'

'Verdwijnt de misdaad in wezen zodra het veulen verkocht is,' maakte Pip zijn zin af. 'De meeste kopers laten geen DNA testen; daar is geen reden toe als wordt beweerd dat het een eigen fok is, want wat is dan het nut? Ze vertrouwen op het papierwerk en het woord van de verkoper. Misschien doen ze een paneltest om te kijken of het paard drager is van erfelijke aandoeningen, maar daar wordt niet tegen DNA van een ander paard afgezet. Dat gebeurt gewoon niet, tenzij het om een ren-Engels Volbloed of een Europees warmbloed gaat, en die staan niet op deze lijst.'

Ze liet haar vinger langs de lijst glijden en tikte met haar nagel op meerdere vermeldingen. 'Deze drie zijn prijswinnende reiners, deze twee zijn westernsport, dit zijn top cuttingpaarden, deze is een barrelracer. Allemaal waardevol, allemaal met nakomelingen die ook zonder officiële papieren substantieel geld waard zijn.'

'Over wat voor bedragen hebben we het?' vroeg Jake, zijn pen boven zijn notitieblok gereed.

Pip dacht na en rekende in haar hoofd. 'Voor vijftien gestolen merries? Als ze allemaal levensvatbare veulens brengen, kijk je naar potentiële winsten tussen de tweehonderd- en vijfhonderdduizend dollar, afhankelijk van de bloedlijnen en of ze er een afzetmarkt voor hebben.' Ze trok een klein, humorloos glimlachje. 'En dat is nog maar het eerste veulen van elke merrie. Ja, het kan drie of vier jaar duren voordat het rendeert tot de veulens oud genoeg zijn om te presteren, maar als je ergens een groot, afgelegen perceel hebt om ze op te laten groeien... dan kan het een behoorlijk lucratief zijlijntje zijn.'

Jake floot zachtjes en krabbelde aantekeningen in zijn nette handschrift. 'En je denkt dat iemand van hier erachter zit?'

'Dat moet bijna wel,' zei Pip beslist. 'De diefstallen laten zien dat men weet welke paarden foktechnisch waardevol zijn en wanneer bedrijven kwetsbaar zijn. Dat vereist lokale kennis en begrip van de sector.'

Ze keek hoe Jake de informatie opnam; achter zijn beheerste uiterlijk draaide zijn brein duidelijk op volle toeren. De aanvankelijke geringschatting die ze had gevoeld, was volledig verdwenen en had plaatsgemaakt voor gefocuste aandacht.

'Het zou me verbazen,' zei ze nadenkend, 'als dit de enige streek is die getroffen is. Dit komt op mij over als een vrij geavanceerde operatie. Ik gok dat de paarden niet meer in de buurt zijn, misschien zelfs al staatsgrens over. Ja, er is hier lokaal wellicht iemand bij betrokken, maar ik vermoed dat de kopstukken elders zitten.' En als deze operatie dit jaar pas in deze omgeving was begonnen maar ergens anders al veel langer liep... was het heel goed mogelijk dat er al paarden in competitie liepen die niet waren wie men beweerde dat ze waren. Pip kreeg een licht misselijk gevoel bij die gedachte.

'Dit geeft ons iets concreets om naar te zoeken,' zei Jake uiteindelijk, terwijl hij naar de hele pagina aantekeningen keek die hij had volgeschreven terwijl zij haar theorie had uitgewerkt. 'Locaties met voorzieningen om meerdere paarden verborgen te houden, connecties voor transport of verkoop naar andere staten. En ik ga absoluut overleggen met andere politiekorpsen binnen de staat en in de rest van Australië om te zien of er nog gebieden zijn met vergelijkbare patronen van merriediefstal.' Hij keek op naar haar. 'Dank je, mevrouw Rodriguez-McKenzie. Dit perspectief is echt behulpzaam.'

'Pip,' verbeterde ze hem, tot haar eigen verbazing in die informele toon. 'En graag gedaan. Ik weet hoe het is als mensen je op uiterlijkheden onderschatten. Deze dieven rekenen erop dat de politie de fokkerij niet goed genoeg begrijpt om hun opzet te doorzien.'

Jake's mondhoek trok omhoog in wat het begin van een glimlach kon zijn. 'Ik verzeker je, ik zal je niet nog eens onderschatten.'

Die eenvoudige uitspraak had onverwacht gewicht, en Pip voelde een warmte die niets te maken had met de benauwde verhoorkamer. Ze pakte haar map op en klemde die onder haar arm.

'Ik moet terug naar Ridgewater,' zei ze, terwijl ze opstond. Op volle lengte reikte ze nog niet tot Jake's borst; een verschil dat haar normaal ergerde, maar dat met hem ineens minder belangrijk leek. 'Ik moet nog vier pony's trainen voor de lunch.'

Jake knikte en stond ook op. 'Ik loop even met je mee. En misschien...' hij aarzelde kort, '...kom ik binnenkort naar Ridgewater om op deze theorie terug te komen. Als je het goed vindt om nog wat van je vakkennis te delen.'

'Altijd,' antwoordde Pip, en tot haar verrassing meende ze het ook. 'De koffie is er echt uitstekend, dat beloof ik.'

'Dus jij denkt dat we naar locaties met fokfaciliteiten moeten kijken?' vroeg Jake terwijl ze door de smalle gang van het bureau liepen. Pip moest voor zijn lange passen telkens twee snelle stapjes zetten, een levenslange gewoonte die ze onbewust uitvoerde. Het gesprek over merriediefstallen had haar energie gegeven; niets was zo bevredigend als puzzelstukjes op hun plaats zien vallen, zeker als anderen het patroon hadden gemist.

'Niet per se gevestigde fokkerijen,' verduidelijkte Pip, haar stem verlaagd, al liepen ze alleen in de gang. 'Die zijn te zichtbaar. Let op locaties met afgelegen weilanden, basale beschutting, misschien recent vernieuwd hekwerk.' Ze gebaarde met haar kleine handen en zette het beeld neer. 'Ze hebben geen geavanceerde faciliteiten nodig, alleen genoeg privacy om de merries uit het zicht te houden tot het veulenen.'

Jake knikte en maakte er een mentale notitie van. 'En toegang tot transport, neem ik aan.'

'Precies. Paardentrailers die komen en gaan, wekken hier geen argwaan, maar iemand moet de capaciteit hebben om meerdere paarden discreet te verplaatsen.' Pip was zo op het gesprek gefocust dat ze bijna tegen Jake aan liep toen hij plotseling vertraagde aan het einde van de gang.

Ze keek op en volgde zijn blik naar de hoofdingang van het bureau, waar een bekend figuur stond en met gemaakte achteloosheid haar gemanicuurde nagels bekeek. Vivienne Ashford, met kastanjebruin haar dat in perfecte golven viel. De zware wolk designparfum dreef hun kant op en wist zelfs de open ruimte van de receptie te vullen.

Pip verborg een glimlach. Ze herkende die houding, de doelbewuste positionering om iemands beste troeven te tonen. Het was het equivalent van een hengstige merrie die zich presenteert aan een mogelijke partner. En het was overduidelijk wie Viviennes doelwit was.

'Senior Constable Harrison,' kirde Vivienne, zogenaamd verrast toen ze naderden. Haar blik gleed met nauwelijks verhulde minachting over Pip heen en keerde terug naar Jake. 'Ik stond net te wachten om te kijken of we misschien konden doorspreken over wat... zaken in de gemeenschap.'

Pip betwijfelde het. Minstens één knoopje van Viviennes zijden blouse was wonderlijk genoeg losgeraakt sinds ze de verhoorkamer had verlaten, haar lipstick was vers bijgewerkt, en ze had duidelijk nogmaals met de parfum gespoten die waarschijnlijk meer kostte dan het wekelijkse boodschappenbudget van de meeste mensen. Vivienne legde valstrikken uit voor Jake Harrison.

'Mevrouw Ashford,' zei Jake met professionele beleefdheid. 'Ik meen dat we jouw zorgen over de pony van mevrouw Rodriguez-McKenzie hebben weggenomen.'

Vivienne wuifde dat weg. 'Oh, dat misverstand ligt achter ons.' Haar glimlach bereikte haar ogen niet toen ze naar Pip keek. 'Ik ben meer geïnteresseerd in het bredere vraagstuk van paardveiligheid in onze gemeenschap. Best zorgwekkend, niet?'

De timing maakte duidelijk dat ze in elk geval een deel van hun gesprek had opgevangen. Pip hield haar uitdrukking kalm, al rekende ze intern uit hoe lang Vivienne had kunnen meeluisteren. Hopelijk niet lang genoeg om iets wezenlijks over hun theorievorming rond de merriediefstallen op te pikken.

'We boeken vooruitgang met het onderzoek,' antwoordde Jake neutraal, terwijl hij zich subtiel zo opstelde dat Pip in het gesprek betrokken bleef en Vivienne haar niet kon wegdrukken.

Pip waardeerde het gebaar, maar herkende haar cue om te vertrekken. 'Ik moet terug naar Ridgewater,' zei ze, terwijl ze aan de band van haar schoudertas trok. 'Die pony's trainen zichzelf niet.'

'Nee, natuurlijk niet,' zei Vivienne honingzoet. 'Die kleine pony's houden je vast heel druk bezig.' De nadruk op 'kleine' droeg de duidelijke suggestie dat Pip's werk minder belangrijk zou zijn dan 'echte' paardenbedrijven.

Pip glimlachte slechts. Na jaren in de renwereld en vervolgens haar zaak vanaf nul te hebben opgebouwd, ketsten Viviennes doorzichtige pogingen tot neerbuigendheid van haar af als regen van een goed ingevet zadel.

'Zeker weten. Zeker met de Easter Show in aantocht,' antwoordde ze vriendelijk. 'Senior Constable, nogmaals dank voor jouw hulp vanmorgen. Ik lever graag aanvullende informatie aan die van nut kan zijn voor het diefstalonderzoek.'

Jake knikte; zijn professionele houding bleef intact, al zag Pip een lichte verkramping bij zijn ogen toen Vivienne dichter tegen hem aan schoof. 'Ik waardeer je inzichten, mevrouw Rodriguez-McKenzie. Ik neem contact op.'

Toen Pip zich omdraaide om te vertrekken, zag ze hoe Viviennes perfect gemanicuurde hand lichtjes op Jake's onderarm neerstreek en haar lichaam zich naar hem toe boog in een schoolvoorbeeld van interesse. Het was zo berekend dat het bijna komisch werd.

'Oh, Senior Constable, nu ik je toch spreek,' zei Vivienne, haar stem zakkend naar wat volgens haar verleidelijk moest klinken, 'misschien kun je mij adviseren over wat beveiligingskwesties op mijn land? Misschien tijdens het diner?'

Pip wachtte niet op Jake's antwoord, al hoopte ze dat de lange agent de tegenwoordigheid van geest had om Vivienne naar Martin Wattley te vragen. Ze duwde de deur van het bureau open en stapte met een nauwelijks onderdrukte glimlach de felle zon van Queensland in. Arme Jake zag eruit alsof hij zich zo ongemakkelijk voelde als een kat in een kamer vol schommelstoelen. Vivienne kon dan wel rijk, mooi en vastberaden zijn, maar ze had duidelijk nog niet door dat Jake Harrison het type man was dat reageerde op echtheid, niet op kunstgrepen.

Niet dat het Pip verder wat aanging, natuurlijk. Ze had pony's te trainen, een bedrijf te runnen en nu mogelijk nuttige informatie over paardendieven om over na te denken. Jake's privéleven was helemaal zijn eigen zaak, al kon ze een vleugje medelijden met hem niet onderdrukken. Vivienne Ashford was gewend te krijgen wat ze wilde, en ze wilde duidelijk de knappe nieuwe politieman.

Pip klom in haar doorleefde pick-up, het trouwe voertuig dat al ontelbare pony's naar en van veilingen en shows had vervoerd. Toen ze wegreed bij het bureau, ving ze door de glazen deur een glimp op van Jake en

Vivienne; zijn houding nog steeds professioneel, maar voelbaar gereserveerd. Ze grinnikte in zichzelf. Sommige roofdieren laten hun bedoelingen overduidelijk zien, of het nu om paardendieven gaat of om mannenjagers. En naar haar ervaring waren de overduidelijke types meestal het makkelijkst om te omzeilen.

Jake keek hoe Pip's kleine gestalte door de bureaudeuren verdween, en daarmee zowel waardevolle inzichten in de paardendiefstallen als de comfortabele professionaliteit die hun samenspraak had gekenmerkt. Meteen drong Vivienne Ashfords parfum op, nu overweldigend zonder Pip erbij, net als de nasleep van die gemanicuurde vingers op zijn onderarm. Het contrast tussen de twee vrouwen kon niet groter zijn: de een reikte amper tot zijn borst maar wist de ruimte te vullen met competentie; de ander zette lengte, rijkdom en conventionele schoonheid in om aandacht op te eisen.

'Dus, diner?' drong Vivienne aan, haar stem zakkend naar wat Jake vermoedde dat een verleidelijke toon moest zijn. 'Ik ken alle beste adressen in Ridgemont, al zegt dat niet zoveel. Het restaurant van de golfclub is eigenlijk het enige dat de moeite waard is.'

Jake deed een stapje achteruit om professionele afstand te creëren, terwijl zijn uitdrukking neutraal bleef. 'Ik waardeer het aanbod, mevrouw Ashford, maar ik moet het helaas afslaan. Ik ben nog aan het landen in deze functie, en de voorschriften ontmoedigen het socialiseren met personen die betrokken zijn bij actieve zaken.'

Haar glimlach wankelde even, maar hervond zich met vastberaden helderheid. 'Actieve zaken? Je doelt toch niet op dat belachelijke misverstand met die pony? Dat is nu toch opgelost?'

'Het onderzoek naar de paardendiefstallen loopt nog,' antwoordde Jake, terwijl hij vaag naar zijn kantoor gebaarde waar de dossiers over zijn bureau verspreid lagen. 'En ik houd mijn professionele grenzen het liefst strak.'

Viviennes perfect opgemaakte gezicht onderging een subtiele verandering; het vriendelijke masker zakte en liet iets harders zien. Haar vingers gleden van zijn arm, en ze schikte haar designerhandtas met een scherpe beweging.

'Professionele grenzen,' herhaalde ze, haar toon een paar graden kouder. 'Hoe bewonderenswaardig. Hoewel ik merk dat die grenzen nogal flexibel waren voor een vrij lang gesprek met mevrouw Rodriguez-McKenzie.'

Jake hield zich in, al voelde hij een lichte irritatie bij de impliciete beschuldiging. 'Mevrouw Rodriguez-McKenzie leverde als vakvrouw waardevolle inzichten voor het onderzoek naar de paardendiefstallen.'

'Vakvrouw,' sneerde Vivienne met een kort, broos lachje. 'Is dat hoe ze zichzelf nu noemt? Je begrijpt toch wel dat ze een beetje doet alsof ze trainster is? Als jockey was ze ook al nergens goed voor.'

Jake merkte dat hij iets verstijfde, maar zijn stem bleef gelijkmatig. 'Haar expertise oogt aanzienlijk.'

'Oh, vast dat ze weet hoe ze die kleine pony's moet behandelen,' ging Vivienne verder, zichtbaar op dreef en de venijnigheid nauwelijks verhullend. 'Maar laten we helder zijn over wat er op Ridgewater gebeurt. Ze trouwde met Kit McKenzie, de enige zoon van Jim en Ingrid, die die plek daadwerkelijk tot iets hebben gemaakt. Toen Kit in Afghanistan stierf, bleef zij gewoon... hangen. Vastgezogen als een zeepok.'

Jake zei niets, maar er moet iets in zijn gezicht te lezen zijn geweest, want Vivienne schakelde snel over op een bezorgde toon.

'Oh, ik ging ervan uit dat je dat wist. Het is zeven jaar geleden. Heel triest natuurlijk. Maar de meeste weduwen gaan uiteindelijk verder, zoeken hun eigen plek. Pip niet, terwijl ze nog maar een paar maanden met Kit getrouwd was toen hij stierf. Ze heeft het zich erg gemakkelijk gemaakt, vindt je niet? Wonen op McKenzie-grond, gebruikmaken van McKenzie-faciliteiten, in feite een liefdadigheidsgeval waar ze niet van afkomen.'

De berekende kilheid in haar oordeel deed Jake's kaakspieren aanspannen. Hij dacht aan Pip's nauwkeurige documentatie, haar evidente vakkennis met de pony's, de vanzelfsprekende autoriteit waarmee ze Honey had aangepakt. Niets aan haar deed vermoeden dat ze op liefdadigheid teerde.

'Voor zover ik heb gezien,' zei hij behoedzaam, 'runt mevrouw Rodriguez-McKenzie een succesvolle zaak. Haar getrainde pony's lijken zeer gewild.'

Vivienne wuifde het weg. 'Spelen met pony's is geen echte onderneming. Zonder de naam en het land van de McKenzies was ze niets. Alles wat ze heeft, heeft ze via dat huwelijk gekregen.' Haar ogen knepen iets samen. 'En ze paste niet eens bij Kit. Hij was lang, knap, uit een van de oudste families van het district. Zij is... nou ja, je hebt haar gezien. Zo'n klein buitenlands ding met een accent.'

Jake voelde een golf van walging die hij maar net uit zijn gezicht wist te houden. In zijn jaren bij de politie had hij allerlei vormen van vooroordeel gezien, maar het bleef hem tegenstaan.

'De lengte en herkomst van mevrouw Rodriguez-McKenzie zijn nauwelijks relevant voor haar professionele capaciteiten,' zei hij, koeler dan daarvoor. 'En ik heb geen accent opgemerkt.'

'Nou, ze zit hier lang genoeg om dat kwijt te zijn, neem ik aan,' gaf Vivienne met hoorbare tegenzin toe. 'Maar het punt blijft. Alles wat ze heeft, komt doordat ze op de McKenzies teert. Hun land, hun faciliteiten, hun reputatie.' Ze boog iets dichterbij en verlaagde haar stem samenzweerderig. 'Onder ons gezegd: ik heb gehoord dat de zussen haar alleen dulden omdat hun ouders het zo wilden. Familieplicht en zo.'

Jake dacht aan het jonge meisje dat bij de pony's had geholpen, Jemima, die duidelijk dol was op Pip. Er was niets verplichts aan die band geweest, en ook niets dat wees op louter tolerantie in de manier waarop Pip over de McKenzie-zussen had gesproken; het klonk naar respect en diepe genegenheid.

'Mevrouw Rodriguez-McKenzie komt op mij over als iemand die haar plek heeft verdiend met vakkennis en hard werken,' zei hij vlak.

Viviennes ogen vernauwden; het groene vuur erin verhardde. 'Je bent wel erg snel met het verdedigen van iemand die je net kent, Senior Constable. Ik hoop dat dat geen gebrek aan onpartijdigheid in jouw officiële taken verraadt.'

De impliciete dreiging was zo doorzichtig dat Jake bijna moest lachen. In plaats daarvan ging hij rechter staan dan hij al stond en schakelde over op de formele politiebedeesdheid die hem vaak door lastige situaties had geholpen.

'Wees gerust, mevrouw Ashford, mijn beoordelingen zijn uitsluitend gebaseerd op waarneembaar bewijs en professionele interacties. En nu moet je mij excuseren: ik heb een onderzoek voort te zetten.' Hij gebaarde naar zijn kantoor; de boodschap was duidelijk, zij het professioneel gebracht.

Viviennes teint kleurde iets op; de gloed trok als vlekken haar hals op, die haar dure foundation niet helemaal wist te verdoezelen. 'Natuurlijk,' zei ze strak. 'Het zou toch niet aan mij liggen om je van jouw plicht te houden. Ik probeerde alleen wat... lokale context te bieden.'

'Ik waardeer input uit de gemeenschap,' antwoordde Jake neutraal, al wisten ze allebei dat hij het niet meende. 'Goedendag, mevrouw Ashford. Tenzij je klaar bent om een formele aangifte te doen over de diefstal van Celestia?'

Schrik flitste onmiskenbaar over Viviennes gezicht. 'Ik heb het nu veel te druk om me daarmee bezig te houden. Dag!'

Terwijl hij haar het bureau zag uitbeuken, haar hakken agressief tikkend op het linoleum, vroeg Jake zich af wat de werkelijke voorgeschiedenis van Pip Rodriguez-McKenzie was. Niet de venijnige versie die Vivienne had neergelegd, maar het echte verhaal. Een jockey die trouwde met een soldaat die een paar maanden later in Afghanistan stierf. Een weduwe die een nieuw leven had opgebouwd als ponytrainster op het land van haar schoonfamilie.

Er zat duidelijk veel meer achter Pip dan je op het eerste gezicht zou zeggen, en Jake merkte dat hij steeds nieuwsgieriger werd naar die kleine vrouw met de gezaghebbende uitstraling, die in zijn dossiers razendsnel een patroon had gezien dat hij had gemist. Wat haar achtergrond ook was, ze was overduidelijk niemands liefdadigheidsgeval, en al helemaal niet iemand die Vivienne Ashfords minachting verdiende.

Hij ging terug naar zijn bureau, trok de diefstaldossiers naar zich toe en bekeek ze met frisse blik, op zoek naar het merriepatroon dat Pip had benoemd. Misschien werd het tijd om Ridgewater eens echt te bezoeken, zowel om dit veelbelovende spoor op te volgen als om Pip Rodriguez-McKenzie in haar eigen omgeving te zien, weg van de benauwde, formele muren van het politiebureau. Puur om professionele redenen, natuurlijk.

Er schoot hem nog iets te binnen, en hij greep naar de telefoon. Hij zou mevrouw Harrington, Pip's mogelijke klant, bellen om uit te leggen dat de vraag over Honey's herkomst volledig naar zijn tevredenheid was opgelost en dat er geen enkele twijfel bestond over de juridische status van welke pony van Pip dan ook.

Het minste wat hij kon doen.

Hoofdstuk Vier

Jake volgde de slingerende oprit dieper het Ridgewater-terrein op, het grind kraakte onder zijn banden terwijl hij langs keurig onderhouden weiden reed waar paarden in de late ochtendzon graasden. Hij had zich voorgenomen om sinds zijn eerste, korte ontmoetingen met Pip twee weken geleden eens echt langs te komen, maar het lopende diefstalonderzoek en ander politiewerk hadden hem beziggehouden. Nu, op een rustige zaterdagochtend, bracht hij eindelijk een officieel bezoek aan de toonaangevende hippische faciliteit van de streek. De behoefte om de werking beter te begrijpen was oprecht, al merkte hij dat hij het terrein afspeurde naar een glimp van Pips kleine gestalte terwijl hij het hoofdgebouw naderde.

Het woonhuis verscheen na een flauwe bocht: een klassieke Queenslander op palen met een diepe veranda rondom. De witte houten gevelbekleding glansde in het zonlicht, het zinken dak spiegelde de strakblauwe hemel. Jake parkeerde op de aangewezen bezoekersplaats en viel het op hoe de zorgvuldige organisatie zelfs doorliep tot in de met witgekalkte stenen afgebakende parkeerplekken op het grind.

Toen hij uit zijn voertuig stapte, kwam er een lange vrouw uit het huis, die met beheerste vastheid de treden afliep. Ze droeg praktische jeans en een poloshirt met het Ridgewater-logo. Haar aardbeiblonde haar zat in een nette vlecht, haar gezicht was beheerst maar vriendelijk, een stevige montuurbril verzachtte de groenblauwe ogen enigszins.

'Senior Constable Harrison?' riep ze, terwijl ze naderde met een uitgestoken hand. 'Sarah McKenzie. Fijn dat je de moeite hebt genomen om te komen.'

'Zeg maar Jake,' antwoordde hij en nam haar handdruk aan. Haar greep was stevig en zelfverzekerd. 'Ik waardeer het dat je tijd vrijmaakt om me rond te leiden.'

Sarah knikte en gebaarde naar het terrein dat zich voor hen uitstrekte. 'Pip zei dat je onze bedrijfsvoering beter wilde begrijpen. We helpen graag op elke manier die we kunnen met je onderzoek.'

Jake merkte hoe Sarah haar hoofd licht schuin hield terwijl ze sprak, haar ogen met bijzondere concentratie focusserend. Er zat iets in haar blik dat behoedzaam, afgewogen leek, alsof ze bewust verwerkte wat ze zag.

'Zullen we beginnen bij de hoofdvoorzieningen?' stelde ze voor, terwijl ze voorging over een netjes geharkte weg. 'We zitten hier sinds mijn ouders het terrein in 1984 kochten, niet lang nadat ze elkaar ontmoetten op de Olympische Spelen in Los Angeles. We begonnen met 200 acres, inmiddels zitten we op 1.200.'

Jakes wenkbrauwen gingen omhoog. 'Indrukwekkende groei.'

'Nodig voor wat we doen,' antwoordde Sarah nuchter. 'Daar is onze overdekte piste, Olympisch formaat. Pa stond erop hem volgens internationale normen te bouwen.'

Het enorme gebouw domineerde de oostkant van het terrein, het metalen dak schitterde in de zon. Door de open zijkanten zag Jake een ruiter op een schimmel aan het werk.

'Dat is Kate, mijn middelste zus,' lichtte Sarah toe. 'Dressuur is haar specialiteit. Ze mikt op de longlist voor de Spelen.'

Jake keek naar de rechtop elegante houding van de ruiter terwijl ze het paard door bewegingen leidde die voor zijn ongetrainde oog op een ballet leken. 'Een hele prestatie.'

'Kate werkt daar haar hele leven al naartoe,' zei Sarah met onmiskenbare trots. 'Dat is Misty waarop ze rijdt, een van onze eigen fokproducten, dochter van onze stamvaderhengst.'

Ze liepen verder langs een tweede piste van hetzelfde formaat, dit keer zonder dak, twee longeercirkels waar paarden in rondes werden gewerkt, en vervolgens naar een onoverdekte piste waar springmateriaal in een complex patroon stond opgesteld.

'Dit was vroeger mijn domein,' zei Sarah, haar stem gelijkmatig, al zag Jake een korte flits van iets als spijt in haar uitdrukking. 'Ik deed eventing op drie onderdelen tot mijn ongeluk een paar jaar geleden.'

Jake herinnerde zich dat Porter iets had gezegd over een ongeluk van een van de McKenzie-zussen. 'Ik heb gehoord dat je behoorlijk succesvol was.'

Sarahs glimlach was strak maar oprecht. 'Ik had mijn momenten. Helaas is mijn zicht na het ongeluk aangetast en heb ik bijna al mijn dieptezicht verloren, waardoor springen gevaarlijk is, zelfs op de best getrainde paarden. Nu richt ik me op fokkerij en operationeel management, en geef ik ook een paar leerlingen les. Het is minder adrenaline-gedreven dan wedstrijden, maar op zijn eigen manier net zo bevredigend.'

Ze leidde hem naar een reeks smetteloze stallen, de geur van vers hooi en paard sterk maar aangenaam in de lucht. Op iedere boxdeur prijkte een messing naambordje, de betonnen gangen waren bezemschoon. Medewerkers knikten respectvol toen ze langsliepen.

'Dit is onze hoofd-stallenrij,' legde Sarah uit. 'Vierentwintig boxen, vooral voor wedstrijdpaarden en een paar pensionklanten, en nog twintig in de volgende, dat is onze veulenstal en fokmerriefaciliteit. De hengstenstal staat apart, daar.' Ze wees naar een gebouw verderop, omgeven door extra hoge hekken. 'Legend, onze stamvaderhengst, woont daar. Hij is nu 24, semipensionado, maar hij geeft nog steeds uitzonderlijke veulens.'

Jake was oprecht onder de indruk van de schaal en de professionaliteit van het geheel. 'Dit is omvangrijker dan ik me had voorgesteld.'

'We zijn een van de grootste hippische bedrijven in Queensland,' gaf Sarah toe zonder te pochen. 'Tussen mijn zussen en mij managen we fokkerij, competitie, training en revalidatieprogramma's. Emma, mijn jongste zus, is gespecialiseerd in het hertrainen van ex-renpaarden. En natuurlijk is er Pips pony-trainingsbedrijf.'

Alsof op cue klonk het gelach van kinderen vanuit een verder gelegen wei waar verschillende kleine pony's rondliepen onder het waakzame oog van een klein figuurtje dat Jake meteen herkende. Er ontspande iets in zijn borst bij het zien van Pip, haar donkere vlecht zwaaiend terwijl ze iets voordeed aan de kinderen die om haar heen stonden.

'Pip heeft een flinke wachtlijst,' merkte Sarah op, terwijl ze zijn blik volgde. 'Ouders vertrouwen haar zonder meer met hun kinderen. Er is geen hoger keurmerk in de ponywereld dan 'door Pip getraind'.'

Jake knikte en sloeg die informatie op. 'En ze woont hier op het terrein?'

'Natuurlijk,' antwoordde Sarah, met een lichte frons tussen haar wenkbrauwen. 'Pip hoort bij de familie. Al sinds ze met mijn broer Kit trouwde. Zijn dood heeft daar niets aan veranderd.'

Er klonk een beschermende ondertoon in Sarah's stem die Jake meteen respecteerde. 'Dat bedoelde ik niet anders,' verduidelijkte hij. 'Ik probeer alleen de bedrijfsvoering te begrijpen.'

Sarah's uitdrukking verzachtte. 'Sorry. We zijn een tikkeltje beschermend richting Pip. Er zijn mensen die graag suggereren dat ze hier niet thuishoort, wat echt onzin is. Ze is net zo goed een McKenzie als ieder van ons.'

Ze rondden de tour van de buitenfaciliteiten af, terwijl Sarah beknopte uitleg gaf over de functie van elk onderdeel en de verschillende specialisaties binnen de familie. Op zijn verzoek wees ze ook de camera's aan die op het huis waren gemonteerd en die op de hoofdpoort en de stallenblokken gericht stonden. Omdat de oprijlaan de enige manier was om paarden het terrein op of af te krijgen, zouden de camera's zeker beeld van eventuele dieven vastleggen. Jakes notitieboek vulde zich met details die relevant konden zijn voor het diefstalonderzoek, al raakte hij steeds meer geïnteresseerd in de familiedynamiek achter dit indrukwekkende bedrijf.

'Dat is het meeste wel,' zei Sarah terwijl ze terugliepen richting huis. 'Koffie? Pip zei dat ze vanmorgen gebakken heeft, en haar pompoenscones zijn legendarisch.'

Jake keek op zijn horloge. Eigenlijk moest hij terug naar het bureau, maar de gedachte aan verse scones en de kans om meer te leren over het bedrijf was te verleidelijk. 'Graag, dank je.'

Op de veranda zaten al twee vrouwen en een jong meisje rond een grote houten tafel, en het gesprek stroomde soepel tussen hen door.

'Jake, maak kennis met de rest van de familie,' zei Sarah. 'Kate en Emma, mijn zussen, en Jemima, Emma's dochter.'

Kate, nog in haar rijkleding, knikte kort. Alle drie de zussen hadden hetzelfde atletische postuur en Kate leek sterk op Sarah, al onderscheidden haar blonde haar en meer gereserveerde manier haar. Emma, duidelijk de jongste, had lichtbruin haar, een sproetensproei over haar neus en warme ogen die kraaienpootjes kregen als ze glimlachte. De achtjarige Jemima, blond en blauwogig, straalde hem tegemoet met ongeremde nieuwsgierigheid.

'Ben je echt een politieagent? Heb je handboeien? Heb je ooit op iemand geschoten?' vuurde het kind achtereenvolgens af.

'Jemima!' berispte Emma haar, al trilden haar lippen van ingehouden amusement.

'Ja, ja, en nee, gelukkig,' antwoordde Jake, tot zijn eigen verbazing zo gemakkelijk. Gewoonlijk hield hij striktere professionele afstand, zeker in een onderzoekssituatie.

De deur naar het huis zwaaide open en Pip kwam naar buiten met een schaal scones. Haar gezicht lichtte op toen ze hem zag. 'Senior Constable Harrison! Fijn dat je er bent.'

'Jake is goed,' herinnerde hij haar, en hij voelde zich vreemd verwarmd door het feit dat ze zichtbaar blij was hem te zien. 'Ik krijg een echte rondleiding door het bedrijf.'

Pip zette de schaal neer. 'Nou, je kunt Ridgewater niet goed bezichtigen zonder wat te eten en te drinken. Sarah heeft je vast je benen van onder je lijf gelopen.'

De familie viel in een ontspannen gesprek rond de tafel, waarbij Jemima het grootste deel opeiste met enthousiaste verhalen over school en haar laatste rijavonturen. Jake merkte dat hij achteroverzakte op zijn stoel, genietend van de warmte van de zon op zijn rug en het natuurlijke gekeuvel van de familie. Hij zag hoe ze Pip vanzelfsprekend betrokken, ruimte maakten voor haar opmerkingen, voortborduurden op haar verhalen, wat een diepte aan verbondenheid onthulde die veel verder ging dan louter tolerantie. De oprechte genegenheid tussen hen allen was onmiskenbaar, waardoor Vivienne Ashfords insinuaties niet alleen venijnig maar ook absurd leken.

Jake betrapte zichzelf erop dat hij glimlachte in zijn koffie, zijn gebruikelijke professionele reserve even vergeten. Het was lang geleden dat hij dit soort familiale warmte had ervaren. Zijn appartement in Ridgemont bestond nog grotendeels uit ingepakte dozen, en zijn avonden bestonden vooral uit dossiers en handleidingen. Het contrast deed zijn keel onverwacht samentrekken.

'Gaat het wel, Senior Constable?' vroeg Pip zacht, toen ze zijn plotselinge stilvallen opmerkte.

Jake richtte zich op, terwijl zijn professionele masker weer op zijn plaats schoof. 'Prima, dank je. En het is Jake, alsjeblieft. Deze scones zijn uitstekend.'

Pips donkere ogen bestudeerden hem een fractie langer dan strikt nodig, alsof ze iets achter zijn beheerste façade had opgevangen. Maar ze knikte alleen en schoof hem nog een scone toe. 'Probeer er wat bushhoning op. Komt uit kasten op ons terrein, al zijn we allemaal te bang om ze zelf te oogsten; een buurman doet dat!'

Toen Jake uiteindelijk op zijn horloge keek, bleek er bijna een uur verstreken. 'Ik moet terug naar het bureau,' zei hij, terwijl hij opstond. 'Bedankt voor de rondleiding en de verwennerij.'

'Altijd,' antwoordde Sarah. 'Laat het weten als je nog meer informatie nodig hebt voor je onderzoek.'

'Ik loop met je mee,' bood Pip aan, terwijl ze haar koffiemok neerzette.

Buiten bleef Jake bij zijn voertuig staan, met tegenzin om te vertrekken ondanks het werk dat in de stad op hem wachtte. Pip stond naast hem, reikte nog net tot aan zijn borst, maar vulde op de een of andere manier de ruimte met haar aanwezigheid.

'Dank je dat je dit geregeld hebt,' zei hij formeel. 'De rondleiding was erg verhelderend.'

Pip glimlachte, en de uitdrukking verlichtte haar hele gezicht. 'Sarah geeft de beste rondleidingen. Militaire precisie, die.'

Jake betrapte zichzelf erop dat hij terugglimlachte. 'Dat merkte ik. Het terrein is indrukwekkend.'

'Het is thuis,' zei Pip eenvoudig. Vervolgens, met een lichte kanteling van haar hoofd: 'Je moet nog eens terugkomen. Als je niet in functie bent.'

De uitnodiging hing tussen hen in, onverwacht en merkwaardig welkom. Jake knikte al voordat hij de implicaties volledig had verwerkt. 'Dat lijkt me leuk.'

Terwijl hij wegreed, de smaak van pompoenscones nog op zijn tong en het beeld van Pips glimlach vers in zijn gedachten, drong het tot Jake door dat hij het werkelijk meende. Hij wilde terug naar Ridgewater, en niet alleen voor het onderzoek.

'Dus de microchipgegevens van al je pony's worden hier bewaard?' vroeg Jake, drie dagen na zijn eerste rondleiding, terwijl hij in de deuropening van Pips kleine kantoor stond. De krappe ruimte was tot in de puntjes georganiseerd, met kleurgecodeerde mappen langs de muren en een whiteboard met trainingsschema's. Hij had zichzelf voorgehouden dat het vervolgbezoek noodzakelijk was voor het diefstalonderzoek, al had Sergeant Porter een nieuwsgierige wenkbrauw opgetrokken toen Jake zo snel weer naar Ridgewater wilde terugkeren.

'Alles is digitaal én op papier,' bevestigde Pip, terwijl ze naar een hoge plank reikte waar groene mappen keurig op een rij stonden. Zelfs op haar tenen raakten haar vingers amper de onderkant van de plank. 'Ik houd van alles back-ups.'

Jake stapte instinctief naar voren en pakte moeiteloos de map die ze niet goed kon bereiken. Hun handen raakten elkaar kort toen hij hem aan haar doorgaf, en hij werd zich pijnlijk bewust van hoe klein haar vingers waren vergeleken met de zijne.

'Dank je,' zei ze met een wrange glimlach. 'De nadelen van verticaal uitgedaagd zijn in een wereld gebouwd voor reuzen.'

'Graag gedaan,' antwoordde hij, zich bewust van het verschil van veertien inch tussen hen. Pip moest haar hoofd flink in haar nek leggen om hem aan te kijken, en toch was er niets kleins aan haar uitstraling.

Er viel even een stilte, tot Jake zijn keel schraapte en een stap terugdeed. 'Ik wilde je nog iets vragen. Ik heb contact opgenomen met mevrouw Harrington, uitgelegd dat, hoewel ik verplicht was de claim rond Honey te onderzoeken, ik er volledig van overtuigd ben dat zij niet de bewuste pony is, en dat ik nul twijfels heb over de legitimiteit van jouw bedrijf. Ze leek ontvankelijk voor het gesprek; heb je toevallig nog iets van haar gehoord?'

Pips brede glimlach brak door. 'Ja! Ze was op de Easter Show met haar dochter. Blijkt dat haar dochter eigenlijk heel graag dressuur wil rijden, dus hebben ze een andere pony gekocht, Meredith. Dus Honey staat nog steeds te koop, maar voor Meredith heb ik een goede prijs gekregen. Ik ben blij met de deal.'

'Dat is uitstekend om te horen,' zei Jake, en hij meende het. De oneerlijkheid dat Viviennes ongefundeerde beschuldiging Pip een verkoop had kunnen kosten, had hem dwarsgezeten.

'Dank je dat je contact met haar hebt opgenomen. Ik waardeer het.' Pip keek hem oprecht aan. 'Reputatie is alles in deze branche, en sommige mensen zien anderen nu eenmaal liever niet slagen, zeker als die persoon er niet uitziet zoals zij. Ik moet twee keer zo hard werken om als half zo goed gezien te worden – maar in de wedstrijdring spreken mijn resultaten voor zich.'

Jake knikte, peinzend over de inherente oneerlijkheid waarmee Pip te maken had, terwijl zij een map opensloeg en een oude verkoopcatalogus tevoorschijn haalde die ze hem wilde laten zien, omdat ze vragen had gekregen over een van de verkopers met een groot aantal dieren te koop. Hun gesprek ging verder, maar Jake merkte dat hij veel langer bleef hangen dan strikt nodig was voor een simpele follow-up.

Een week later draaide Jake opnieuw de oprit van Ridgewater op. Hij zag Pip in een van de longeercirkels, bezig met een gedrongen voskleurige pony die duidelijk grenzen aan het testen was.

Hij parkeerde en liep naar het hek, waar hij toekeek hoe de pony zijn oren in de nek legde en dreigde te happen. Ondanks dat ze amper groter was dan het dier dat ze in handen had, reageerde Pip meteen en zelfverzekerd. Een subtiele verschuiving in haar houding, een zacht woord, en de oren van de pony draaiden weer naar voren, zijn aandacht opnieuw gefocust.

'Zo is het beter,' murmelde ze, terwijl ze de pony over zijn hals aaide. 'Minder attitude, beter luisteren.'

Jake leunde tegen de hekregel, gefascineerd door de stille communicatie tussen vrouw en paard. Toen Pip hem opmerkte, lichtte haar gezicht even op, om vervolgens weer in professionele hoffelijkheid te vervallen.

'Senior Constable. Nog meer vragen?' vroeg ze, al klonk haar toon eerder plagerig dan geërgerd.

'Een paar maar,' gaf hij toe. 'Al wacht ik graag tot je klaar bent.'

Pip schudde haar hoofd. 'Hoeft niet. Russet hier kan best even pauze nemen om over zijn levenskeuzes na te denken.' Ze zette de pony vast aan een vastzetpaal en liep naar het hek. 'Waarmee kan ik vandaag helpen?'

Terwijl ze het over lokale fokbedrijven hadden, merkte Jake dat hij voortdurend werd afgeleid door Pips natuurlijke zelfvertrouwen. Ze sprak met gezag over bloedlijnen, faciliteiten en standaarden in de sector, en aarzelde nooit om zijn aannames te corrigeren of hiaten in zijn kennis op te vullen. De pony keek hen vanaf zijn plek aan, stampte af en toe met een hoef alsof hij ongeduldig werd om de training te hervatten.

'Hij heeft nogal uitgesproken meningen, zo te zien,' merkte Jake op, knikkend naar de pony.

Pip lachte, het geluid verrassend warm voor zo'n klein persoon. 'Russet denkt dat hij alles weet. Het is mijn taak hem van het tegendeel te overtuigen voordat een kind gewond raakt.'

'Hij oogt behoorlijk krachtig voor zijn formaat,' observeerde Jake, en hij nam de gespierde bouw van de pony op.

'Dat zijn de meeste pony's,' beaamde Pip. 'Pond voor pond zijn ze sterker dan grote paarden, en twee keer zo sluw in het inzetten van die kracht.' Haar ogen twinkelden. 'Net als sommige mensen.'

De opmerking bleef tussen hen hangen, en Jake merkte dat hij glimlachend antwoordde.

De dinsdag daarop was Jake weer bij Ridgewater, ditmaal met een legitieme update over het diefstalonderzoek. Een terloopse opmerking van Pip had hem naar Biosecurity Queensland gestuurd met het verzoek om toestemming om hun databanken met vervoersgegevens in te zien, de juridische documenten die nodig zijn om een paard tussen locaties te vervoeren, en vandaar naar het Department of Primary Industries in New South Wales voor hun gegevens. Hij had een patroon ontdekt van vergunningen voor paardentransport voor interstatelijke verplaatsingen dat wel heel zwaar leunde richting merries.

Hij trof Pip in de trainingspiste, waar ze een grondwerktechniek demonstreerde aan een groep volwassenen. Haar publiek keek aandachtig toe terwijl ze een piepklein grijs pony'tje door een reeks precieze bewegingen leidde met niets anders dan subtiele lichaamstaal.

Jake leunde tegen het hek en was tevreden om te wachten tot de demonstratie voorbij was. Haar vakmanschap bleek uit elke beheerste beweging, elke heldere uitleg. De toekijkende volwassenen knikten respectvol, maakten aantekeningen en stelden vragen die Pip met zelfverzekerd gezag beantwoordde.

Toen de sessie eindigde, zag Pip Jake en verontschuldigde zich bij de groep. 'Twee keer in één week, Senior Constable. Straks gaat men nog praten,' plaagde ze terwijl ze naderde.

'Ik heb dit keer echt politiezaken,' verzekerde hij haar, al kon hij een glimlach niet onderdrukken.

Ze liepen samen richting haar kantoor, en Jake paste automatisch zijn pas aan de hare aan. Hij werd zich steeds bewuster van hun fysieke contrast, niet alleen in lengte maar ook in bouw. Zijn beschermingsdrang, aangescherpt door jaren politiewerk, flakkerde onverwacht op telkens als hij neerkeek op haar kleine gestalte. Toch zette elk bewijs van haar competentie diezelfde reflex op scherp, wat een innerlijk conflict creëerde dat hij niet goed kon plaatsen.

'Vertel me eens over microchips en vervoersdocumenten,' vroeg hij.

Ze stokte halverwege haar pas en trok een vragende wenkbrauw op. 'Oké...'

'Het microchipnummer van het paard moet toch op dat document staan, of niet? Maar controleert iemand eigenlijk of het paard dat vervoerd wordt overeenkomt met dat chipnummer?'

'Nou... nee. Meestal hebben alleen dierenartsen de scanners. Al hebben wij er eentje, omdat Emma en ik op veilingen graag controleren of het paard dat we kopen ook echt is wie het moet zijn.' Pips bruine ogen werden groot. 'Oh! Zo doen ze het! Maar waar halen ze die andere paarden vandaan en wat gebeurt er daarna mee?'

Hij knipperde naar haar. Ze had een logische sprong gemaakt die hij niet meteen volgde. Ze grijnsde om zijn uitdrukking. 'Kom binnen en ga zitten, dan leg ik het uit. Iemand speelt een bekerspel... en als ik erover nadenk, gok ik dat de slachterij erbij betrokken is. Ze gebruiken de microchips van paarden die bestemd zijn voor de slacht... en beweren dat die paarden helemaal niet gechipt zijn.'

De volgende ochtend arriveerde Jake bij Ridgewater met twee meeneemkoffies van het kleine café in de stad. Hij vond Pip in het kantoor, omringd door papierwerk, haar donkere haar ontsnapt uit de gebruikelijke nette vlecht. Ze keek verbaasd op toen hij op de open deur klopte.

'Vredesoffer,' zei hij, terwijl hij de koffie omhooghield. 'Ik moet je nog eens vragen naar transportbedrijven.'

Pips gezicht lichtte op bij het zien van de koffie. 'Je bent vergeven voor elke ondervraging als dat is wat ik denk dat het is.'

Jake gaf haar het bekertje, zorgvuldig om niets te morsen. 'Flat white, extra shot.'

'Je hebt het onthouden,' zei ze, hoorbaar blij.

Terwijl Pip met zichtbare waardering van haar koffie nipte, betrapte hij zichzelf erop dat hij details registreerde waar hij professioneel geen enkele reden voor had: de piepkleine lijntjes in haar ooghoeken als ze lachte, de manier waarop ze ontsnapte lokken achter haar oor streek, hoe haar handen het bekertje omklemden.

Hun gesprek over transportbedrijven verbreedde zich al snel tot een bredere bespreking van de zaak. Jake merkte dat hij meer details deelde dan strikt noodzakelijk, omdat hij Pips inzichten en kennis van de sector waardeerde. Ze luisterde aandachtig en stelde scherpe vragen die vaak leidden tot invalshoeken waar hij nog niet aan had gedacht.

Hoofdstuk Vijf

De bezoeken kregen in de daaropvolgende dagen een vast patroon. Jake kwam langs met een legitieme vraag of update, maar vond steeds vaker redenen om te blijven hangen. Hij observeerde Pip in allerlei situaties: hoe ze kinderen met eindeloos geduld lesgaf, hoe ze met scherp zakelijk inzicht over verkoop onderhandelde, hoe ze met Sarah fokstrategieën besprak in technische termen die hij niet volledig kon volgen.

Elke interactie versterkte zijn groeiende respect voor haar capaciteiten, maar deed niets af aan de beschermingsdrang die telkens oplaaide wanneer hij naast haar stond en werd herinnerd aan hun dramatische lengteverschil. Die tegenstelling frustreerde hem, en hij betrapte zichzelf erop dat hij die analyseerde telkens wanneer hij Ridgewater verliet met een steek van spijt die hij hardnekkig probeerde weg te drukken.

Dat innerlijke debat was in volle gang toen Jake op een middag bij Ridgewater aankwam en Emma McKenzie een trillende vosbruine ruin uit een trailer zag lossen. De ogen van het dier rolden wit van angst, de neusgaten wijd opgezet terwijl het nerveus op de oprit danste.

'Rustig maar, jongen,' zei Emma, haar stem kalm ondanks de spanning die zichtbaar was aan de stand van haar schouders. 'We zijn er bijna.'

Het paard snoof plotseling, opgeschrikt door een rammelende emmer, en steigerde heftig. Emma verloor de leadrope en het in paniek geraakte dier sprong nog een stuk achteruit voordat het verstijfde en rondkeek in wat Jake vermoedde de opmaat tot vluchten was. Hij zette instinctief een stap naar voren om te helpen, maar nog voordat hij kon bewegen, dook Pip uit het niets op.

Hoewel ze waarschijnlijk niet meer dan een tiende van het gewicht van het paard had, stapte Pip recht in de ruimte van het dier. Haar stem droeg helder over het erf, niet verheven of scherp, maar met onmiskenbaar gezag.

'Dat is genoeg,' zei ze eenvoudig.

De kop van het paard zwiepte naar haar toe, oren gespits van plotselinge interesse. Pip hield gelijkmatige oogcontact, haar lichaamstaal straalde rustige zelfverzekerdheid uit. Binnen enkele seconden werd de ademhaling van het paard regelmatiger, de houding ontspande stapje voor stapje.

'Zo is het goed,' mompelde Pip, terwijl ze omhoog reikte om zijn hals te aaien en de bungelende leadrope vast te pakken. 'Gewoon eerste-dag-nerves, hè?'

Emma blies opgelucht uit. 'Dank je, Pip. Hij liep prima de trailer in op het veilingterrein, maar ik denk dat hij tijdens de rit is geschrokken.'

'Nieuwe plekken kunnen ook eng zijn,' stemde Pip in, evenzeer tegen het paard pratend als tegen Emma. Ze liet haar kleine handen vakkundig langs de benen en het lijf van het dier gaan, op zoek naar verwondingen. 'Hij lijkt correct te lopen, alleen bang. Laten we hem installeren.'

Jake keek toe hoe Pip moeiteloos het inmiddels kalme paard naar de stal leidde, het dier volgde haar kleine gestalte met verrassende volgzaamheid. Emma ving Jakes uitdrukking op en grijnsde.

'Indrukwekkend, hè?' zei Emma. 'Laat je niet foppen door de verpakking. Pip heeft meer paardenverstand in haar pink dan de meeste trainers in hun hele lijf.'

Jake knikte, terwijl er iets in zijn perceptie verschoof. Zijn beschermingsdrang bleef, een diepgewortelde reactie op Pips kleine gestalte die hij niet zomaar kon uitzetten. Maar daarnaast groeide een diep respect voor haar kunnen, het besef dat haar fysieke lengte misschien wel het minst relevante aspect van haar persoon was.

Terwijl hij toekeek hoe Pip het paard dat meer dan een halve ton zwaarder was dan zij zelf met vertrouwen leidde, realiseerde Jake zich dat zijn bezorgdheid om haar veiligheid meer zei over zijn eigen vooroordelen dan over haar daadwerkelijke capaciteiten. Een nederige gedachte, en een die verdere overdenking vereiste.

'Deze transportvergunningen wijzen duidelijk op een interstatelijke link,' zei Jake, terwijl hij de documenten over Pips bureau uitspreidde. Hij had aanzienlijke voortgang in de zaak geboekt, mede dankzij Pips branchekennis, al deed hij niet langer alsof zijn frequente bezoeken aan Ridgewater puur professioneel waren, in elk geval niet tegenover zichzelf. 'Hetzelfde bedrijf vroeg binnen achtenveertig uur na drie afzonderlijke diefstallen vergunningen aan.'

Pip boog zich voorover en liet haar vinger de data op de documenten volgen. 'En ze zijn allemaal voor merrietransport naar New South Wales. Dat past perfect bij onze theorie over de fokfraude.' Ze keek op naar Jake, haar donkere ogen glanzend van de kick van het puzzelstukjes leggen. 'Hebt u al contact opgenomen met de NSW-politie?'

'Gisteren,' bevestigde Jake. 'Ze checken bekende fokbedrijven in de buurt van de bestemmingsadressen. Als we ze kunnen pakken met gestolen merries op het terrein...'

'Dan hebt u ze klem,' vulde Pip aan, knikkend. 'Zeker met de chipgegevens van de oorspronkelijke eigenaren.'

Jake merkte dat hij glimlachte om hun soepele verstandhouding. De afgelopen weken had hun samenwerking een bijna naadloze kwaliteit gekregen, waarbij de een de gedachten van de ander anticipeerde. Het was anders dan welke professionele samenwerking dan ook die hij eerder had meegemaakt, zeker met een burger.

Het geluid van banden op grind onderbrak hun gesprek. Door het kantoorraam zag Jake een glanzend zwarte Range Rover naast de trainingspiste stoppen, waar Kate McKenzie zich voorbereidde op een middagles.

'O nee,' mompelde Pip, haar uitdrukking ineens waakzaam.

Jake volgde haar blik en zag Vivienne Ashford uit het voertuig stappen, haar kastanjebruine haar wapperend in de bries. Ze droeg rijbroek en een getailleerd jasje dat schreeuwde om dure smaak, en slaagde erin praktische rijkleding te laten ogen als een modestatement. Een klein roodharig meisje klom uit de passagierskant, haar rijhelm stevig vastgeklemd.

'Charlotte heeft op donderdagmiddag les bij Kate,' legde Pip uit, haar stem zorgvuldig neutraal. 'Vivienne zet haar meestal alleen af en rijdt dan weer door.'

Jake knikte, terugdenkend aan hun eerdere ontmoeting met Vivienne op het bureau. De vrouw had geen verdere beschuldigingen geuit over gestolen pony's, maar ze had ook geen excuses aangeboden voor de valse claims die Pip bijna een aanzienlijke verkoop hadden gekost.

'We moeten waarschijnlijk even gedag gaan zeggen,' zei Pip met hoorbare tegenzin. 'Professionele beleefdheid en zo.'

Ze stapten het kantoor uit de warme namiddagzon in. Kate begroette Charlotte al, hielp het opgewonden kind haar helm verstellen, terwijl Vivienne ernaast stond en het terrein opnam met een eigenaarsachtige air. Toen ze Jake naast Pip zag aan komen lopen, veranderde haar hele houding; een oogverblindende glimlach verving haar verveelde uitdrukking.

'Senior Constable Harrison!' riep ze, terwijl ze zwaaide alsof ze oude vrienden waren. 'Wat een leuke verrassing.'

Jake behield zijn professionele kalmte terwijl ze naderden. 'Mevrouw Ashford. Goedemiddag.'

'Zeg alsjeblíéft Vivienne,' drong ze aan, terwijl ze naar voren stapte om zich pal voor hem te positioneren, Pip effectief uit het gesprek snijdend. 'Ik wist niet dat de politie ook huisbezoeken aflegt voor rijlessen. Misschien moet ik wat vaker verdachte activiteiten melden.'

De flirtende toon maakte Jake ongemakkelijk, zeker gezien haar eerdere valse beschuldigingen. 'Ik ben hier voor officiële zaken die te maken hebben met het lopende diefstalonderzoek,' verduidelijkte hij, terwijl hij een fractie opzij stapte om Pip weer in de gesprekscirkel te betrekken. 'Mevrouw Rodriguez-McKenzie levert waardevolle branche-inzichten.'

'Wat fascinerend,' antwoordde Vivienne, al klonk er weinig oprechte interesse door in haar toon. Haar blik gleed geringschattend over Pip voordat ze terugkeerde naar Jake. 'Al zijn er vast meer... traditionele experts met wie u zou kunnen overleggen. De familie Thornley fokt al vijf generaties paarden in Queensland, weet je. Zeer gerespecteerd. Ik kan u voorstellen, als je wilt.'

De implicatie hing onmiskenbaar in de lucht. Jake voelde zijn kaak aanspannen, maar behield zijn professionele houding. 'De expertise van mevrouw Rodriguez-McKenzie is van onschatbare waarde geweest. Haar kennis van fokpraktijken en patronen in de sector heeft het onderzoek aanzienlijk vooruitgeholpen.'

Viviennes glimlach bleef ongewijzigd, al verhardde er iets in haar ogen. 'Natuurlijk. Ik ben er zeker van dat haar... buitenlandse perspectief een unieke invalshoek biedt.' Ze wendde zich met overdreven beleefdheid tot Pip. 'Hoe gaat het met jouw kleine ponybedrijfje? Vindt u nog steeds huisjes voor die rescue-gevalletjes?'

'Heel goed, dank je,' antwoordde Pip met een strak professionele glimlach die haar ogen niet bereikte. 'We bereiden onze inzendingen voor de Royal Queensland Show voor en we hebben een wachtlijst voor trainingsplekken in de zomer.'

'Wat enig,' zei Vivienne, in een toon die het tegenovergestelde suggereerde. 'Charlotte, lieverd, ga nu met juffrouw Kate mee. Mama moet wat gemeenschapszaken bespreken met de Senior Constable.'

Het kleine meisje, dat in de buurt had staan dralen, knikte en huppelde met Kate richting piste. Jake viel op dat Charlotte nog even nieuwsgierig naar Pip keek voordat ze haar instructrice volgde; in haar blik lag niets van haar moeders minachting.

'Zo'n lief kind,' zuchtte Vivienne zodra Charlotte buiten gehoorsafstand was. 'Ik ben blij dat ze nu onder Kates hoede is. Kinderen hebben een degelijk fundament nodig.'

Jake kon Pips gecontroleerde ademhaling naast zich bijna voelen. Hij wist uit hun gesprekken dat Pip net zo gekwalificeerd was als Kate om les te geven—waarschijnlijk zelfs meer voor jonge kinderen op pony's, aangezien Kate doorgaans gevorderde dressuur aan volwassenen gaf.

'Pips trainingsmethoden leveren uitstekende resultaten op,' zei hij gelijkmatig. 'De wachtlijst voor haar programma spreekt boekdelen.'

Vivienne wuifde het weg met een achteloze hand. 'Oh, vast prima voor de kleine pony's. Ik heb het over serieuze hippische ambities.' Ze stapte dichter naar Jake toe en positioneerde zich opnieuw effectief tussen hem en Pip. 'Wat me eraan herinnert, Senior Constable: de Ridgemont Country Club organiseert volgende week een community-bijeenkomst over de omleidingsweg. Als nieuw lid van onze rechtshandhavingsgemeenschap moet je daar echt bij zijn. Een uitstekende gelegenheid om de juiste mensen te ontmoeten, en ik weet zeker dat we allemaal een update over jouw onderzoek naar de paardendiefstallen zouden waarderen.'

De nadruk op 'juiste mensen' droeg duidelijke implicaties over wie Vivienne Jakes professionele aandacht waard vond. Hij hield zijn gezicht in de plooi, al stak de neerbuigendheid jegens Pip hem vanbinnen.

'Ik geef graag een officiële update over het onderzoek,' antwoordde hij neutraal.

'Geweldig!' Viviennes glimlach werd nog stralender. 'We zouden de bijeenkomst nadien tijdens het diner kunnen bespreken. Het restaurant van de club heeft een uitstekende wijnkaart.'

De uitnodiging werd met zoveel zelfvertrouwen gebracht dat Jake besefte dat Vivienne er eenvoudigweg vanuit ging dat hij zou accepteren. Achter haar ving hij een glimp op van Pips zorgvuldig beheerste uitdrukking, haar blik op een punt in de verte gefixeerd. Trilden haar lippen? Hij had ook zin om te lachen.

'Dank je voor de uitnodiging, maar ik houd professionele zaken liever in een professionele setting,' antwoordde Jake.

Viviennes glimlach haperde even, om vervolgens met hernieuwde vastberadenheid terug te keren. 'Natuurlijk, je bent toegewijd aan jouw werk. Heel prijzenswaardig.' Ze boog zich dichter naar hem toe en verlaagde samenzweerderig haar stem. 'Maar onder ons gezegd: iemand met jouw duidelijke potentieel zou zijn sociale kring niet te nauw moeten trekken. Carrièrekansen hangen in regionale gebieden sterk af van de juiste connecties.'

De implicatie was duidelijk: omgaan met mensen als Pip zou zijn professionele vooruitzichten kunnen schaden. Jake voelde een golf van afkeer, maar hield zijn uitdrukking neutraal.

'Naar mijn ervaring spreekt professionele competentie doorgaans voor zichzelf,' antwoordde hij even kalm.

'In een ideale wereld misschien,' zei Vivienne met een quasi-wijs lachje dat op zijn zenuwen werkte. 'Maar we leven in de echte wereld, nietwaar? Waar wie je kent evenveel uitmaakt als wat je weet.' Ze keek veelbetekenend naar Pip en daarna weer naar Jake. 'Iemand in jouw positie zou relaties moeten opbouwen met gevestigde leden van de gemeenschap.'

Jake had in zijn loopbaan wel vaker met mensen als Vivienne te maken gehad, mensen die dachten dat hun rijkdom of status hen recht gaf op speciale behandeling of invloed. Hij had er nooit geduld voor gehad, en nu al helemaal niet.

'Ik waardeer jouw bezorgdheid om mijn loopbaan,' zei hij, professioneel beleefd maar hoorbaar koeler. 'Ik baseer mijn professionele relaties echter op merites en relevantie voor lopende onderzoeken.'

Viviennes glimlach trok wat strak in de hoeken. 'Wel, ik hoop van harte dat jouw onderzoek baat heeft bij deze... consultaties.' Ze wierp een blik op haar horloge, overduidelijk een duur exemplaar dat in het zonlicht glinsterde. 'Ik moet Charlotte laten weten dat haar vader haar ophaalt. De bijeenkomst begint volgende week donderdag om zes uur. Ik laat een plekje voor u vrijhouden vooraan.'

Daarmee draaide ze zich om en beende richting de piste, haar laarzen dreunend op de aangestampte grond.

Jake wendde zich tot Pip, van wie de uitdrukking zorgvuldig beheerst bleef, al zag hij de spanning in haar kaak. 'Het spijt me,' zei hij zacht.

Pip schudde haar hoofd, haar professionele masker stevig op zijn plek. 'Niet nodig. Ik ben het gewend.'

Het feit dat ze aan zulke behandeling gewend was, vergrootte Jakes ongemak alleen maar. Hij had in de politie zijn deel van vooroordelen gezien, maar er was iets bijzonder schrijnends aan Viviennes gladgestreken, sociaal acceptabele variant, verpakt in glimlachen en insinuaties in plaats van openlijke beledigingen.

'Gewend of niet, het is onacceptabel,' antwoordde hij.

Een kleine, oprechte glimlach verving even Pips vaste uitdrukking. 'Dank je. Maar echt, ik laat me al jaren niet meer door mensen als Vivienne Ashford van mijn stuk brengen.' Ze keek naar de piste, waar Kate Charlotte nu op een bedaarde vosbruine pony hielp. 'Bovendien is haar dochter echt een lief kind en een talentvolle ruiter. Dat probeer ik te onthouden.'

Jake knikte, opnieuw onder de indruk van Pips gratie onder druk. Ze had alle recht om boos te zijn, maar ze behield haar professionaliteit en vond zelfs compassie voor Charlotte. Het zei alles over haar karakter—veel meer dan Viviennes insinuaties ooit zouden kunnen.

Pip keek toe hoe Vivienne naar de piste beende, schouders recht als een generaal die de troepen inspecteert. Zeven jaar op Ridgewater hadden haar geleerd Viviennes patronen te doorzien: de vrouw kwam nooit simpelweg Charlotte afzetten en weer vertrekken. Er was altijd een agenda, meestal een poging om Pips positie of expertise te ondermijnen. Ze haalde diep en beheerst adem en bereidde zich voor op wat er ook maar komen ging. Met een beetje geluk zou Jakes aanwezigheid Viviennes gedrag enigszins temperen, al was zijn ongemak voelbaar. Arme kerel zag eruit alsof hij liever overal dan hier was.

'Zullen we teruggaan naar het kantoor?' stelde ze aan Jake voor, hopend dat ze konden ontsnappen voordat Vivienne terugkeerde.

Geen geluk. Vivienne kwam alweer hun kant op, haar glimlach bijgesteld tot iets dat Pip maar al te goed herkende: een blik die ofwel een achterbakse lofprijzing inhield, ofwel een verzoek met addertjes onder het gras.

'Charlotte oogt behoorlijk vaardig op die voskleurige pony,' riep Vivienne toen ze naderde. 'Kate zegt dat ze geweldig vooruitgaat.'

'Ze is een natuurtalent,' stemde Pip oprecht in. Wat ze ook van Vivienne vond, Charlotte was een écht talentvol kind dat van paarden hield. 'Ze heeft een uitstekende balans en zachte handen.'

Vivienne streek met zichtbaar genoegen bij het compliment voor haar dochter. 'Ja, ze is nogal begaafd. Dat brengt me bij iets wat ik al een tijdje met u wilde bespreken.' Haar toon verschoof naar wat Pip in haar hoofd Viviennes 'zakenstem' noemde: kunstmatig warm maar berekenend. 'Charlotte is compleet verliefd geworden op die palomino van u. Die met die bijzondere blauwe ogen.'

Pips maag trok samen. 'Honey?'

'Ja, die is het,' bevestigde Vivienne met een nonchalant zwaaitje van haar gemanicuurde hand. 'Charlotte blijft maar over haar praten. Ik dacht dat we misschien een aankoop konden bespreken.'

Pip hield haar professionele uitdrukking in stand, maar was innerlijk meteen op haar hoede. Honey was elke cent van haar vraagprijs van $20.000 waard, en dat wist Vivienne via het hippische circuit ook. Dit gesprek zou waarschijnlijk niet prettig eindigen.

'Honey is een van mijn beste showpony's,' legde Pip zorgvuldig uit. 'Ze is volledig opgeleid in alle disciplines en klaar voor de competitie. Ze won meerdere rubrieken op de Easter Show, waaronder Supreme Champion Pony, en ik was van plan haar in te schrijven voor verschillende rubrieken in Nambour... en haar misschien zelfs mee te nemen naar de Ekka. Om haar te laten zien aan kopers uit andere deelstaten.' Als ze Honey meenam naar de Royal Queensland Show, telde ze nog minstens $5.000 bij haar prijs op.

Vivienne knikte alsof dit precies was wat ze verwachtte te horen. 'Ja, ze lijkt vrij braaf. Natuurlijk heeft Charlotte iets absoluut bomvast nodig gezien haar niveau, maar voor zover ik heb gezien, lijkt de pony geschikt.'

De bewuste bagatellisering van Honeys opleiding deed Pip even haar kaken op elkaar klemmen. 'Bomvast' was het absolute minimum voor een kinderpony. Honey was uitzonderlijk, in de juiste handen in staat om op het hoogste niveau te winnen. Haar opleiding vertegenwoordigde honderden uren van Pips expertise, waarmee ze een verwaarloosd rescue-geval tot kampioen had omgevormd.

'Honey is aanzienlijk meer dan "braaf",' corrigeerde Pip beleefd. 'Ze heeft met succes gelopen in multidisciplinaire rubrieken, zowel onder het zadel als aan de hand, en staat consequent in de top drie. Ze is een uitstekende spring- en sportpony. Haar beweging en correctheid zijn voortreffelijk, en haar karakter is volledig betrouwbaar.'

'Ja, ja,' zei Vivienne achteloos. 'Al stel ik me voor dat veel van dat succes te danken is aan de training op een accommodatie als deze.' Ze maakte een wijds gebaar naar de onberispelijke terreinen van Ridgewater. 'Je hebt wel uitzonderlijke middelen tot jouw beschikking.'

De implicatie sneed zoals altijd: de suggestie dat Pips succes voortkwam uit de middelen van de McKenzies in plaats van haar eigen vaardigheid en harde werk. Ze was zich pijnlijk bewust van Jake die in de buurt stond en dit gesprek meekeek, en vocht om haar uitdrukking neutraal te houden.

'Ik heb het geluk op uitstekende faciliteiten te werken,' erkende Pip, zorgvuldig haar woorden kiezend. 'Maar Honeys opleiding is het resultaat van mijn persoonlijke programma, ontwikkeld over jaren aan ervaring.'

Viviennes glimlach haalde haar ogen niet. 'Natuurlijk. Dan over de prijs... Ik begrijp dat u doorgaans vrij hoge bedragen vraagt voor jouw pony's, maar aangezien u er zoveel hebt, en aangezien Charlotte haar zinnen op deze pony heeft gezet...' Ze pauzeerde nadrukkelijk. 'Dacht ik dat achtduizend misschien redelijk zou zijn. Ze gaat tenslotte naar een heel goed thuis.'

Pip voelde haar gezicht heet worden bij het beledigend lage bod. Honey was naar elke branchemaatstaf meer dan het dubbele waard, en dat wist Vivienne drommels goed. De suggestie dat Pip genoegen moest nemen met minder dan marktwaarde omdat ze 'zoveel pony's' had, was zowel neerbuigend als beledigend.

'Ik ben bang dat Honeys waarde aanzienlijk hoger ligt,' antwoordde Pip, haar stem stabiel ondanks haar innerlijke beroering. 'Ze staat geprijsd op twintigduizend, wat een eerlijke marktwaarde is voor een pony van haar kwaliteit en opleidingsniveau.'

Viviennes wenkbrauwen schoten in overdreven verbazing omhoog. 'Twintigduizend voor een rescue-pony? Dat lijkt nogal ambitieus.'

'Haar afkomst doet niets af aan haar huidige waarde,' stelde Pip vastberaden. 'Ze is professioneel opgeleid, heeft een bewezen showrecord en is klaar voor directe wedstrijdsuccessen. Ik heb momenteel andere serieuze kopers die in die prijsklasse geïnteresseerd zijn.'

Dat was niet helemaal waar, niet sinds Claire Harrington een andere pony had gekocht, maar Pip was niet van plan die kwetsbaarheid te onthullen.

'Nou,' zei Vivienne met een nep lachje waar Pips kiezen van op elkaar sloegen, 'ik neem aan dat als u huurvrij op andermans terrein woont, u zich zulke kieskeurigheid kunt permitteren in jouw prijzen.'

De steek trof doel, precies zoals Vivienne ongetwijfeld had bedoeld. Pips positie was moeizaam veroverd, na jaren van zichzelf bewijzen—eerst aan Harry Kittredge die haar begeleid had, daarna als beroepsjockey en ten slotte als zakenvrouw op eigen benen. De suggestie dat ze slechts 'huurvrij' leefde, reduceerde al haar harde werk en haar oprechte familiebanden tot parasitisme.

Uit haar ooghoek zag Pip Jake ongemakkelijk verplaatsen, zijn uitdrukking verstrakken bij Viviennes opmerking. Zijn reactie maakte het moment op de een of andere manier nog vernederender: dat juist deze professionele man getuige was van hoe ze als een liefdadigheidsgeval werd aangesproken.

Viviennes glimlach verhardde. 'Daar bent u vast van overtuigd. Toch weten we allebei dat jouw kleine ponybedrijfje zonder de naam McKenzie achter u nauwelijks zulke prijzen zou vragen.' Ze slaakte een theatrale zucht. 'Zo jammer voor Charlotte. Ze zal zo teleurgesteld zijn.'

De manipulatie was doorzichtig: Pip een schuldgevoel aanpraten omdat ze een beledigend bod niet accepteerde. Jarenlang omgaan met lastige eigenaren en afdingen op veilingen had Pip gehard tegen zulke tactieken, maar de publieke aard van deze uitwisseling, met Jake als toeschouwer, maakte het moeilijker dan gewoonlijk om van zich af te laten glijden.

'Dat spijt me om te horen,' antwoordde Pip, haar professionele masker onwrikbaar. 'Als jouw budget toeneemt, of als u interesse hebt in een van mijn jongere projecten in een lagere prijsklasse, laat het me gerust weten. Al beginnen zelfs mijn goedkoopste pony's—waarvan ik niet verwacht dat ze in de keuringsring goed presteren vanwege een minder opvallend uiterlijk—bij tienduizend. Kinderveiligheid is onbetaalbaar, daar bent u het toch mee eens?'

Viviennes uitdrukking koelde merkbaar af. 'Ik zal het in gedachten houden. Al vermoed ik dat Charlotte tegen de Ekka al met betere dingen bezig is.' Ze keek overdreven nauwgezet op haar horloge. 'Ik moet gaan. Senior Constable, ik zie u volgende week in de club.'

Met een laatste glimlach die haar ogen niet bereikte, draaide Vivienne zich om en liep terug naar haar Range Rover, haar houding stralend van gekrenkte waardigheid na een mislukte onderhandeling die ze nooit eerlijk had willen afsluiten.

Pip bleef roerloos staan en ademde beheerst door de vertrouwde steek van Viviennes steken heen. Dit was niet de eerste keer dat ze zulke behandeling onderging, en het zou zeker niet de laatste zijn. De hippische wereld kon genadeloos elitair zijn, en als Filipijns-Australische vrouw had Pip op elke trede van haar carrière tegen vooroordelen gevochten.

'Dat was ongelooflijk onprofessioneel van haar,' zei Jake zacht toen Viviennes voertuig de oprijlaan was afgereden. 'Een bod uitbrengen dat nog niet de helft van de marktwaarde is en dan nog suggereren dat...'

Hij liet de zin ongemakkelijk wegebben, duidelijk niet van plan Viviennes insinuaties te herhalen. Pip waardeerde het gebaar, maar had gewenst dat hij de hele uitwisseling niet had benoemd. Dat hij de vernedering had gezien was al erg genoeg; het bespreken maakte het erger.

'Het is prima,' zei ze luchtig, terwijl ze een glimlach op haar gezicht plakte die te strak aanvoelde. 'Gebeuren de hele tijd in dit vak. Mensen denken dat ze kunnen afdingen alsof ze op een rommelmarkt staan.'

Jake schudde zijn hoofd, zijn blauwe ogen zorgelijk. 'U handelde het uiterst professioneel af. Ik was onder de indruk.'

Het compliment, hoe oprecht ook, maakte dat Pip zich op de een of andere manier kleiner voelde. Natuurlijk handelde ze het professioneel af. Ze deed dit al haar hele leven; ze leerde vroeg dat pijn of boosheid tonen stereotypen over "emotionele" vrouwen of "buitenlandse temperamenten" alleen maar versterkte. Rivaliserende jockeys hadden in het heetst van de race zeker nog wel erger gezegd.

'Dank je,' zei ze luchtig, terwijl ze al richting kantoor draaide. 'We moesten terug naar die transportgegevens. Ik denk dat we iets belangrijks op het spoor zijn.'

Terwijl ze terugliepen, hield Pip haar beheerste uitdrukking vol, gesteund door jarenlange routine. Maar vanbinnen echoden Viviennes woorden pijnlijk na. Niet omdat er waarheid in school, maar omdat ze het gevecht vertegenwoordigden dat Pip voerde sinds ze als achtjarig meisje met haar weduwe moeder in Australië aankwam, beiden nog rouwend om haar vader. De constante drang om zichzelf te bewijzen, twee keer zo hard te werken voor de helft van de erkenning, glimlachend door steken en stereotypen heen terwijl ze een leven en een bedrijf naar eigen maatstaven opbouwde.

Jake zou die realiteit nooit echt begrijpen, dacht ze, terwijl ze opkeek naar zijn lange, gezaghebbende gestalte. Met zijn lengte, zijn zelfverzekerde houding, zijn professionele papieren bewoog hij zich door de wereld met een gemak dat Pip nooit had gekend. Hij bedoelde het goed met zijn onhandige poging tot troost, maar juist zijn verbazing over Viviennes gedrag onthulde zijn privilege.

Voor hem was dit iets uitzonderlijks, iets om over te spreken. Voor Pip was het gewoon dinsdag.

Ze bereikten het kantoor, en Pip boog zich met opzet over de transportdocumenten. Werk was het antwoord, zoals altijd. Succes was de beste wraak, en Pip had daar genoeg van opgebouwd op haar eigen voorwaarden, ongeacht wat mensen als Vivienne Ashford vonden.

Hoofdstuk Zes

'Melody? Alles goed?' Pip klemde de telefoon tussen oor en schouder terwijl ze de deur van de voerschuur dichtdeed.

'Nee, helemaal niet,' klonk Melody's stem, rauw van ongerustheid. 'Pip, iemand heeft mijn merries meegenomen. Cinnamon en Hot Pepper, allebei weg.'

Pips hand verstijfde op de grendel. Melody Carter was een top barrelracer die overal in het land prijzen had gewonnen, en die merries waren waarschijnlijk elk zes cijfers waard. 'Wat is er gebeurd? Wanneer?'

'Het moet vanmiddag zijn geweest terwijl ik aan het werk was.' Melody's stem brak. 'Ik kwam thuis om ze te voeren en zag dat het achterhek was doorgeknipt. Ze zijn gewoon... weg. Ik heb overal gezocht.'

'Heb je de politie gebeld?' Pip stapte weg van de schuur en liep al richting huis.

'Natuurlijk, maar je weet hoe ze zijn. De agent die langskwam maakte aantekeningen en vertrok. Zeiden dat ze het "zouden uitzoeken".' De bitterheid in Melody's stem was tastbaar. 'Pip, dit zijn niet zomaar paarden. Cinnamon is drachtig van High Roller, en Pepper is mijn beste wedstrijdmerrie.'

Pips maag trok samen. High Roller was een kampioen barrelracinghengst uit de VS; de kosten om zijn sperma te importeren hadden Melody waarschijnlijk vijf cijfers gekost. Een veulen met zijn bloedlijnen uit een van Melody's topmerries zou een fortuin waard zijn.

'Ik weet dat je met die nieuwe agent praat over die paardendiefstallen,' ging Melody verder. 'Die lange? Ik dacht dat je het misschien aan hem kon doorgeven. Dit zijn geen willekeurige diefstallen, Pip. Iemand wist precies welke paarden ze moesten nemen. Ik heb hier zestien paarden staan en ze hebben alleen de twee meest waardevolle meegenomen.'

'Ik bel hem meteen,' beloofde Pip, haar gedachten al op volle toeren. 'Geef me de details. Wanneer heb je ze precies voor het laatst gezien?'

Terwijl Melody de tijdlijn uiteen zette, piepte Pips telefoon met een inkomende oproep. 'Mel, kun je even blijven hangen? Dat is Diane Wells, kan belangrijk zijn.'

Ze schakelde over en trof nog een paardeneigenaar, dit keer van een property op amper vijf kilometer van Melody vandaan.

'Pip, godzijdank,' Diane's normaal beheerste stem trilde. 'Iemand heeft Firecracker gestolen. Mijn hek is doorgeknipt en ze is weg. Ze is drachtig van Stevie Ray Von!'

Pip hapte naar adem. 'Wanneer?'

'Vandaag, terwijl ik aan het werk was. Ik ontdekte het pas toen ik kwam voeren.'

Pip sloot kort haar ogen. 'Diane, Melody Carter heeft me net met hetzelfde verhaal gebeld. Twee van haar merries zijn ook weg.'

'Wat?' Diane's stem schoot omhoog. 'Maar... zij zit niet ver bij mij vandaan!'

'Ik weet het,' zei Pip somber. 'En het zijn alle drie waardevolle Western sportpaarden, twee daarvan bevestigd drachtig. Dit past perfect in het patroon.'

Na te hebben beloofd Diane op de hoogte te houden, schakelde Pip terug naar Melody en legde de verbanden voor haar. Tegen de tijd dat ze beide gesprekken had beëindigd, was de lucht aanzienlijk donkerder geworden, maar Pips hoofd was glashelder. Dit was geen toeval. Dit was een berekende, gerichte diefstal van specifiek fokmateriaal—precies het patroon waar zij en Jake het over hadden gehad.

Zonder de moeite te nemen haar stoffige werkkleren te verwisselen, liep Pip linea recta naar haar pick-up. Ze stuurde snel een berichtje naar Sarah om te laten weten dat ze weg zou zijn en draaide de sleutel in het contact. De motor gromde tot leven, in de pas met de vastberadenheid die in haar borst groeide. Ze had informatie die Jake vanavond moest horen, niet morgen, en hij had die ochtend nog gezegd dat hij avonddienst had en tot tien uur op het bureau zou zijn. Als die dieven paarden actief aan het verplaatsen waren, was er misschien een kans om ze te pakken voordat de merries de staatsgrens over verdwenen.

De rit naar Ridgemont duurde twintig minuten, waarin Pip in haar hoofd alles ordende wat ze wist over de diefstallen. De gestolen merries pasten naadloos in hun theorie van een fokzwendel. Stelen van zeer waardevolle, bij voorkeur drachtige merries, ze verborgen houden tot de geboorte, dan de veulens verkopen met verzonnen papieren terwijl de merries worden afgevoerd of herdekt. Het was geavanceerd, vereiste vakkennis en speelde in op het feit dat de meeste veulens niet op DNA werden getest, tenzij ze voor de rensport bestemd waren.

Het politiebureau was fel verlicht toen Pip het parkeerterrein opdraaide. Door het raam zag ze Jake aan zijn bureau, het hoofd gebogen over papierwerk. Ze haastte zich naar binnen en knikte kort naar de brigadier aan de balie.

'Is Senior Constable Harrison beschikbaar? Het is dringend.'

De sergeant keek amper op. 'Hij rondt rapporten af. Gang door.'

Pip liep rechtstreeks naar Jakes bureau. 'We moeten praten. Er is weer een diefstal. Eigenlijk twee. Drie paarden.'

Jake keek op, en Pip merkte meteen hoe zijn houding verschoof. Op Ridgewater was hij gaandeweg ontspannen bij haar, zijn houding zachter, zijn professionele masker verschuivend om droge humor en oprechte interesse te laten zien. Hier, op het bureau, was hij de door-en-door professionele politieagent, zijn blauwe ogen alert maar afgeschermd, zijn houding kaarsrecht.

'Mevrouw Rodriguez-McKenzie,' zei hij formeel, terwijl hij papieren op zijn bureau rechtlegde. 'Over welke diefstallen heb je het?'

De formaliteit stak een beetje na weken van 'Pip' en losse gesprekken, maar ze slikte het in en concentreerde zich op de kerninformatie. 'Twee afzonderlijke locaties vandaag getroffen. Drie topmerries meegenomen terwijl de eigenaren aan het werk waren. Allemaal waardevolle dieren, twee bevestigd drachtig van kampioenshengsten.'

Jakes uitdrukking veranderde iets, al bleef zijn toon kort en professioneel. 'Zijn die bij het bureau gemeld?'

'Ja, maar bij verschillende agenten. Ik betwijfel of die hun rapporten al af hebben.' Pip boog voorover, haar stem dringend. 'Jake, dit is precies het patroon waar we het over hadden. Dit zijn geen gelegenheidsdiefstallen, het is doelgericht. Beide eigenaressen hebben parttime banen in het dorp; iemand heeft die terreinen in de gaten gehouden en hun bewegingen gevolgd, en dit zijn de meest waardevolle merries die ze hebben. De dieven wisten precies welke paarden ze moesten nemen en wanneer.'

Ze zag erkenning opflitsen in zijn ogen, al bleef zijn uitdrukking zorgvuldig beheerst.

'Een van die merries is drachtig van Stevie Ray Von, en om je een idee te geven: een onbeleerde, ongeteste driejarige van hem is onlangs in de VS verkocht voor één komma zeven miljoen dollar. In Amerikaanse dollars, nog wel.'

Zijn uitdrukking trok even, zijn hand verstilde een moment voordat hij weer begon te schrijven.

'De timing is wat telt,' ging ze door, te betrokken bij haar theorie om zich door zijn formaliteit te laten afremmen. 'Drie merries op dezelfde dag meegenomen betekent dat ze actief dieren verplaatsen. Als ze hetzelfde patroon volgen als eerder, zitten die paarden morgen al op een interstatetransport.'

Jake maakte aantekeningen in zijn precieze handschrift, zijn gezicht verraadde niets van zijn gedachten. Pip drukte door.

'We volgden die transportbedrijven toch? Die met verdachte vergunningaanvragen? Als we nu gaan, kunnen we ze misschien nog met de gestolen merries aantreffen.' Ze boog voorover, haar kleine handen plat op zijn bureau. 'Dit kan de zaak wijd openbreken.'

Jake keek op en ontmoette haar blik voor het eerst sinds ze binnen was. Iets flitste over zijn gezicht voordat het professionele masker weer neerdaalde. 'Wij?'

'Ja, wij,' drong Pip aan. 'Ik herken de merries direct, en ik kan met ze omgaan als je ze vindt. Ik weet waar ik op moet letten, welke vragen ik moet stellen. Ik ben een bekend gezicht in het wereldje; mensen praten anders tegen mij dan tegen de politie.'

Ze zag hoe de huid rond zijn mond subtiel aanspande, hoe zijn toch al rechte rug nog een fractie rechter werd. Dit was niet de Jake die op de veranda van Ridgewater koffie dronk en doordachte vragen stelde over fokpraktijken. Dit was Senior Constable Harrison, volgens het boekje en veilig achter zijn professionele muur.

'Ik waardeer de informatie, mevrouw Rodriguez-McKenzie,' zei hij, terwijl hij opstond. De beweging deed hem nog meer boven haar uittorenen dan anders, en Pip moest haar hoofd achterover kantelen om oogcontact te houden. 'Ik zal met de agenten die de meldingen opnamen afstemmen en dit spoor onmiddellijk opvolgen.'

'Mooi,' knikte Pip, alweer een stap verder denkend. 'Ik rijd. Ik weet waar de meeste transportbedrijven hun trucks 's nachts neerzetten.'

Jakes kaak spande amper zichtbaar. 'Ik bedoelde dat ík dit spoor via de juiste kanalen opvolg. Met andere agenten.'

Pip staarde hem aan, terwijl het kwartje viel. 'Je snijdt me eruit?'

'Geenszins,' antwoordde Jake gelijkmatig, al deed iets in zijn ogen vermoeden dat de woorden moeite kostten. 'Ik volg de procedure. Dit is een actief politieonderzoek en je hebt waardevolle informatie aangeleverd waar we onmiddellijk op zullen handelen.'

'Maar ik kan helpen,' hield Pip vol, de frustratie borrelend achter haar ribben. 'Ik ken deze paarden, deze mensen. Ik zie dingen die jij misschien mist.'

Jake hield haar blik vast, en heel even meende Pip een innerlijk conflict te zien opflakkeren voordat zijn uitdrukking opnieuw verhardde en hij met vlakke stem sprak. 'En ik waardeer die expertise, daarom heb ik je in dit onderzoek steeds geraadpleegd. Maar wanneer het gaat om het mogelijk confronteren van verdachten die in het bezit zijn van gestolen eigendom, is daarvoor alléén getraind politiepersoneel aangewezen.'

Pip voelde haar wangen warm worden door een mengeling van frustratie en iets anders, iets dat oncomfortabel flakkerde wanneer ze in zijn serieuze blauwe ogen keek. 'Ik stel niet voor dat ik deuren intrap, Jake. Ik bied aan om de gestolen dieren te helpen identificeren als je ze vindt.'

'Wat je een potentiële getuige in een strafzaak zou maken,' pareerde hij soepel. 'Jouw verklaring kan in het geding komen als je direct betrokken raakt bij het onderzoeksproces.'

Hij gebruikte de procedure als schild, realiseerde Pip zich. Precies zoals hij had gezegd dat hij deed wanneer hij zich defensief voelde. Die realisatie maakte het niet minder ergerlijk.

'Ik begrijp dat je wilt helpen,' zei Jake, zijn stem zakkend naar een vriendelijkere toon die het, vreemd genoeg, erger maakte in plaats van beter. Het was dezelfde stem die mensen gebruikten om dingen aan kinderen uit te leggen. Het feit dat Pip haar hoofd moest achterover kantelen om hem aan te kijken terwijl hij boven haar uittorende, versterkte alleen maar het gevoel dat ze werd weggezet. 'Maar dit kan gevaarlijk zijn. Deze dieven zijn georganiseerd, professioneel. Ik kan geen burgerbetrokkenheid riskeren.'

Pip voelde een hete golf naar haar gezicht stijgen. 'Burgerbetrokkenheid? Ik ben al weken bij dit onderzoek betrokken. Mijn informatie heeft je geholpen het patroon überhaupt te herkennen.'

'En daarvoor ben ik dankbaar,' antwoordde Jake, met een afgewogen toon die Pip deed willen schreeuwen. 'Maar er is een verschil tussen het raadplegen van een vakdeskundige en die persoon meenemen in een actieve politieoperatie.'

'Ik werk dagelijks met dieren van een halve ton met een eigen willetje,' zei Pip, terwijl ze haar armen kruiste en hem een felle blik toewierp. 'Ik denk dat ik het wel red om in een politiewagen te zitten en gestolen paarden te identificeren, áls we ze vinden.'

Jakes kaakspieren trokken even voordat hij antwoordde. 'Het gaat niet om jouw capaciteiten, waar ik niet aan twijfel. Het gaat om procedure en veiligheid.'

'Procedure,' herhaalde Pip vlak. Het woord hing tussen hen in, zwaar van betekenis. Ze had al vaker gezien hoe vaak Jake achter dat schild wegkroop wanneer hij zich ongemakkelijk voelde, hoe hij zijn toch al rechte houding nog rechter maakte en de regeltjes citeerde alsof het evangelie was.

'Ja, procedure,' bevestigde hij, al flitste er iets in zijn ogen dat niet bij zijn stellige toon paste. 'Onderzoeken moeten volgens vastgestelde protocollen verlopen, om zowel een succesvolle vervolging als de veiligheid van iedereen te waarborgen.'

Pip deed een stap dichterbij, weigerend zich te laten intimideren door het lengteverschil. 'En die protocollen laten geen ruimte voor iemand die de gestolen dieren ter plekke kan herkennen, die het wereldje door en door kent, die net zo met deze zaak bezig is als jij?'

'Ze laten ruimte om die informatie aan de onderzoekende agenten te verstrekken,' verduidelijkte Jake, zonder terug te deinzen ondanks haar nabijheid. Zijn stem was een fractie rauwer geworden. 'Wat je gedaan hebt, en wat ik waardeer.'

Zijn toon was verschoven, een warmte brak door het professionele vernis heen die tegen wil en dank iets in Pips borst deed fladderen, ook al nam haar frustratie toe. Dit was belachelijk. Ze was geen verliefde tiener die zich liet afleiden door een paar blauwe ogen en een kaaklijn die steen kon klieven. Ze was een professional die buitenspel werd gezet in een onderzoek waaraan ze wezenlijk had bijgedragen.

'Dus jullie gaan gewoon langs transportterreinen rijden in de hoop paarden te spotten die je nog nooit hebt gezien?' daagde ze hem uit.

'Ik stem af met de eigenaressen over foto's, beschrijvingen en herkenningspunten,' antwoordde Jake, maar zijn stem miste de overtuiging van daarnet. 'En als we verdachte dieren aantreffen, nemen we contact met hen op voor identificatie.'

'Wat uren kan duren,' wierp Pip tegen. 'Uren waarin die paarden alweer verplaatst kunnen worden. Je hebt iemand nodig die die identificatie meteen kan doen.'

Jake zuchtte, de eerste echte barst in zijn professionele houding. Hij haalde een hand door zijn haar en maakte zo in één beweging een einde aan de gebruikelijke perfecte orde. 'Pip, ik begrijp je frustratie. Maar ik heb de plicht het protocol te volgen. Dit gaat er niet om dat ik aan je capaciteiten twijfel.'

Dat hij haar weer bij haar voornaam noemde, na al dat formele 'mevrouw Rodriguez-McKenzie', zou haar niet moeten raken, maar dat deed het wel. Het maakte iets in haar borst zachter, terwijl haar hoofd gefrustreerd bleef.

'Waar gaat het dan wél om?' vroeg ze, haar stem zachter, maar niet minder intens.

Jake aarzelde, en een moment meende Pip iets persoonlijks te zien onder het professionele masker. Zijn ogen zochten haar gezicht, en ze hield haar adem in bij het conflict dat ze daar ontwaarde. 'Het gaat erom dat we het goed doen. Volgens het boekje. Zodat, wanneer we deze mensen pakken, de zaak tegen hen ijzersterk is.' Hij zweeg even, zijn stem nog lager. 'En ja, het gaat er ook om dat ik geen burgers in gevaar breng, hoe capabel ze ook zijn.'

Daar was het, het beschermende instinct dat ze eerder had opgemerkt—hetzelfde dat haar irriteerde en, verraderlijk genoeg, haar pols deed versnellen. Heel haar leven had Pip gevochten tegen onderschatting vanwege haar lengte, had ze zich in de door mannen gedomineerde renwereld bewezen, had ze na het verlies van Kit vanuit het niets een bedrijf opgebouwd. Behandeld worden alsof ze bescherming nodig had, schuurde tegen alles waar ze voor stond.

En toch was er iets in Jakes uitdrukking dat haar vertelde dat dit niet om haar postuur, geslacht of afkomst ging. Dit ging om zijn eigen rigide trouw aan regels, zijn behoefte aan structuur en procedures. Ze had gezien hoe hij dossiers ordende, hoe hij in perfect rechte lijnen schreef, hoe hij zijn woorden zorgvuldig afwoog. Voor Jake ging procedure niet alleen om het werk goed doen, het was een kader waarop hij vertrouwde.

Toch maakte het begrijpen van zijn motivatie het niet makkelijker te slikken dat ze buitengesloten werd.

'Dus dat is het dan,' zei ze uiteindelijk. 'Je neemt mijn informatie aan, maar niet mijn hulp.'

'Ik neem jouw hulp wel aan,' hield Jake vol, zijn uitdrukking nu oprecht. 'Deze tip is van onschatbare waarde. Maar de uitvoering moet volgens protocol verlopen.'

Pips schouders zakten iets. Ze herkende een muur als ze ertegenaan liep, en Jake Harrison in volledige proceduremodus was precies dat. 'Prima. Maar als je straks naar een weiland vol bruine merries staat te staren en je je afvraagt welke gestolen zouden kunnen zijn, zeg dan niet dat ik geen oplossing heb aangeboden.'

Jake knikte, zijn uitdrukking verzachtte een fractie. 'Ik houd je op de hoogte van elke ontwikkeling.'

'Doe dat maar,' antwoordde Pip, niet in staat de scherpte uit haar stem te houden. Ze draaide zich naar de deur, pauzeerde toen en keek om. 'Die merries betekenen iets voor mensen, Jake. Het zijn niet alleen dossiernummers of gestolen eigendommen. Het zijn partners, levensonderhoud, familie. Sommige zijn al bij hun eigenaren sinds ze veulens waren; allemaal zijn ze het resultaat van generaties zorgvuldige fokkerij.'

'Dat begrijp ik,' zei hij zacht, en er klonk iets in zijn stem waardoor ze hem geloofde. 'En ik beloof dat we alles zullen doen om ze veilig terug te halen.'

Pip knikte eenmaal en liep toen weg, waarbij ze de deur misschien met iets meer kracht dan nodig achter zich dicht liet vallen. In de gang haalde ze diep adem, in een poging de mix van frustratie en iets ingewikkelders in haar borst tot bedaren te brengen. Ze wist dat Jake een boekje-precies-agent was, had zijn methodische aanpak in alles gezien. Waarom had ze verwacht dat hij voor háár de regels zou buigen?

Buiten op het parkeerterrein was de avondlucht aanzienlijk afgekoeld. Pip stond naast haar pick-up, sleutels in de hand, ineens doodmoe. De adrenaline van haar ontdekking en de daaropvolgende woordenwisseling had haar volledig uitgeput. Ze moest naar huis, zichzelf wat avondeten geven, proberen te slapen met de wetenschap dat die gestolen merries met elk uur verder van hun thuis werden weggebracht.

Het geluid van banden op het grind van de parkeerplaats van het bureau trok haar aandacht. Een glanzend zwarte Range Rover snorde een plek bij de ingang in, de koplampen verblindden Pip een ogenblik voordat ze uitgingen. Zelfs in het schemerlicht herkende Pip meteen de silhouet achter het stuur, het perfect gestylede kastanjebruine haar, de bewust nonchalante elegantie die er op de een of andere manier voor zorgde dat een avondbezoek aan een politiebureau op een sociaal bezoekje leek.

Vivienne Ashford.

Natuurlijk. Terwijl Pip professioneel werd weggezet, zou Vivienne met haar 'maatschappelijke zorgen' en dun verhulde flirtgedrag met open armen worden ontvangen. De oneerlijkheid ervan sneed, al wist Pip dat het haar niet zou moeten schelen. Jakes privéleven ging haar niets aan, net zomin als haar expertise kennelijk relevant was voor zijn onderzoek.

Pip klom in haar pick-up en startte de motor, waarbij ze er expres niet naar keek terwijl ze wegreed. Ze had pony's om voor te zorgen, een bedrijf om te runnen, en geen tijd te verliezen aan rigide politiemannen of societytypes met vetes. Wat er ook voor ongewenste gevoelens in haar borst probeerden wortel te schieten.

Een afgezegde les bezorgde Pip de zeldzame luxe van een trage ochtendkoffie aan de keukentafel. De klant had een uur eerder gebeld, zich uitgebreid verontschuldigend voor de plotselinge buikgriep van hun kind. Normaal zou Pip het onverwachte vrije uur vullen met extra training of papierwerk, maar vandaag had ze besloten gewoon te ademen, gedachteloos door haar telefoon scrollend terwijl de damp van haar mok opsteeg. Die beslissing bleek op hetzelfde moment een vergissing toen Vivienne Ashfords nieuwste socialmediabericht op haar scherm verscheen.

'Bezorgd over de aanhoudende paardendiefstallen in onze gemeenschap,' had Vivienne geschreven, haar profielfoto toonde haar tot in de puntjes opgemaakte gezicht. 'In het bijzonder maak ik me zorgen over de bedrijfspraktijken van bepaalde personen die snel paarden omzetten met twijfelachtige documentatie. Misschien moet onze wetshandhaving dichter bij huis kijken? #HorseTheftAwareness #ProtectOurCommunity'

Pips koffie werd bitter in haar mond. Het bericht zelf was gemaakt voor geloofwaardige ontkenning, noemde geen namen, maar de reacties eronder namen elke twijfel over Viviennes doelwit weg.

'Gaat dit over die kleine buitenlandse vrouw bij Ridgewater?' had iemand gevraagd, en Vivienne had gereageerd met 'Daar kan ik onmogelijk op ingaan,' gevolgd door een knipogende emoji.

Anderen stapten erbovenop: 'Altijd al verdacht gevonden hoe zij die pony's zo goedkoop krijgt en ze voor een vermogen verkoopt' 'Vreemde elementen in onze gemeenschap die misdaad meebrengen' 'Iemand zou moeten onderzoeken waar die pony's ECHT vandaan komen'

Pips handen begonnen te trillen, niet van angst maar van woede. Ze scrolde verder en vond naast de bagger ook volop steun: 'Meen je dit? Pip Rodriguez-McKenzie is een van de eerlijkste trainers in Queensland!' 'Dit is walgelijk, Vivienne. Iedereen weet dat dit over je persoonlijke vete gaat.' 'Pip trainde de pony van mijn dochter en leverde volledige documentatie van de herkomst. Hou op met leugens verspreiden.'

Caroline Burnett, de lokale paardenarts en een goede vriendin, had simpelweg gereageerd: 'Dit bericht is lasterlijk en zal ook zo behandeld worden.'

Maar de schade verspreidde zich al. Tientallen keren gedeeld, reacties van mensen die Pip nog nooit hadden ontmoet, nooit Ridgewater hadden bezocht, die gretig bovenop insinuaties sprongen over 'vreemde elementen' en 'dubieuze praktijken'. De racistische ondertoon was allerminst subtiel.

Pip legde haar telefoon voorzichtig neer, alsof die kon ontploffen, en stond op. Haar borst voelde strak, haar ademhaling was oppervlakkig. Ze had haar hele leven met vooroordelen te maken gehad, van scheldpartijen op het schoolplein toen ze net in Australië was tot het gesneer van koersofficials en collega-jockeys die ervan uitgingen dat ze geen 'echte' paarden aankon. Maar dit was anders, een gerichte aanval op haar professionele reputatie, met mogelijk verwoestende gevolgen voor haar bedrijf.

'Die absolute heks,' mompelde Pip terwijl ze door de keuken ijsbeerde. 'Die venijnige, racistische, wraakzuchtige...'

Ze hield zichzelf in en haalde diep adem. Afoerdereageren loste niets op. Actie wel. Vivienne had een grens overschreden, van persoonlijke steken onder water naar publieke laster, zoals Caroline al had opgemerkt. En hoewel Pip persoonlijke aanvallen aankon, zou ze Vivienne niet toestaan om het bedrijf dat ze met jaren van hard werk en toewijding had opgebouwd te beschadigen, noch smet te werpen op de reputatie van Ridgewater als geheel.

Met plotselinge helderheid pakte Pip haar telefoon weer op en scrolde door haar contacten. Viviennes ex-man, de lokale advocaat Joe Ashford, had de McKenzies geholpen met juridische zaken rond de bypass, en hij was altijd uiterst professioneel geweest in hun omgang. Belangrijker nog: hij was Charlottes vader, met een eigen belang erbij dat Vivienne zichzelf niet publiekelijk compleet voor gek zette. Terwijl Pip er vrij zeker van was dat Vivienne alles wat zíj zei zou negeren, haar waarschijnlijk zelfs zou proberen gaslighten zodat ze haar eigen ogen niet meer zou geloven, was Joe veel pragmatischer.

Gelukkig was Joe op kantoor en niet bij een cliënt; zijn secretaresse verbond Pip snel door.

'Joe, met Pip Rodriguez-McKenzie.' Ze hield haar toon bewust vlak en professioneel toen hij op de lijn kwam. 'Ik bel over Viviennes socialmediaberichten van vanochtend in die lokale communitygroep die ze beheert.'

Aan de andere kant klonk een diepe zucht. 'Ik heb ze niet gezien. Wat heeft ze nu weer gedaan?'

'Ze suggereert publiekelijk dat ik iets met de paardendiefstallen te maken zou hebben,' zei Pip ronduit. 'Met daarbovenop zat dun verhulde racistische opmerkingen over "vreemde elementen" in de gemeenschap. Het is lasterlijk, het schaadt mijn bedrijf en het moet per direct stoppen.'

Er viel even een stilte voordat Joe reageerde, zijn stem strak van wat klonk als nauwelijks ingehouden woede. 'Ik begrijp het. Het spijt me, Pip. Dit is... volkomen onacceptabel.'

'Daar ben ik het mee eens,' antwoordde Pip, met haar vingers tegen het aanrecht tikkend. 'Ik bel jou uit professionele beleefdheid voordat ik juridische stappen ga zetten. Vivienne moet dat bericht en alle bijbehorende reacties verwijderen en een publieke rectificatie plaatsen, of mijn volgende telefoontje is naar een andere advocaat, want uiteraard kan ik jou niet vragen mij tegen je ex-vrouw te vertegenwoordigen.'

'Ik begrijp het volkomen,' zei Joe, en Pip hoorde het geritsel van papier, alsof hij al aantekeningen maakte. 'Ik spreek haar meteen. Dit is niet alleen lasterlijk, maar kan ook een lopend politieonderzoek verstoren.'

'Precies,' bevestigde Pip. 'En het schaadt mijn reputatie bij cliënten en potentiële kopers.'

'Ik regel het,' beloofde Joe, met een toon die geen twijfel liet aan zijn ernst. 'Vivienne verwijdert het bericht vandaag nog en biedt haar excuses aan. Ik zorg dat ze de juridische conseQuenties begrijpt als ze dat niet doet.'

Pips schouders ontspanden iets. 'Dank je. Ik wil dit niet laten escaleren, maar ik zal haar niet toestaan mijn bedrijf met valse beschuldigingen te beschadigen.'

'Hier zou je helemaal niet mee te maken moeten hebben,' zei Joe, oprecht berouw in zijn stem. 'Voor wat het waard is: het spijt me echt. Viviennes gedrag is... nou ja, onvergeeflijk.'

Het gesprek had daar moeten eindigen, maar Joe aarzelde, en de stilte rekte net lang genoeg om ongemakkelijk te worden voor hij weer sprak.

'Pip, ik weet dat dit beroerde timing is, maar... ik wilde je al een tijd vragen of je misschien eens zin hebt om te gaan eten? Niet gerelateerd aan deze situatie, natuurlijk. Gewoon... dineren.'

De vraag overviel haar volledig. Joe Ashford was aantrekkelijk, succesvol en naar alle berichten een prima man, ondanks zijn slechte keuze qua ex-vrouw. Onder andere omstandigheden had Pip het misschien overwogen. Maar de uitnodiging, juist nu, voelde verkeerd op manieren die ze niet meteen kon verwoorden.

'Ik waardeer het aanbod, Joe,' zei ze behoedzaam, 'maar ik denk niet dat dat een goed idee is. Ik hoef Vivienne echt geen extra reden te geven om me te haten.'

Joes lachje bevatte geen aanstoot, slechts wrange begrip. 'Helemaal goed. Ik hoop dat je me niet kwalijk neemt dat ik het geprobeerd heb. Ik handel Vivienne hoe dan ook af, dat is beloofd.'

'Dank je,' zei Pip, oprecht dankbaar voor zijn professionaliteit. 'Dat stel ik op prijs.'

Nadat ze hadden opgehangen, bleef Pip in de stille keuken staan, het ochtendzonlicht dat door de ramen stroomde in schril contrast met de storm aan emoties in haar binnenste. De woede richting Vivienne bleef, maar werd nu getemperd door het vertrouwen dat Joe de zaak zou oppakken. Wat onverwacht bleef hangen, was haar reactie op zijn dineruitnodiging.

En toen, als een puzzelstuk dat op zijn plek klikte, viel haar een andere mogelijkheid in. Wat als Joes interesse in haar precies de reden was dat Vivienne zo'n vete had ontwikkeld? Wat als Joe, tijdens hun huwelijksproblemen of sinds de scheiding, had gezegd dat hij Pip aantrekkelijk vond, had gesuggereerd dat hij precies zou doen wat hij zojuist had gedaan en haar mee uit zou vragen?

Alleen al de gedachte deed Pips maag omdraaien. Ze was altijd uiterst professioneel geweest in haar omgang met Joe, had hem nooit enige aanmoediging gegeven behalve beleefdheid. Maar Vivienne stond niet bepaald bekend om rationeel denken als het ging om vermeende bedreigingen van haar territorium. Zelfs de suggestie dat haar ex-man een andere vrouw interessant vond, had deze intimidatiecampagne kunnen triggeren, haar eerste beschuldiging dat Pip haar pony had gestolen kunnen uitlokken.

'Oh, prachtig,' mompelde Pip in de lege keuken. 'Gewoon héél prachtig.'

Het zou zoveel van Viviennes gedrag verklaren, het bijzondere venijn dat op Pip gericht was in vergelijking met andere ondernemers, het persoonlijke karakter van de aanvallen. Als Vivienne vermoedde of wist dat Joe Pip aantrekkelijk vond, zou elk succes, elk vriendelijk woord van cliënten, elk gewonnen lint als een persoonlijke belediging voelen. En het feit dat Jake, in wie Vivienne duidelijk geïnteresseerd was, zich niet liet gebruiken om Pip te intimideren, dat hij Pip steunde en naar haar luisterde... dat werkte als een rode lap op een toch al razende stier.

Ik hoef Vivienne echt geen extra reden te geven om me te haten.

Het was een praktische reden, zelfs logisch. Maar terwijl Pip naar haar afkoelende koffie staarde, besefte ze dat dát niet de reden was waarom ze Joes uitnodiging voor een afspraak had afgeslagen. De werkelijke reden had niets met Vivienne te maken en alles met de lange, serieuze politieman die de laatste tijd steeds grotere stukken van haar gedachten innam.

'Oh nee,' fluisterde ze. 'Nee, nee, nee.'

Maar het besef liet zich niet wegduwen. Ergens tussen het discussiëren over patronen in merriendiefstallen en het zien hoe hij onhandig probeerde Viviennes weinig subtiele avances te pareren, had Pip gevoelens ontwikkeld voor Jake Harrison. Jake, met zijn procedurele aanpak van alles, zijn behoedzame afstand, zijn blauwe ogen die soms verzachtten als hij naar haar keek, voor hij zich zijn professionele grenzen weer herinnerde.

Jake, die haar resoluut van een onderzoek had uitgesloten waar zij aanzienlijk aan had bijgedragen, met een beroep op procedure en bescherming.

Jake, die waarschijnlijk de allerslechtste persoon was om tot wie Pip zich aangetrokken kon voelen, gezien haar onafhankelijke aard en zijn beschermingsdrang.

En als haar theorie over Joe klopte: Jake, die nu misschien al met de nasleep zat van de jaloezie van een vrouw om Pip. Het laatste waar hij op zat te wachten, waren nóg meer complicaties in zijn professionele leven.

Pip zakte terug in haar stoel en sloeg haar handen voor haar gezicht. Van alle complicaties die ze nu niet kon gebruiken, stond deze hoog op de lijst. Ze had de zeven jaar sinds Kits dood besteed aan het opbouwen van haar bedrijf, aan bewijzen dat ze haar mannetje stond in een sector die haar vaak onderschatte. Romantiek was wel het láátste waar ze aan had gedacht.

En toch zat ze hier, met een hart dat al sneller ging kloppen bij de gedachte aan Jakes zeldzame glimlach, aan de manier waarop zijn formele houding soms barstte en droog gevoel voor humor en oprechte warmte blootlegde. Hier weigerde ze een etentje met een objectief geschikte man omdat haar hart blijkbaar, zonder haar brein te raadplegen, had besloten dat het die ingewikkelde politieman wilde.

'Dit is belachelijk,' zei Pip tegen de lege kamer. 'Compleet belachelijk.'

Maar het hardop zeggen maakte het niet minder waar. En ergens onder de paniek en de praktische bezwaren fluisterde een klein stemmetje dat het misschien toch niet zó belachelijk was.

Hoofdstuk Zeven

DE EERSTE BLEKE STREPEN van de dageraad kleurden de oostelijke hemel toen Pip richting de pony-paddocks liep, een reisbeker koffie die haar handen verwarmde tegen de vroege ochtendkou. Deze stille momenten, voordat de dag echt begon, waren kostbaar: alleen zij en de paarden die samen de ochtend begroetten. Ze ademde diep in, nam de vertrouwde geuren op van door dauw verzadigd gras en zoet hooi, en liet de rust over zich heen spoelen voor de drukte die zou komen.

Ze bleef staan bij Honey's paddock, verwachtend de gouden vacht van de palomino te zien die de eerste zonnestralen ving. De merrie stond op dit uur altijd bij het hek te wachten, blauwe ogen helder en vol verwachting voor haar ochtendvoer.

De paddock was leeg.

Pips beker gleed uit haar vingers, koffie spatte over haar laarzen. 'Honey?' riep ze, al vertelde de stilte die volgde haar alles. Haar hart begon te bonzen terwijl haar blik over de lege ruimte schoot, wanhopig op zoek naar de kenmerkende gouden gedaante van de merrie.

Toen zag ze het. Het achterste hek, deels verscholen achter een rij eucalyptusbomen, had een gapend gat. Pip zette het op een lopen, haar korte benen droegen haar met een snelheid over de paddock die iedereen zou hebben verbaasd die haar niet goed kende. Van dichtbij was de schade onmiskenbaar: twee liggers ontbraken en de stroomdraad was netjes doorgeknipt. Dit was geen stormschade of een paniekerige ontsnappingspoging van een paard. Dit was opzettelijk.

De grond voorbij het hek vertelde de rest van het verhaal. Hoefafdrukken, in de zachte aarde gedrukt, lieten zien waar Honey was weggeleid, niet wild rennend, maar rustig meelopend met iemand. De sporen voerden richting de achterpaden die aansloten op openbaar terrein, waarbij de hoofdingang met beveiligingscamera's zorgvuldig werd vermeden.

'Nee, nee, nee,' fluisterde Pip, haar adem ging sneller terwijl de adrenaline door haar kleine lijf joeg. Ze volgde de sporen tot ze verdwenen in het struikgewas, draaide toen om en speurde de aangrenzende paddocks af. Misschien was Honey op de een of andere manier naar een ander veld gebracht? Ze sprintte naar de dichtstbijzijnde paddock waar verschillende bruine pony's graasden, daarna naar de volgende, en de volgende.

Geen gouden vacht. Geen blauwe ogen. Geen Honey.

De georganiseerde diefstallen die ze al wekenlang volgden, waren tot Ridgewater doorgedrongen, waren gekomen voor haar lieve Honey. Twintig minuten steeds wanhopiger zoeken bevestigde wat ze al wist: Honey was weg.

Woede verving paniek terwijl Pip terug stormde naar het kapotte hek, haar handen trilden van woede en angst. Ze trok haar telefoon uit haar zak, scrolde voorbij het nummer van het bureau naar Jake's privénummer. Ze hadden weken geleden nummers uitgewisseld voor het onderzoek, maar ze had het nog nooit gebruikt tot nu.

De telefoon ging drie keer over voordat zijn diepe stem, licht schor van de slaap, opnam. 'Harrison.'

'Ze is weg,' zei Pip, haar stem brak. 'Honey is gestolen. Het hek is doorgeknipt, er zijn sporen die naar de achterpaden leiden. Ze hebben haar meegenomen, Jake.'

Er viel een moment stilte, toen klonken de geluiden van beweging. 'Ik ben onderweg,' antwoordde hij, nu volledig alert. 'Raak verder niets aan bij het hek. Heb je het bureau gebeld?'

'Nee, ik heb jou eerst gebeld,' gaf Pip toe, zichzelf verbazend met de eerlijkheid daarvan. Ondanks hun onenigheid over het onderzoek, ondanks haar ingewikkelde gevoelens, was Jake degene naar wie ze instinctief greep in een crisis.

'Goed. Ik ben er over vijftien minuten.'

Zoals beloofd verscheen Jakes voertuig exact veertien minuten later aan het einde van de oprit. Pip keek toe vanaf het kapotte hek terwijl hij parkeerde en met grote passen naar haar toe liep, en merkte terloops op dat hij een spijkerbroek en een donkerblauw overhemd droeg in plaats van zijn uniform. Zijn haar zat een tikje door elkaar, alsof hij zich in haast had aangekleed, en iets aan die kwetsbaarheid deed haar keel samentrekken.

'Laat me zien,' zei hij eenvoudig toen hij haar bereikte.

Pip wees naar het doorgeknipte hek, de ontbrekende balk, de sporen die wegvoerden. 'Ze wisten precies wat ze deden. Honey is twintigduizend waard en ze is de afgelopen tijd op elk concours in de regio geweest. Ze is niet drachtig, maar met haar kleur... palomino's zijn altijd duurder; als ze een cremello hebben om haar mee te dekken, kunnen ze een waardevolle kleur garanderen. Iemand heeft zitten kijken, dit gepland.'

Jake hurkte neer om het hek te onderzoeken; zijn uitdrukking verschoof van professionele beoordeling naar oprechte bezorgdheid toen hij naar haar opkeek. 'Wanneer heb je haar voor het laatst gezien?'

'Gisteravond, rond negen uur. Ik deed een laatste ronde langs alle pony's voor het slapengaan.' Pip slikte moeizaam. 'Ze was oké, alles was normaal.'

Jake knikte, zijn blauwe ogen zacht van begrip voordat hij zijn onderzoek hervatte. 'Ze kwamen voorbereid met gereedschap.' Hij wees naar omgewoelde grond. 'Minstens twee personen, te zien aan deze voetafdrukken. Eén die het paard leidde, één die spullen droeg.'

Hij stond op, klopte de aarde van zijn handen en liet zijn blik over de perceelsgrens gaan. 'Ze hebben bewust je beveiligingscamera's bij de hoofdingang omzeild. Je hebt meer camera's nodig die deze achterpaden dekken, sterker hekwerk, misschien zelfs nachtpatrouilles.'

Pip verharde zich, haar rug kaarsrecht hoewel haar kruin nauwelijks zijn borst bereikte. 'Ik werk al met paarden sinds voordat jij een badge had!' De woorden vlogen eruit voor ze ze kon tegenhouden, gevoed door schuld en angst dat ze Honey niet goed genoeg had beschermd.

'Ik trek je management niet in twijfel,' antwoordde Jake, al deed zijn gefronste wenkbrauwen anders vermoeden. 'Maar deze dieven zijn professionals. Ze richten zich op specifieke paarden en ze zijn goed in wat ze doen.'

'En wat doen de politie daar precies aan?' beet Pip hem toe, haar voeten stevig geplant terwijl Jake dichterbij kwam. 'Hebben jullie gisteravond iets verdachts gevonden?'

Een zweem van spijt gleed over Jakes gezicht. 'Niets concreets. We hebben drie transportbedrijven bezocht, maar er was geen spoor van de gestolen merries.'

'Dus ze zijn waarschijnlijk al over de staatsgrens,' zei Pip vlak, terwijl haar hart zonk. 'Honey kan hun laatste stop zijn geweest; ze kunnen nu al in New South Wales zitten.'

Jake ontkende het niet, wat alleen maar haar angsten bevestigde. 'We hebben autoriteiten in andere staten en alle veemarkten binnen 500 kilometer gewaarschuwd. Als ze haar via officiële kanalen proberen te verplaatsen, weten we het.'

'Maar dat doen ze niet, toch?' Pips stem was nu zacht, de woede wegebbend tot er alleen nog een holle pijn overbleef. 'Ze rommelen met de papieren en vervoeren haar zonder alarmbellen te doen afgaan, net als bij de anderen.'

'Mogelijk,' gaf Jake toe. Hij aarzelde, en voegde toen toe: 'We hebben het toezicht op verdachte locaties opgevoerd op basis van jouw theorie en mijn bevindingen in de transportdocumenten. Het is degelijk werk, Pip.'

Ze wendde haar blik af, niet in staat troost te putten uit het professionele compliment terwijl ze alleen maar kon denken aan Honey, alleen en bang, in handen van vreemden. De merrie vertrouwde haar zo volledig, volgde haar met zoveel vertrouwen. De gedachte dat dat vertrouwen verraden werd, maakte haar lichamelijk misselijk.

'We moeten de plaats delict fotograferen,' zei Jake zacht, haar gedachten doorbrekend. 'En ik heb een gedetailleerde beschrijving van Honey nodig, recente foto's, microchipnummer, alles wat kan helpen haar te identificeren.'

Pip knikte, haar professionele instincten namen het eindelijk over van de emotie. 'Ik heb al haar papieren in mijn kantoor. Ook foto's.' Ze wierp een blik op het doorgeknipte hek, de lege paddock daarachter. 'Denk je... denk je dat we haar vinden?'

De vraag bleef tussen hen hangen, beladen met meer dan alleen professionele bezorgdheid. Jake stapte dichterbij, zó dichtbij dat Pip haar hoofd achterover moest kantelen om hem aan te kijken.

'Ik beloof je dat ik alles in het werk zal stellen om haar terug te krijgen,' zei hij, zijn stem laag en intens. 'Alles.'

Er zat iets in zijn toon dat haar deed geloven, ondanks de kansen. Ondanks de tientallen paarden die verdwenen waren en niet teruggevonden. Pip knikte een keer en draaide zich toen om naar het kantoor. 'Ik haal die dossiers.'

Terwijl ze zij aan zij liepen, merkte Pip hoe Jake onbewust zijn pas verkortte om die van haar te evenaren, iets wat hij weken geleden al begonnen was zonder er iets over te zeggen. Het was een kleinigheid, maar op dit moment gaf het haar meer houvast dan welke belofte ook.

Ze wisten allebei dat het tijdsvenster om Honey te vinden met elk uur kleiner werd. Maar voor nu was het genoeg om Jake naast zich te hebben, zijn professionele focus die tijdelijk perfect samenviel met haar persoonlijke nood, om de totale wanhoop op afstand te houden.

Uren later liet Pip zich in een stoel aan de keukentafel zakken, haar ledematen loodzwaar van uitputting na urenlang de grenzen van het terrein afspeuren en verklaringen afleggen. Haar telefoon was tegelijk reddingslijn en kwelling geworden: enerzijds haar beste hoop op nieuws, anderzijds een constante herinnering dat met ieder uur de kans om haar geliefde merrie te vinden afnam.

Jake was kort na het middaguur vertrokken, naar het bureau geroepen om papierwerk af te ronden, maar met de belofte haar persoonlijk te bellen als hij ook maar enig nieuws had om te delen. Zijn bezorgde blik had op haar gezicht gerust voordat hij wegging, en Pip had zich zowel getroost als geïrriteerd gevoeld door zijn duidelijke bezorgdheid. Ze had zijn medelijden niet nodig; ze had resultaat nodig, Honey terug in haar paddock, waar ze thuishoorde.

Pip wreef haar zanderige ogen uit, terwijl de vermoeidheid als een fysieke last in haar lichaam neerstreek. Ze had al haar contacten in de sector gebeld en Honey's kenmerkende gouden vacht en ongewone blauwe ogen beschreven. Ze had foto's gemaild naar veemarkten en handelaren, meldingen geplaatst in paardengroepen, maar het holle gevoel in haar borst zei haar dat het misschien niet genoeg was. Professionele dieven zouden Honey goed verborgen houden tot de eerste zoekslag was gaan liggen.

Met een zucht pakte ze haar telefoon weer op, in de hoop op updates van Jake of haar contacten in de sector. Terwijl ze door de meldingen scrolde, viel een bericht van de Ridgemont Community Group haar op. Het was geen groep waar ze vaak op reageerde; ze gaf de voorkeur aan professionele paardensportfora boven dorpsroddel, maar Sarah had voorgesteld dat ze allemaal lid zouden worden om discussies te volgen over de geplande rondweg die mogelijk invloed had op Ridgewater.

Het bericht had al tientallen reacties, ondanks dat het pas een uur oud was. Pip tikte het open en voelde haar maag wegzakken toen ze de zorgvuldig geformuleerde aanval las:

'Zo triest om weer over een paardendiefstal in onze gemeenschap te horen. Men vraagt zich af hoe bepaalde trainers denken te kunnen zorgen voor de waardevolle dieren van cliënten als ze hun eigen paarden al niet kunnen beschermen. Misschien moeten degenen die overwegen de kostbare pony's van hun kinderen aan dergelijke instellingen toe te vertrouwen, twee keer nadenken? Als de beveiliging zó laks is dat prijsdieren 's nachts simpelweg verdwijnen, wat zegt dat dan over het algehele management? #CommunityAwareness #ProtectYourInvestments'

Het bericht was anoniem, de accountnaam een generiek 'RidgemontResident', maar Pip wist meteen wie het geschreven had. De zorgvuldig gedoseerde minachting, het precieze mikken op haar bedrijfsmodel, de timing – slechts enkele uren na Honey's diefstal: dit was onmiskenbaar het werk van Vivienne Ashford.

Pip staarde naar haar telefoon en zag haar eigen gezicht weerspiegeld in het donkere scherm onder de gloeiende tekst, haar trekken vervormd door woede en pijn. Haar reflectie leek kleiner, op de een of andere manier verkleind, precies zoals Vivienne het bedoelde. De vertrouwde hitte van schaamte en woede kroop omhoog in haar nek, hetzelfde gevoel waar ze al sinds haar kindertijd tegen vocht wanneer klasgenoten haar accent of lengte bespotten. Hetzelfde gevoel dat haar had gedreven om zich keer op keer te bewijzen in de renwereld, daarna als Kits weduwe, en vervolgens als zakenvrouw op eigen benen.

Haar vingers begonnen te trillen terwijl ze door de reacties scrolde. Sommige waren steunend:

'Dit lijkt meer op een persoonlijke aanval dan op bezorgdheid om de gemeenschap.'

'Diefstal kan overal gebeuren, dit is slachtofferbeschuldiging.'

Maar anderen deden mee met de aanval:

'Ik heb altijd al gedacht dat die McKenzie-meiden te veel vroegen.'

'Zie daar altijd veel pony's komen en gaan. Zet je toch aan het denken.'

'Buitenlandse managementstijlen zijn misschien niet op Australisch niveau.'

Bij die laatste klemde Pip haar telefoon zo hard vast dat haar knokkels wit werden. Ze woonde al sinds haar achtste in Australië, had haar reputatie opgebouwd door nietsontziend hard werken en bewezen resultaten. En toch konden mensen als Vivienne haar, na al die jaren, met één anonieme opmerking weer terugbrengen tot 'buitenlands'.

Haar duimen bleven hangen boven het toetsenbord. Ze kón reageren, zichzelf verdedigen, zeggen dat Viviennes vete voortkwam uit Pips weigering om Honey voor een beledigend lage prijs te verkopen. Ze kon aanhalen dat de dieven overduidelijk dagenlang de routines op Ridgewater hadden bestudeerd voor ze toesloegen, nauwelijks een bewijs van lakse leiding. Ze kon iedereen herinneren aan haar smetteloze veiligheidsrecord met kinderen en pony's, haar wachtlijst met cliënten die graag hoge prijzen betaalden voor 'Pips Perfecte Pony's'.

De eerste woorden vormden zich al in haar hoofd: 'Als de "bepaalde trainer" waar in dit bericht overduidelijk naar wordt verwezen...'

Nee. Pip haalde diep adem, en nog eens. Reageren zou de aanval alleen maar legitimeren, haar meesleuren in een publiek gevecht terwijl ze haar aandacht op Honey moest richten. Het professionele deel van haar brein, het deel dat de hardvochtige renwereld had doorstaan en een bedrijf vanaf nul had opgebouwd, herkende de val voor wat het was.

Ze sloot het reactieveld zonder een woord te typen en legde haar telefoon met opzet omgekeerd op tafel, ondanks haar trillende vingers. Vivienne wilde een reactie, wilde dat Pip defensief of onprofessioneel overkwam. Ze zou haar dat genoegen niet geven.

In plaats daarvan zou Pip doen wat ze altijd deed: haar werk voor zichzelf laten spreken. Haar pony's wonnen linten. Haar cliënten kwamen jaar na jaar terug. Haar trainingsmethoden leverden consequent uitzonderlijke resultaten op. Een anonieme socialemediacampagne met moddergooien kon die feiten niet uitwissen.

Maar dat weten nam de pijn in haar borst niet weg, noch de boze tranen die dreigden te vloeien. Honey was nog steeds vermist. Haar reputatie stond onder vuur. En ondanks haar vastberadenheid zich er niet door te laten raken, hadden Viviennes woorden precies doel getroffen: Pips diepste onzekerheden over erbij horen, over het verdienen van haar plek op Ridgewater.

De telefoon trilde tegen de tafel en deed haar opschrikken. Heel even hoopte Pip wanhopig dat het nieuws over Honey was. In plaats daarvan was het een berichtje van Jake:

'Ik check nog steeds transportbedrijven. Geef de hoop niet op. Ik laat iets weten zodra ik nieuws heb.'

Er zat iets geruststellends in zijn eenvoudige bericht. Jake had de plaats delict gezien, wist dat ze niet nalatig was. Zijn oordeel, gebaseerd op feiten in plaats van vooroordelen, telde zwaarder dan anonieme aanvallen.

De achterdeur zwaaide open toen Sarah de keuken binnenkwam, gevolgd door Emma en Kate. Hun gezichten veranderden van gewoonlijke vermoeidheid naar bezorgdheid toen ze Pip alleen aan tafel zagen zitten, haar onaangeroerde koffie koud geworden naast haar telefoon. De drie zussen wisselden blikken, de onuitgesproken communicatie van mensen die samen zijn opgegroeid, voordat Sarah de waterkoker aanzette en Emma naast Pip op de stoel schoof.

'Al nieuws over Honey?' vroeg Emma zacht, terwijl ze een troostende hand op Pips schouder legde.

Pip schudde haar hoofd, niet in staat woorden te vinden door de brok in haar keel. Ze hadden de hele dag gezocht, met het hele Ridgewater-team te paard, en het terrein en de omliggende gebieden in vakken verdeeld op zoek naar enig teken van de merrie of de dieven die haar hadden meegenomen.

'Jake zei dat hij transportbedrijven in de oostelijke staten heeft gewaarschuwd,' kreeg ze uiteindelijk toch uit. 'Maar we weten allemaal hoe dit gaat. Als het professionele dieven zijn, houden ze haar verborgen tot de eerste zoekactie afzwakt.'

Kate leunde tegen het aanrecht, haar slanke lijf gespannen. 'We vinden haar, Pip. Iedereen in de paardensport kijkt mee. Ze kunnen haar niet verplaatsen zonder dat iemand het opmerkt.'

Pip knikte, al zei het holle gevoel in haar borst iets anders. Ze keek naar haar telefoon, nog steeds ondersteboven op tafel, en voelde een nieuwe golf woede. 'Er is nog iets,' zei ze zacht. 'Iets dat jullie moeten zien.'

Ze draaide de telefoon om, zocht het anonieme bericht op en gaf hem aan Emma. Sarah en Kate bogen erbij, meelezend over Emma's schouder. Pip zag hun gezichtsuitdrukkingen veranderen van nieuwsgierig naar ongeloof en vervolgens naar verontwaardigd.

'Dit meen je niet,' zei Sarah, haar stem laag en gevaarlijk. 'Dit is regelrechte laster.'

Emma's met sproeten bestoven gezicht kleurde van woede. 'Dit is Vivienne weer, toch? De timing, de formulering, de nadruk op cliënten die hun kinderpony's aan jou toevertrouwen... dit is zó duidelijk zij.'

'En dan verschuilen achter een anoniem account,' voegde Kate eraan toe, hoorbaar vol afkeer. 'Te laf om er haar naam onder te zetten. Of te bang, nadat Joe haar gisteren dat venijnige stukje heeft laten verwijderen.'

De snelle, onvoorwaardelijke steun van alle drie de zussen maakte iets los in Pips borst. Ze vroegen niet of ze nalatig was geweest met Honey's veiligheid of of het bericht misschien een punt had. Hun loyaliteit was direct en absoluut.

'Heeft iemand al gereageerd?' vroeg Sarah, terwijl ze de telefoon pakte om door de reacties te scrollen.

'Ik niet,' antwoordde Pip. 'Het leek me beter om er niet op in te gaan. Ze wil een reactie uitlokken.'

Kate richtte zich plots op, haar uitdrukking verschoof van boos naar koeltjes vastberaden. De verandering herinnerde Pip eraan waarom Kate zo'n formidabele dressuurruiter was, waar precisie en controle allesbepalend zijn.

'Charlotte blijft welkom voor lessen,' verklaarde Kate, haar stem kort en beslist, 'maar Vivienne krijgt een verbod op Ridgewater. Charlotte kan bij het hek worden afgezet of door haar vader worden gebracht, maar Vivienne zet nooit meer een voet op dit terrein.'

De directheid van Kates besluit, genomen zonder aarzeling of discussie, overrompelde Pip even. Emma knikte direct instemmend, terwijl Sarah kort nadacht voor ze eraan toevoegde: 'We moeten haar nu bellen, niet wachten tot Charlotte's volgende les. Het glashelder maken.'

'Ik doe het,' zei Kate, terwijl ze haar eigen telefoon al tevoorschijn haalde. 'Ze moet begrijpen dat dit geen verzoek is en geen onderhandelingspunt. Het is een feit.'

Pip keek toe hoe Kate door haar contacten scrolde. 'Weet je het zeker?' vroeg ze zacht. 'Charlotte is dol op haar lessen, en als Vivienne kwaad genoeg is, haalt ze haar misschien weg.'

'Laat haar maar,' antwoordde Kate vastberaden. 'Ik kan zo drie andere trainers voor Charlotte aanbevelen, maar ik laat die vrouw hier niet op ons terrein komen om mijn zus aan te vallen.' Het woord 'zus' verwarmde Pip, ondanks alles, zoals altijd. Kates blauwe ogen verzachtten even toen ze naar Pip keek. 'Bovendien laat Joe het niet toe dat Vivienne Charlotte's training stopzet. Hij is redelijk, ook als zij dat niet is.'

Kate zette de telefoon op luidspreker en legde hem midden op tafel. De zussen bogen samen dichterbij terwijl hij overging, een verenigd front zelfs in dit kleine gebaar.

Pip voelde een golf van dankbaarheid die haar bijna overspoelde.

Vivienne nam bij de vierde toon op, haar stem kunstmatig opgewekt. 'Kate! Wat een leuke verrassing.'

'Dit is geen sociaal praatje, Vivienne,' antwoordde Kate, professioneel kort. 'Ik bel u om u te informeren dat Charlotte nog steeds welkom is voor haar lessen, maar dat u per direct niet langer toegang hebt tot Ridgewater.'

Er viel een moment verbijsterde stilte voordat Viviennes stem terugkwam, vol ongeloof. 'Pardon? Dit meen je toch niet serieus.'

'Volkomen serieus,' vervolgde Kate kalm. 'Charlotte kan bij het hek worden afgezet of door Joe worden gebracht, maar u zet geen stap op ons terrein meer, of ik laat u vervolgen voor huisvredebreuk.'

'Dit is schandalig!' Viviennes stem schoot omhoog. 'Op basis waarvan neemt u deze belachelijke beslissing?'

'Cyberpesten en laster,' antwoordde Kate gelijkmatig. 'Dacht u werkelijk dat anoniem posten betekende dat we niet zouden weten dat u het was? Pip aanvallen minder dan twaalf uur nadat Honey is gestolen, is beneden alle peil.'

'Ik heb geen idee waar u het over heeft,' hield Vivienne vol, al sloop er een zweem van onzekerheid in haar stem. 'Welk bericht u ook bedoelt, ik heb het zeker niet geschreven.'

'Bent u bereid jouw telefoon aan Joe te overhandigen en hem door jouw socialemediageschiedenis te laten gaan om dat te bewijzen?' mengde Sarah zich in het gesprek, terwijl ze dichter naar de telefoon boog. 'Hij maakt zich nogal zorgen over de mogelijke juridische gevolgen van laster.'

Een scherpe inademing klonk door de speaker, gevolgd door een paar seconden stilte. Toen Vivienne weer sprak, was haar toon verschoven van defensief naar venijnig.

'Jullie zijn echt ongelofelijk. Ik heb niets anders gedaan dan deze gemeenschap steunen, en zo word ik behandeld?

Vanwege een… een buitenlandse die zich aan jullie familie heeft vastgeklampt?'

Kates uitdrukking verhardde gevaarlijk. 'Die "buitenlander" is mijn schoonzus en heeft meer integriteit in haar pink dan jij in al de tijd dat ik je ken hebt laten zien. Cyberpesten is een misdrijf, Vivienne. Het stopt hier.'

'Jullie zullen dit betreuren,' siste Vivienne. 'Jullie zullen willen dat je mij met meer respect had behandeld. Ik heb connecties waar jullie je geen voorstelling van kunnen maken.'

'Connecties helpen je niet onder de rechtszaak uit die je te wachten staat als dit doorgaat,' zei Kate, onbewogen door de dreiging. 'Het verbod blijft staan. Charlotte is welkom. Jij niet. Goedemiddag, Vivienne.'

Kate beëindigde het gesprek voordat Vivienne kon reageren. Het werd even stil in de keuken, tot Emma een lage fluit gaf.

'Zo, dat is geregeld,' zei ze, met een klein glimlachje. 'Ik denk dat ik net echte stoom uit de telefoon zag komen.' Ze hield Pips telefoon omhoog. 'En kijk eens aan… het bericht is net verwijderd. Niet voordat ik screenshots had, trouwens.'

Ondanks alles voelde Pip de contouren van een kleine glimlach. De pure razernij in Viviennes stem toen ze ermee werd geconfronteerd, was onmiskenbaar bevredigend. Maar meer nog raakte de onwankelbare steun van de McKenzie-zussen, hun onmiddellijke en felle bescherming, iets diep in haar.

'Dank jullie,' zei ze zacht, terwijl ze elk van de zussen even aankeek. 'Allemaal.'

'Waarvoor?' vroeg Sarah, oprecht verbaasd. 'Voor opstaan tegen een pestkop? Dat is wat familie doet, Pip.'

Familie. Het woord raakte een snaar die door Pips zorgvuldig bewaarde zelfbeheersing trilde. Zeven jaar waren verstreken sinds Kits dood, meer dan tien keer zo lang als ze daadwerkelijk met hun broer getrouwd was geweest, en nooit hadden deze vrouwen haar ook maar één moment als iets anders dan hun zus behandeld. Door rouw en opnieuw beginnen, door de uitdagingen van het opbouwen van haar bedrijf, waren zij haar constante steun. Haar familie.

En ineens, met Honey die vermist was, Viviennes giftige aanval en het gewicht van de dag op haar schouders, brak dat besef dwars door Pips verdediging heen. Een snik ontsnapte voordat ze het kon tegenhouden, toen nog een, en tranen stroomden over haar wangen terwijl de emoties die ze de hele dag had ingehouden haar eindelijk overspoelden.

'Oh, Pip,' mompelde Emma, terwijl ze een arm om haar schouders sloeg.

'Ik kan haar niet verliezen,' kreeg Pip tussen snikken door uit, zonder nog te proberen haar tranen te verbergen. 'Ze vertrouwt me, en ik heb haar laten zitten.'

'Je hebt haar níét laten zitten,' zei Sarah beslist, terwijl ze naast Pips stoel neerknielde om haar recht in de ogen te kijken. 'Professionele dieven hebben haar doelbewust uitgekozen. Dat is niet jouw schuld.'

'We vinden haar,' voegde Kate eraan toe, met een competitieve vastberadenheid die in elke lettergreep doorklonk. 'En als het zover is, heeft Vivienne Ashford nog meer om haar excuses voor aan te bieden.'

Omringd door haar zussen liet Pip zichzelf eindelijk het volle gewicht van haar angst en verdriet voelen. Honey was meer dan een waardevolle pony; ze vertegenwoordigde alles wat Pip op haar eigen voorwaarden had opgebouwd, een bewijs van haar vaardigheden en visie. Haar verliezen voelde alsof ze een stukje van zichzelf kwijtraakte.

Maar terwijl haar tranen langzaam bedaarden, merkte Pip dat er onder het verdriet iets stevigs vorm kreeg: vastberadenheid. Met de McKenzie-zussen naast haar en Jake die de officiële kanalen benutte, zou ze Honey vinden.

En Vivienne Ashford zou er spijt van krijgen dat ze deze familie tot vijand had gemaakt.

Hoofdstuk Acht

Jake streek zijn uniformkraag glad terwijl hij de vergaderruimte van de Ridgemont Country Club binnenstapte, het lage gezoem van gesprekken sloeg als een golf over hem heen. De opkomst was groter dan hij had verwacht; gezichten draaiden kort zijn kant op om zijn officiële aanwezigheid te registreren, waarna men weer verder praatte. Zoals altijd wanneer hij een nieuwe ruimte betrad, liet hij zijn blik scherp rondgaan en deelde de aanwezigen onbewust in naar zitplaatsen: boeren en lokale ondernemers vooraan, projectontwikkelaars en investeerders achterin, en het McKenzie-kamp in de middelste rijen, waar Pip's kleine gestalte half verscholen zat tussen de langere Sarah en Kate, met Sarah's verloofde, dierenarts Marcus Webb, aan het uiteinde van de rij.

Zijn aanwezigheid was niet strikt noodzakelijk, maar sergeant Porter had voorgesteld dat er een politievertegenwoordiger aanwezig zou zijn om 'op de hoogte te blijven van wat er in de gemeenschap speelt'. Jake vermoedde dat Porter vooral zelf niet wilde gaan, maar de opdracht gaf hem in elk geval een legitieme reden om alles te observeren zonder vragen op te roepen.

Hij koos een onopvallende plek tegen de achterwand en knikte professioneel naar wie zijn blik ving. Zijn ogen bleven langer dan strikt nodig op Pip rusten. Ze zat kaarsrecht, haar donkere haar netjes gevlochten, haar gezicht zorgvuldig in de plooi ondanks de fluisteringen die haar volgden sinds Honey's diefstal. Vier dagen zonder aanknopingspunten, en Jake voelde die mislukking als een persoonlijk gewicht.

Het werd stiller in de zaal toen Vivienne Ashford naar het spreekgestoelte liep, haar kastanjebruine haar in perfecte golven over de gewatteerde schouders van een jasje dat waarschijnlijk meer kostte dan Jake's maandsalaris. Ze tikte met een gemanicuurde nagel tegen de microfoon, haar glimlach geoefend en stralend.

'Goedenavond, vrienden en buren,' begon ze, haar stem met de precieze modulatie van iemand die uitgebreid heeft geoefend. 'Dank je dat je met ons wilt praten over deze cruciale kwestie die onze gemeenschap raakt. De voorgestelde rondweg bedreigt niet alleen onze huizenprijzen, maar onze hele manier van leven.'

Jake keek toe hoe ze de zaal aftastte en doelbewust oogcontact zocht met sleutelfiguren. Haar presentatietalent viel niet te ontkennen: ze bouwde verbinding op met strategische pauzes en perfect getimede gebaren. Het publiek reageerde met knikken en instemmend gemompel.

'Die rondweg zou dwars door prime landbouwgrond snijden, gevestigde eigendommen verstoren en ongewenste elementen recht tot aan onze voordeur brengen,' ging Vivienne verder, haar stem nam een bezorgde klank aan. 'En over ongewenste elementen gesproken, ik denk dat we de bredere veiligheidszorgen in onze gemeenschap moeten erkennen.'

Die subtiele draai deed meteen Jake's alarmbellen rinkelen. Haar uitdrukking verschoof, haar ogen knepen een fractie samen terwijl ze vooroverboog.

'Ik doel natuurlijk op het verontrustende patroon van paardendiefstallen dat ons district teistert. Waardevolle dieren verdwijnen van goed beveiligde terreinen, ook bij enkele van onze meest gevestigde ruiterscentra.'

Jake voelde zijn schouders aanspannen. Dit stond niet op de agenda, en de welbewuste uitweiding kon geen toeval zijn. Hij wierp een blik naar Pip en zag hoe ze volledig verstijfde, haar gezicht een strak masker.

'Deze diefstallen betekenen niet alleen financiële schade, maar ook een schending van het vertrouwen in onze gemeenschap,' vervolgde Vivienne, haar stem dalend tot een bezorgd timbre dat voor Jake ingestudeerd klonk. 'We moeten ons afvragen wat er de afgelopen jaren is veranderd waardoor zulke criminaliteit wordt aangetrokken. Welke... invloeden mogelijk verband houden met deze verontrustende gebeurtenissen.'

De nadruk op 'invloeden' hing in de lucht als een geladen wapen. Verscheidene hoofden draaiden onmerkbaar naar Pip, wier uitdrukking onwrikbaar neutraal bleef, al waren haar knokkels wit waar ze haar notitieboekje omklemde.

'Het lijkt veelzeggend dat bepaalde bedrijven met, laten we zeggen, niet-traditionele achtergronden hun aanwezigheid hebben uitgebreid precies toen deze diefstallen toenamen,' zei Vivienne, haar glimlach onverstoorbaar terwijl haar ogen verhardden. 'Misschien kan onze politie overwegen dichter bij huis te onderzoeken voordat buitenlandse elementen nog meer onrust in onze gemeenschap brengen.'

Haar blik schoof veelbetekenend naar Pip; de implicatie was overduidelijk. Een golf van ongemakkelijk gemompel ging door de zaal. Jake zag Kate McKenzie's rug zich strekken; haar hand ging beschermend naar Pip's schouder. Sarah's gezicht was ijzig geworden, terwijl Emma driftig iets in haar telefoon typte, ongetwijfeld om Vivienne's woorden vast te leggen voor later.

Jake voelde de hitte onder zijn kraag opvlammen. Vivienne's aanval was listig opgebouwd: ze vermeed technisch gezien een directe beschuldiging, terwijl het mikpunt zonneklaar was. Hij had dit vaker gezien bij welgestelde daders die bekwaam de randjes van de wet opzochten. Zijn procedurele training maande tot voorzichtigheid, professionele distantie. Maar iets diepers, iets dat de afgelopen weken was gegroeid terwijl hij Pip's expertise, haar vastberadenheid en haar gratie onder druk gadesloeg, duwde terug tegen die voorzichtigheid.

'En hoewel ik begrijp dat Senior Constable Harrison alle sporen ijverig volgt,' ging Vivienne verder, haar blik vond hem achterin de zaal, 'zou extra aandacht voor bepaalde recente nieuwkomers in onze ruitersgemeenschap mogelijk resultaat opleveren. We moeten tenslotte onze tradities beschermen tegen invloeden van buitenaf... inmenging.'

De zaal werd onaangenaam stil. Jake zag meerdere aanwezigen ongemakkelijk bewegen: ze wilden Vivienne's evidente xenofobie niet openlijk tegenspreken, maar voelden zich er duidelijk niet prettig bij. Hij dacht aan Pip's minutieuze administratie, haar encyclopedische kennis van bloedlijnen, haar zachte handen die bange paarden tot rust brachten. Hoe haar gezicht oplichtte wanneer ze over haar pony's praatte. De waardigheid waarmee ze Vivienne's constante steken onder water droeg.

Nog voordat hij zijn reactie volledig had geformuleerd, merkte Jake dat hij naar voren stapte; zijn stem sneed door het gemompel.

'Als ik het onderwerp paardendiefstallen even mag adresseren, nu het is aangestipt,' zei hij, zijn toon neutraal maar met het gezag van zijn functie, en luid genoeg zonder versterking. Het werd muisstil; alle blikken gingen zijn kant op. 'Het onderzoek loopt en wordt via de juiste kanalen gevoerd. Alle sporen worden gevolgd op basis van bewijs, niet op speculatie.'

Hij liep naar het midden van de zaal en plaatste zich opzettelijk tussen Vivienne en de plek waar Pip zat.

'Ik wil graag verduidelijken dat mevrouw Rodriguez-McKenzie van onschatbare waarde is in dit onderzoek. Ze levert branche-expertise die ons begrip van het diefstalpatroon aanzienlijk heeft verdiept. Haar kennis van fokpraktijken en documentatiestandaarden is uitzonderlijk, net als haar reputatie binnen de professionele ruiterswereld.'

Jake ving Vivienne's blik en hield die vast, zijn uitdrukking professioneel, zijn boodschap glashelder. 'Ik waarschuw ten stelligste voor ongegronde beschuldigingen of insinuaties die een lopend politieonderzoek kunnen verstoren of gerespecteerde leden van de gemeenschap kunnen belasteren. Dergelijke uitlatingen kunnen juridische consequenties hebben als ze aanhouden.'

De stilte in de zaal kreeg een andere lading: verrassing vermengd met iets dat op respect leek. Vanuit zijn ooghoek zag Jake Pip's gezicht, een mengeling van verbazing en iets zachters dat hij niet direct kon duiden.

'Misschien kunnen we nu terugkeren naar het eigenlijke doel van deze bijeenkomst: de voorgestelde rondweg,' besloot Jake, terwijl hij terugstapte naar zijn plek bij de muur.

De vertegenwoordiger van de gemeente, zichtbaar opgelucht door de wending, haastte zich naar het spreekgestoelte. Vivienne bleef opzij staan, haar glimlach bevroren terwijl hoge kleurvlekken op haar jukbeenderen verschenen.

De rest van de vergadering verliep zonder verdere incidenten, al merkte Jake dat Vivienne hem herhaaldelijk aankeek, koude berekening de plaats innemend van haar eerdere flirtgedrag. Toen de bijeenkomst was afgelopen, liep hij naar Pip toe en kwam aan precies toen zij haar spullen bijeenraapte.

'Ik loop met je mee naar buiten,' zei hij zacht.

Ze knikte; haar uitdrukking bleef waakzaam, maar in haar ogen lag een warmte die er eerder niet was. Terwijl ze naar de uitgang liepen, zag Jake hoe Joe Ashford Vivienne onderschepte en haar opzij trok, zijn gezicht donker. Zelfs van een afstand zag Jake de spanning in Joe's houding, de strakke lijn van zijn mond terwijl hij zijn ex-vrouw in scherpe fluistertoon aansprak.

'De anderen blijven om met een paar boeren over de rondweg te praten,' legde Pip uit toen ze de koele avondlucht instapten. 'Maar ik heb voor één avond genoeg gemeenschapspolderen gehad, en ik had beloofd de nachtronde te doen.'

Jake knikte en keek naar haar in de zachte gloed van de lampen op de parkeerplaats. Ze leek kleiner dan gewoonlijk, maar niet minder veerkrachtig, als een verweerde boom die talloze stormen heeft doorstaan door te buigen in plaats van te breken.

'Je had me niet zo hoeven verdedigen,' zei ze uiteindelijk, terwijl ze haar truck ontgrendelde. 'Maar dank je.'

'Ik heb alleen de feiten benoemd,' antwoordde Jake, al wisten ze allebei dat het meer was geweest dan dat. 'Vindt je het goed als ik achter je aan rijd naar Ridgewater? Ik wil graag jouw beveiliging bekijken, gezien de recente gebeurtenissen.'

Pip keek omhoog naar hem, een kleine glimlach brak eindelijk door haar beheerste uitdrukking. 'Dat zou... behulpzaam zijn. Dank je.'

Terwijl Jake toekeek hoe ze in haar truck klom, wist hij dat hij een grens was overgestoken, van professionele distantie naar persoonlijke betrokkenheid. En vreemd genoeg, ondanks zijn gebruikelijke hang naar procedures, kon hij er geen spijt van hebben.

De koplampen van Jake vingen het glanzen van Pip's achterlicht op terwijl haar truck de grindoprit van Ridgewater afreed. Het erf was donker, op de beveiligingslampen bij de hoofdschuur en het huis na. Hij volgde op gepaste afstand, zijn hoofd nog bij de gebeurtenissen van de vergadering. Zijn tussenkomst was professioneel geweest, technisch binnen de lijntjes, maar hij kon niet ontkennen dat er een persoonlijke drijfveer achter zat. Vivienne op Pip zien mikken, die beheerste uitdrukking op haar gezicht terwijl ze weer een publieke aanval incasseerde—het had iets beschermends in hem losgemaakt dat zijn rol als onderzoekend agent overstijgende.

Hij parkeerde naast haar pickup; de motor tikte na in de nachtelijke lucht. Pip was al uitgestapt en pakte een zaklamp van achter haar stoel.

'Eén van ons doet altijd een nachtronde voor het slapengaan,' legde ze uit, terwijl ze hem een tweede zaklamp aangaf. 'Sinds Honey zijn we extra waakzaam.'

Jake knikte en klikte het licht aan. De bundel sneed door het donker en verlichte het pad naar het dichtstbijzijnde stallenblok. 'Goed gebruik. Veel diefstallen vonden plaats tussen middernacht en vier uur 's nachts, wanneer het het stilst is op erf en land.'

Ze liepen zij aan zij; het lengteverschil tussen hen gaf het geheel iets intiems. Jake moest zich iets vooroverbuigen om Pip's zachte uitleg over de indeling van het terrein te verstaan, terwijl zij haar hoofd achterover kantelde wanneer ze zijn blik zocht als ze stopten. Hun lichtbundels overlapten en vormden eilanden van zicht, waarin af en toe de oogopslag van een paard in de donkere weitjes opflitste.

'We hebben alle hekken voorzien van zwaardere sloten,' zei Pip en demonstreerde een zware hangsluiting. 'En Sarah heeft extra beveiligingscamera's besteld, die meer van de buitenrand van het terrein dekken, vooral het stuk dat grenst aan het staatsland waar Honey doorheen is weggevoerd. Ze komen over een paar dagen binnen en dan gaan we ze ophangen.'

'Goed,' keurde Jake, terwijl hij het slot bekeek. 'Hoe zit het met nachtwachten? Heb je iemand die gedurende de nacht het terrein controleert?'

'We doen het om beurten,' antwoordde Pip, haar kleine hand rustte even op de hekregel. 'Eén van ons loopt elke twee uur een ronde. Het is niet vol te houden op de lange termijn, maar tot we betere beveiliging hebben...'

Ze hoefde de zin niet af te maken. Jake begreep de angst die zulke voorzorg voedde, de drang om te beschermen wat dierbaar is. Hij had het talloze keren gezien in zijn politiewerk, maar zelden met de stille vastberadenheid die Pip tentoonspreidde.

Het idee dat zij, of een van de andere McKenzie-vrouwen, 's nachts alleen de dieven tegen het lijf kon lopen, maakte hem echter nerveus.

'Heb je een wapen?' vroeg hij.

Pip draaide zich om en keek hem geschrokken aan. 'Wat?'

'Een vuurwapen. Veel mensen hier hebben er een, het is een landelijk gebied.'

'We hebben er één,' zei ze langzaam, nog steeds starend. 'Een geweer, maar dat ligt in de kluis... en ik kan er niet mee overweg. En Sarah ook niet, met haar zicht. Kate en Emma hebben wel een vergunning.'

'Misschien is het goed als je het leert, en een vergunning haalt,' zei hij zacht. 'En misschien zouden Kate en Emma het kunnen meenemen tijdens hun rondes. Voor het geval ze, ik noem maar wat, een wilde hond zien.'

'Een wilde hond?' herhaalde ze, en toen, langzamer: 'Oh... ik begrijp het.'

'Er waren minstens twee mannen toen Honey werd gestolen,' zei Jake. 'Het idee dat één van je hier in het donker misschien op hen stuit...' Hij liet de zin wegebben.

'Ik zal het tegen Kate en Emma zeggen,' zei Pip uiteindelijk. 'En dank je.' Het licht van de zaklamp streek langs haar gezicht en zette haar jukbeenderen en de vastberaden lijn van haar kaak in reliëf. 'Daarvoor, en voor wat je vanavond zei. Je had zich niet tussen mij en Vivienne's gif hoeven plaatsen.'

Jake aarzelde, op zoek naar woorden die de professionele grens niet te ver zouden overschrijden. 'Haar insinuaties waren bevooroordeeld en potentieel lasterlijk. Iets zeggen was het juiste om te doen.'

'Toch,' hield Pip zachtjes aan, 'zouden de meesten dat niet doen. Die zouden 'professionele neutraliteit' of hoe je het ook noemt, bewaren.'

Ze liepen verder en controleerden systematisch elke wei. Jake werd zich steeds bewuster van Pip's bewegingen naast hem, de stille zekerheid waarmee ze ieder paard benaderde, de zachte woorden die ze als geruststelling mompelde. Ze bewoog als iemand volledig thuis in haar lijf, ondanks haar kleine gestalte, zonder aarzeling of twijfel.

'Ik ben gewend mijn eigen gevechten te leveren,' vervolgde ze toen ze de laatste schuur naderden. 'Dat doe ik al sinds ik acht was. Maar het was... fijn... dat iemand eens voor mij opkwam.'

De kwetsbaarheid in die bekentenis overrompelde Jake. Hij had Pip lastige klanten zien hanteren, bange paarden zien managen, en Vivienne's eerdere aanvallen zien pareren—altijd onverstoorbaar. Deze blik onder haar professionele harnas voelde als een zeldzaam voorrecht.

'Ik kon niet blijven luisteren,' gaf hij toe, de woorden klonken als een biecht. 'Niet wanneer ik weet hoe waardevol jouw deskundigheid is geweest voor dit onderzoek. Niet nadat ik heb gezien hoe je werkt, hoe je voor deze dieren zorgt.'

Ze stopten buiten bij de schuren; de maan brak door de wolken en baadde het erf in zilver. Pip draaide zich volledig naar hem toe, en Jake merkte dat hij nog iets verder vooroverboog, haar zwaartekrachtveld ingezogen.

'Is dat de enige reden?' vroeg ze zacht.

De vraag hing tussen hen, vol mogelijkheden. Jake kende het professionele antwoord, het antwoord dat passende grenzen bewaakte tussen een agent en een getuige in een lopend onderzoek. Maar hier, in het maanlicht, terwijl Pip's donkere ogen zijn gezicht onderzochten, leken die grenzen steeds willekeuriger.

'Nee,' zei hij uiteindelijk, zijn stem lager dan hij bedoelde. 'Het is niet de enige reden.'

Er gleed iets door Pip's uitdrukking: een verzachting rond haar ogen, een lichte opening van haar lippen. Jake was zich pijnlijk bewust van elk centimeter lengteverschil tussen hen, van hoe zij haar hoofd moest kantelen om hem aan te kijken, van hoe zijn brede schouders zich als vanzelf naar haar toe bogen, alsof door zwaartekracht aangetrokken.

'Ik moet de paarden nog afmaken met controleren,' fluisterde ze, al bleef ze roerloos staan.

'Ja,' stemde Jake in, evenmin in beweging.

Het maanlicht ving in haar haar en zette de donkere lokken aan de randen in zilver. Zonder het bewust te besluiten, boog Jake verder; zijn hand kwam licht op haar schouder te rusten. Pip ging op haar tenen staan en overbrugde de afstand, centimeter voor voorzichtige centimeter.

Hun lippen raakten elkaar aarzelend, de aanraking licht maar elektrisch. Jake voelde haar kleine hand op zijn borst, voelde haar warmte zelfs door zijn jas heen. Heel even vielen het onderzoek, de professionele grenzen, alle complicaties weg, en bleef alleen deze connectie over, breekbaar en nieuw.

Toen klonk er een diepe kreun, een benauwd geluid uit de schuur. Pip deinsde direct terug; in een hartslag verschoof haar uitdrukking van zacht naar alert.

'Dat is Queenie,' zei ze al in beweging, de lichtbundel stuiterend terwijl ze in draf overging. 'Ze moet elk moment veulenen.'

Jake volgde snel en keek hoe Pip de schuifdeur opende en naar binnen snelde. Helemaal achterin liep een grote, vosbruine volbloedmerrie rusteloos heen en weer, haar flanken zwaar op en neer gaand van de inspanning. Zelfs voor Jake's ongetrainde oog was duidelijk dat er iets gaande was.

'Ze is aan het bevallen,' bevestigde Pip, haar stem kalm maar dringend terwijl ze de situatie snel inschatte. 'Eerder dan verwacht.' Ze pakte Jake's hand; haar vingers waren klein maar sterk om de zijne. 'Bel Sarah en de anderen, ze zijn maar vijf minuten hier vandaan. Zeg dat Queenie aan het veulenen is.'

Jake had zijn telefoon al in de hand, maar Pip's volgende woorden deden hem even haperen.

'Maar zelfs als ze meteen vertrekken, weet ik niet of ze op tijd zijn. Dit veulen komt nu.'

De urgentie in haar stem was duidelijk, maar net zo duidelijk was haar deskundigheid. Wat er daarnet tussen hen was geweest, was opzijgezet; al Pip's aandacht ging uit naar de merrie. Jake voelde zich door haar kalmte gerustgesteld, zelfs terwijl hij Sarah's nummer intoetste met vingers die nog tintelden van Pip's aanraking.

De stal werd schemerig verlicht; één lamp aan het plafond wierp lange schaduwen over de met stro bedekte vloer. Jake drukte de telefoon tegen zijn oor; Sarah bevestigde dat zij en haar zussen al onderweg waren, terwijl zijn ogen op Pip bleven. Zij was in seconden getransformeerd: ze stond naast de merrie, sprak zacht tegen haar en streek over haar hoofd voordat ze voorzichtig naar achteren bewoog, richting de achterhand.

'Ze zijn net van de club vertrokken, vijf minuten nog,' meldde Jake, terwijl hij zijn telefoon wegstopte. 'Moet ik iets doen?'

Pip keek even op; haar uitdrukking was kalm ondanks de urgentie. 'Blijf gewoon stil en beweeg langzaam. Jouw aanwezigheid stoort haar niet, maar plotselinge bewegingen kunnen dat wel.'

'Moeten we haar... helpen?' vroeg Jake aarzelend, niet zeker van het protocol bij een paardenbevalling.

'Alleen als het echt nodig is,' antwoordde Pip, ze keek kort onder de staart van de merrie en ging toen terug naar haar hoofd. 'Paarden veulenen al miljoenen jaren zonder menselijke hulp. Wij zijn er vooral als voorzorg. Te veel ingrijpen kan meer kwaad doen dan goed.'

Ze bleef naast Queenie staan, fluisterde geruststellingen en streek over haar hals. De merrie leunde in haar aanraking, duidelijk troost puttend uit Pip's nabijheid ondanks de onmiskenbare pijn van de weeën. Het verschil in formaat tussen de piepkleine vrouw en het massieve paard trof Jake opnieuw, maar er bestond geen twijfel over wie hier de regie had.

'De vruchtwateren zijn gebroken,' zei Pip zacht. 'We zijn dus dichtbij. Eerstedagsmerries doen er soms langer over, maar Queenie heeft dit eerder gedaan.'

Jake knikte, gefascineerd ondanks zijn zenuwen. In zijn politiecarrière had hij één keer een geboorte meegemaakt: een panische bevalling langs de weg waar hij net op tijd was om de ambulancebroeders hun spullen aan te reiken. Dit voelde totaal anders, oerser en toch vreemd vredig.

Queenie zakte plots op haar knieën en rolde met een zware kreun op haar zij in het stro. Pip knikte tevreden en positioneerde zich achter de merrie.

'Perfect. Ze weet precies wat ze moet doen.'

Jake keek, gebiologeerd, hoe Queenie's flanken zichtbaar samentrokken. Pip bleef dichtbij maar raakte haar niet aan; haar houding was alert maar ontspannen, vertrouwend op het instinct van de merrie. Het contrast tussen Pip's kleine gestalte en het enorme dier had potsierlijk kunnen zijn, maar het voelde juist—een harmonie van doel die de fysieke verhoudingen overstijgde.

'Daar,' fluisterde Pip, wijzend.

Jake boog zich iets voorover en zag wat op een klein, wit zakje leek dat uit de merrie tevoorschijn kwam. Binnen enkele momenten kon hij de duidelijke vorm van twee kleine hoeven onderscheiden, ingesloten in het vlies.

'Dat zijn de voorvoetjes,' legde Pip uit. 'Het ligt goed. Als we één hoef zouden zien of, erger, eerst een staart, dan moesten we ingrijpen.'

De hoefjes bewogen licht bij elke wee en kropen met elke krachtige pers een stukje verder de wereld in. Jake merkte dat hij zijn adem inhield, een onverwachte emotie trok zijn borst samen terwijl hij dit oeroude proces gadesloeg.

'Kijk,' murmelde Pip. 'Daar is de neus.'

Er verscheen nu een kleine snoet, nog in de vruchtzak maar onmiskenbaar een piepklein paardenkopje. Het was tegelijk vreemd én innig vertrouwd: nieuw leven dat voorzichtig, centimeter voor centimeter, tevoorschijn kwam. Jake keek naar Pip; haar gezicht was verlicht door stille vreugde, ondanks haar professionele focus. Iets in haar uitdrukking raakte hem onvoorzien hard: een gedeeld gevoel van verwondering dat hun verschillen overstijgde.

Queenie zette massaal aan, en plotseling waren het hoofd en de schouders van het veulen volledig zichtbaar. Jake blies een adem uit waarvan hij niet had gemerkt dat hij hem inhield. De volgende wee volgde snel, en met een laatste, krachtige inspanning gleed het hele veulen vrij in een golf van vocht en beweging, landend zacht in het stro.

'Perfect,' fluisterde Pip, haar glimlach breed en oprecht. 'Helemaal perfect.'

Jake staarde naar het natte, slungelige wezentje dat nu bewegingloos in het stro lag, en schrok van die stilheid. Maar Pip leek niet ongerust; ze keek scherp toe zonder in te grijpen.

'Is het... in orde?' vroeg hij zacht.

'Het komt even op adem,' stelde Pip hem gerust. 'De navelstreng zit nog vast, dus het krijgt zuurstof. Kijk maar.'

Alsof op commando zetten de ribben van het veulen uit bij de eerste ademhaling; een kleine siddering ging door het natte lijfje. Het vlies rond het hoofd was in de laatste momenten gebroken en gaf een fijn gezichtje vrij, met gesloten ogen en belachelijk lange wimpers. Queenie hief haar hoofd, draaide om haar jong te bekijken en krabbelde met verrassende souplesse overeind voor een dier dat net bevallen was.

Met voorzichtige bewegingen begon ze het veulen af te likken, het geboortewater weg te poetsen en de bloedsomloop te stimuleren. De navelstreng, die moeder en kind nog verbond, pulseerde zichtbaar met de laatste nutriënten voordat die vanzelf zou loslaten.

'Ze doet alles goed,' zei Pip, warm van goedkeuring. 'Eerstedagsmerries hebben soms hulp nodig, maar Queenie weet precies wat haar kleintje nodig heeft. Ze is een geweldige moeder.'

Het veulen trilde, hief toen even het hoofd om het weer in het stro te laten vallen; duidelijk kracht verzamelend voor de volgende poging. Jake werd getroffen door de aangeboren kwetsbaarheid én vastberadenheid van de pasgeborene, hoe iets zo teer tegelijk een onvervreemdbare wil om te leven kon tonen.

Pip stapte naderbij en nam de tijd om om de merrie heen te manoeuvreren. Queenie hield haar in de gaten, maar protesteerde niet toen Pip het veulen snel nakeek. Haar handen bewogen met zachte zekerheid langs benen, borst en gezicht, waarna ze weer achteruit stapte.

'Een gezonde merrie,' kondigde ze aan, hoorbaar tevreden. 'Goede bouw, sterke hartslag. Ze staat binnen het uur en drinkt kort daarna.'

Jake keek toe hoe Pip weer afstand nam en moeder en kind de ruimte liet om te hechten. De merrie likte haar veulen energiek verder en hinnikte zacht in een toon die Jake nooit eerder had gehoord—onmiskenbaar moederlijk, ook al kwam het van een dier.

'Het is geweldig,' zei hij uiteindelijk, zijn stem hervindend. 'Hoe snel het gaat, en toch hoe... perfect het proces is.'

Pip knikte, haar blik nog steeds op het tweetal. 'De natuur weet wat ze doet. Aan ons de taak om vooral uit de weg te blijven, tenzij er iets misgaat.' Ze keek op naar Jake, haar glimlach helder, haar ogen vol verwondering en blijdschap. 'Maar het verveelt nooit, hoeveel keer ik het ook zie.'

De staldeur zwaaide open; Sarah, Kate en Emma kwamen binnen met een zucht koelere lucht en gedempte opwinding, Marcus direct achter hen met de dierenartstas in de hand. Hun gezichten betrok een fractie toen ze zagen dat het veulen al geboren was, maar al snel herstelden ze zich en verzamelden zich rond de box, hun uitdrukkingen vol verrukking.

'We hebben het gemist!' jammerde Emma, al glimlachte ze al naar de nieuwgeborene.

'Op een haar na,' bevestigde Pip, terwijl ze een stap opzij deed om haar zussen de ruimte te geven. 'Ze is perfect. Schoolvoorbeeld van een bevalling.'

'Netjes gedaan, diender.' Marcus klopte Jake op de schouder. 'Ga je van carrière wisselen? Je bent een natuurtalent als paardenverloskundige.'

'Ik was slechts getuige,' zei Jake met een grijns naar de dierenarts.

Terwijl Marcus de merrie en het veulen ging controleren en de McKenzie-zussen zich om de box schaarden, al kirrend over de aftekeningen en de bouw van de kleine, merkte Jake dat hij iets achteraf bleef staan—en naar Pip keek in plaats van naar de nieuwgeborene. De intimiteit die ze hadden gedeeld vóór Queenie's noodkreet was onopgelost gebleven; de kus hing tussen hen als een vraag die geen van beiden had beantwoord. Toch had het samen meemaken van dit nieuwe leven hun band verdiept op een manier die Jake niet meteen onder woorden kon brengen.

Pip keek op en ving zijn blik. In het zachte licht, met het wonder van de geboorte nog vers tussen hen in, droeg haar uitdrukking zowel de beheerste deskundigheid die hij was gaan respecteren als iets warmers, persoonlijkers. Jake voelde zijn borst samentrekken van herkenning: wat er tussen hen begonnen was, liet zich niet eenvoudig in hokjes stoppen of binnen professionele grenzen houden. Zoals het veulen dat voor het eerst overeind probeert te komen, was het zowel breekbaar als verrassend vastberaden.

Hoofdstuk Negen

JAKE ZAT STOKSTIJF OP de stoel tegenover het bureau van sergeant Porter, de map met zijn voorstel op zijn schoot. Door het kantoorraam zag hij agenten door het Ridgemont-politiebureau bewegen, bezig met hun ochtendroutine met de ontspannen gemoedelijkheid van een korps in een kleine plaats. Maar aan zijn missie van vandaag was niets ontspannen. Het verzoek dat hij ging doen ging verder dan de standaardprocedure, en Jake had een halve nacht besteed aan het voorbereiden van zijn argumenten, het anticiperen op tegenwerpingen en het verzamelen van bewijs om zijn zaak te staven.

Sergeant Porter leunde achterover in zijn stoel, het leer kraakte protesterend. Anders dan Jakes nauwkeurig gestreken uniform had Porters overhemd om 9.00 uur al kreuken, en een koffievlek sierde zijn stropdas. Het kantoor van de sergeant weerspiegelde zijn eigenaar: functioneel, maar zonder de orde en organisatie die Jake prefereerde, met zaakdossiers opgestapeld in wankele torens en vrijwilligersprijzen die ietwat scheef aan de muur hingen.

'Dus, Harrison,' zei Porter, terwijl hij met zijn koffiemok gebaarde, 'je wilde de diefstal van de paarden bespreken?'

Jake knikte en opende zijn map. 'Ja, meneer. Ik denk dat we een externe adviseur met gespecialiseerde expertise moeten inschakelen. Concreet wil ik graag mevrouw Rodriguez-McKenzie officieel aan het onderzoeksteam toevoegen.'

Porters wenkbrauwen gingen omhoog. 'Dat kleine vrouwtje uit Ridgewater? Die van wie ook een paard is gepikt?'

'Ms Rodriguez-McKenzie heeft onschatbare inzichten geleverd in deze diefstallen,' antwoordde Jake, zijn toon beheerst houdend ondanks de lichte irritatie die hij voelde bij Porters typering. 'Haar kennis van fokpraktijken, bloedlijnen en de plaatselijke paardenwereld heeft ons al de meest veelbelovende aanknopingspunten opgeleverd – de enige aanknopingspunten die we hebben, moet ik erbij zeggen.'

Porter nam een lange slok koffie en bekeek Jake over de rand van zijn mok. 'Burgers betrekken bij lopende onderzoeken brengt aansprakelijkheidsproblemen met zich mee, Harrison. Dat weet je. Zeker iemand die persoonlijk door het misdrijf is getroffen.'

'Ik begrijp jouw zorgen, meneer,' zei Jake, terwijl hij een keurig met een paperclip samengevoegde stapel papieren uit zijn map haalde. 'Daarom heb ik dit overzicht opgesteld van de kwalificaties van Ms Rodriguez-McKenzie en de specifieke waarde die zij voor deze zaak heeft.'

Hij overhandigde het document aan Porter, die ernaar keek met de gelaten uitdrukking van een man die hoopte zo vroeg op de ochtend papierwerk te vermijden.

'Haar achtergrond als profjockey heeft haar uitgebreide contacten in de racewereld opgeleverd,' vervolgde Jake. 'Die connecties heeft ze onderhouden terwijl ze haar eigen trainingsbedrijf voor pony's opbouwde. Ze kan bloedlijnen in één oogopslag herkennen, fokpatronen doorzien en heeft een encyclopedische kennis van eigendomsoverdrachten in de regio.'

Porter bladerde met groeiende interesse door de pagina's. 'Er staat dat zij het patroon met de merries eerder zag dan jij?'

Jake knikte en slikte een klein prikje in zijn professionele trots weg. 'Ja, meneer. Ze zag meteen dat de dieven specifieke, waardevolle merries viseerden, vooral drachtige merries van kampioenshengsten. Dat inzicht heeft het hele onderzoek verlegd.' Hij boog zich iets voorover. 'Zonder haar expertise zouden we dit nog steeds behandelen als willekeurige gelegenheidsdiefstallen.'

'En je bent er zeker van dat de diefstal van haar eigen paard haar objectiviteit niet heeft aangetast?' vroeg Porter, terwijl hij de papieren neerlegde.

'Als iets, dan heeft het haar vastberadenheid om deze zaak op te lossen vergroot,' antwoordde Jake. 'Ze benadert het onderzoek met professionele distantie, maar brengt passie en insiderkennis mee die wij bij de politie simpelweg niet hebben.'

Porter bestudeerde Jake een lange moment. 'Dit is niets voor jou, Harrison. Meestal ben jij degene die het procedureshandboek naar me citeert, niet degene die pleit voor burgerinmenging.'

Jake voelde warmte opstijgen in zijn nek, maar hij hield met moeite zijn kalmte. De afgelopen weken samenwerken met Pip had inderdaad iets verschoven in zijn rigide trouw aan procedures. Haar praktische, hands-on aanpak vulde zijn methodische werkwijze aan op manieren die hij niet had voorzien. En ja, er was nog iets, iets persoonlijks dat tussen hen groeide, maar dat deed niet ter zake voor dit professionele verzoek.

'Het procedureshandboek kent juist bepalingen voor externe adviseurs in zaken die gespecialiseerde kennis vereisen,' merkte Jake op. 'Paragraaf 23, lid 4 beschrijft specifiek het protocol voor tijdelijke adviseursstatus.'

Porter schoot in de lach. 'Natuurlijk dat jij het exacte artikel weet.' Hij boog zich voorover, zijn blik serieuzer. 'Luister, ik ben niet tegen het gebruiken van de expertise van Ms Rodriguez-McKenzie. God weet dat we alle hulp kunnen gebruiken bij deze diefstallen. Maar ik moet zeker weten dat jij professionele grenzen kunt bewaken.'

Jake knikte, zijn houding nog rechter. 'Absoluut, meneer. Alles gaat volgens het boekje. Ms Rodriguez-McKenzie zal alle vereiste geheimhoudingsovereenkomsten ondertekenen, en ik zorg voor de juiste documentatie van alle consulten en bevindingen.'

Porters ogen knepen iets samen. 'Ik heb gezien hoe Vivienne Ashford naar je kijkt, en ik heb de geruchten gehoord over haar kruistocht tegen Ms Rodriguez-McKenzie. Kleine stad, grote roddel. Weet je zeker dat je dat kunt managen zonder extra complicaties te creëren?'

Jake voelde zijn kaak verstrakken bij de naam Vivienne. 'De persoonlijke vetes van mevrouw Ashford hebben geen enkele invloed op dit onderzoek, meneer. Ik heb haar duidelijk gemaakt dat ongefundeerde beschuldigingen tegen dorpsgenoten niet worden geaccepteerd... en dat ik geen interesse heb in een persoonlijke relatie met haar.'

'Mmm,' bromde Porter niet-committerend. 'Wees gewoon voorzichtig. Vivienne heeft vrienden in de gemeenteraad, en haar vader is een hoge pief in Brisbane. Dit moet voorzichtig worden aangepakt.'

'Begrepen, meneer,' antwoordde Jake, al ergerde hij zich er innerlijk aan dat Viviennes sociale connecties de politiewerkwijze zouden moeten beïnvloeden.

Porter zuchtte diep en pakte toen het ingevulde formulier dat Jake al had voorbereid. 'Goed dan, Harrison. Ik machtig Ms Rodriguez-McKenzie als externe adviseur voor dertig dagen.' Hij zette met een zwierige haal zijn handtekening onderaan. 'Maar ik wil dagelijkse updates, en als er ook maar een zweem van ongepastheid of procedurele overtreding is, trek ik meteen de stekker eruit.'

'Dank je, meneer,' zei Jake, terwijl hij het ondertekende formulier aannam en zijn opluchting zorgvuldig verborg. 'Je zult geen spijt krijgen van deze beslissing.'

Porter gaf de autorisatie over met een veelbetekenende blik. 'Zorg daar dan voor. En Harrison? Onthoud: adviseurs adviseren, ze leiden geen onderzoeken. Jij hebt nog steeds de leiding, hoeveel paardenverstand zij ook meebrengt.'

Jake knikte en schoof de autorisatie in zijn map. Toen hij Porters kantoor verliet, voelde hij een onverwachte lichtheid in zijn borst. De professional in hem was tevreden dat hij waardevolle expertise voor het onderzoek had vastgelegd. Het persoonlijke deel, dat de laatste tijd steeds meer werd aangetrokken door Pips stille kracht en scherpe geest, verheugde zich erop nauwer met haar samen te werken, zij het in officiële hoedanigheid, hield hij zichzelf streng voor.

Nu hoefde hij het aanbod alleen nog aan Pip voor te leggen, en tot zijn verrassing maakte haar mogelijke reactie hem nerveus. Zou ze de officiële rol verwelkomen, of het zien als een poging om haar betrokkenheid te sturen?

Er was maar één manier om daar achter te komen.

Jake parkeerde zijn politieauto op de grindplaats van Ridgewater en zag Pip meteen in de longeercirkel, vijftig meter verder. Ze werkte met het kleine valkkleurige pony'tje dat hij die allereerste dag bij haar had gezien; haar kleine gestalte bewoog met de vloeiende zekerheid die hij was gaan bewonderen. De pony, duidelijk jong en grenzen aftastend, gooide zijn hoofd en draaide zijn achterhand naar haar toe, dreigend met een trap, maar Pip bleef kalm en gecentreerd in het midden van de cirkel en dirigeerde het dier met subtiele bewegingen van een klein vlaggetje aan het uiteinde van een lange stok in haar hand. Zelfs op deze afstand zag Jake de gefocuste intensiteit in haar houding, de absolute autoriteit die ze uitstraalde, ondanks dat ze maar een fractie van de grootte van de pony had.

Hij liep langzaam naderbij, voorzichtig om de training niet te verstoren. De map met Porters autorisatie voelde verrassend zwaar in zijn handen. Er zat iets bijna plechtigs in het formaliseren van wat al een vanzelfsprekende samenwerking was geworden, en tot zijn eigen verbazing maakte het Jake nerveus hoe Pip het aanbod zou ontvangen.

De pony merkte hem als eerste op; zijn oren schoten even naar voren naar de nieuwkomer, waarna ze weer teruggingen naar Pip. Zij volgde de blik van het dier en zag Jake bij het hek. Er flitste iets over haar gezicht, een korte verzachting die snel plaatsmaakte voor professionele beheersing.

'Van hand veranderen, Glitter,' riep ze naar de pony, terwijl ze de vlagstok in haar andere hand nam en ermee gebaarde. Het kleine valkje reageerde meteen, draaide om en draafde de andere kant op rond de cirkel. Pas toen knikte Pip naar Jake. 'Ik ben zo bij je. We ronden net af.'

Jake leunde tegen de hekregel en was tevreden om toe te kijken. Pip werkte zuinig met haar bewegingen, verspilde geen energie en gaf geen overbodige hulpen. De pony, die eerder nog testte, bewoog nu met toenemende gehoorzaamheid; zijn lichaamstaal verschoof van tegenstribbelen naar aandachtig. Het was alsof hij een gesprek zag dat volledig in fysieke signalen werd gevoerd, een taal die, wist Jake, veel genuanceerder was dan zijn ongetrainde oog volledig kon bevatten.

Eindelijk bracht Pip de pony tot stilstand in het midden van de cirkel, beloonde hem met een klein snoepje uit haar zak en een krabbel achter zijn oren, voor ze het halstertouw weer aan het halster klikte. 'Braaf zo, Glitter,' murmelde ze, voordat ze zich tot Jake wendde. 'Officieel bezoek?' vroeg ze, met een knik naar zijn uniform en de map in zijn hand.

'Half-officieel,' antwoordde Jake, terwijl hij het hek voor haar opende toen ze de pony naar buiten leidde. 'Ik wil iets met je bespreken.'

Pip zette Glitter vast aan een vastzetpaal en vulde daarna een emmer met water. Haar bewegingen waren efficiënt; een leven tussen de paarden sprak uit alles wat ze deed. 'Klinkt serieus,' zei ze, terwijl ze zich eindelijk volledig op Jake richtte.

'Ik heb met sergeant Porter gesproken over de paardendiefstallen,' begon Jake. 'Gezien de complexiteit van de zaak en de gespecialiseerde kennis die vereist is, heb ik toestemming gevraagd – en gekregen – om jou aan te stellen als officieel extern adviseur.'

Pip verstilde, haar donkere ogen werden iets groter terwijl ze zijn woorden verwerkte. 'Een adviseur? Bedoel je, officieel onderdeel van het onderzoek?'

Jake knikte en opende de map zodat het papierwerk zichtbaar werd. 'Je inzichten zijn van onschatbare waarde, Pip. Het patroon met de merries, de fokverbindingen, de transportdocumentatie... zonder jouw expertise waren we nog niet half zo ver gekomen. Ik had niet geweten waar ik moest beginnen zonder jouw advies.'

Er trok een complex scala aan emoties over Pips gezicht, te snel voor Jake om ze volledig te rangschikken. Trots, zeker. Achterdocht, beslist. En nog iets, iets dat wel eens genoegen kon zijn met zijn erkenning van haar bijdrage.

'Ik... weet niet wat ik moet zeggen,' gaf ze toe, terwijl ze haar handen aan haar spijkerbroek afveegde en de map aannam. 'Dit is wel even wat anders dan onze koffiepraatjes over transportvergunningen.'

'Het formaliseert wat we al deden,' legde Jake uit, terwijl hij nauwlettend toekeek hoe ze de formulieren begon te lezen. 'Maar het geeft je ook een officiële status in het onderzoek, toegang tot vertrouwelijke informatie en... een vergoeding voor je tijd.'

Pips wenkbrauwen gingen omhoog bij het woord betaling. 'Het korps is werkelijk bereid te betalen voor mijn expertise? Wonderen zijn de wereld nog niet uit.' Ze las verder, haar uitdrukking werd serieuzer naarmate ze de details tot zich nam. 'Een heleboel regels hier, brigadier.'

'Standaardprocedure,' verzekerde Jake haar. 'Geheimhoudingsovereenkomsten, keten-van-bewijs-protocollen, aansprakelijkheidsverklaringen. Niets dat jouw bijdrage in de weg zou moeten staan.'

Pip keek op van de papieren, haar blik direct en onderzoekend. 'En wat houdt mijn rol precies in? Anders dan wat ik al deed?'

Jake had die vraag verwacht. 'Je gaat met me mee op locatiebezoeken, helpt bij het spreken met eigenaren van gestolen paarden, bekijkt bewijs met een deskundig oog en helpt bij het opbouwen van onze zaak tegen wie hierachter zitten.' Hij pauzeerde even en voegde toen toe: 'Jouw kennis van bloedlijnen en fokwaarden is vooral belangrijk. We moeten begrijpen waarom juist deze merries worden uitgekozen, en wie de kennis had om de dieven naar hen te sturen.'

Pip knikte langzaam en keerde terug naar de documenten. Jake keek toe hoe ze las en merkte op hoe ze licht op haar onderlip beet als ze zich concentreerde. Het zonlicht ving in haar donkere haar, waarin plots strengen dieprood oplichtten die normaal onzichtbaar bleven. Het moment voelde onverwacht intiem, daar in de stille yard, met alleen het geluid van Glitter die op het grind verplaatste.

'Deze aansprakelijkheidsverklaringen zijn uitgebreid,' merkte Pip op terwijl ze naar de derde pagina bladerde. 'Dat is ook wel te verwachten, denk ik.'

'Het is standaardbescherming voor jou én voor het korps,' legde Jake uit. 'Gezien we actieve plaats delict-situaties zullen onderzoeken, mogelijk gevaarlijke omstandigheden.'

'Natuurlijk,' murmelde Pip, terwijl ze naar de laatste pagina's ging. 'Procedure.'

Jake voelde de bekende spanning tussen zijn opleiding en zijn groeiende waardering voor Pips meer intuïtieve aanpak. Hij had zijn carrière geleund op protocollen en regels, vond houvast in hun duidelijke grenzen, zeker sinds in Brisbane alles zo rampzalig misging die ene keer dat hij de procedure níét volgde. Pip werkte anders: ze vertrouwde op instinct en ervaring in plaats van op handboeken en richtlijnen. En toch bleek de combinatie van hun benaderingen opvallend effectief.

Uiteindelijk keek Pip op van de papieren. 'Hoe lang duurt zo'n adviseurschap?'

'Aanvankelijk dertig dagen,' antwoordde Jake. 'Maar het kan worden verlengd als het onderzoek daarom vraagt.'

Pip knikte, zichtbaar tot een besluit komend. Ze pakte de pen die Jake aanreikte; haar kleine hand streek even langs de zijne – een aanraking die geen betekenis hoefde te hebben, maar dat toch had. Met snelle, besliste halen zette ze haar handtekening op elke gemarkeerde pagina; opvallend krachtig voor iemand van haar formaat.

'Voor alle duidelijkheid,' zei ze, terwijl ze Jake de pen teruggaf en hem aankeek, 'ik ben een adviseur, geen iemand die je bevelen kunt geven.'

Er klonk een uitdaging in haar stem, maar ook een vleugje humor. Jake knikte; hij begreep hoe belangrijk het was haar grenzen te erkennen.

'Begrepen,' antwoordde hij formeel, al kon hij een kleine glimlach niet onderdrukken. 'Het korps waardeert je expertise, niet je gehoorzaamheid.'

'Mooi zo,' zei Pip, terwijl ze hem het ingevulde papierwerk overhandigde. 'Want aan dat laatste is bij mij altijd een gebrek.' Met een iets zachtere uitdrukking voegde ze eraan toe: 'Dank je dat je hiervoor hebt gevochten, Jake. Ik weet dat burgers in onderzoeken betrekken niet jouw gebruikelijke aanpak is.'

Jake schoof de ondertekende formulieren zorgvuldig terug in de map. 'Deze zaak vraagt om onconventionele middelen. Jouw kennis is te waardevol om onbenut te laten vanwege procedurele voorkeuren.'

Er ging een stille verstandhouding tussen hen heen: een erkenning dat er iets was verschoven, niet alleen in hun professionele relatie, maar ook in Jake zelf. De volgens-het-boek-agent leerde dat de waardevolste inzichten soms van buiten het handboek kwamen.

'Wanneer beginnen we?' vroeg Pip, terwijl ze zich alweer omdraaide om Glitter los te maken.

'Morgenochtend?' stelde Jake voor. 'Er zijn verschillende erven die ik opnieuw wil bezoeken. Jij hebt – waarschijnlijk – vragen die bij mij niet eens zouden opkomen.'

Pip knikte en legde haar hand op de hals van de pony. 'Ik ben er klaar voor.' Toen, met een zweem van ondeugd in haar ogen, voegde ze eraan toe: 'Krijg ik dan ook een badge?'

'Zeker niet,' antwoordde Jake, al kon hij een glimlach niet onderdrukken. 'Maar ik kan misschien wel een officiële adviseurspas regelen.'

'Dicht genoeg in de buurt,' zei Pip, terwijl ze Glitter naar de stal leidde. 'Tot morgen, brigadier.'

Terwijl Jake haar nakeek – de pony volgde gedwee, ondanks zijn eerdere opstandigheid – voelde hij opnieuw die onverwachte lichtheid in zijn borst. Hun partnerschap was officieel bekrachtigd, maar de echte waarde lag in de onuitgesproken band die tussen hen groeide, een complementair evenwicht van aanpak en perspectief dat hen samen sterker maakte dan ieder apart.

Jake stuurde de politieauto het grindpad op van het erf van Melody Carter, waar het stof achter hen opwolkte terwijl ze de bescheiden boerderij naderden. Naast hem zat Pip haar aantekeningen door te nemen; haar kleine gestalte leek verloren op de passagiersstoel. Ze had zich erop gekleed: praktische spijkerbroek en een overhemd met knopen met het Ridgewater-logo op het borstzakje, professioneel maar geschikt voor veldwerk.

'Melody rijdt al meer dan tien jaar mee op het barrelracingcircuit,' zei Pip, terwijl ze haar notitieboekje in haar zak stak. 'Die merries vertegenwoordigen jaren van selectief fokken en trainen. Hot Pepper won vijfduizend op de Caboolture Rodeo vorige maand, en ze heeft dit jaar al meer dan twintigduizend gewonnen.'

Jake knikte en parkeerde naast een goed onderhouden truck met een paardenaanhanger erachter. 'En beide merries zijn overdag meegenomen terwijl zij aan het werk was?'

'Ja, op dezelfde dag dat de merrie van Diane werd gestolen,' bevestigde Pip. 'Te gecoördineerd om toeval te zijn.'

Bij het hek werden ze opgewacht door Melody Carter zelf, een slanke blonde vrouw met verweerde huid en de pezig-krachtige bouw van iemand die dagelijks fysiek werkt. Haar blik was afgemeten maar hoopvol toen ze Pip herkende.

'Ms Carter, ik ben brigadier Harrison,' begon Jake formeel. 'Dank je dat je ons ontvangt. Zoals telefonisch besproken is Ms Rodriguez-McKenzie vanwege haar hippische expertise officieel als adviseur aan dit onderzoek toegevoegd.'

Er flakkerde interesse in Melody's ogen. 'Eindelijk dat de politie iemand inschakelt die echt verstand heeft van paarden,' zei ze, met een knik naar Pip. 'Al iets gehoord over mijn meiden?'

'Nog niet,' antwoordde Jake, 'maar we gaan meerdere sporen na. We willen de plek van de diefstal graag opnieuw bekijken met input van Ms Rodriguez-McKenzie, als je daarmee akkoord bent.'

'Natuurlijk,' stemde Melody in, terwijl ze al richting de weides liep. 'Deze kant op.'

Terwijl ze liepen, merkte Jake dat Pips aandacht steeds verschoof tussen de indeling van het erf en Melody's beschrijving van de dag waarop haar merries verdwenen. Ze kwamen bij een grote weide waar het hek was hersteld; het nieuwe stuk stak duidelijk af tegen de verweerde palen. Het hek was beveiligd met dikke kettingen en een massief hangslot, het soort dat elke boutenschaar weerstaat; je had er een slijptol voor nodig. Jake wist al dat de kettingen niet nieuw waren; ze hoorden bij Melody's standaardbeveiliging.

'De merries stonden hier toen ik om zeven uur vertrok naar mijn werk,' legde Melody uit, wijzend naar het gerepareerde stuk. 'Toen ik om vier uur thuiskwam, was het hek opengezaagd en waren ze weg.'

Jake begon aantekeningen te maken, terwijl Pip direct naar de hekrij liep.

'Is je de dagen vóór de diefstal iets opgevallen?' vroeg Jake, terugvallend in het vertrouwde ritme van een formeel verhoor. 'Onbekende voertuigen of personen op of nabij jouw erf?'

Terwijl Melody over de vraag nadacht, hurkte Pip bij de hekpalen neer en liet haar vingers over het hout gaan. 'Deze palen zijn geschroefd in plaats van genageld, Melody, zijn ze bij jou allemaal zo?' riep ze.

'Ja, stuk voor stuk, met verzinkte schroeven van vier inch, extra zwaar,' antwoordde Melody. 'Die gaan een stuk langer mee dan spijkers.'

'En de palen en liggers zijn niet gebroken... ze zijn losgeschroefd,' merkte Pip op. 'Ze hebben een boormachine en schroefbits meegenomen.'

Jake noteerde die observatie en was onder de indruk van het detail dat Pip direct had gezien. 'Dat gereedschap meenemen wijst op planning en expertise,' merkte hij op. 'Ze wisten dat het makkelijker en sneller was om de liggers los te halen dan de kettingen of het hangslot door te zagen.'

'Zeker niet op goed geluk,' stemde Pip in, terwijl ze de grond net buiten het hek bekeek. Ze hurkte laag en bestudeerde iets wat voor Jake vanaf zijn plek onzichtbaar was. 'Ze kwamen voorbereid.'

Melody was net begonnen een witte ute te beschrijven die ze twee dagen voor de diefstal langs de weg had zien staan, en Jake noteerde plichtsgetrouw de details terwijl hij één oog op Pip hield. Zij was een stuk verder langs de hekrij gelopen, terwijl ze leek te volgen wat nauwelijks zichtbare sporen waren in de droge aarde.

'De merries zijn niet opgejaagd,' riep Pip, haar stem droeg helder over de weide. 'Deze sporen laten zien dat ze zijn geleid, één voor één.' Ze wees op de indrukken in de grond. 'Zie je hoe de hoefafdrukken gelijkmatig liggen, niet opeengepakt of verspreid? En ze lopen, ze draven of galopperen niet. Deze paarden gingen gewillig mee.'

Jake kwam dichterbij, notitieboek in de hand. De sporen waren voor zijn ongetrainde oog bijna onzichtbaar, maar toen Pip het patroon aanwees, begon hij te zien wat ze bedoelde. 'Hoe kregen ze de paarden zo rustig mee?'

'Melody's paarden mogen dan snelheidsduivels zijn in de barrelracing-arena, ik weet dat ze aan de hand vrij rustig en goed opgevoed zijn.' Pip schonk haar vriendin een glimlach. 'Als de dieven wat slobber of misschien dropjes meebrachten, is het heel goed mogelijk dat de merries zo naar hen toe liepen voor de traktatie. Halster om en weg ben je.'

Jake keek hoe Pip de diefstal reconstrueerde met een detailniveau dat geen enkele politieagent had kunnen bieden. Haar begrip van paardengedrag en de technische kant van paarden hanteren gaf het plaats delict een messcherpe focus.

'Wie dit deed, kent paarden,' concludeerde Pip, terwijl ze zich weer bij Jake en Melody voegde. 'En ze mikken ook op specifieke bloedlijnen. Dit waren geen willekeurige doelen. Hot Pepper en Cinnamon zijn kampioenen in barrelracing, met genetica die tienduizenden waard is, en Cinnamon is drachtig van High Roller, wat haar nog waardevoller maakt.'

'Hoeveel zou dat veulen waard zijn?' vroeg Jake, die het patroon zag. 'Stel dat je een malafide koper had die het niets kan schelen of hij de bloedlijnen mag adverteren of niet?'

'Veertig, misschien vijftigduizend als jaarling,' antwoordde Pip zonder aarzelen. 'Meer als het talent voor competitie laat zien.'

Jakes wenkbrauwen gingen iets omhoog. De waarde lag ver boven zijn eerste inschatting, waardoor de diefstallen nog significanter bleken dan hij had gedacht.

Na het gesprek met Melody te hebben afgerond en de rest van het erf te hebben onderzocht op aanvullende sporen, reden ze door naar de boerderij van Diane Wells, slechts een paar minuten verder. De gelijkenissen tussen beide diefstalplekken sprongen meteen in het oog toen ze het erf opreden.

'Zelfde werkwijze,' constateerde Jake toen ze bij een weide kwamen met opnieuw een gerepareerd hekdeel. 'Maar dit is een schrikdraadhek; overdag doorgeknipt terwijl de eigenaar weg was.'

Diane Wells, een vrouw van in de zestig met donkere, indringende ogen en met zilver doorregen haar, ontving hen bij het hek. Haar gezicht lichtte op toen ze Pip zag, en ze greep meteen de handen van de kleinere vrouw in de hare.

'Pip, God zij dank dat jij de politie dit nu serieus laat nemen,' zei ze, haar woorden buitelen over elkaar. 'Heb je iets gehoord over Firecracker? Ze moet over drie maanden veulenen, en de stress van verplaatsen kan complicaties geven.'

'We doen alles wat we kunnen, Diane,' verzekerde Pip haar, haar professionele houding iets zachter bij deze duidelijk geëmotioneerde eigenaresse. 'Brigadier Harrison heeft me officieel aangesteld om te helpen met het onderzoek.'

Jake merkte het directe vertrouwen op dat Diane in Pip stelde, een mate van verstandhouding die hij zelf nooit zo snel had kunnen opbouwen. Het bevestigde dat Porters goedkeuring van zijn verzoek de juiste keuze was.

Terwijl ze de diefstalplek onderzochten, identificeerde Pip snel hetzelfde patroon: nauwkeurig doorknippen van het hek, aanwijzingen dat er lokvoer was gebruikt, en sporen waaruit bleek dat de merrie was meegeleid in plaats van opgejaagd.

'Hier kwamen ze ook van lijwaarts,' merkte Pip op, terwijl ze de boomrand achter het hek bestudeerde. 'En ze kozen het meest afgelegen deel van het terrein, weg van de weg of buren.'

Ze wees beveiligingszwaktes aan die Jake nooit had geïdentificeerd, en legde uit hoe de ligging van de weide en de stand van de bomen ideaal dekking boden voor dieven.

'Firecracker is drachtig van Stevie Ray Von, een Amerikaanse hengst waarvan de nakomelingen voor spectaculaire bedragen weggaan,' legde Pip aan Jake uit terwijl ze de omtrek langsliepen. 'Deze dieven richten zich specifiek op drachtige merries met kampioensbloedlijnen. Ze bouwen een fokoperatie op, ze stelen niet zomaar paarden om te verkopen.' Ze hield even nadenkend stil. 'Ik vraag me af of ze al rietjes sperma hebben gekocht om de ongedekte merries te implanteren? Het zou logisch zijn. Of je het leuk vindt of niet: vaak kijkt men vooral naar de bloedlijn aan vaderskant. Ze zouden kunnen beweren dat de moeder gewoon een OTT was... terwijl er eigenlijk kampioenen aan beide kanten stonden. Hengstenhouders willen graag weten waar hun rietjes heen gaan, maar heel weinig hebben bezwaar tegen OTT-merries – Dat betekent een ex-renpaard Thoroughbred, een renpaard. En Quarters gekruist met volbloeden kunnen nog steeds als Quarter Horse geregistreerd worden. Verdorie, dat zou best slim zijn.'

Jake keek toe hoe Pip ijsbeerde, bijna met zichzelf in discussie, terwijl ze de details van hoe de fokzwendel zou kunnen werken, uitpuzzelde. Haar begrip van zowel het criminele patroon als de technische aspecten van paardenfokkerij leverde inzichten op die geen enkele standaard politieopleiding kon evenaren. Haar technische kennis vulde zijn onderzoeksmethodiek aan op een manier die verbazend natuurlijk aanvoelde.

'De precisie van deze diefstallen wijst op organisatie en expertise,' merkte Jake op terwijl ze terugliepen naar het voertuig. 'Geen willekeurige operatie.'

'Zeker niet,' beaamde Pip, haar korte pas afgestemd op zijn opzettelijk vertraagde tred. 'Ze weten precies welke merries maximale waarde vertegenwoordigen, wanneer de eigenaren afwezig zijn en hoe ze kunnen naderen zonder de paarden te laten schrikken. Dit is iemand die het paardenwereldje van binnenuit kent, en de ruiters en fokkers die hier in de omgeving wonen.'

Jake knikte en opende de passagiersdeur voor haar, meer uit ingesleten hoffelijkheid dan uit bewuste overweging. 'Je inzichten hebben dit onderzoek nu al aanzienlijk vooruitgeholpen,' erkende hij terwijl ze instapten. 'Dingen die ik compleet gemist zou hebben.'

Pip wierp hem een blik toe, met een klein glimlachje om haar mondhoeken. 'Daarom heb je me erbij gehaald, toch? Voor mijn deskundige blik en mijn charmante persoonlijkheid?'

De plagende ondertoon in haar stem ontlokte Jake een korte lach. 'Dat eerste zeker,' antwoordde hij, terwijl hij de motor startte. 'Dat tweede is slechts mooi meegenomen.'

Terwijl ze wegreed, dacht Jake na over hoe hun samenwerking nu al effectiever bleek dan zijn solowerk. Pips expertise vulde cruciale leemtes in zijn begrip, terwijl zijn methodische aanpak structuur gaf om haar inzichten te ordenen en vast te leggen. Samen zouden ze weleens een kans kunnen hebben om deze dieven te pakken en de gestolen merries – onder wie Honey – terug te halen.

Hoofdstuk Tien

Pip kneep haar ogen samen tegen de middagzon terwijl ze de bescheiden stallen van Martin Wattley opnam. Anders dan de smetteloze faciliteiten van Ridgewater, of zelfs het goed onderhouden terrein van Melody Carter, had Wattleys bedrijf een uitgesproken sjofele uitstraling die haar professionele intuïtie op scherp zette. Drinkbakken moesten worden schoongemaakt, hooiruiven stonden leeg, en de paar paarden die zichtbaar waren in de paddocks hadden de doffe vacht van dieren die wel voldoende, maar minimaal verzorgd werden. Ze had er nooit van gehouden om pony's hierheen te brengen zodat Martin ze in commissie kon verkopen, maar de ligging van zijn terrein, vlak bij een grote snelwegknooppunt, maakte hem een handige tussenpersoon voor bepaalde kopers. Vandaag was ze hier echter in haar officiële hoedanigheid als consultant bij het politieonderzoek, een rol die na slechts twee dagen nog nieuw en licht ongemakkelijk aanvoelde.

'Niet bepaald Ridgewater-niveau,' merkte Jake zacht op terwijl ze naar de grote schuur liepen.

'Nog niet in de buurt,' gaf Pip toe, terwijl ze een gebroken grendel op een staldeur opmerkte die was 'gerepareerd' met bindtouw. 'Martin snijdt waar hij maar kan in de kosten. Daarom ben ik vorig jaar gestopt hem als agent te gebruiken.'

Ze kende Martin Wattley sinds ze met Kit trouwde en naar Ridgewater verhuisde, al lang genoeg om zijn reputatie te doorgronden. Een middelmatige ruiter met grootse ambities, hij had zichzelf tot trainer en verkoopagent uitgeroepen nadat hij zich niet voor belangrijke wedstrijden had weten te kwalificeren. Zijn clientèle bestond voornamelijk uit ouders die niet beter wisten: ze stuurden hun kinderen naar hem voor lessen omdat hij de goedkoopste trainer in de buurt was, en kochten vervolgens de eerste pony's van hun kinderen zonder de signalen van slecht horsemanship te herkennen.

Martin kwam de schuur uit, zijn forse buik gespannen tegen een poloshirt met het embleem 'Wattley Equestrian'. Zijn dunner wordende haar lag, ondanks de hitte, strak naar achteren, en zijn glimlach reikte niet tot zijn ogen toen hij Pip zag en zijn blik langs haar naar Jake gleed. 'De politie, uitstekend. Ik heb die beschadigde afrastering drie dagen geleden gemeld.'

Pip merkte hoe Martin doelbewust Jake aansprak in plaats van haar, hoewel hij haar al jaren kende. Typisch. Ze had dit gedrag ontelbare keren meegemaakt, vooral van mannen die haar expertise niet konden rijmen met haar kleine gestalte en etnische achtergrond.

'Brigadier Harrison,' stelde Jake zich formeel voor. 'Mevrouw Rodriguez-McKenzie adviseert bij ons onderzoek naar de recente paardendiefstallen. Begrijp ik goed dat je schade aan het hek van jouw achterste paddock hebt gemeld?'

Martin knikte en leidde hen om de sjofele schuur heen naar een achterliggend veld. 'Gisterenmorgen gevonden. Strak doorgesneden, net als in de nieuwsberichten over die gestolen merries. Dacht dat je het wilde weten, met al die buitenlandse elementen die de laatste tijd voor gedoe zorgen.'

Pip voelde haar ruggengraat verstijven bij het bekende hondenfluitje, maar hield haar professionele uitdrukking in stand. Ze had lang geleden geleerd dat reageren mannen als Martin alleen maar voldoening gaf.

De schade aan het hek was al van enkele meters afstand zichtbaar, een deel van de draad netjes doorgesneden tussen twee palen.

'Stonden er paarden in deze paddock, meneer Wattley?' vroeg Jake, terwijl Pip dichterbij kwam om het hek te bekijken.

'Op dit moment niet,' antwoordde Martin, wiegend op zijn hielen. 'Al een week leeg. Ik was van plan hier volgend weekend wat paarden van klanten te zetten.'

Pip bestudeerde de grond rond het hek, maar vond geen van de duidelijke sporen die op de daadwerkelijke diefstallocaties aanwezig waren. In plaats daarvan viel haar iets vreemds op aan de snede zelf.

'Deze draaduiteinden komen niet overeen met de andere diefstallen,' zei ze zachtjes tegen Jake. 'De sneden bij Diane waren strak, professioneel. Deze zijn licht rafelig, alsof ze met gewone tangen zijn gemaakt in plaats van met fatsoenlijk afrasteringsgereedschap.'

Voordat Jake kon reageren, trok het kenmerkende grommen van een dure motor hun aandacht. Over de grindoprit naderde een glanzend zwarte Range Rover, een wolk stof achter zich optrekkend ondanks de relatief lage snelheid.

Pip voelde haar maag zich onwillekeurig samentrekken. Die wagen zou ze overal herkennen. En ja hoor, Vivienne Ashford stapte uit als een actrice die een entree maakt, koperrode haren die perfect over de schouders van wat een gloednieuwe rij-outfit leek te zijn, met witte wedstrijdrijbroek en hoge dressuurlaarzen met – Pip kon haar ogen nauwelijks geloven – fonkelende kristallen langs de bovenranden. Alleen al die laarzen kostten waarschijnlijk meer dan een maand aan Pips voerkosten, het glanzende leer ongeschonden door enig echt gebruik bij paarden. Voor zover Pip wist, had Vivienne nog nooit op een paard gezeten. Ze zag er belachelijk uit.

'Natuurlijk,' mompelde Pip onder haar adem, net hard genoeg voor Jake om het te horen. 'Alsof deze dag nog niet ingewikkeld genoeg was.'

Martins hele houding veranderde; zijn borst zwol iets terwijl hij naar Vivienne toe beende. 'Je had niet helemaal hierheen hoeven komen,' riep hij haar toe, al liet zijn tevreden uitdrukking iets anders vermoeden.

'Nonsens, Martin,' antwoordde Vivienne, trippelend naar hen toe op die belachelijke laarzen terwijl ze een leren map tegen zich aandrukte. 'Toen je zei dat de politie eindelijk onderzoek deed, wist ik dat ik mijn research persoonlijk moest brengen.'

Haar blik bleef op Jake hangen, een geoefende glimlach ontluikend op haar zorgvuldig opgemaakte gezicht. Toen gleden haar ogen naar Pip, en de glimlach verstrakte zichtbaar bij de mondhoeken.

'Brigadier Harrison,' begroette ze warm, om er met merkbaar minder enthousiasme aan toe te voegen: 'en mevrouw Rodriguez-McKenzie. Wat... interessant om je hier te zien.'

Pip knikte professioneel, al telde ze inwendig achteruit vanaf tien, een techniek die haar moeder haar had geleerd om met lastige mensen om te gaan. 'Mevrouw Ashford.'

Vivienne draaide zich weer naar Jake, stapte bewust tussen hem en Pip in. 'Martin belde me over de schade aan het hek, wetend dat ik informatie verzamel over verdachte activiteiten in onze gemeenschap. Toen ik hoorde dat je vandaag zou komen, dacht ik dat je mijn hulp wellicht kon gebruiken.' Ze tilde de map veelbetekenend op, haar parfum kringelend door de buitenlucht als een onzichtbare wolk. 'Ik heb een lijst samengesteld met verdachte figuren in de omgeving.'

De nadruk op 'verdachte' deed Pips kaak licht aanspannen. Ze had dit specifieke hondenfluitje eerder van Vivienne gehoord; de implicatie altijd duidelijk, maar nooit expliciet genoeg om haar er direct op aan te spreken. Voor iemand die het patroon niet doorhad, kon het klinken als oprechte bezorgdheid voor de gemeenschap. Pip wist wel beter.

'Hoe attent,' zei ze, niet helemaal in staat de droogheid uit haar toon te weren. Ze wierp een blik op Martin, wiens uitdrukking haar vermoeden bevestigde dat dit een gecoördineerde actie was. De schade aan het hek, Viviennes tijdige aankomst met haar 'onderzoek'... niets eraan voelde toevallig. Ze was er echter vrij zeker van dat geen van beiden had verwacht dat Pip Jake zou vergezellen.

Jake behield zijn professionele houding, al merkte Pip een lichte verstrakking rond zijn ogen op. 'Als je informatie hebt die relevant is voor de zaak, mevrouw Ashford, zijn daar de juiste kanalen voor.'

Vivienne wuifde met een perfect gemanicuurde hand. 'Och, dit is veel te belangrijk voor papierwerk en bureaucratie. Ik heb fokbedrijven onderzocht die in de afgelopen jaren zijn gestart, vooral die met... niet-traditionele achtergronden.' Haar blik flitste veelbetekenend naar Pip. 'Het is zó belangrijk onze gevestigde paardensporttradities te beschermen tegen invloeden van buitenaf die onze waarden misschien niet delen.'

De implicatie hing in de lucht, het doelwit onmiskenbaar. Pip voelde haar wangen licht warm worden, maar hield haar uitdrukking neutraal, gevormd door jarenlange oefening. Viviennes tactiek was vertrouwd: nooit expliciet genoeg om haar ronduit racistisch te noemen, altijd voorzien van een ontkenbare ruimte, terwijl de boodschap tóch haar beoogde publiek bereikte.

Martin knikte enthousiast. 'Vivienne houdt de nieuwkomers in de omgeving bij. Heel betrokken bij de gemeenschap.'

'Zeer,' stemde Pip vlak in, al ving ze even Jakes blik; er ging een stil begrip tussen hen heen en weer. Ze herkenden dit allebei voor wat het was: een poging om hun onderzoek te ontsporen en mogelijk de verdenking naar Pip zelf of naar anderen die Vivienne als 'buitenlands' bestempelde, te sturen.

Vivienne positioneerde zich fysiek dichter bij Jake, haar lichaam zo gedraaid dat ze Pip deels uit het gesprek hield. Het was een techniek die Pip ontelbare keren had gezien op paardensportevenementen en bij vergaderingen in de gemeenschap, een subtiele manier om sociale hiërarchieën te etaleren. In Viviennes wereld hoorde Pip aan de rand te staan, niet als gelijke naast de lange, gezag uitstralende politieman.

'Ik denk dat je mijn observaties bijzonder waardevol zult vinden,' ging Vivienne verder, rechtstreeks tegen Jake pratend en Pip vrijwel negerend. 'Ik heb connecties met de hippische elite die jouw onderzoek heel goed van pas kunnen komen.'

Pip bleef professioneel, ondanks de provocatie, en concentreerde zich op haar onderzoek van het hek. Het snijpatroon week duidelijk af van de andere diefstallocaties, en ze vermoedde dat dit hele scenario was georkestreerd om hun tijd te verdoen en mogelijk het onderzoek weg te leiden van wie daadwerkelijk de waardevolle merries stal.

Wat haar het meest stoorde, was niet Viviennes doorzichtige poging om haar buitenspel te zetten, maar de mogelijkheid dat deze afleiding het terugvinden van Honey en de andere gestolen merries zou vertragen. Elke dag die verstreek, verkleinde de kans op herstel, en Pip kon het zich niet veroorloven Viviennes kinderachtige spelletjes het onderzoek te laten hinderen.

Dus zei ze niets, en ging ze methodisch door met haar onderzoek van het bewijs terwijl Vivienne met haar designerwimpers naar Jake fladderde en Martin er nutteloos bij stond te drentelen. Haar moeder had haar niet opgevoed om energie te verspillen aan mensen als Vivienne Ashford. Ze had paarden te vinden en een taak te volbrengen, en geen wolk dure parfum of designerlaarzen zou haar daarvan afleiden.

'Ik waardeer jouw betrokkenheid bij de gemeenschap, mevrouw Ashford,' zei Jake, zijn toon professioneel beleefd, al klonk in zijn houding een lichte verstijving door die Pip inmiddels als ongemak herkende. 'Maar ik moet verduidelijken dat dit een officieel politieonderzoek is volgens vastgestelde protocollen.' Hij gebaarde, subtiel maar heel doelbewust, naar Pip, een gebaar van inclusie dat haar niet ontging. 'Mevrouw Rodriguez-McKenzie is officieel bij het onderzoeksteam gehaald als consultant vanwege haar specifieke expertise in hippische zaken.'

Viviennes glimlach bleef staan, al merkte Pip een lichte verstrakking rond haar ogen. 'Natuurlijk, en ik ben er zeker van dat zij heel... deskundig is op bepaalde vlakken.' Ze verplaatste haar gewicht en schoof onmerkbaar dichter naar Jake. 'Maar ik denk dat mijn connecties binnen de gevestigde hippische gemeenschap inzichten kunnen bieden vanuit een meer traditioneel perspectief.'

De nadruk op 'traditioneel' deed Pip bijna met haar ogen rollen, maar jaren laveren tussen dit soort steken onder water hadden haar professionele masker geperfectioneerd. Ze bleef de schade aan het hek bestuderen en zette de inconsistenties met de echte diefstallocaties in haar hoofd op een rij, terwijl ze het gesprek bleef volgen.

'Mijn onderzoek laat zien dat er in de regio verschillende nieuwe fokbedrijven zijn gestart in de afgelopen drie jaar,' vervolgde Vivienne, terwijl ze haar map opende en zorgvuldig geordende papieren toonde. Haar hand streek Jakes arm aan terwijl ze naar een lijst met namen wees. 'Sommige met nogal twijfelachtige achtergronden en een verrassend snelle verwerving van waardevol fokmateriaal.'

Pip herkende de tactiek meteen. Vivienne beschuldigde niemand rechtstreeks; ze hield haar ontkenningsmogelijkheid intact terwijl ze toch wantrouwen zaaide. Het was dezelfde aanpak als in haar berichten op sociale media, zorgvuldig geformuleerd om expliciet racisme te vermijden, maar wel zo dat haar bedoeling voor het juiste publiek glashelder was.

'Hebt je concreet bewijs dat deze bedrijven met de diefstallen in verband brengt?' vroeg Jake, een stap terugdoend om professionele afstand te bewaren.

Viviennes glimlach haperde even bij die beweging, maar ze herstelde zich snel. 'Nou, de timing roept toch zeker vragen op, of niet? Deze bedrijven,' ze tikte veelbetekenend op het papier, 'zijn begonnen rond de tijd dat de diefstallen toenamen. En ze worden gerund door mensen zonder gevestigde geschiedenis in onze gemeenschap.'

Waarmee ze bedoelt dat ze geen witte Australiërs uit oud geld zijn, dacht Pip, terwijl ze zich met opzet op het hek bleef concentreren. Ze had deze specifieke vorm van vooroordeel al sinds haar kindertijd in Australië onder ogen gezien: de aanname dat haar 'buitenlandse' achtergrond haar automatisch verdacht of minder legitiem maakte. Zelfs nadat ze Australisch staatsburger was geworden, zelfs na haar huwelijk met een van de oudste families in de streek, zelfs na het opbouwen van een succesvol bedrijf, bleef ze 'buitenlands' voor mensen als Vivienne, en dat zou ze altijd blijven, vanwege de kleur van haar huid.

'Ik zal zeker alle informatie beoordelen die relevant kan zijn,' antwoordde Jake, zijn toon professioneel neutraal. 'Maar onze huidige aanwijzingen suggereren dat de diefstallen gepleegd worden door een georganiseerde groep met specifieke kennis van waardevol fokmateriaal, in het bijzonder merries die drachtig zijn van kampioenshengsten.'

Pip keek op en ving even Jakes blik. Zijn subtiele knikje bevestigde wat ze al vermoedde: dat hij niet meeging in Viviennes poging tot afleiding.

'Precies mijn punt,' haakte Vivienne in op zijn woorden, opnieuw dichterbij komend ondanks Jakes duidelijke ongemak met de nabijheid. 'Deze nieuwe bedrijven richten zich specifiek op fokprogramma's. Ze hebben waardevolle bloedlijnen nodig om zich te vestigen, en wat is een snellere manier dan simpelweg te nemen wat ze willen?'

Martin knikte naast haar heftig mee. 'Precies wat ik Vivienne vertelde. Die buitenlandse elementen hebben geen respect voor eigendomsrechten zoals gevestigde Australiërs dat hebben.'

Pip beet zachtjes op de binnenkant van haar wang en concentreerde zich op de schade aan het hek in plaats van op het aas in te gaan. Het hek van Martin was duidelijk met andere tangen doorgesneden dan op de echte diefstallocaties. Het ontbreken van restjes lokvoer of hoefafdrukken bevestigde verder haar vermoeden dat dit een in scène gezet tafereel was, waarschijnlijk door Martin zelf gecreëerd nadat hij over de diefstallen had gehoord.

'Ons onderzoek volgt het bewijs, meneer Wattley,' zei Jake beslist. 'En we doen geen aannames op basis van de achtergrond van paardeneigenaren.'

Viviennes glimlach werd nog strakker. 'Natuurlijk niet, brigadier. Ik suggereer slechts dat nieuwere bedrijven zonder gevestigde reputatie misschien wat nauwlettender bekeken moeten worden.' Haar hand raakte opnieuw Jakes arm, dit keer iets langer. 'Misschien kunnen we mijn research uitgebreider bespreken tijdens een diner? De countryclub heeft een uitstekende chef, en ik kan je voorstellen aan diverse vooraanstaande leden van de gemeenschap die mijn zorgen delen.'

Pip hield haar uitdrukking zorgvuldig neutraal, al ontging het haar niet hoe Jake van de aanraking wegschuifelde en professionele grenzen bewaarde ondanks Viviennes steeds duidelijkere avances.

'Dank je voor het aanbod, mevrouw Ashford, maar ik houd een strikte scheiding aan tussen mijn professionele taken en sociale verplichtingen,' antwoordde Jake, beleefd maar ferm. 'Als je informatie hebt die relevant is voor het onderzoek, raad ik je aan die via de officiële kanalen op het bureau in te dienen.'

Frustratie flitste over Viviennes perfecte gelaatstrekken voor ze die weer achter een geoefende glimlach verborg. 'Nou, misschien een andere keer, wanneer je niet zo... bezet bent met officiële zaken.' Haar blik gleed minachtend over Pip voor ze weer naar Jake keek. 'Ik hoop echt dat je alle mogelijke invalshoeken in overweging neemt bij dit onderzoek, niet alleen de meest voor de hand liggende.'

'We volgen vastgestelde onderzoeksprotocollen en het bewijs,' verzekerde Jake haar, hoorbaar koeler. 'En nu moet je ons excuseren, mevrouw Rodriguez-McKenzie en ik moeten onze inspectie van deze locatie afronden.'

De afwijzing was beleefd maar onmiskenbaar. Viviennes houding verstijfde licht, haar glimlach werd broos aan de randen. Even dacht Pip dat ze nog zou aandringen, maar kennelijk besefte zelfs Vivienne wanneer ze het uiterste had bereikt van wat er voor haar in zat.

'Natuurlijk,' zei ze, terwijl ze haar map met meer kracht dan nodig dichtklapte. 'Ik wil de juiste procedure niet doorkruisen.' Ze draaide zich met een overdreven zucht naar Martin. 'Ik laat mijn research bij jou achter om door te geven, Martin. Misschien wordt het serieuzer genomen als iemand anders het presenteert.'

De veelzeggende blik die ze Pip toewierp, liet haar bedoeling duidelijk blijken: dat Jakes weigering om Viviennes 'zorgen' serieus te nemen wel aan Pips invloed te wijten moest zijn, en niet aan zijn eigen professionele oordeel. Zó voorspelbaar dat Pip bijna medelijden kreeg. Bijna.

Viviennes vertrek was net zo dramatisch als haar aankomst; de motor van de Range Rover gierde onnodig toen ze een perfecte driepuntsdraai maakte, om vervolgens in een stofwolk de oprit af te verdwijnen. Martin bleef nog even ongemakkelijk hangen, mompelde iets over zijn paarden controleren en maakte toen rechtsomkeert richting schuur.

Toen ze alleen waren, draaide Jake zich met een licht pijnlijke uitdrukking naar Pip. 'Mijn excuses voor die onderbreking.'

Pip schudde haar hoofd, een kleine glimlach trok, ondanks zichzelf, aan haar lippen. 'Jouw schuld is het niet. Vivienne doet wat Vivienne doet.'

'Toch,' hield Jake aan, 'haar opmerkingen waren ongepast en potentieel schadelijk voor het onderzoek.'

Pip waardeerde het dat hij erkende wat er was gebeurd, maar ze had lang geleden geleerd niet te blijven hangen in dit soort ontmoetingen. 'Ik ben mensen als zij wel gewend,' zei ze eenvoudig, terwijl ze zich weer op het hek richtte. 'Wat interessanter is, is deze schade. Ze is niet consistent met onze diefstallocaties, zeker niet omdat er geen paarden zijn meegenomen en er niet eens paarden in deze paddock stonden. Eerlijk gezegd betwijfel ik of hij een merrie op het terrein heeft die meer dan een paar duizend dollar waard is; niets waarvoor die dieven hun moeite zouden doen. Dit oogt in scène gezet, waarschijnlijk door Martin zelf nadat hij op het nieuws over de andere diefstallen had gehoord.'

'Maar waarom?' vroeg Jake, terwijl hij naast haar hurkte om de doorgeknipte draad van dichtbij te bekijken.

'Aandacht? Verzekeringsfraude? Of gewoon proberen zichzelf in een spraakmakend onderzoek te manoeuvreren,' suggereerde Pip. 'Martin vindt zichzelf altijd belangrijker dan hij is.' Ze keek naar de schuur waar Martin was verdwenen. 'Al vermoed ik dat Vivienne hem heeft aangespoord om je te bellen, zodat zij een excuus had om op te dagen met haar "onderzoek".'

Jake's uitdrukking werd iets donkerder. 'Politieressources inzetten voor een persoonlijke agenda is onaanvaardbaar.'

'Welkom in de dorpspolitiek,' antwoordde Pip met een wrange glimlach. 'Waar persoonlijk en professioneel nooit helemaal gescheiden zijn. Die fokkerij waarvoor ze je probeerde te waarschuwen? Die familie komt uit Zuid-Afrika... en de vrouw is niet wit.'

'Waarom verbaast mij dat totaal niet?' zei Jake, duidelijk retorisch.

'Het zijn schatten. Ze hebben meerdere OTTB's via Emma gekocht en ze fokken en trainen polopony's die zeer in trek zijn bij profruiters. Ik twijfel er niet aan dat ze elk paard in hun bezit net zo goed kunnen documenteren als ik, maar ik breng je graag met hen in contact als je wilt.'

'Alleen als je denkt dat ze informatie hebben die relevant is voor ons onderzoek. Zijn ze merries kwijtgeraakt?'

'Nog niet, voor zover ik weet. Het kan zijn dat de dieven geen kopers hebben in de polowereld.' Pip haalde haar schouders op. 'Maar... polopony's en reiningpaarden, bijvoorbeeld? Een heel specifiek type paard met veel overeenkomsten. Ik bel Tony en Maira misschien even. Waarschuw ze om hun merries dichtbij te houden – vooral drachtige.'

'Goed plan,' stemde Jake in. 'En vraag of ze hun camera's extra in de gaten kunnen houden. Laat het ons weten als ze iemand ongebruikelijks in de buurt zien.'

Ze rondden het vastleggen van de plaats delict af, waarbij Jake de schade fotografeerde. Ondanks Viviennes poging tot bemoeienis merkte Pip dat ze waardeerde hoe gemakkelijk zij en Jake weer in hun werkritme waren gevallen. Hij hechtte zonder aarzelen waarde aan haar observaties en nam haar expertise op in zijn methodische proces, zonder de aarzeling die ze zo vaak bij andere functionarissen had ondervonden.

Toen ze terugliepen naar het politievoertuig, keek Jake in de richting van de schuur waar Martin drukdoende stond te doen. 'Denkt je dat we hem formeel moeten waarschuwen voor het indienen van valse meldingen?'

Pip overwoog de vraag, wikkend en wegend tussen het genoegen om Martin te zien kronkelen en het praktische voordeel van toegang houden tot zijn terrein en connecties. 'Nog niet,' besloot ze. 'Hij zou daadwerkelijk nuttige informatie kunnen hebben, zelfs als dit specifieke verslag verzonnen was. Het is beter om hem voorlopig meewerkend te houden.'

Jake knikte en nam haar oordeel zonder meer aan. Het was een kleinigheid, maar Pip voelde een warme golf van waardering voor het respect dat hij had voor haar oordeel. Na jaren waarin haar expertise ter discussie werd gesteld of weggewuifd, voelde het onverwacht bevestigend om met iemand te werken die haar kennis simpelweg als waardevol accepteerde.

'Terug naar het bureau?' vroeg Jake toen ze bij het voertuig kwamen.

'Ja,' stemde Pip in. 'Ik denk dat we onze diefstalpatroonanalyse moeten bijwerken en deze locatie moeten uitsluiten. Het leidt af van het echte onderzoek.'

Terwijl ze wegreed van Wattleys land, dacht Pip eraan hoe hun werkrelatie zich had ontwikkeld ondanks Viviennes pogingen die te ondermijnen. Er was nu een vanzelfsprekende soepelheid tussen hen, een natuurlijk ritme van geven en nemen dat hun samenwerking verrassend effectief maakte. Jakes procedurele grondigheid vulde haar praktische kennis aan, waardoor er een completere onderzoeksaanpak ontstond dan een van hen beiden alleen had kunnen bereiken.

En als er onder die professionele samenwerking iets méér aan het groeien was, iets waardoor haar pols net wat sneller ging slaan wanneer hun handen per ongeluk elkaar raakten of wanneer hij zonder aarzeling haar mening zocht... tja, dat was een complicatie voor een andere dag. Nu moesten ze merries terugvinden en dieven pakken, en Pip zou niets, zeker niet Vivienne Ashfords kinderachtige machinaties, hen daarvan laten afleiden.

Pip voelde zich totaal misplaatst in de vergaderruimte van het politiebureau van Ridgemont, omringd door tl-licht en kille kantoormeubels in plaats van haar gebruikelijke naar hooi geurende stallen en open paddocks. Het grote bewijsbord domineerde één muur, terwijl dossiermappen en foto's de centrale tafel bedekten waar Jake hun bevindingen van de locatiebezoeken van die dag systematisch ordende. Ondanks haar aanvankelijke ongemak bij de formele omgeving, merkte Pip dat ze in een productief ritme kwam terwijl ze hun onderzoek structureerden. Ze had de middag besteed aan het opstellen van een complexe kaart van bloedlijnen en fokwaarden van de gestolen merries, waarbij ze haar specialistische kennis vertaalde naar een format dat de politie zou helpen precies te begrijpen waarom juist deze paarden doelwit waren.

'Deze verbanden zijn opvallend,' merkte Jake op terwijl hij haar schema bekeek. ' Je hebt duidelijke patronen vastgesteld die ik nooit had herkend.'

Pip knikte en bekeek haar werk met professionele trots. 'De dieven pakken niet zomaar willekeurig waardevolle paarden. Ze richten zich specifiek op merries met kampioensbloed, vooral merries die drachtig zijn van opmerkelijke hengsten.' Ze tikte op een deel van haar overzicht. 'Deze drie merries dragen allemaal veulens die op de zwarte markt al tonnen waard zouden zijn, nog los van de waarde van de merries zelf.'

Jake begon foto's van de diefstallocaties langs de bovenkant van het bewijsbord te rangschikken, elk voorzien van precieze details over data, tijdstippen en gebruikte methoden. Zijn manier van ordenen was minutieus, elk element zorgvuldig geplaatst op basis van chronologie en relevantie. Pip keek met stille waardering toe en herkende hoe zijn gestructureerde methodiek haar meer intuïtieve verbanden aanvulde.

'We moeten deze fokconnecties aan de bovenste sectie toevoegen,' zei ze, terwijl ze haar papieren bij elkaar pakte. Het bewijsbord reikte bijna tot aan het plafond; de bovenste rij lag ver buiten haar bereik.

Zonder iets te zeggen schoof Pip een nabijstaande stoel op zijn plaats en klom erop, schema's in de hand. Ze voelde eerder dan dat ze zag dat Jake dichterbij kwam, vermoedelijk klaar om haar zo nodig te ondersteunen, maar ze keek bewust niet zijn kant op. Jarenlang paarden hanteren die vele malen groter waren dan zijzelf, hadden haar fel zelfstandig gemaakt in het omgaan met haar fysieke beperkingen.

'Ik red me wel,' zei ze alvast, terwijl ze zich uitstrekte om haar fokoverzicht naast Jakes tijdlijn vast te prikken. De stoel wiebelde licht, maar ze hield haar evenwicht.

'Ik was niet van plan me ermee te bemoeien,' antwoordde Jake, al hoorde ze de glimlach in zijn stem. 'Slechts een observatie van professionele grondigheid.'

Pip wierp een blik op hem omlaag en vond zijn blauwe ogen warmer dan gewoonlijk, met onder zijn professionele kalmte een zweem van bewondering. Er fladderde iets in haar borst dat niets met haar evenwicht op de stoel te maken had, maar ze focuste zich snel weer op het werk.

Met haar bloedlijnschema op zijn plaats kreeg het onderzoeksbord een vollediger structuur. Jakes methodische tijdlijn van diefstallen bovenaan sloot aan op Pips analyse van fokwaarden en bloedlijnen aan de zijkant, waardoor een visuele weergave ontstond van hun complementaire aanpak.

'Nu moeten we de transportpatronen in kaart brengen,' zei Pip, terwijl ze van de stoel afstapte en een ander schema tevoorschijn haalde dat ze had gemaakt. 'De timing van deze diefstallen correspondeert met interstatelijke transportvergunningen die door drie specifieke bedrijven zijn aangevraagd.'

Jake knikte en maakte ruimte op de tafel voor haar nieuwe diagram. 'Ik heb hun volledige vergunningenoverzicht voor de afgelopen zes maanden opgevraagd.'

Pip betrapte zichzelf erop hoezeer ze bewonderde hoe snel hij haar specialistische kennis vertaalde naar concrete onderzoekstappen. Anders dan veel functionarissen die ze had meegemaakt, trok Jake de geldigheid van haar expertise nooit in twijfel en zette hij haar inzichten niet weg als bijkomstig. Zijn respect voor haar professionele kennis voelde verfrissend gelijkwaardig.

De deur van de vergaderruimte ging open en Sergeant Porter kwam binnen, zijn stropdas al los ondanks dat het pas vier uur in de middag was. Hij nam hun werk op met opgetrokken wenkbrauwen.

'Indrukwekkende opzet,' merkte hij op terwijl hij dichterbij kwam om het bewijsbord te bekijken. 'Dit is beter geordend dan menig groot misdrijfonderzoek dat ik heb gezien.'

'brigadier Harrison heeft een uitzonderlijk systeem,' zei Pip, waarbij ze Jakes methodische invloed op de structuur van het bord waardeerde.

'En mevrouw Rodriguez-McKenzie heeft cruciale context geboden om het patroon te begrijpen,' vulde Jake soepel aan. 'Haar bloedlijnanalyse heeft duidelijkgemaakt waarom juist deze merries doelwit waren.'

Porter knikte en blies zijn wangen op terwijl hij keek naar de rijen nullen op Pips geschatte waarderingen. 'Ik begrijp waarom je haar bij het team wilde, Harrison. Dit is degelijk werk.' Hij wendde zich tot Pip, zijn blik respectvoller dan toen ze die ochtend het bureau was binnengekomen. 'Jouw expertise is duidelijk van waarde voor dit onderzoek, mevrouw Rodriguez-McKenzie.'

'Dank je, meneer,' antwoordde Pip, vreemd genoeg aangenaam getroffen door de officiële erkenning, ondanks dat ze al lang geleden was opgehouden elders bevestiging te zoeken. 'We boeken vooruitgang, maar de tijd dringt met drachtige merries.'

'Houd me op de hoogte,' zei Porter, terwijl hij naar de deur bewoog. 'En goede zet om Wattleys schadedraad af te doen als niet-gerelateerd. Duidelijk niet dezelfde M.O.' Hij hield even in en keek met een iets veelbetekenende uitdrukking tussen hen heen en weer. 'Je twee werkt blijkbaar goed samen.'

Nadat Porter was vertrokken, gingen ze door met het verfijnen van hun analyse terwijl de middag overging in avond. Iemand van de balie bracht afhaalkoffie, die ze dankbaar aannamen. Pip koesterde de warme beker tussen haar kleine handen, het vertrouwde ritueel dat haar grondde in de onwennige omgeving.

'We moeten deze transportbedrijven grondiger checken,' zei ze, terwijl ze de kaart bestudeerde die ze hadden gemaakt met mogelijke routes om paarden over staatsgrenzen te verplaatsen. 'Als ze legitieme bedrijven als dekmantel gebruiken, moeten er ergens inconsistenties in de documentatie zitten.'

Jake knikte en nam een slok van zijn koffie. 'Ik heb een huiszoekingsbevel aangevraagd voor hun volledige administratie. Dat zou morgenochtend rond moeten zijn.'

Pip voelde een golf van optimisme over hun vooruitgang. In slechts één dag officiële samenwerking hadden ze het onderzoek aanzienlijk verder gebracht, met een uitgebreid raamwerk om de diefstallen te begrijpen dat geen van beiden alleen had kunnen opzetten.

'We vormen een goed team,' merkte Jake zacht op, waarmee hij haar gedachten echoode.

Pip keek op en vond zijn uitdrukking opener dan gewoonlijk, de stijve professionaliteit verzacht door zichtbare waardering. 'Beter dan je had verwacht?' plaagde ze zachtjes.

'Anders,' gaf hij toe met een kleine glimlach. 'Jouw aanpak vult de mijne aan op manieren die ik niet had voorzien.'

Het moment rekte zich tussen hen, beladen met iets dat verder ging dan professioneel respect. Pip voelde haar wangen licht warm worden onder zijn gestage blik; de herinnering aan hun korte kus bij Ridgewater was ineens levendig, ondanks haar pogingen professioneel te blijven.

De scherpe ring van de telefoon brak het moment. Jake nam op met professionele koelte, en zijn uitdrukking verschoof subtiel toen hij de beller herkende.

'Ja, mevrouw Ashford, ik begrijp dat je meent urgente informatie te hebben,' zei hij, terwijl zijn toon merkbaar afkoelde.

Pip verstijfde onwillekeurig bij Viviennes naam en bereidde zich voor op weer een ronde van dun verhulde beschuldigingen. Tot haar verrassing drukte Jake op de luidsprekerknop, waardoor Viviennes stem de vergaderruimte vulde.

'Ik moet er écht op aandringen je privé te spreken, Senior Constable,' klonk Vivienne, honingzoet maar beslist. 'Deze informatie is uiterst gevoelig en dient besproken te worden zonder... bepaalde aanwezigen.'

Jake keek Pip aan over de tafel, en er ging een stille boodschap tussen hen heen en weer. 'Mevrouw Ashford, mevrouw Rodriguez-McKenzie is een officiële consultant bij dit onderzoek met volledige bevoegdheid. Alle informatie die relevant is voor de zaak kan met ons beiden worden gedeeld.'

Pip voelde onverwachte warmte door haar borst trekken bij Jakes transparante inclusie. Hij had het gesprek gemakkelijk privé kunnen voeren, waarmee hij de scheiding had kunnen handhaven die Vivienne duidelijk tussen hen wilde creëren, maar hij koos er in plaats daarvan voor hun samenwerking te bevestigen.

'Goed,' Viviennes stem werd hoorbaar koeler, 'als dat dan jouw voorkeur is. Hoewel ik had gehoopt dit tijdens een diner te bespreken, waar we mijn bevindingen in een meer... comfortabele setting hadden kunnen doornemen.'

'Zoals ik eerder heb aangegeven, houd ik een strikte scheiding aan tussen professionele taken en sociale aangelegenheden,' antwoordde Jake beslist. 'Als je informatie hebt die relevant is voor het onderzoek, verzoek ik je die via de juiste kanalen op het bureau in te dienen tijdens kantooruren.'

De stilte die volgde, maakte Viviennes ongenoegen duidelijker dan woorden. Toen ze weer sprak, was elke warmte uit haar stem verdwenen.

'Ik begrijp het. Wellicht dat je, als je meer tijd hebt gehad om de implicaties van mijn onderzoek te overwegen, de waarde ervan zult inzien. Goedenavond, Senior Constable.'

De verbinding werd verbroken voordat Jake kon reageren. Hij legde de hoorn neer, met een uitdrukking die voor de meesten onleesbaar was, al begon Pip de subtiele verstrakking rond zijn ogen te herkennen die op frustratie duidde.

'Sorry daarvoor,' zei hij, terwijl hij terugkeerde naar zijn aantekeningen. 'Mevrouw Ashford lijkt vastbesloten zichzelf in dit onderzoek te wurmen.'

'En ons onderweg uit elkaar te spelen,' voegde Pip droog toe. 'Al zou ik me gevleid moeten voelen dat ze mij voldoende bedreigend vindt om zó haar best te doen.'

Jake keek op, en iets bijna beschermends flitste over zijn gezicht voordat zijn professionele masker terugkeerde. 'Haar tactieken zijn doorzichtig en ongepast. Dit onderzoek vordert op basis van bewijs en expertise, niet via sociale connecties.'

De vaste zekerheid in zijn stem verwarmde Pip meer dan goed voor haar was. Ze had haar hele leven gevochten om op merites beoordeeld te worden en niet op achtergrond of connecties, en Jakes onwrikbare inzet voor dat principe voelde als een zeldzame en kostbare overeenstemming.

'Over bewijs gesproken,' zei ze, terwijl ze hun focus terugstuurde naar het onderzoek, 'ik denk dat we deze transportvergunningen moeten kruisen met verkoopgegevens van veilingen in andere staten. Als ze gestolen merries over staatsgrenzen verplaatsen, kunnen ze valse documenten gebruiken om de veulens te verkopen zodra ze geboren zijn, al acht ik die kans kleiner... Ik vermoed dat ze contacten hebben die staan te wachten om die jonge paarden over te nemen.'

Jake knikte en schakelde meteen terug naar de professionele modus. 'Het blijft een onderzoekslijn die we moeten volgen. We zullen moeten afstemmen met de politie van New South Wales om de veilinggegevens te verkrijgen.'

Ze bleven doorwerken tot ruim na de reguliere uren, verfijnden hun analyse en plantten de volgende onderzoeksstappen. De vergaderruimte werd stiller naarmate andere agenten vertrokken, en liet hen achter in een bubbel van geconcentreerde aandacht, slechts af en toe onderbroken door een opmerking of vraag.

Toen ze uiteindelijk hun materiaal verzamelden om te vertrekken, voelde Pip een vreemde tegenzin om de dag te beëindigen. Ondanks de formele omgeving van het politiebureau had ze onverwachte troost gevonden in hun gedeelde doel en complementaire methoden. Er was iets diep bevredigends aan het bundelen van haar levenslange hippische kennis met Jakes onderzoeksskills om iets effectievers te creëren dan ieder van hen afzonderlijk had gekund.

'Zelfde tijd morgen?' vroeg Jake terwijl ze naar het parkeerterrein liepen, waarbij zijn lange gestalte automatisch zijn pas verkortte om die van haar te evenaren.

'Ik ben er,' bevestigde Pip, en betrapte zichzelf erop dat ze ernaar uitkeek, ondanks de omstandigheden die hen hadden samengebracht. 'Ik wil vanavond nog een paar bloedlijngegevens checken, kijken of ik nog andere potentiële doelwitten kan identificeren die in het patroon passen.'

Jake knikte, en zijn uitdrukking werd iets zachter in het schaarse licht van de parkeerplaats. 'Jouw inzet voor dit onderzoek is indrukwekkend. Niet iedereen zou zó diep in een zaak duiken, zeker niet als consultant.'

'Het is voor mij niet zomaar een zaak,' antwoordde Pip eenvoudig. 'Dit zijn paarden die ik ken, mensen met wie ik al jaren rijd. En ergens daarbuiten is Honey, die wacht tot iemand haar vindt.'

De persoonlijke toon in haar stem verraste zelfs haarzelf, een barstje in de professionele beheersing die ze de hele dag zo had bewaakt. Jakes uitdrukking verschoof in reactie, iets warms en bijna teder flakkerde over zijn gezicht voordat hij met stille begripvolheid knikte.

'We zullen haar vinden,' zei hij, eenvoudig, maar met een lading persoonlijke toewijding die de professionele plicht overstegen. 'En alle anderen.'

Toen Pip in haar pick-up stapte, dacht ze na over het onverwachte karakter van hun samenwerking. In eerste instantie had ze Jake gezien als de belichaming van rigide procedures, één en al regels en voorschriften zonder flexibiliteit of intuïtie. Nu zag ze in dat zijn methodische aanpak de perfecte structuur bood voor haar meer intuïtieve verbanden, waardoor een balans ontstond die geen van beiden alleen kon bereiken.

En als er iets méér tussen hen groeide, iets waardoor haar hart sneller ging slaan wanneer hun blikken elkaar aan de vergadertafel vonden of wanneer hij haar zo vanzelfsprekend betrok in zijn professionele wereld, tja, dat was een vraagstuk waar ze nog niet aan toe was. Voor nu was het genoeg te weten dat ze effectief samenwerkten, hun partnerschap officieel bekrachtigd en elke nieuwe verbinding bewees zijn waarde.

Morgen zou nieuwe uitdagingen brengen, nieuw bewijs om te analyseren en meer schermutselingen met types als Vivienne Ashford. Maar voor het eerst sinds Honey's diefstal voelde Pip oprechte hoop. Samen zouden ze misschien daadwerkelijk slagen waar geen van beiden alleen toe in staat was, en zouden ze niet alleen gestolen paarden vinden, maar misschien ook iets waar geen van beiden naar op zoek was toen hun paden elkaar kruisten.

Hoofdstuk Elf

RIJP KROOP LANGS DE randen van de voorruit, tere kristalpatronen die zich vormden ondanks de af en toe opspringende verwarming van de auto. Pip dook dieper weg in haar jas en keek hoe haar adem voor haar gezicht opwolkte. Al drie uur zaten ze hier, geparkeerd in de schaduw tegenover het achterterrein van Mackay Transport, en geen enkele verdachte beweging had de eentonigheid doorbroken. Alleen nu en dan een beveiligingslamp die aansprong op een tijdschakelaar, en in de verte het gehuil van een hond ergens op het industrieterrein.

'Iets op de warmtebeeldscanner?' vroeg ze, meer om de stilte te doorbreken dan uit echte verwachting.

Jake schudde zijn hoofd, zijn profiel opgelicht door de zachtgroene gloed van de observatieapparatuur. 'Niets behalve de beveiliger die twintig minuten geleden zijn ronde liep.'

Pip knikte en verschoof in haar stoel om de stijfheid uit haar benen te krijgen. Stilzitten had haar nooit gelegen, niet wanneer haar dagen normaal bestonden uit constant heen en weer tussen paddocks, longeercirkels en stallen, en steeds op- en afstappen om pony's te werken. Drie weken waren verstreken sinds Honey's verdwijning, en het dichtst bij een doorbraak waren ze gekomen door het verdachte patroon te ontdekken van interstate-vergunningen van dit transportbedrijf die samenvielen met de diefstaldata.

En nu waren er gisteren weer twee paarden gestolen, van een erf bij Laidley. Zelfde patroon, dezelfde precisie. Drachtige merries met waardevolle bloedlijnen, meegenomen terwijl hun eigenaren weg waren. Het methodische ritme van de diefstallen deed Pip denken aan een koersstrategie, een zorgvuldig berekend tempo dat was ontworpen om naar een einddoel toe te werken. Ze vermoedde dat er een goede reden zat achter het tempo en de timing – veel merries zouden in de komende weken beginnen te veulenen. En zodra die veulens waren geboren, gespeend en doorverkocht, was er waarschijnlijk geen mogelijkheid meer om ze terug te krijgen. Nooit meer.

'Je moet proberen te rusten,' zei Jake zacht, zijn stem laag in de besloten ruimte van de auto. 'Ik kan wel opletten.'

'Kan niet slapen,' antwoordde Pip, terwijl ze haar thermos tussen haar voeten vandaan trok. De koffie binnenin was lauw geworden, maar ze nam toch een slok, dankbaar dat ze iets met haar handen te doen had. 'Lukte me tijdens nachtchecks bij de koersen ook nooit. Harry, mijn oude baas, zei altijd dat ik kolibriebloed had.'

Jake glimlachte flauwtjes, zijn ogen nog altijd op het terrein aan de overkant. 'Je baas bij de renstallen?'

'Mmm,' knikte Pip, terwijl herinneringen onverwacht bovenkwamen. 'Harry Kittredge. Hij nam me onder zijn hoede nadat Mam en ik uit Manila waren verhuisd. Mam maakte zijn huis schoon, en ik zat naar zijn renfoto's te staren. Op een dag begon hij me rijles te geven.' Ze zweeg even, de thermos warm tussen haar kleine handen. 'Zo ben ik in de sport beland. Zo heb ik Kit eigenlijk ook ontmoet.'

Er veranderde iets in Jakes uitdrukking, een subtiele verzachting die haar aanmoedigde door te gaan. Ze hadden al over zoveel gesproken tijdens hun onderzoek, van fokpatronen tot transportvoorschriften, maar zelden was het persoonlijk geworden. De stille duisternis van de auto en de gedeelde verveling van de observatie creëerden een vreemde intimiteit, alsof ze in een bubbel bestonden, los van de rest van de wereld.

'Ik reed op Eagle Farm, een relatief bescheiden meeting. Geen grote prijs, maar ik had een kans gekregen op een degelijk paard.' Pip glimlachte bij de herinnering en zag het zich afspelen tegen de donkere vooruit in haar geestesoog. 'Ik won, nipt, met een neuslengte. Kit was daar met wat legerkameraden die voor de koersen een parade-demonstratie liepen. Later zei hij dat hij op me had gewed omdat, en ik citeer, 'dat nietige meisje eruitzag alsof ze iets te bewijzen had'.'

Jakes lage lach verwarmde de ruimte tussen hen in. 'Kloppende inschatting?'

'Ik heb altijd iets te bewijzen gehad,' gaf Pip toe. 'Nog steeds, denk ik.' Ze draaide aan de thermosdop en dacht terug. 'Hij wachtte bij de ingang voor jockeys na de race. Lang, knap in zijn galatenue en totaal rechtstreeks. Geen poeha, geen spelletjes. Hij vroeg gewoon of ik met hem uit eten wilde.'

'En je zei ja?'

'Ik zei eigenlijk nee.' Pip lachte zacht. 'Ik vertelde hem dat ik die dag nog twee koersen had en daarna verplichtingen aan de eigenaren. Maar hij bleef wachten. Zes uur, alleen om het nog eens te vragen.'

De herinnering was levendig: Kit die tegen de muur leunde, geduldig en onopdringerig, en haar werk met stille waardering gadesloeg in plaats van te proberen indruk te maken. Zo anders dan de andere mannen die haar door de jaren heen hadden benaderd, met hun onhandige opmerkingen over haar lengte of neerbuigende verbazing over haar kunnen.

'We zijn drie maanden later getrouwd,' vervolgde ze, haar stem verzachtte. ''Wervelwind' dekt de lading niet eens. Hij werd uitgezonden naar Afghanistan, en geen van ons wilde wachten. Zijn ouders, Jim en Ingrid, hebben in twee weken tijd een prachtige bruiloft op Ridgewater uit de grond gestampt.'

Ze viel stil en herinnerde zich de dag met kristalheldere scherpte: hoe Ridgewater erbij lag in het late namiddaglicht, Ingrid die drukte om haar jurk, Jim die als Kit's getuige fungeerde met trotse tranen in zijn ogen. De drie McKenzie-dochters als haar bruidsmeisjes, hoewel ze hen amper kende, Jemima een schattige kleine bloemmeisje. Harry Kittredge die tranen met tuiten huilde terwijl hij haar naar het altaar bracht.

'Ik ben gestopt met racen. Dat wilde ik al langer; ik wist dat ik het nooit helemaal zou redden op het hoogste niveau, en ik zag een leven voor me op Ridgewater. Zijn familie... nam me gewoon op,' zei Pip, terwijl ze een bekende benauwdheid in haar borst voelde. 'Geen vragen, geen oordeel. Ingrid zei eens dat liefde zich niet verdeelt wanneer je het toevoegt aan een gezin, het vermenigvuldigt.' Haar stem haperde licht bij de volgende woorden. 'Kit is nooit thuisgekomen. We waren nog geen vijf maanden getrouwd, maar alles bij elkaar zijn we maar een paar weken samen geweest.'

Jake knikte, zijn stilte respectvol in plaats van afwachtend.

'Toen Kit stierf, dacht ik dat ik hén ook zou verliezen.' Pip staarde door de berijpte voorruit, en zag niet het transportterrein maar Ridgewater op de dag dat de legeraalmoezeniers waren gekomen met hun plechtige gezichten en formele woorden. 'Ik was er bijna op voorbereid. Dat ik mijn spullen zou pakken en gaan, ergens anders opnieuw beginnen.'

Haar adem wolkte tussen hen op terwijl ze langzaam uitblies. 'Maar ze lieten me niet gaan. Ingrid zette me de dag na de begrafenis neer en zei dat ik bleef, dat ik nu een McKenzie was, dat ik voor hen had gekozen en dat zij nu voor mij kozen.' Een kleine, droeve glimlach krulde haar lippen. 'Toen begreep ik wat familie eigenlijk betekent. Niet alleen de goede tijden delen, maar elkaar door het ergste heen dragen.'

De stilte die volgde voelde zwaar en broos. Pip had hier al jaren met niemand over gesproken; ze had deze herinneringen opgeborgen als kostbare, breekbare dingen.

'Soms ben ik zo bang om hen te verliezen,' fluisterde ze, de bekentenis opgetrokken uit een diepe, verborgen plaats. 'Om weer opnieuw te moeten beginnen, alleen. Daarom ga ik zo hard in het ponybedrijf, daarom kan ik Viviennes pogingen om me in diskrediet te brengen niet verdragen. Het gaat niet alleen om mijn broodwinning, het gaat om mijn plek daar. Mijn thuis.'

Toen draaide Jake zich van het raam weg en zocht in het donker haar blik. In zijn ogen lag geen medelijden, alleen een stille verstandhouding die haar waardigheid intact liet, zelfs in haar kwetsbaarheid.

'De McKenzies zijn niet het type dat familie laat vallen,' zei hij zacht. 'Dat kan iedereen zien.'

'Ik weet het,' knikte Pip, terwijl ze de hitte achter haar ogen wegknipperde. 'Logisch gezien weet ik dat. Maar angst is niet altijd logisch, toch?'

'Nee,' beaamde Jake, zijn stem zacht. 'Zelden.'

Er viel een comfortabele stilte terwijl Pip zich herpakte en haar zelfbeheersing weer als een vertrouwde mantel om zich heen sloeg. Ze had niet bedoeld zoveel te onthullen, om deze oude wonden adem te geven in de koude nachtlucht. Toch had ze er geen spijt van. Jakes kalme aanwezigheid naast haar voelde veilig, zijn stille aandacht een vorm van acceptatie die ze niet had verwacht toen ze begonnen samen te werken.

'Beweging bij de oostpoort,' zei Jake plots, zijn houding recht terwijl hij naar de verrekijker greep. 'Beveiligingslamp zojuist geactiveerd.'

Pip schakelde ogenblikkelijk over op alertheid, haar persoonlijke ontboezemingen opzijschuivend terwijl ze beiden hun aandacht op het terrein richtten. Het moment van kwetsbaarheid was voorbij, maar er was iets tussen hen verschoven, een dieper begrip dat zou blijven, ook nu ze terugkeerden naar hun professionele rollen.

De beveiligingslamp flitste nog eens op voordat de duisternis het transportterrein weer opslokte. Jake liet de verrekijker zakken, zijn schouders gespannen onder zijn jas. Vals alarm, slechts de wind of misschien een zwerfkat. Hij wierp een blik op Pip en zag hoe ze zich had opgericht na haar emotionele ontboezeming, haar masker van beheersing weer stevig op zijn plek. De kwetsbaarheid die ze zojuist had getoond, had iets in hem losgemaakt: het besef dat hun partnerschap zich voorbij het louter professionele had verplaatst. Ze had hem haar angsten en haar verleden toevertrouwd. Misschien was het tijd dat hij hetzelfde deed.

'Gewoon een kat, denk ik,' zei hij, terwijl hij de verrekijker op het dashboard legde.

Pip knikte, haar profiel scherp afstekend tegen het donker. De stilte tussen hen voelde nu anders, geladen met de nagalm van haar bekentenis.

Jakes vingers knepen iets steviger in het stuur, een gewoonte uit zijn eerste patrouillejaren, toen hij iets stevigs nodig had om zich aan vast te houden. Hij was nooit goed geweest in persoonlijke ontboezemingen; hij gaf de voorkeur aan de helderheid van procedures en protocollen boven de rommeligheid van emoties. Maar er was iets aan de koude auto en Pips stille kracht dat hem deed verlangen zijn eerlijkheid te beantwoorden.

'Ik was hiervoor gestationeerd in Brisbane,' begon hij, de woorden stijver dan hij bedoeld had. 'Zware delicten, afdeling huiselijk geweld.'

Pip draaide zich iets naar hem toe, haar aandacht tastbaar in de duisternis. Niet eisend, niet verwachtend, gewoon aanwezig.

'Er was een zaak,' vervolgde Jake, en voelde de bekende spanning in zijn kaak die deze herinneringen altijd vergezelde. 'Een vrouw genaamd Claire Donovan. Ze kwam in twee maanden tijd drie keer binnen om bedreigingen van haar ex-man te melden.'

De groene gloed van het dashboard wierp schaduwen over zijn handen en liet de wittigheid van zijn knokkels oplichten terwijl hij het stuur omklemde.

'Haar ex was een politieagent. Mark Jennings. Elf jaar in dienst, twee keer onderscheiden voor moed.' Jake slikte, plots met een droge keel. 'Ik kende hem. We hadden het jaar ervoor samen in een taskforce gezeten. Hij was... geliefd. Gerespecteerd.'

Jake pauzeerde, zich bewust van Pips onafgebroken blik. De herinneringen borrelden op met pijnlijke scherpte: Claire Donovan die tegenover hem aan zijn bureau zat, donkere kringen onder haar ogen, een vervagende blauwe plek half verborgen door haar kraag. Hoe ze haar handtas omklemde, de knokkels wit van spanning.

'Ze vertelde me dat hij had gedreigd haar te vermoorden als ze het verzoek om voogdij over hun zoon niet introk. Ze zei dat hij haar volgde, berichten achterliet.' Jakes stem was hees geworden, de professionele toon weggesleten door spijt. 'Ik nam haar verklaring op, diende het rapport in. Maar ik... ik gaf het niet het gewicht dat het verdiende.'

De bekentenis smaakte bitter. Hij verschoof op zijn stoel; de besloten ruimte van de auto voelde ineens benauwd.

'Ik zei dat we het zouden onderzoeken. Maar ik stelde ook voor dat ze misschien overdreef, dat het normale spanningen na een scheiding waren.' De herinnering deed hem ineenkrimpen, schaamte brandde in zijn borst. 'Ik had Mark een paar dagen eerder nog gezien bij een afdelingsborrel. Hij deed volkomen normaal, praatte over verdergaan, noemde zelfs een nieuwe vriendin.'

Pip bleef stil, maar hij voelde haar aandacht, onwankelbaar.

'Drie dagen later brak Mark 's nachts in bij Claire thuis.' Jakes stem zakte tot bijna fluisteren, de woorden schraapten door zijn keel. 'Hij schoot haar neer, daarna hun achtjarige zoon, en stak het huis in brand. Ik weet niet of hij van plan was eruit te komen of niet. Het is niet gelukt. Ze vonden hem net binnen de voordeur.'

De auto leek om hem heen te krimpen, het gewicht van die doden drukte op zijn borst. Buiten strekte de nacht zich koud en onverschillig uit, de sterren verscholen achter samenpakkende wolken.

'Het onderzoek wees uit dat hij het al weken had gepland. Er waren aantekeningen, opnames. Hij had tegen een drinkmaat gezegd dat hij hen 'liever dood zag' dan dat hij de voogdij zou verliezen.' Jakes hand ging onbewust naar zijn wenkbrauw, wrijvend over een oud litteken dat hij altijd aanraakte als hij gestrest was. 'Alle waarschuwingssignalen waren er. Ik wilde ze alleen niet zien omdat ik hem kende, omdat ik een collega geloofde in plaats van een slachtoffer.'

Het korps was daarna gescheurd, breuklijnen waar ooit eensgezindheid had gezeten. Sommige agenten sloten de rijen rond Marks nagedachtenis en suggereerden dat Claire hem ertoe had gedreven, dat het systeem hém had laten vallen in plaats van haar. Anderen eisten verantwoording, hervorming, gerechtigheid voor de slachtoffers.

'Ik heb bij de lijkschouwing getuigd,' ging Jake verder, zijn stem nu vaster ondanks de spanning in zijn borst. 'Ik heb toegegeven dat ik haar klachten niet goed had onderzocht, dat persoonlijke banden mijn professionele oordeel hadden beïnvloed. Ik heb elke e-mail en elk rapport ingeleverd waarin ik haar zorgen had gebagatelliseerd. De lijkschouwer bedankte me voor mijn eerlijkheid. Andere agenten waren minder open.'

Hij herinnerde zich het bureau daarna, de kille schouders van sommige collega's, de onhandige steun van anderen. Het gefluister dat hem door de gangen volgde, de veelzeggende stilte wanneer hij de kantine binnenkwam.

'De commissaris gelastte een afdelingsonderzoek. Herstructurering. De helft van de eenheid werd overgeplaatst.' Jakes mond trok in een glimlach zonder vreugde. 'Ik ook. Plattelandsstandplaats, frisse start. Aanbevolen: professionele afstand.'

Hij viel stil; de bekentenis was compleet. Het verhaal lag nu tussen hen, zwaar van betekenis. Elke procedure die hij volgde, elke regel die hij aanhaalde, elke professionele grens die hij bewaakte, alles kwam voort uit die ene, catastrofale beoordelingsfout.

'Dus daarom leef je volgens het boekje,' zei Pip zacht, en doorbrak de stilte. 'Daarom is procedure zo belangrijk.'

Jake knikte, zijn blik gevestigd op het verduisterde transportterrein. 'Als je procedure negeert, kunnen mensen sterven. Als je je laat verblinden door persoonlijke gevoelens, mis je wat recht voor je ligt.' Zijn stem had zijn professionele zelfbeheersing hervonden, al lag er nog iets rauws onder. 'Die fout maak ik niet nog eens.'

'Er is een verschil tussen leren van fouten en jezelf eeuwig straffen,' merkte Pip op, op een of andere manier zacht maar niet meelijdend.

Jake keek haar aan, getroffen door de simpele wijsheid in haar woorden. Het dashboardlicht ving de lijnen van haar gezicht en zette haar stille kracht in reliëf. Hij zag geen oordeel in haar uitdrukking, alleen begrip.

'In theorie weet ik dat,' gaf hij toe. 'De praktijk is lastiger.'

Pip knikte, en reikte toen, met opzettelijke zachtheid, over de middenconsole om haar hand op zijn arm te leggen. De aanraking was licht, nauwelijks voelbaar door zijn jas, en toch resoneerde ze door hem heen als een stemvork die tegen steen werd geslagen. Een eenvoudige geste van verbinding, van gedeeld begrip.

'Dank je,' zei ze rustig. 'Dat je het me vertelde.'

Jake knikte, niet in staat woorden te vormen door de onverwachte beklemming in zijn keel. Haar hand bleef op zijn arm, warm en standvastig, en overbrugde de ruimte tussen hen. Jarenlang had hij iedereen op veilige afstand gehouden, professioneel en afgewogen. Maar hier, in deze koude auto, met rijppatronen die zich over de ramen uitspreidden en hun adem die tussen hen opwolkte, was die afstand teruggebracht tot bijna niets.

Dat besef had alarmbellen moeten doen rinkelen, hem moeten terugduwen naar de veilige haven van procedures. In plaats daarvan draaide Jake zijn hand een fractie, zodat zijn vingers de hare heel even raakten, in stille erkenning. Wat er ook groeide tussen hen, vriendschap of iets ingewikkelders, het wortelde in wederzijds respect en begrip. Misschien maakte dat het veilig, of misschien juist gevaarlijker. Op dit moment, terwijl hij haar gezicht in het schemerlicht bekeek, kon het hem eerlijk gezegd weinig schelen wat van de twee het was.

De eerste hint van dageraad verscheen als een nauwelijks waarneembare verheldering van de oostelijke hemel, een subtiele verschuiving van absolute duisternis naar het diepst mogelijke blauw. Jake merkte het op terwijl hij voor de honderdste keer die nacht het transportterrein afspeurde, die belofte van ochtend na de lange, koude uren van wachten. Naast hem was Pip stilgevallen sinds hun uitwisseling van vertrouwelijkheden, maar het was geen ongemakkelijke stilte. Er was iets tussen hen neergedaald, een wederzijds begrip dat woorden overstegen.

Hun gedeelde kwetsbaarheden hingen tussen hen in, niet als zwaktes maar als draden die hen dichter bij elkaar trokken. Jake was zich hyperbewust van haar aanwezigheid naast hem, de lichte beweging wanneer ze in haar stoel verschoof, het ritme van haar ademhaling. Hij had haar dingen verteld waar hij al jaren niet meer over gesproken had, had de schuld blootgelegd die als een steen op zijn borst lag. En in plaats van hem te veroordelen, had ze begrip geboden, een perspectief dat hij zichzelf niet had toegestaan.

'De lucht verandert,' merkte Pip zacht op, haar stem laag in de stilte van de auto.

Jake knikte en keek hoe het diepe blauw langzaam plaatsmaakte voor een zachtere tint, de zwarte silhouetten van verre gebouwen duidelijker afstaken tegen de lichter wordende horizon. De kou was vlak voor zonsopkomst toegenomen, de rijp dikker op de ramen behalve waar hun adem kleine cirkels helder had gehouden.

'Het is mooi,' zei hij, tot zijn eigen verrassing. Over schoonheid sprak hij niet vaak, zeker niet tijdens een officiële operatie. Maar de geleidelijke transformatie van de wereld van nacht naar licht droeg een stille magie in zich die benoemd mocht worden.

Pip draaide zich naar hem toe; haar gezicht ving de eerste subtiele gloed van de naderende ochtend. De kou had kleur in haar wangen gebracht en haar donkere ogen weerspiegelden het veranderende licht. Er was iets in haar uitdrukking dat Jakes borst deed samentrekken, een gevoel dat zowel ongemakkelijk als vreemd genoeg welkom was.

'Ik heb altijd van dit moment van de dag gehouden,' zei ze zacht. 'Op de boerderij is dit het uur waarop alles het meest mogelijk voelt. Nog voordat de problemen van de dag echt vorm hebben gekregen.'

De hemel ging door met zijn geleidelijke transformatie: diepblauw werd aan de randen lila en vervolgens een zacht rozenrood goud dat het met rijp bedekte landschap deed oplichten. Het transportterrein kwam uit de duisternis tevoorschijn, helder en vredig in het vroege licht.

Jake wierp een blik op zijn horloge en noteerde de tijd met een kleine schok van verbazing. 'Het is 06.00 uur. Officieel einde van ons observatievenster.'

Volgens protocol moesten ze nu vertrekken, hun rapport op het bureau indienen en doorgaan naar de volgende fase van het onderzoek. De trucks die ze hadden gehoopt te observeren, waren nooit gekomen; hun theorie over juist dit transportterrein bleek onjuist, althans voor deze nacht. De procedure zou zeggen dat dit een dood spoor was en dat ze andere aanwijzingen moesten volgen.

Geen van beiden bewoog.

Het groeiende licht onthulde Pip nu duidelijker: de vastberaden stand van haar kaak, de intelligentie in haar ogen, de kracht die zichtbaar was in haar kleine gestalte. Jake betrapte zichzelf erop dat hij haar bestudeerde met een aandacht die verder ging dan een professionele beoordeling; hij merkte hoe haar haar dik en zacht over haar schouder viel, de curve van haar lippen terwijl ze naar de lichter wordende wereld keek.

Ze draaide haar hoofd en ving zijn blik, en er liep iets elektrisch tussen hen door. De professionele grenzen die hun relatie hadden gedefinieerd, leken op te lossen in het zachte ochtendlicht, zodat alleen twee mensen overbleven die diepe waarheden hadden gedeeld en onverwachte herkenning in elkaar hadden gevonden.

'We zouden waarschijnlijk terug moeten,' zei Jake, al miste zijn stem overtuiging.

'Waarschijnlijk wel,' beaamde Pip, zonder aanstalten te maken haar spullen te pakken.

De auto voelde ineens kleiner; de ruimte tussen hen geladen met onuitgesproken mogelijkheden. Jake werd zich akelig bewust van elke centimeter die hen scheidde, en hoe gemakkelijk het zou zijn die afstand te overbruggen. Zijn training maande tot voorzichtigheid, herinnerde hem aan de juiste protocollen rond professionele relaties. Maar de man onder de agent, de persoon die uren met deze buitengewone vrouw in deze koude auto had doorgebracht en levensbepalende fouten én stille inzichten had gedeeld, wilde iets heel anders.

Hun blikken kruisten opnieuw, en Jake zag zijn eigen tweestrijd weerspiegeld in haar uitdrukking. Verlangen dat botste met voorzichtigheid, aantrekking met professionele verantwoordelijkheid. Het ochtendlicht raakte haar gezicht en verlichtte de subtiele verschuiving wanneer iets als een besluit in haar trekken neerdaalde.

'Jake,' zei ze eenvoudig, zijn naam tegelijk een vraag en een uitnodiging.

Dat geluid maakte iets in hem los, de laatste bindlijn naar voorzichtigheid. Hij leunde over de middenconsole, bracht een hand omhoog om teder haar wang te omvatten. Zij kwam hem halverwege tegemoet, richtte zich een beetje op in haar stoel en hield zijn blik vast tot het laatste moment voordat ze haar ogen sloot.

Hun lippen raakten elkaar eerst zacht, aarzelend ondanks de spanning die hen hierheen had geleid. Toen sprong er iets over tussen hen; aarzeling maakte plaats voor honger. Haar hand greep zijn jas, trok hem dichterbij ondanks de onhandige hoek over de middenconsole. Jakes vingers gleden in haar haar en omvatten de achterkant van haar hoofd terwijl de kus zich verdiepte.

Ze smaakte naar koffie en naar iets dat uniek de hare was, warm en levend ondanks de kou die hen de hele nacht had omgeven. Jake verloor zichzelf in de sensatie, in het zachte geluid dat ze tegen zijn mond maakte, in de manier waarop haar vingers zich in zijn jas vastzetten. Het professionele deel van zijn geest, het deel dat leefde van regels en procedures, zweeg voor één keer, overspoeld door het simpele juist aanvoelen van haar dicht tegen zich aan houden.

De kus rekte zich uit tot iets tijdloos, zoet en dringend en onthullend. Alle spanning die zich in weken van samenwerken had opgebouwd, alle onuitgesproken aantrekking en groeiend respect, kristalliseerde in dit ene punt van verbinding. Jake voelde iets in zijn borst loskomen, alsof een strak opgewonden veer eindelijk ontspande.

Toen klonk onmiskenbaar het geluid van een aanslaande motor, het mechanische gerommel dat de ochtendlijke stilte uiteenrukte. Ze weken van elkaar, instinct en training namen onmiddellijk weer de leiding. Jakes hoofd schoot naar het transportterrein, waar een truck van achter het hoofdgebouw tevoorschijn was gekomen; zijn koplampen sneden door de ochtendnevel.

'Beweging,' zei hij, zijn stem ineens weer professioneel ondanks de nagloeiende warmte van haar lippen op de zijne. 'Oostelijke ingang.'

Pip greep al naar de verrekijker, haar bewegingen snel en gefocust. 'Kenteken?'

Jake pakte zijn notitieboek en schreef de plaat op terwijl de truck in het groeiende licht duidelijker afstak. De overgang terug naar hun professionele rollen voltrok zich in seconden, naadloos en noodzakelijk. En toch was er iets fundamenteel tussen hen verschoven, een grens overschreden die niet meer ongedaan kon worden gemaakt.

Terwijl ze de bewegingen van de truck volgden en tijden en richtingen noteerden, voelde Jake Pips vrije hand heel even de zijne aanraken, een vluchtig contact dat begrip uitdrukte. Deze terugkeer naar plicht veegde niet weg wat er tussen hen was gebeurd. Het stelde slechts de onvermijdelijke afrekening uit.

De truck draaide de hoofdweg op, oostwaarts richting de snelweg. Jake startte de auto, klaar om op gepaste afstand te volgen; een opvallende wagen zou hem straks aanhouden en ogenschijnlijk willekeurig de papieren van de chauffeur controleren. Naast hem gaf Pip via de radio hun positie en de details van de truck door, haar stem helder en professioneel. Maar toen hun blikken elkaar even boven de middenconsole vonden, lag in die uitwisseling de erkenning besloten van alles wat er veranderd was in deze lange, koude nacht van bekentenissen en verbinding.

Wat er ook zou volgen, ze zouden het anders tegemoet treden dan ze waren begonnen: niet langer louter collega's met een gemeenschappelijk doel, maar twee mensen die elkaars diepste kwetsbaarheden hadden gezien en naar elkaar hadden gegrepen, ondanks elke rationele reden om dat niet te doen.

Hoofdstuk Twaalf

De vertrouwde geur van zoet krachtvoer en leer omhulde Pip als een oude vriend toen ze Ridgemont Produce binnenstapte. Ze stak de stoffige betonnen vloer over, knikte naar een stel dat in de hoek halsters bekeek, haar lijst met supplementen in de hand, al geordend op locatie in de winkel. Achter de toonbank keek Nate Burnett op van een voorraadclipboard, zijn doorgaans opgewekte uitdrukking veranderde in iets complexers toen hij haar zag.

'Morgen, Pip,' riep hij, zijn stem die geforceerde vrolijkheid dragend die mensen gebruiken als ze slecht nieuws moeten brengen. 'Behoorlijk frisjes daarbuiten vandaag.'

'Niets wat een goede jas niet aankan,' antwoordde ze, terwijl ze naar een winkelwagentje reikte. Iets in

Nates uitdrukking deed haar maag samentrekken, maar ze schoof het gevoel opzij. Na de slapeloze nacht bij de observatie met Jake, gevolgd door een volle dag pony's trainen, draaide ze op cafeïne en vastberadenheid. Wat Nate ook dwarszat, het zou moeten concurreren tot ze haar noodzakelijke voorraden voedersupplementen en gewrichtsremedies had verzameld.

Ze bewoog door de vertrouwde gangpaden, koos bussen elektrolyten en vitamine E, een speciale calciumformule voor de drachtige merries, en hoefsupplementen voor de jaarlingen. De routine was troostend, een normale taak in een week die allesbehalve normaal was geweest. Haar vingers gleden langs een grote emmer hoef-en-vachtsupplement, die ze Honey had gegeven vóór...

Pip hield zichzelf tegen, haalde diep adem. Niet behulpzaam om nu die weg in te slaan. Ze deed het supplement toch in haar karretje, vastbesloten voorbereid te zijn voor wanneer Honey terugkwam. Niet als. Wanneer.

Toen ze de toonbank naderde, merkte ze dat het stiller was geworden in de winkel. Het stel bij de halsters was wat verderop gaan staan, al voelde ze hun blik haar volgen. Een oudere man in het voerpad raakte opeens buitengewoon geïnteresseerd in de ingrediëntenlijst op een zak kippenvoer.

'Is dat alles voor vandaag?' vroeg Nate, terwijl hij naar haar mand reikte. Zijn baard kon de spanning in zijn kaak niet helemaal verbergen.

'Zou moeten,' zei Pip, terwijl ze haar lijst snel naliep. 'Hoe gaat het met Caroline en de baby?'

'Gaat goed. Marissa slaapt nu eindelijk de nacht door.' Zijn glimlach was oprecht, maar kort. Hij begon haar spullen te scannen met ongebruikelijke concentratie, haar blik vermijdend.

Pip leunde lichtjes tegen de toonbank. 'Nate, wat het ook is, zeg het gewoon.'

Zijn brede schouders zakten iets. 'Ik hoopte dat je het al wist.' Hij keek de winkel rond en verlaagde toen zijn stem. 'Vivienne is aan het praten. Veel. Over jou. Niet meer op sociale media, dus geen bewijs, maar...'

Het knellende gevoel in Pips maag werd sterker. 'Laat me raden, weer haar gebruikelijke geleuter over "buitenlandse invloed"?'

Nates uitdrukking bevestigde dat het erger was dan dat. 'Moest de Hendersons gisteren tot de orde roepen,' gaf hij toe, leunend over de toonbank. 'Ze stonden hier onzin te herhalen over dat jij geen goede veiligheidsprotocollen gebruikt, dat je "buitenlandse methodes" kinderen in gevaar brengen. Ze zeiden dat ze het van Vivienne hadden gehoord op een of ander fundraiser.'

Pips vingers sloten steviger om haar aankooplijst, het papier kraakte hoorbaar in de stille winkel. 'Dat is smaad,' zei ze, haar stem zorgvuldig beheerst. 'Dat weet ze donders goed.'

'Dat is niet alles,' ging Nate met tegenzin verder. 'Ze suggereert – niet rechtstreeks, hoor, daar is ze te gewiekst voor – maar ze suggereert dat die paardendiefstallen misschien te maken hebben met, eh, "mensen die onze Australische eigendomswetten niet op dezelfde manier respecteren".' Hij vertrok zijn gezicht terwijl hij de woorden herhaalde.

De hitte kroop Pips hals op, woede en vernedering streden om voorrang. Haar zorgvuldig onderhouden zelfbeheersing barstte net genoeg dat ze naar beneden moest kijken, zogenaamd op zoek naar iets in haar tas terwijl ze zichzelf herpakte. Na al die jaren, al haar successen, nog steeds gereduceerd worden tot "buitenlands" in de ogen van mensen als Vivienne.

'Ze heeft het echt opgevoerd sinds jouw politievriend haar terugfloot op die bewonersbijeenkomst,' voegde Nate toe, terwijl hij het laatste item met onnodige focus scande. 'En ze heeft dat countryclubkliekje alles lopen versterken. Hoorde Mrs. Collins tegen iemand zeggen dat jij "niet echt gekwalificeerd" bent om les te geven omdat je opleiding "in het buitenland" was... wat onzin is, zoals ik heb benadrukt. Jij deed je Instructeurskwalificaties tegelijk met Emma, hier nota bene!'

Pip knikte, zichzelf niet meteen vertrouwend om te spreken. Ze had vaker met vooroordelen te maken gehad, natuurlijk. De renwereld had een piepkleine Filipijns-Australische vrouw niet bepaald met open armen ontvangen. Maar dit was anders; dit was doelgericht, weloverwogen, en precies gericht op wat het meest telde: haar bedrijf, haar reputatie, haar plek in de gemeenschap die ze als thuis had gekozen.

'Ik waardeer het dat je het me vertelt,' zei ze uiteindelijk, haar stem vaster dan ze zich voelde. 'En dat je het voor me opneemt.'

Nate wuifde haar dank weg. 'Het is allemaal onzin. Iedereen die jou kent, wéét dat.' Hij aarzelde, en voegde toen toe: 'Maar Vivienne heeft bereik. Dat kringetje van d'r, allemaal kinderen in rijprogramma's of paarden in training.'

'Mijn potentiële klanten,' vertaalde Pip vlak. 'Of die van mijn zussen.'

'Ja.' Nate maakte het inpakken van haar aankopen af en gaf haar de rekening om te tekenen. 'Kijk, Caro zegt dat je alles moet documenteren. Screenshots maken van posts, opschrijven wat mensen je vertellen dat ze hebben gehoord, data, tijden. Voor het geval dat je het later nodig hebt.' Hij verlaagde zijn stem nog verder. 'En Jake informeert ook wat rond, stilletjes. Niet officieel, gewoon... zijn oor te luister leggen.'

De vermelding van Jake joeg een onverwachte warmte door Pips borst, snel gevolgd door een complexere emotie die ze nog niet wilde onderzoeken. Hun kus in de observatiewagen hing tussen hen in, onuitgesproken in het daglicht terwijl ze de vrachtwagen volgden en hun rapporten indienden. Geen van beiden had het sindsdien genoemd; allebei waren ze teruggeweken naar professionele grenzen in de nasleep.

'Dat ga ik doen,' beloofde ze, terwijl ze haar tassen pakte. 'Dank je, Nate.'

Toen ze zich omdraaide om te vertrekken, werd ze zich pijnlijk bewust van de andere klanten. Het stel dat halsters had staan bekijken, stond nu met opzet met de rug naar haar toe. Een vrouw die net binnen was gekomen, fluisterde tegen haar metgezel; allebei keken ze even naar Pip om vervolgens snel weg te kijken. Zelfs de tiener die schappen vulde, leek zich krampachtig op zijn taak te concentreren, elk oogcontact vermijdend.

Dit waren mensen die ze al jaren kende. Mensen die haar hadden zien rijden in wedstrijden, die haar haar bedrijf vanaf nul hadden zien opbouwen nadat Kit was gestorven. Mensen van wie ze de kinderen veilig had leren rijden, van wie ze de paarden met geduld en vakmanschap had getraind. En nu keken ze naar haar alsof ze een vreemde was, of erger, een bedreiging.

Pip richtte haar rug, tilde haar kin een fractie terwijl ze naar de deur liep. Ze zou haar schouders niet laten hangen of gehaast wegsluipen als iemand die zich schaamde. Laat ze haar precies zien zoals ze was: professioneel, competent, en volledig op haar plaats.

'Zeg tegen Caroline dat ik volgende week langskom,' riep ze naar Nate, haar stem helder klinkend door de onnatuurlijk stille winkel. 'Ik heb die lieve pony waar we het over hadden voor Marissa als ze ouder is. Hij is nog maar een jaarling, maar tegen de tijd dat hij zadelmak is, is Marissa er klaar voor.'

'Komt goed,' antwoordde Nate, dit keer met een oprechte glimlach. 'Ze zal in de wolken zijn.'

Pas toen ze haar ute had bereikt, haar aankopen achterin had gelegd en achter het stuur was geklommen, liet ze haar zorgvuldig bewaarde uitdrukking even vieren. Haar kleine handen klemden zich strak om het stuur, knokkels wit, terwijl ze door de voorruit in het niets staarde, haar kaken zo vast op elkaar dat ze haar jukbeenderen voelde bonzen.

Vivienne was aan het escaleren, van prikjes op sociale media naar actieve karaktermoord. En het werkte. Pip zag het in de afgewende blikken, voelde het in het gefluister dat haar door de winkel had gevolgd. De gemeenschap waar ze het grootste deel van haar leven deel van had uitgemaakt, werd tegen haar vergiftigd, druppel voor zorgvuldig geplaatste druppel.

Ze startte de motor en herpakte zichzelf met de discipline van iemand die gewend is om bergop te vechten. Vivienne had misschien geld en connecties, maar Pip had de waarheid aan haar kant. En belangrijker nog, ze had de McKenzies, ze had haar klanten die haar werk uit eerste hand kenden en, blijkbaar, had ze Jake.

Het zou genoeg moeten zijn.

Pip parkeerde haar ute naast de voerschuur om haar aankopen uit te laden; de vertrouwde omgeving van Ridgewater bood vandaag weinig troost. Ze had haar reputatie opgebouwd op professionaliteit, geduld en resultaten, en toch kon Vivienne blijkbaar jaren werk ontrafelen met een paar goed geplaatste opmerkingen bij de juiste mensen. Belachelijk. En toch, terwijl Pip naar haar kantoor liep, kreeg ze het knoopje van ongerustheid onder haar ribben niet helemaal weg.

Het kantoor was ooit een zadelkamer geweest toen deze stal de enige was; je rook nog altijd vleugjes leer en zadelzeep onder de modernere geuren van printerinkt en koffie. Pip had het efficiënt omgevormd: archiefkasten langs één wand, haar bureau zo geplaatst dat ze via een breed raam uitzicht had op de round pens. Diploma's en certificaten sierden de muur achter haar stoel, tastbaar bewijs van kwalificaties die voor Vivienne Ashford blijkbaar niets betekenden.

Pip zette de supplementen opzij voor later en ging achter haar bureau zitten, haar computer opstartend met de bedoeling de trainingsrapporten bij te werken voor haar middaglessen. De vertrouwde routine had rustgevend moeten zijn, maar Nates waarschuwingen bleven opborrelen en verstoorden haar concentratie.

Haar e-mail laadde, en de knoop in haar maag trok strakker. Vier nieuwe berichten, allemaal met variaties op 'Annulering' in de onderwerpregel. Ze klikte op het eerste, van een vrouw wier dochter al bijna een jaar wekelijks les had.

'Na zorgvuldige overweging hebben we besloten een ander trainingsprogramma voor Maddie te zoeken. Hartelijk dank voor uw tijd en begeleiding in de afgelopen maanden.'

Geen uitleg. Geen klachten over de kwaliteit van de lessen. Gewoon een beleefde, onpersoonlijke terugtrekking. Het volgende bericht volgde hetzelfde patroon, al voegde deze ouder toe: 'We hebben geweldige dingen gehoord over Western riding en willen iets proberen dat traditioneler Australisch is.'

Pips kaak spande aan. Western riding is Amerikaans, niet Australisch, maar ze betwijfelde of de ouder de correctie zou waarderen. Ze kon dat óók prima geven; niet dat het iets zou uitmaken. De derde annulering had tenminste de beleefdheid eerlijk te zijn: 'Mijn man vindt dat we iemand moeten proberen met meer gevestigde lokale connecties. Niets persoonlijks.'

Niets persoonlijks. Alsof vooroordelen, verpakt in beleefdheid, de klap zouden verzachten.

Het vierde bericht kwam het hardst aan: een koper die afzag van de aankoop van Sapphire, een veelbelovend showpony'tje dat ze al maanden trainde. De merrie had kampioenspotentieel, met zwevende gangen en een intelligente, gewillige instelling. Pip had al twee andere biedingen afgewezen, wachtend op juist deze koper, die de middelen en connecties had om de pony goed uit te brengen.

'Na overleg met collega's in het showcircuit hebben we besloten andere opties te verkennen. Verschillende personen hebben zorgen geuit over mogelijke kwesties met de trainingsaanpak van Sapphire. We wensen u veel succes met toekomstige verkopen.'

Mogelijke kwesties. Collega's. De zorgvuldige, gecodeerde taal van Viviennes invloed trilde in elke regel na.

Pip staarde naar het scherm en rekende snel. De verkoop van Sapphire had twee maanden bedrijfskosten gedekt. Nu had ze een tot in de puntjes getrainde pony die duur voer at zonder koper in zicht, en Viviennes geruchten zouden doorverkopen lastig maken. Vier opzeggende lesklanten betekenden verlies van stabiele inkomsten die in haar kwartaalprognoses waren ingecalculeerd.

Er klonk een melding, die haar aandacht trok naar het socialemediatabblad dat ze openhield voor haar zakelijke pagina's. Ze klikte erheen en haar adem stokte toen ze door een golf nieuwe reacties scrolde. Anonieme accounts hadden een reeks doorzichtige aanvallen achtergelaten:

'Gehoord dat die buitenlandse trainingsmethodes gevaarlijk kunnen zijn voor kinderen. Ouders, pas op!'

'Zijn alle paarden wel goed gedocumenteerd? Met al die diefstallen is het tegenwoordig lastig te weten wat legitiem is...'

'Australische kinderen verdienen Australische trainers die onze waarden begrijpen!'

De implicaties waren duidelijk, elke reactie zorgvuldig geformuleerd om regelrechte laster te vermijden, terwijl er toch twijfel werd gezaaid. Pips handen trilden lichtjes terwijl ze naar de instellingen ging en reacties op alle platforms uitschakelde. Ze moest dit documenteren voordat mensen zich bedachten en dingen begonnen te verwijderen, zoals Nate had voorgesteld. Alles screenshotten.

Haar telefoon ging over, de vrolijke ringtone misplaatst bij de beklemming in haar borst. Op de beller-ID verscheen een andere cliënt, een vrouw wier tienjarige dochter grote vooruitgang boekte met springen.

'Hallo, Mrs. Kingsley,' nam Pip op, haar stem kalm en professioneel ondanks alles. 'Hoe gaat het vandaag met je?'

'Prima, dank je,' kwam het antwoord, nét te formeel. 'Ik bel over Ambers lessen.'

Pip sloot even haar ogen; ze wist al wat er ging komen. 'Ja?'

'We nemen even een pauze. Mijn man vindt dat Amber misschien baat heeft bij een andere manier van lesgeven.'

'Ik begrijp het,' zei Pip, terwijl ze naar haar cliëntenboekje reikte. 'Heeft Amber iets aangegeven over haar lessen? Zijn er punten waarop ze zich ongemakkelijk voelt of extra ondersteuning nodig heeft?'

'Oh nee, niets van dat alles. Ze is dol op je, eigenlijk.' De vrouw aarzelde, hoorbaar schuldig. 'Het is alleen... we hebben zorgelijke dingen gehoord, en met de prijzen van de lessen tegenwoordig...'

'Ik begrijp het,' zei Pip, al deed ze dat niet. Niet echt. 'Amber is altijd welkom terug. Ze heeft echt talent, Mrs. Kingsley.'

'Dank je. Ik zal het haar zeggen.'

Het gesprek eindigde, en Pip legde de telefoon behoedzaam neer, bewust langzaam, alsof die onder teveel druk zou kunnen barsten. Toen, in een plotselinge breuk met haar gebruikelijke controle, sloeg ze met haar open hand op het bureau; de scherpe klap sneed als een zweep door het stille kantoor. Pijn schoot omhoog door haar arm, maar de fysieke sensatie was bijna een opluchting vergeleken met de machteloze woede die in haar borst brandde.

Vijf annuleringen in één ochtend. Vijf. Na jaren zonder één enkele klacht.

Pip trok haar kasboek uit de bureaulade en sloeg het open bij de maandprognoses die ze met uiterste zorg bijhield. Met mechanische precisie begon ze opnieuw te rekenen, stelde de inkomstenverwachtingen naar beneden bij en noteerde het effect van het langer houden van Sapphire dan gepland. De cijfers vertelden een helder verhaal: als de trend doorzette, zou ze binnen twee maanden verlies draaien.

Haar blik gleed naar de kalender naast haar bureau, volgezet met lestijden en trainingssessies. Hoeveel daarvan zouden nog verdwijnen? Hoelang zou het duren voor zelfs trouwe klanten zich afvroegen of er niet toch iets miste waar rook was?

Beweging buiten trok haar aandacht. Door het raam zag ze de twaalfjarige Lucy in de bak onder Emma's toezicht sprongen oefenen op haar grijze pony. Het gezicht van het meisje stond strak van concentratie, haar kleine lichaam bewoog in perfecte harmonie met haar paard terwijl ze een bescheiden kruisje namen. Lucy's moeder stond bij de omheining, haar uitdrukking warm van trots.

Zij hadden niet afgezegd. De Thompsons evenmin, wiens zoon zijn angst voor paarden had overwonnen onder Pips zorgvuldige begeleiding. Of de Wilsons, die een pony van Pip hadden gekocht en met wier dochter het dier overal lintjes won; zij zouden over een uur komen.

Sommige mensen zagen haar waarde nog steeds, vertrouwden nog steeds haar expertise boven gefluisterde verdachtmakingen. Maar was het genoeg? Kon haar bedrijf overleven als zelfs maar de helft van haar klantenbestand wegviel?

Pip keek toe hoe Lucy nog een sprong nam; het meisje brak open in een verrukte glimlach en klopte haar pony op de hals om het te vieren. Dit was wat telde, deze momenten van verbinding en prestatie. Dit was wat Vivienne met haar giftige campagne probeerde kapot te maken.

En waarvoor? Omdat Pip geweigerd had Honey voor een beledigend bod te verkopen? Omdat ze haar plek op Ridgewater had behouden, ook al was ze er niet in geboren? Omdat ze iets vertegenwoordigde dat Vivienne niet kon controleren of intimideren? Of was het pure jaloezie, omdat Viviennes ex-man onvoorzichtig had laten merken dat hij zich tot Pip aangetrokken voelde... en omdat Jake duidelijk haar gezelschap verkoos?

Pip draaide zich terug naar haar kasboek en trok met zoveel kracht een streep onder haar berekeningen dat de potloodpunt afbrak. Ze had al eens eerder uit het niets opnieuw opgebouwd, nadat ze de rensport de rug had toegekeerd, en zichzelf daarna van de absolute bodem weer overeind geraapt toen Kit stierf. Als het moest, deed ze het nog een keer. Maar eerst zou ze vechten voor wat ze had opgebouwd, voor haar plek hier, voor de waarheid.

Vivienne Ashford had de verkeerde vrouw uitgekozen als doelwit.

Jake leunde tegen de achterwand van de Ridgemont Community Hall, zijn uniform maakte hem tegelijk zichtbaar voor en los van de bewoners die de klapstoelen vulden. De omleidingsvergadering trok meer volk dan gewoonlijk; de voorgestelde wegaanpassingen raakten aan huizenprijzen en dagelijkse reistijden, kwesties die gegarandeerd meningen losmaakten. Vanaf zijn plek zag hij Pip zitten met haar McKenzie-zussen op ongeveer twee derde van de zaal, haar kleine gestalte bijna verborgen tussen de langere figuren van Sarah en Emma. Zelfs van die afstand viel hem de spanning in haar schouders op, de behoedzame neutraliteit in haar gezicht die net niet de druk verborg die hij eerder op het bureau had gezien.

Hun korte contact die middag was strikt professioneel geweest, het doornemen van de transportbedrijfrecords alsof de kus in de observatiewagen nooit had plaatsgevonden. Maar hij had de strakke lijntjes rond haar ogen gezien, hoe ze haar telefoon vaker dan normaal controleerde, de lichte aarzeling voordat ze zei dat ze eerder dan gepland naar Ridgewater terug moest. Er was iets mis, meer dan het lopende onderzoek en hun ingewikkelde persoonlijke situatie, en gezien het gefluister in het dorp wist hij vrij zeker wat. Hij had snel ontdekt dat de groentewinkel een knooppunt was voor roddel in de plattelandsgemeenschap, en Nate, de manager, had hem stilletjes een paar gesprekken doorgegeven die hij had opgevangen toen Jake binnenliep.

De voorzitter van de raad, een grijsharige man met een leesbril die wankel op het puntje van zijn neus balanceerde, tikte op de microfoon aan de tafel vooraan. 'Als iedereen plaats wil nemen, alstublieft,' riep hij boven het gemurmel uit. 'We hebben vanavond meerdere agendapunten, te beginnen met de milieueffectrapportage voor de voorgestelde omleiding.'

Jake liet zijn blik met zijn gebruikelijke voorzichtigheid door de zaal gaan en merkte de vertrouwde verdeling van de gemeenschap in kampen op: boeren en oude bewoners gegroepeerd links, nieuwere bewoners en ondernemers rechts. Het McKenzie-kamp zat ertussenin, letterlijk en figuurlijk, gerespecteerd door beide groepen om hun diepe wortels en vooruitstrevende bedrijfsvoering.

Vivienne Ashford zat pontificaal op de eerste rij, haar kastanjekleurige haar glanzend onder de tl-lampen, een designeroutfit opvallend formeel voor een dorpsvergadering. Ze werd geflankeerd door twee vrouwen die Jake herkende van de countryclub; hun hoofden bogen nu en dan naar elkaar voor gefluisterde opmerkingen. Joe Ashford zat enkele rijen achter zijn ex-vrouw, met een blik die deed vermoeden dat hij overal liever was dan hier, maar vond dat hij aanwezig moest zijn.

De vergadering vorderde met technische presentaties over verkeerspatronen en studies naar waterafvoer; bewoners stonden af en toe op om vragen te stellen of zorgen te uiten. Jake hield zijn aandacht op de zaal in plaats van de inhoud; hij was er officieel vooral om de orde te bewaren. Zulke bijeenkomsten konden soms verhit raken, al was daadwerkelijke tussenkomst zelden nodig.

Zijn blik ging geregeld terug naar Pip; hij zag hoe ze voorover boog om naar de milieuspecialist te luisteren, haar focus absoluut ondanks alle persoonlijke zorgen die ze droeg. Ze had een gave voor aanwezigheid, om volledig in het moment te zijn ongeacht de omstandigheden. Het was hem tijdens hun onderzoek opgevallen hoe ze afleidingen kon uitschakelen als ze zich op bewijs of getuigenverklaringen richtte.

Halverwege het overzicht van financieringsopties door de voorzitter stond Vivienne met een theatraal gebaar op, hand geheven. Zonder op erkenning te wachten stapte ze het middenpad in.

'Ik denk dat we hier iets cruciaals over het hoofd zien,' kondigde ze aan, haar stem droeg moeiteloos zonder microfoon. 'We blijven technische details bespreken zonder te kijken naar wie deze beslissingen beïnvloedt.'

De voorzitter schoof zijn bril recht. 'Mevrouw Ashford, als je alstublieft wilt wachten tot je het woord krijgt en terug wilt gaan zitten, we hebben een procedure voor opmerkingen.'

Vivienne negeerde hem en deed nog een stap naar voren. 'Ik vind dat de gemeenschap transparantie verdient over bepaalde belangen die tegen deze omleiding zijn.

Sommige mensen met dubieuze bedrijfspraktijken lijken erg geïnvesteerd in het blokkeren van vooruitgang.'

Er ging een rimpeling van ongemak door het publiek. Jake kwam los van de muur, meteen alert op de omslag in de sfeer. Viviennes blik streek door de zaal voordat ze zich nadrukkelijk op Pip vastpinde.

'Mensen die hier oorspronkelijk niet vandaan komen, zouden geen gelijke stem moeten hebben in de toekomst van onze gemeenschap,' ging ze verder, haar toon schijnheilig bezorgd en haar venijn nauwelijks verhullend. 'Sommigen van ons hebben generaties in dit dorp geïnvesteerd, terwijl anderen het simpelweg voor eigen gewin gebruiken.'

De insinuatie hing onmiskenbaar in de lucht. Jake zag hoe Pips uitdrukking zorgvuldig neutraal bleef, al verstijfde Kate zichtbaar naast haar en legde ze beschermend een hand op Pips schouder. Sarah fluisterde iets tegen Marcus; hun gezichten stonden bezorgd.

'Mevrouw Ashford, dit is niet relevant voor het huidige agendapunt,' probeerde de voorzitter nog, maar Vivienne had momentum.

'Ik vind het juist volkomen relevant wanneer we bespreken wie er zeggenschap moet hebben in onze gemeenschap,' pareerde ze soepel. 'We moeten ons afvragen wat het betekent om onze gemeenschapsnormen te handhaven, de waarden te behouden die Ridgemont hebben gemaakt tot wat het is. Wanneer buitenstaanders zonder goed begrip van onze tradities invloed krijgen, lopen we het risico onze identiteit te verliezen.'

Jake voelde een koude woede opborrelen toen hij de tactiek herkende. Vivienne was te geraffineerd om expliciet racistisch taalgebruik te gebruiken, maar haar bedoeling was glashelder, zowel voor haar beoogde doelwit als voor iedereen in de zaal. Het ongemak op vele gezichten liet zien dat zij het ook herkenden, maar niemand greep in.

De stilte die na Viviennes woorden viel, herinnerde Jake pijnlijk aan een andere ruimte, een andere keer waarop schadelijke woorden onweersproken bleven. Claire Donovan zat tegenover zijn bureau en vertelde dat haar ex-man haar had bedreigd, terwijl Jake professioneel knikte en niets substantieels deed. Zijn passiviteit toen had bijgedragen aan een tragedie. Dit was niet dezelfde situatie, maar het patroon van vooroordelen laten passeren omdat confrontatie ongemakkelijk is, voelde pijnlijk vertrouwd.

'Bovendien,' ging Vivienne verder in de ongemakkelijke stilte, 'vind ik dat we ons moeten afvragen of mensen die niet eens hun eigen terrein fatsoenlijk kunnen beveiligen, wel invloed zouden moeten hebben op beslissingen over de openbare veiligheid. Als er waardevolle bezittingen verdwijnen onder iemands supervisie, roept dat vragen op over iemands beoordelingsvermogen, nietwaar?'

De verwijzing naar Honey's diefstal was niet te missen. Jake zag Pips handen zich in haar schoot ballen, al hield ze met zichtbare moeite haar gezicht in de plooi. In de zaal schoven mensen ongemakkelijk op hun stoelen; sommigen knikten licht, anderen keken naar de grond, alsof ze afstand wilden nemen van de lelijkheid en die toch lieten doorgaan.

Er knapte iets in Jake. Dit was hoe medeplichtigheid eruitzag, zoals in Brisbane, toen hij wegkeek en professionele distantie boven morele helderheid verkoos. Nooit meer.

Hij stapte van de muur, en zijn beweging trok meteen blikken. Zijn uniform eiste aandacht terwijl hij naar het midden van de zaal liep en zich zo opstelde dat iedereen hem duidelijk kon zien en horen.

'Als de aanwezige vertegenwoordiger van de politie,' zei hij, zijn stem droeg de autoriteit van zijn functie zonder dat hij hem hoefde te verheffen, 'voel ik me genoodzaakt enkele zorgwekkende uitspraken die zojuist zijn gedaan te adresseren.'

Viviennes uitdrukking haperde even; dit ingrijpen had ze duidelijk niet voorzien.

'Ten eerste zijn mevrouw Ashfords insinuaties over de connectie van mevrouw Rodriguez-McKenzie met de paardendiefstallen volstrekt ongegrond en potentieel lasterlijk,' vervolgde Jake, professioneel kalm, maar met geen ruimte voor tegenspraak. 'Mevrouw Rodriguez-McKenzie werkt in feite als officieel adviseur met de politie mee aan deze zaak en brengt waardevolle expertise in die ons onderzoek aanzienlijk heeft vooruitgeholpen.'

Er ging een gemompel door de zaal. Jake hield zijn focus vlak en zocht oogcontact met mensen in het rond.

'Ten tweede, en misschien nog belangrijker, vind ik dat racistische opmerkingen geen plaats hebben in een openbare vergadering. Suggereren dat iemands geboorteplaats of etnische achtergrond zijn of haar positie in onze gemeenschap zou moeten verminderen, druist in tegen de waarden die Australië juist sterk maken.'

Het woord 'racistisch' sloeg neer als een steen in stil water en stuurde kringen van reactie door het publiek. Sommigen deinsden terug, anderen gingen rechterop zitten, maar niemand viel Jake in de rede terwijl hij doorging.

'Mevrouw Rodriguez-McKenzie is Australisch staatsburger, een gerespecteerde ondernemer en een gewaardeerd lid van deze gemeenschap. Haar expertise in hippische zaken wordt nationaal erkend. De poging haar te diskwalificeren op basis van waar ze is geboren en de kleur van haar huid, in plaats van de inhoud van eventuele meningsverschillen te bespreken, is ongepast en, eerlijk gezegd, beneden de standaard die deze gemeenschap zou moeten handhaven. Bovendien is suggereren dat de duur van een familiegeschiedenis in de gemeenschap bepaalt hoeveel zeggenschap men over de toekomst heeft, discriminerend en ondemocratisch. Komt er nog bij dat je, voor zover ik begrijp, zelf pas een paar jaar geleden vanuit Brisbane hierheen bent verhuisd, mevrouw Ashford?'

Vivienne liep knalrood aan toen de rake klap viel. Jake liet zijn blik door de zaal gaan en merkte hoe verschillende gezichten met schaamte kleurden. Joe Ashford knikte licht, zijn uitdrukking een mengeling van verlegenheid en berusting. De voorzitter zag er tegelijk opgelucht en nerveus uit, duidelijk dankbaar dat iemand het had aangekaart, maar onzeker over de verstoring van zijn agenda.

'Ik denk dat we deze vergadering kunnen vervolgen met een respectvolle bespreking van de daadwerkelijke onderwerpen,' besloot Jake. 'En ik ga ervan uit dat persoonlijke aanvallen en discriminerende taal geen rol spelen in het besluitvormingsproces van deze gemeenschap.'

Hij stapte terug en nam zijn plek tegen de muur weer in. De stilte die volgde voelde anders dan daarvoor, geladen met erkenning in plaats van medeplichtigheid. Verscheidene mensen knikten nu; een paar fluisterden zelfs een instemmend 'zo is het'.

Vivienne stond versteend in het gangpad, haar gezicht rood van woede en schaamte; het zorgvuldige sociale masker barstte en onthulde de razernij eronder. Even leek ze te willen reageren, maar in plaats daarvan pakte ze met beheerste bewegingen haar designerhandtas, kin uitdagend geheven.

'Als deze gemeenschap politieke correctheid verkiest boven een eerlijk gesprek over legitieme zorgen, zie ik geen reden om te blijven,' kondigde ze aan, al miste haar stem de zelfverzekerde klank. Ze draaide zich op haar hak om en beende naar de uitgang, haar vriendinnen van de countryclub haastten zich achter haar aan na een moment van duidelijke aarzeling.

Toen de deur achter hen dichtviel, zag je de spanning in de zaal zichtbaar wegebben. De voorzitter greep de kans om de vergadering terug te leiden naar de discussie over de omleiding; een zweem van opluchting in zijn stem terwijl hij een boer het woord gaf met een vraag over landbouwontsluitingswegen.

Jakes blik vond Pip aan de overkant van de zaal. Ze keek hem recht aan, haar donkere ogen vol een complexe mengeling van dankbaarheid, respect en iets diepers dat hij niet helemaal kon duiden. Een lichte glimlach speelde om haar lippen, klein maar oprecht, en hij voelde een warme gloed door zijn borst trekken als antwoord.

Deze keer had hij de juiste kant gekozen van de lijn tussen professionele neutraliteit en morele helderheid. In Pips uitdrukking zag hij niet alleen persoonlijke waardering, maar ook erkenning van wat dit moment voor hem betekende, hoe het verbonden was met het pijnlijke verleden dat hij met haar had gedeeld in de koude auto tijdens hun observatienacht.

Het moment hield stand tussen hen, een onzichtbare draad die hen verbond dwars over de volle zaal, voordat Pip haar aandacht weer op de vergadering richtte. Jake deed hetzelfde en hervatte zijn officiële observatiepost. Maar er was iets verschoven, zowel tussen hen als in hemzelf, een stap richting de man die hij wilde zijn in plaats van degene die zijn fouten van hem hadden gemaakt.

Hoofdstuk Dertien

PIPS TELEFOON RUKTE HAAR wakker, de scherpe ringtone die de nachtelijke stilte van haar slaapkamer in tweeën sneed. Jakes stem klonk helder en dringend toen ze het toestel onhandig naar haar oor bracht.

'We hebben ze gevonden. Een terrein in het noorden van New South Wales. Kun je over vijftien minuten klaar zijn? Ik ben onderweg om je op te halen.'

Haar hart bonkte tegen haar ribben toen ze rechtop schoot, de slaap meteen verdreven. Na weken van doodlopende sporen, valse leads en groeiende wanhoop, wakkerden die simpele woorden een sprankje hoop aan waarvan ze dacht dat het gedoofd was.

'Ja. Ja, ik ben zo ver,' antwoordde ze, terwijl ze haar benen al over de rand van het bed zwaaide. 'Wat moet ik meenemen?'

'Je microchipscanner, foto's van de vermiste paarden, en kleding die vies mag worden. Het is een lange rit en het ziet er daar ruig uit.'

De verbinding verbrak voordat ze meer vragen kon stellen. Pip schoot in de haast, trok een spijkerbroek en een versleten trui aan, stapte bij de deur in haar laarzen en rende naar de schuur om de microchipscanner uit haar kantoor te halen. Ze aarzelde even, bang zichzelf te jinxb, voordat ze zei: 'Ach, verdorie,' en Honey's halster pakte, dat sinds Honey's diefstal boven haar bureau hing. Ze had het liever bij zich en niet nodig, dan het niet bij zich hebben als het wél nodig was.

Terug in huis propte ze meerdere volle waterflessen in een tas.

'Wat is er aan de hand?' Sarah verscheen in de keukendeur, alert ondanks het vroege uur.

'De politie van New South Wales denkt dat ze de gestolen paarden hebben gevonden,' legde Pip uit, terwijl ze in de voorraadkast een ongeopende doos mueslirepen vond en die bij de waterflessen stopte. 'Ik moet gaan.'

'Wij houden hier de boel draaiende,' zei Sarah meteen. 'Succes!' riep ze, terwijl Pip naar buiten stormde en de hordeur rammelend achter haar dichtviel.

Jakes politievoertuig reed voor net toen ze beneden aan de trap kwam, koplampen die de duisternis doorsneden. Hij zag eruit alsof hij niet had geslapen, met schaduwen onder zijn ogen van vermoeidheid.

'Het waren de transportbedrijfsgegevens,' legde hij uit terwijl ze instapte, knikkend naar een stapel papieren op de achterbank. 'Gekruist met satellietbeelden van locaties die leveringen kregen die pasten bij ons diefstalpatroon. Deze plek kwam drie keer naar voren. De locals hebben niets goeds te zeggen over de eigenaar, en die kerel heeft een strafblad voor diefstal. Het is maar een half uur ten zuiden van de grens.'

Ze reden zuidwaarts terwijl de dageraad aanbrak, het landschap vervaagde voorbij terwijl Jake het gaspedaal tegen de limiet duwde. Pip klemde de scanner vast als een talisman, haar gedachten die door scenario's tolden. Zou Honey daar zijn? Zou ze in orde zijn? De vragen bleven in een lus herhalen terwijl de kilometers wegtikten; ze spraken nauwelijks, beiden opgeslokt door hun eigen gedachten.

'Ze hebben een commandopost opgezet op een halve kilometer van het doelperceel,' zei Jake toen ze de grens tussen Queensland en New South Wales overstaken. 'De politie van NSW leidt de actie, het is hun jurisdictie, maar ze hebben mij goedgekeurd als waarnemer en jouw consultantstatus voor de operatie.'

Pip knikte, dankbaar voor zijn vooruitziende blik om haar officieel te betrekken. 'Wat kan ik verwachten?'

'Standaard politie-inval. Ze beveiligen eerst de perimeter en gaan dan de gebouwen in. Jouw taak is om eventuele teruggevonden paarden te identificeren en microchips te bevestigen als dat kan. Maar,' zijn stem werd steviger, 'je blijft te allen tijde bij mij. We weten niet wat we gaan aantreffen.'

De commandopost doemde op als een cluster politievoertuigen, geparkeerd achter een richel en buiten het zicht van het doelperceel. Agenten in tactische uitrusting bewogen zich met stille efficiëntie, controleerden wapens en communicatiemiddelen. Een vrouw van middelbare leeftijd met kort grijs haar en het uniform van een inspecteur van de politie van NSW kwam op hen af toen ze parkeerden.

'Senior Constable Harrison?' Ze stak haar hand eerst naar Jake uit, daarna naar Pip. 'Inspecteur Dawson van de Stock Squad. Bedankt voor de intel. We houden het terrein al in de gaten sinds 04.00 uur.'

Jake stelde Pip voor, benadrukkend dat ze expert was en als consultant meedraaide. Inspecteur Dawson knikte kort.

'Fijn dat je er bent, mevrouw Rodriguez-McKenzie. Laten we je beiden bijpraten.'

Ze volgden haar naar een klaptafel vol kaarten en luchtfoto's. Pip voelde zich pijnlijk bewust van haar burgerkleding tussen de zee van uniformen, haar kleine gestalte die haar nog meer buitenstaander deed voelen. Ze schoof dat gevoel opzij en focuste op de satellietbeelden.

'Dit terrein is al jaren amper gebruikt,' legde inspecteur Dawson uit, wijzend naar een vervallen boerderij, omringd door enkele bijgebouwen. 'Het ligt in een overstromingsgebied; het huis liep onder water tijdens de overstromingen van 2011 en is afgekeurd. De eigenaar verhuurde het aan die vent daar, die naar verluidt in die caravan woont en vee op het land houdt... maar er is geen koe te bekennen.'

Jake boog zich over de kaarten en volgde toegangswegen met zijn vinger. 'Deze vlakke paddocks bieden te veel zicht. Wat is jouw aanvalsstrategie?'

Terwijl zij tactische details bespraken, liep Pip naar de rand van de richel waar een verrekijker op een statief stond. Daardoor zag ze het doelperceel, uitgestrekt over een ondiepe vallei aan een brede rivier, door het vroege zonlicht genadeloos belicht. Grote, maar verschoten schuren met afbladderende verf stonden als wachters over de paddocks met verroeste hekken en doorgezakte afrasteringen. De plek had de holle blik van verlatenheid, en toch stond er een dure ogende caravan bij een van de schuren met een splinternieuwe pickup ervoor.

Pip stelde scherp en scande de zichtbare paddocks. Geen vee te zien, maar ook geen paarden. Haar handen trilden licht toen ze de verrekijker liet zakken. Als Honey hier was, in welke staat zou ze zijn na weken in handen van dieven?

Jake verscheen naast haar. 'We gaan over tien minuten. Blijf dicht bij mij.'

Ze knikte, haar keel te dichtgeknepen voor woorden. Om hen heen controleerden agenten nog één keer portofoons en uitrusting, hun bewegingen zuinig, overduidelijk goed geoefend. Iemand gaf haar een kogelwerend vest dat haar kleine frame opslokte, waardoor ze eruitzag als een kind dat verkleed speelde. Jake hielp de banden verstellen, zijn vingers die onverwacht zacht langs haar schouders gleden.

'Als er ook maar iets gevaarlijk lijkt, ga je meteen plat,' zei hij zacht. 'Beloof het me.'

'Ik beloof het,' antwoordde ze, de bezorgdheid achter zijn professionele toon herkennend.

De sfeer spande aan terwijl agenten positie innamen; het losse gepraat verstomde volledig. Pip controleerde haar scanner nog eens, bladerde door haar map met paardenfoto's, alles om haar handen bezig te houden terwijl de adrenaline door haar lichaam gierde.

Een kraakje van radiostatisch geluid doorbrak de stilte. 'Alle eenheden op positie.'

Inspecteur Dawsons stem was gezaghebbend. 'Uitvoeren op mijn teken.'

De operatie ontvouwde zich met gechoreografeerde precisie. Teams bewogen gelijktijdig vanuit meerdere richtingen en zekerden de perimeter met snelle efficiëntie.

Pip bleef bij Jake staan, trillend van de drang om te bewegen, maar zich bewust van mogelijk gevaar. Ze keken toe terwijl de politie de caravan binnenging en er al snel een vloekende man, alleen in een trainingsbroek, uit sleurde, hem boeide en in de achterbank van een politiewagen zette. Pas toen werden Pip en Jake naar voren gewenkt, naar de deuren van de grootste schuur waar agenten zich verzamelden.

'Beweging binnen,' meldde een agent. 'Klinkt als meerdere grote dieren.'

Pips pols versnelde. Paarden. Nu hoorde zij het ook: het kenmerkende geschuifel en zo nu en dan een zacht hinnikje dat op nerveuze paarden wees.

'Blijf paraat,' murmelde Jake tegen haar terwijl agenten zich gereedmaakten om de schuurramen te openen.

Metaal schraapte over beton toen de grote schuifdeur werd opengewrikt. Zonlicht overstroomde het holle interieur en verlichtte een tafereel dat Pips adem deed stokken. Paarden. Tientallen. Opgesloten in geïmproviseerde stallen, opgebouwd uit gestapelde ronde hooibalen en simpele panelen van stalen buizen, sommige nauwelijks groter dan de dieren die ze bevatten.

De geur trof haar meteen: de vertrouwde lucht van paardenmest en hooi, overladen met iets onrustbarends, de zure walm van met urine doordrenkte bodembedekking die niet dagelijks werd ververst. Haar professionele blik sloeg automatisch aan, ogen die de vanaf de ingang zichtbare dieren afliepen.

Alle paarden die ze kon zien, leken merries te zijn, wat hun vermoedens van een fokoperatie bevestigde. Ze zagen er allemaal redelijk verzorgd uit, goed op gewicht en met hooi voorhanden, maar ze zaten te krap op elkaar en keken de binnenkomende mensen aan met bange ogen.

'Schoon!' riep een agent vanaf het einde van de schuur. 'Geen mens aanwezig.'

Jake draaide zich naar Pip, zijn uitdrukking glijdend van tactische focus naar iets zachters. 'Het is veilig. Doe wat je moet doen.'

Ze knikte en haalde haar scanner met licht trillende handen uit de hoes. Agenten begonnen de situatie te documenteren, maakten foto's van de omstandigheden en noteerden bevindingen, terwijl anderen de overige gebouwen bleven doorzoeken.

Pip benaderde de eerste stal, waar een vosmerrie haar wantrouwig gadesloeg. Niet een van de vermiste paarden die ze herkende, maar duidelijk iemands geliefd dier, hier gestolen en opgesloten. Ze mompelde zachte geruststellingen terwijl ze op een microchip scande en las het ID-nummer voor aan een politieagent met notitieboekje, voordat ze naar de volgende stal doorging.

Een voor een werkte ze zich door de schuur, elk paard methodisch scannend, terwijl Jake dicht in de buurt bleef, afwisselend toekeek hoe ze werkte en met andere agenten overlegde over de operatie. De vertrouwde routine van paarden controleren hield haar met beide voeten op de grond te midden van de chaos van het politieoptreden; haar professionele focus vormde een schild tegen de overweldigende emoties die op doorbreken stonden.

Sommige paarden deinsden terug voor haar benadering, anderen drukten zich hoopvol tegen haar handen, hunkerend naar zachte menselijk contact. Ze sprak tegen elk dier, haar stem laag en geruststellend, legde uit wat ze deed, ook al begrepen ze haar woorden niet. Jake keek met stille waardering toe, hielp af en toe een bijzonder nerveus dier te kalmeren of noteerde informatie terwijl zij die opnoemde.

'Firecracker!' Ze herkende de merrie van Diane Wells meteen, met haar kenmerkende traandruppelvormige witte snip tussen de neusgaten. 'Jake, deze ken ik!' Ze hoefde de microchip niet te scannen, maar deed het toch, en voelde de opluchting toen ze zag dat de flanken van de merrie nog steeds gezwollen waren van haar dracht. Nog een week of twee en sommige van deze merries zouden veulenen, wat alles ingewikkelder zou maken. Hopelijk kon Firecracker veilig naar huis voordat haar veulen kwam. Pip klopte de merrie op de neus met een gefluisterde belofte dat ze snel thuis zou zijn, en liep door, waarna ze al gauw ook Cinnamon en Hot Pepper vond.

'Niet meteen Melody of Diane gaan appen,' waarschuwde Jake zacht, naast haar komend staan.

'Niet mijn taak, ik weet het.' Pip klopte Hot Pepper op de hals. 'Maar ik kan niet wachten om hun gezichten te zien.'

Maar bij elk paard dat geen Honey was, voelde Pip een tegenstrijdige golf van teleurstelling en hoop. Teleurstelling dat ze haar merrie nog niet had gevonden; hoop dat de volgende stal die vertrouwde palominovacht en die trouwe blauwe ogen zou verbergen. De schuur leek eindeloos, stal na stal, paard na paard; de zoektocht zowel eindeloos als te snel.

In de derde, kleinste schuur ving een flard goud Pips blik; een vertrouwde tint die haar hart in haar keel joeg. Ze kneep haar ogen samen in het schemerlicht, langs een rij bruine merries, naar een kleine geïmproviseerde stal die deels verscholen lag achter gestapelde hooibalen. Een palominovacht, dof van vuil en verwaarlozing maar onmiskenbaar voor ogen die al meer dan een jaar hadden gezien hoe die in de zon glansde. Haar scanner kletterde op de grond toen ze alle protocol, alle professionaliteit vergat en in een sprint uitbarstte.

'Jake,' riep ze, haar stem brekend op zijn naam. 'Jake, ik heb Honey gevonden!'

Vaag was ze zich bewust van zijn voetstappen achter haar, en van agenten die toekeken hoe ze de gang door sprintte, maar haar focus was vernauwd tot die gouden vacht en niets anders. Ze gleed tot stilstand bij de stal, vingers die stuntelden met het verwrongen draad waarmee de panelen vastzaten, ademstoten die kort en scherp waren en niets met inspanning te maken hadden.

'Laat mij,' zei Jake zacht, terwijl hij langs haar greep om het draad los te maken en het zware paneel open te trekken.

Honey stond met het hoofd laag, witte manen vervilt met vuil en wat akelig genoeg op opgedroogd bloed leek. Haar eens glanzende vacht hing dof over een lichaam waarop te veel ribben te zien waren, en boze rode strepen tekenden haar hals en flanken. Ze hief haar hoofd niet op toen Pip binnenkwam, liet geen begroetend hinnikje horen, verplaatste alleen haar gewicht alsof zelfs die kleine beweging te veel moeite kostte.

'Oh, lieverd,' fluisterde Pip, haar keel dichtgeknepen. 'Wat hebben ze je aangedaan?'

Ze naderde langzaam en mompelde de zachte onzinzinnetjes die ze sinds Honey's eerste dag op Ridgewater gebruikte. De oren van de merrie flikkerden even in herkenning, maar ze bleef stokstijf staan, alsof ze elke druppel energie spaarde. Van dichtbij was de schade nog duidelijker. Geclusterde bijtwonden langs haar hals en schouders, plekken met weggeschuurde vacht waar ze tegen ruw hout had gedrukt, en een zorgwekkende zwelling aan haar linkerachterkogel.

Pips handen trilden toen Jake haar de scanner aanreikte die ze had laten vallen. Ze nam hem aan en haalde hem langs Honey's hals, waar de microchip zou zitten. Het vertrouwde piepje en de reeks nummers op het display bevestigden wat haar hart al wist.

'Zij is het,' zei ze, haar stem wankelend terwijl ze naar Jake keek, die respectvol bij de stalingang stond. 'Het is onmiskenbaar Honey.'

Ze draaide zich terug naar de merrie, terwijl tranen geruisloos over haar wangen gleden en ze met haar onderzoek begon. Haar handen bewogen zacht, controleerden vitale functies, beoordeelden verwondingen, legden alles vast met de grondigheid die ze elk paard onder haar hoede gunde. Maar dit was niet zomaar een paard. Dit was Honey, die ondervoed en doodsbang bij haar was gekomen, die onder haar zorg was opgebloeid tot kampioen, wiens vertrouwen ze met maanden geduld had gewonnen. Honey, die uit de veiligheid van Ridgewater was gestolen en dit had moeten ondergaan.

'Waar denk je dat die verwondingen door zijn ontstaan?' vroeg Jake zacht, wijzend op het patroon van wonden op Honey's hals en flanken.

Pips kaak spande. 'Ze hebben haar bij een hengst gezet,' legde ze uit. 'Aan de verdeling en de diepte te zien heeft hij haar aangevallen toen ze hem niet accepteerde. Deze sporen hier, langs haar schoft en flanken, zijn klassieke agressiepatronen bij de dekking, van zijn tanden. En dit zijn hoefafdrukken... ze hebben hem niet eens hoefschoenen omgedaan om haar te beschermen.'

Ze liet haar hand voorzichtig over de ergste sneden glijden en voelde hoe Honey licht onder haar aanraking verstrakte.

'Je zet een merrie niet zomaar bij een hengst zonder goede voorbereiding, zeker niet eentje die zo klein en verfijnd is als Honey.' Er kroop woede in haar stem. 'Dit is gedaan door iemand die óf geen idee heeft van correcte fokprotocollen, óf het niets kan schelen. Waarschijnlijk allebei.'

Jakes blik werd donker. 'We voegen dierenmishandeling toe aan de aanklachten,' zei hij, zijn stem laag en beheerst boos. 'Wat heeft ze nu nodig?'

'Eerst water,' antwoordde Pip, terwijl haar professionele focus weer de overhand nam. 'Ze is zwaar uitgedroogd. Dan een zorgvuldige check door een dierenarts. Ik denk dat deze wonden zonder littekens genezen met de juiste zorg en tijd, maar de mentale schade...' Ze liet de zin wegebben, rechtte toen vastberaden haar schouders. 'Ik heb haar al eens teruggebracht. Dat kan ik opnieuw.'

Jake knikte en verdween, om enkele momenten later terug te keren met een emmer schoon water. Samen zetten ze die zo neer dat Honey er makkelijk bij kon. De merrie keek lang naar het water en liet toen haar hoofd zakken om in langzame, beheerste slokken te drinken. Pips hand rustte zacht op haar hals, vingers die behoedzaam door de verwarde manen werkten, de gevoelige bijtwonden vermijdend.

'Brave meid,' fluisterde ze, haar stem overslaand. 'Dat is mijn dappere meisje.'

Terwijl Honey dronk, drong het besef door van de aanhoudende bedrijvigheid om hen heen: agenten die de omstandigheden vastlegden, dierenartsen die de andere paarden kwamen controleren, de georganiseerde chaos van een lopende politieoperatie. Maar hier, in deze stal, leek de tijd te vertragen, tot alleen zijzelf, Honey en Jakes constante nabijheid bestonden.

Ze hurkte om Honey's gezwollen kogel te onderzoeken, haar kleine handen zacht maar grondig terwijl ze op warmte, pijnreactie en bewegingsbereik controleerde. Het gewricht was warm maar niet heet, gezwollen maar niet alarmerend. Waarschijnlijk een trap van een ander paard, misschien tijdens de mislukte dekking, maar niets wat niet met de juiste zorg zou genezen.

'Hoe erg?' vroeg Jake, zijn stem laag en alleen voor haar bedoeld.

'Niet ernstig. Waarschijnlijk een lichte verzwikking. Ze heeft rust, goede voeding en tijd nodig,' antwoordde Pip, terwijl ze naast hem overeind kwam. Haar professionele zelfbeheersing barstte een fractie toen ze toevoegde: 'Ze moet naar huis.'

Ondanks haar geringe lengte was er op dat moment niets kleins aan Pips aanwezigheid. De tranen liepen nog steeds over haar wangen, maar haar rug was recht en haar kaak vastberaden. Jake, een volle voet langer, leek de kracht in haar verdriet te herkennen en bood steun zonder het over te nemen.

'We brengen haar naar huis,' beloofde hij, zijn hand die licht op haar schouder rustte. 'De transportwagens zijn al onderweg, en er is een lokale paardendierenarts, al weet ik dat je wilt dat Marcus haar zo snel mogelijk bekijkt.'

Pip knikte en wendde zich weer tot Honey, die was uitgegeten en nu met haar hoofd iets hoger stond, haar oren naar Pip gericht in het eerste teken van echte herkenning. Ze streek zacht over de neus van de merrie, haar aanraking een belofte.

'Ze vertrouwde erop dat ik haar veilig zou houden,' zei Pip zacht, amper hoorbaar. 'Ik stel haar niet nog eens teleur.'

Jakes hand kneep kort in haar schouder. 'Je hebt haar de eerste keer al niet teleurgesteld,' herinnerde hij haar. 'Maar we zorgen er verdomd goed voor dat iedereen die hiervoor verantwoordelijk is, ter verantwoording wordt geroepen.'

Pip keek naar hem op, tranenbanen op haar wangen maar ogen fel van vastberadenheid. 'We moeten haar naar huis krijgen,' zei ze eenvoudig. Al die complexe emoties, die opluchting en woede en professionele beoordeling, kwamen samen in die ene noodzaak. Honey moest naar huis, moest weer omringd worden door de veiligheid en zorg van Ridgewater, moest beginnen te helen van een beproeving die zichtbare en onzichtbare littekens had achtergelaten.

En daar, in die vieze stal, met Jakes steunende aanwezigheid naast haar en Honey's gehavende lichaam voor haar, deed Pip een stille gelofte dat niemand haar merrie ooit nog pijn zou doen.

Met tegenzin verliet Pip Honey's stal toen inspecteur Dawson haar hulp inriep. Jake beloofde bij de merrie te blijven, te zorgen voor vers water en haar toestand in de gaten te houden tot de dierenarts arriveerde. Met een laatste zachte streek over Honey's neus dwong

Pip zichzelf terug in haar professionele rol. Er moesten nog verschillende andere paarden worden geïdentificeerd, allemaal waarschijnlijk gestolen van eigenaren die net zo wanhopig naar hun terugkeer verlangden als zij naar die van Honey. Ze rekte haar schouders, veegde de resterende vochtsporen van haar wangen en ging terug naar het methodische werk van microchips scannen en aftekeningen checken tegen haar foto's van gemelde diefstallen.

Terwijl ze de laatste schuur afwerkte, identiteiten bevestigde en omstandigheden documenteerde, merkte ze dat ze tussen elke nieuwe identificatie door weer richting Honey's stal trok. De palomino begon kleine tekenen van interesse te tonen: haar oren prikten naar voren als Pip naderde, haar hoofd kwam iets omhoog uit de gelaten houding.

'Ze kent je,' constateerde Jake bij zo'n tussentijdse check, zijn stem warm met iets dat bewondering kon zijn.

'We hebben samen al veel meegemaakt,' antwoordde Pip. 'Ik kocht haar voor bijna niets op de veiling. Ze was toen nog erger dan nu, geloof het of niet. Vol wormen, half uitgehongerd.'

Die herinnering versterkte haar vastberadenheid. Honey had zich al eens hersteld van verwaarlozing en mishandeling; met Pips hulp zou ze dat weer doen.

Buiten kondigde het kenmerkende gebrom van dieselmotoren de komst van de paardentransporten aan. Pips hart sloeg sneller. Straks konden ze hier weg, beginnen aan de rit naar huis, naar Ridgewater, naar veiligheid en herstel.

Inspecteur Dawson kwam aanlopen met een tablet in de hand. 'Elk paard waarvan de microchip is gescand, staat in het diefstalregister. We hebben er twaalf uit jouw district, en brigadier Harrison zei dat je de faciliteiten heeft om ze op te vangen voordat ze aan de eigenaren worden teruggegeven?'

Pip aarzelde niet. 'Absoluut, Ridgewater heeft ruimte genoeg, en een paardendierenarts, dr. Marcus Webb, woont op het terrein. Je vindt nergens een betere plek om ze te beoordelen en te verzorgen tot ze naar huis kunnen.'

De inspecteur knikte en maakte aantekeningen op haar tablet. 'Ik wijs je twee vrachtwagens toe. En je reist mee?'

'Ja,' bevestigde Pip, met een blik op Jake ter bevestiging. Hij knikte instemmend.

'Wij volgen de transporten terug naar Queensland,' voegde hij eraan toe. 'Mevrouw Rodriguez-McKenzie kan de paarden onderweg monitoren, en we zetten dr. Webb en zijn collega's stand-by om ze te beoordelen zodra we aankomen.'

Terwijl de transportploegen de laadvoorbereidingen troffen, ging Pip terug naar Honey's stal met het halster van de merrie. De merrie volgde haar nadering met groeiende herkenning; een zacht hinnikje ontsnapte haar voor het eerst.

'Daar ben je,' fluisterde Pip, opnieuw met emotie in haar stem. 'Ik wist dat je er nog was.'

Ze schoof het halster over Honey's hoofd en streek over haar hals, zorgvuldig de gevoelige bijtwonden vermijdend. De merrie liet haar neus in Pips handpalm zakken, een zo vertrouwd gebaar dat Pips borst pijn deed. Dit kleine moment van verbinding te midden van de klinische politieoperatie voelde intens privé, een stille communicatie tussen paard en mens die hun omgeving overstemde.

Jake verscheen in de staldeur. 'Het transport is klaar voor haar wanneer jij dat bent.'

Pip knikte en herpakte zich. 'Laten we haar laden.'

Samen leidden ze Honey uit haar krappe stal de zon in. De merrie kneep haar ogen tegen het felle licht, aarzelde even en volgde toen Pips zachte aanwijzingen. Ondanks haar verwondingen liep Honey waardig, haar vertrouwen in Pip stelde haar in staat langs onbekende agenten en materieel te gaan zonder te schrikken.

De laadoprit doemde voor hen op, staal en rubber als doorgang naar de ruime trailer. Honey aarzelde; haar eerdere trauma maakte haar huiverig voor opsluiting.

'Het is goed zo,' suste Pip, haar stem die rustige autoriteit dragend waarmee ze Honey's vertrouwen ooit won. 'Dit brengt je naar huis.'

Jake stond dichtbij, zei niets maar bood zijn aanwezigheid als steun. Pip waardeerde dat hij begreep dat dit moment van haar en Honey was, en dat zijn rol was om te getuigen, niet om in te grijpen.

Met zachte vasthoudendheid leidde Pip Honey de oprit op en de gevoerde stand in de trailer in. Verse hooizakken hingen in elke stand, en de chauffeur hielp haar de wand tussen Honey's stand en de volgende te zekeren terwijl een politieagent Firecracker de oprit op leidde, haar drachtige buik wiegend.

'Hier.' De chauffeur overhandigde Pip een kaartje met een geprinte QR-code. 'Scan die, dan kun je het beeld van deze camera's zien.' Hij knikte naar camera's boven elke stand. 'Als je iets zorgwekkends ziet terwijl we rijden, bel me dan meteen op dat nummer en ik maak zo snel mogelijk veilig een stop.'

'Oh... dat is briljant. Dank je wel!'

Jakes arm gleed om haar schouders, een ondersteunend gebaar dat natuurlijk aanvoelde ondanks hun gebruikelijke professionele grenzen. Ze leunde even tegen hem aan, gunde zichzelf dit moment van zwakte, en richtte zich toen weer op. 'We moeten uit de weg. De rest van onze paarden laden en zo snel mogelijk vertrekken.'

Het laden van de eerste vrachtwagen richting Queensland ging voorspoedig, maar de merrie Cinnamon stokte onderaan de oprit van de tweede truck. De hooggefokte, hoogsensitieve merrie had duidelijk genoeg van vreemden en ging achteruit, draaide in cirkels en sleurde de politieagent die haar probeerde vast te houden onderuit.

'Ik neem het over.' Pip liep naar voren, piepklein naast de grote merrie, één hand onbedreigend uitgestoken. 'Hé. Hé, grote meid. Je kent me.'

Cinnamon verstijfde, de oogwit zichtbaar, terwijl de politieagent dankbaar het halstertouw overdroeg en over de verse touwbrand op zijn handpalm wreef.

'Het is goed, grote meid. Tijd om naar huis te gaan.' Pip hield haar hand onder Cinnamons neus, liet de merrie eraan snuffelen en reikte toen langzaam om haar schouder te wrijven. 'Je kunt dit. Je bent al honderd keer op een truck geweest. Het is net als naar het rodeo gaan, hè? Laten we wat barrels rennen.'

'Dit is absoluut ongelooflijk,' zei een stem zacht bij Jakes schouder, en hij keek opzij en zag inspecteur Webster, haar ogen op Pip gericht. 'Die merrie heeft in de schuur drie verschillende agenten gebeten om er überhaupt een halster op te krijgen, en kijk haar nu eens.'

Cinnamon had elk spoortje verzet laten varen en volgde Pip de oprit op, mak als een lammetje.

'Ik dacht al dat we haar misschien moesten sederen voor het transport!' De inspecteur schudde haar hoofd.

'Je had gewoon een McKenzie nodig,' zei Jake met een grijns, zich ineens een tikje licht in het hoofd voelend. 'Ik had de andere drie ook mee moeten nemen.'

'Nou, de volgende keer dat ik een zaak heb met een paard dat niemand aankan, weet ik wie ik bel.' Dawson schonk hem een snelle glimlach. 'Goed werk vandaag, Harrison. Heel goed werk. We hebben voor miljoenen aan paarden teruggevonden. Mijn baas gaat hier heel blij mee zijn. Laat het me weten als je ooit zin heeft in een overplaatsing.'

Hij nam haar uitgestoken hand aan, terwijl hij vanuit zijn ooghoek toekeek hoe Pip de oprit weer afliep en aan de kant stapte zodat de chauffeur de buitendeuren kon vergrendelen. 'Ik waardeer het aanbod, inspecteur. En dank je, voor de uitnodiging om te komen observeren.'

'Graag gedaan.' Ze knikte hem toe en wendde zich af om met de chauffeur van het volgende transport in de rij te spreken.

'Tijd om te gaan,' zei Jake, terwijl de eerste van de twee vrachtwagens richting Queensland de motor startte.

'Uh-hum.' Pips passen werden slepend terwijl ze naar zijn auto begon te lopen, en hij besefte dat ze in een adrenalinedip raakte: de uitputting overspoelde haar nu het acute gevaar geweken was.

'Je hebt het vandaag goed gedaan,' zei hij zacht, simpele woorden die meer gewicht droegen dan een bloemrijke toespraak.

Pip keek naar hem op, een glimlach die doorbrak op haar vermoeide, vuile gezicht, en in het felle ochtendlicht was ze de mooiste vrouw die Jake ooit had gezien.

'Laten we naar huis gaan,' zei ze. 'Ze heeft me nodig.'

'Komt voor elkaar.' Hij wist dat ze niet zou uitrusten in de auto, dat haar ogen elke kilometer vastgeplakt zouden zitten aan haar telefoonscherm om de truckcamera's te bekijken, maar het was bijna voorbij. Over iets meer dan twee uur zouden ze veilig zijn, thuis op Ridgewater.

De weg naar huis lag voor hen, niet langer onzeker. Honey was gevonden. De rest zou volgen.

Hoofdstuk Veertien

DE SCHUUR WAS NACHTSTIL terwijl Pip over Honey's staldeur leunde; het enige geluid was paarden die zacht hooi knabbelden in de aangrenzende stallen en ergens buiten een mopoke die gedempt riep. De palomino merrie lag op een dik bed van verse vlasbedden, haar ooit stralende vacht dof geworden door stress en mishandeling, de wonden van de aanval door de hengst nog felrood tegen haar gouden huid. Twee dagen sinds de inval, en de merrie bracht nog steeds het grootste deel van haar tijd liggend door, zuinig met haar energie terwijl haar lichaam vocht tegen infectie en uitputting. Pip gleed de stal in, digitale thermometer in de hand, terwijl ze zachte geruststellingen mompelde toen ze naderde.

'Ik check je temperatuur nog even, lieverd,' fluisterde ze. Honey's blauwe ogen volgden haar bewegingen, alert maar moe. 'Dit doet geen pijn.'

De merrie bewoog nauwelijks met een oor toen Pip de thermometer voorzichtig inbracht, een bewijs van zowel haar uitgeputte energie als haar absolute vertrouwen. Terwijl ze op de meting wachtte, streek Pip over Honey's achterhand, waarbij ze zorgvuldig de ergste bijtwonden vermeed. De thermometer piepte.

'38,5. Nog steeds een beetje verhoogd,' zuchtte Pip, terwijl ze het getal noteerde in het medisch logboek dat aan de staldeur hing. 'Marcus zei dat we de sterkere antibiotica zouden proberen als je morgen niet vooruitgaat.'

Ze pakte de tube met antibiotische pasta en draaide behendig de dop eraf. Honey accepteerde het medicijn zonder tegenstribbelen, opnieuw een verontrustend teken van haar toestand. De Honey van een paar weken geleden zou haar hoofd hebben gegooid, en Pip had dan al haar geduld nodig gehad om medicijnen toe te dienen.

'Het komt goed met je,' beloofde Pip, al klonken de woorden hol tegenover het bewijs van Honey's lijden. Ze had hetzelfde ontelbare keren gezegd in de chaotische achtenveertig uur sinds ze de paarden thuis had gebracht, door Marcus' sombere inschatting van geïnfecteerde wonden heen, door de slapeloze nacht waarin ze Honey's koorts controleerde, door de zorgvuldige documentatie van elke verwonding voor de aanklacht tegen de dieven.

De man die ze op het terrein hadden aangehouden, zat nog vast, maar weigerde tot dusver zijn handlangers te noemen. Jake had eerder ge-sms't dat forensisch bewijs mogelijk verschillende andere personen aan de misdaad koppelde. Pip merkte dat gerechtigheid haar minder kon schelen dan herstel; haar focus was vernauwd tot de directe behoeften van Honey en de andere geredde merries die tijdelijk op Ridgewater stonden, al waren de meesten inmiddels opgelucht door hun eigenaren opgehaald nadat Marcus ze had vrijgegeven om te gaan.

Ze controleerde de wateremmer, vulde de kleine hoop aangemaakte brokjes aan, en ging zitten op de omgekeerde emmer die ze in de hoek van de stal had gezet. De schuur was vredig; de anderen waren na het helpen met de avondverzorging naar weer een buurtbijeenkomst over de rondweg. Pip had geweigerd mee te gaan. Ze kon het niet opbrengen Honey alleen te laten, nog niet.

Het zachte knarsen van banden op grind buiten doorbrak de stilte. Voetstappen naderden, het ritme meteen herkenbaar nog voor de schuurdeur openging.

'Ik dacht al dat ik je hier zou vinden,' zei Jake, een silhouet in de deuropening. Hij stapte naar binnen, sloot de deur achter zich, en Pip voelde een kleine fladdering van verrassing toen ze hem in burger zag, een spijkerbroek en overhemd in plaats van zijn gebruikelijke uniform. Het maakte hem zachter, jonger bijna.

'Ik heb avondeten meegebracht,' voegde hij eraan toe, terwijl hij een papieren zak omhooghield waaruit de onmiskenbare geur van gebakken vis en hete friet opsteeg. 'Dacht al dat je waarschijnlijk niet had gegeten.'

Pip's maag knorde in antwoord, een plotselinge herinnering dat ze sinds de gehaaste sandwich die Kate haar rond het middaguur had gebracht niets op had. 'Je bent een redder in nood,' gaf ze toe, terwijl ze stijf van haar emmerstoel opstond. 'Ik was even mijn handen wassen.'

Ze boende haar handen bij de gootsteen terwijl Jake twee hooibalen naar elkaar toe schoof net buiten Honey's stal, ze rangschikkend als geïmproviseerde stoelen met een derde ertussen als tafel. De huiselijkheid van het tafereel trof haar onverwacht; deze lange, serieuze politieman die een picknickdiner uitzette in haar schuur alsof het de normaalste zaak van de wereld was.

'Hoe is het met haar?' vroeg Jake toen Pip zich bij hem voegde en het pak dampende vis en friet aannam dat hij haar aanreikte.

'Haar temperatuur is nog verhoogd. Marcus kijkt morgenochtend als eerste naar haar voor een herbeoordeling.' Pip vouwde haar eten open, de rijke geur deed haar het water in de mond lopen. 'De andere merries doen het beter. Melody heeft haar twee vanmiddag opgehaald. Diane zou Firecracker meenemen, maar die laat zien dat ze misschien gaat veulenen... Diane wil haar voorlopig bij ons laten en ze zal hier mogelijk moeten veulenen.'

Jake knikte, zijn blik gleed naar Honey's stille gestalte. 'Honey is taai. Ze komt hier doorheen.'

'Dat weet ik,' zei Pip, al was de knoop van zorgen in haar borst nog niet losser geworden. Ze beet in een frietje en genoot van de knapperigheid en de pittige smaak van chicken salt. 'Hoe was de vergadering?'

Jake's mond trok in een halve glimlach. 'Bewogen.' Hij nam een hap vis, kauwde nadenkend en ging verder. 'Vivienne probeerde haar gebruikelijke riedeltje.'

Pip snoof, niet verbaasd. 'Laat me raden, ze noemde mijn naam net niet?'

'Oh, ze was voorzichtig,' bevestigde Jake. 'Maar toen had ik het genoegen de officiële politie-update te geven over de zaak van de gestolen paarden, inclusief de cruciale rol van onze "expert-ruiterijkundige consultant mevrouw Rodriguez-McKenzie, wier gespecialiseerde kennis van doorslaggevend belang was bij het identificeren van niet minder dan twaalf gestolen dieren uit alleen dit district en het garanderen van hun veilige terugkeer".'

Pip verslikte zich bijna in een frietje. 'Dat heb je niet gedaan.'

'Met de officiële aanbeveling van inspecteur Dawson voor jouw hulp,' voegde Jake eraan toe, zijn glimlach verbreedde. 'Met vermelding dat de politie van New South

Wales je contactgegevens heeft gevraagd voor toekomstige paardenzaken.'

Warmte verspreidde zich door Pip's borst die niets met het warme eten te maken had. 'Ik had graag betaald om Vivienne's gezicht te zien.'

'Het was wat,' stemde Jake toe. 'Maar het beste kwam toen ze het gesprek weer richting "gemeenschapswaarden" probeerde te sturen, en oude mevrouw Harris, je weet wel, van de historische vereniging?'

Pip knikte en zag de indrukwekkende oudere vrouw voor zich die haar hele leven in Ridgemont had gewoond.

'Ze stond op en zei: "Ach, ga zitten, Vivienne. Je bent hier nog maar net en je denkt dat je de baas bent. Dat meisje heeft meer voor deze gemeenschap gedaan met haar Pony Club-beurzen dan jij met al je chique benefieten." De hele zaal applaudisseerde.'

Lachen borrelde op vanuit een plek diep in Pip, de eerste echte vrolijkheid die ze in weken had gevoeld. 'Heeft mevrouw Harris dat gezegd? Ze praat bijna met niemand!'

'Vivienne stoof weg,' ging Jake verder, terwijl zijn eigen lach de hare vervoegde. 'En drie mensen boden meteen donaties aan voor jouw beursprogramma, waaronder Melody, die luid verkondigde dat ze vijftig procent van Hot Pepper's prijzengeld zou doneren voor de rest van dit barrelracing-seizoen, wat, naar ik begrijp, neer kan komen op behoorlijk wat duizend dollar. Blijkbaar is gestolen paarden redden goed voor de zaken.'

Hun geluch ebde weg tot een comfortabele stilte terwijl ze verder aten. Pip werd zich pijnlijk bewust van hun fysieke nabijheid, hun schouders die bijna raakten terwijl ze naast elkaar op de hooibalen zaten. Haar voeten bungelden boven de betonnen vloer terwijl Jake's stevig op de grond stonden, een fysieke herinnering aan hun lengteverschil die ze opmerkelijk vertederend vond.

'Ik denk veel aan je,' zei Jake ineens, zijn stem lager dan daarnet. 'Voortdurend, eigenlijk. Niet alleen aan de zaak. Aan jou.'

De eenvoudige bekentenis hing tussen hen in, beladen met alles wat onuitgesproken was gebleven sinds hun kus in de observatiewagen. Pip voelde haar hart sneller kloppen, nerveuze energie tintelde langs haar ruggengraat.

'Ik denk ook aan jou,' gaf ze toe, haar stem amper hoorbaar. 'Als ik me tenminste niet kapot zit te vreten om Honey.'

Jake's hand vond de hare op de hooibaal, zijn handpalm warm tegen haar kleinere vingers. 'Het komt goed met haar,' zei hij, de zekerheid in zijn stem bood haar de troost die ze wanhopig nodig had. 'En met jou ook.'

Pip draaide zich om hem goed aan te kijken en vond zijn blauwe ogen die intens op haar gezicht gericht waren. De professionele afstand die hij meestal bewaarde, was verdwenen, vervangen door ongefilterde bezorgdheid en iets diepers, persoonlijkers. Iets waardoor haar adem stokte.

Pip was zich pijnlijk bewust van Jake's hand die nog steeds de hare bedekte, de warmte van zijn huid, de lichte ruwheid van zijn handpalm tegen haar kleinere vingers. De schuur vervaagde naar de periferie van haar bewustzijn; haar focus vernauwde zich tot dit contactpunt, tot de elektrische mogelijkheid die hing in de smalle ruimte tussen hun lichamen.

'Ik heb me ingehouden,' gaf Jake toe, zijn stem laag. 'Niet alleen vanwege de zaak.'

'Waarom dan?' vroeg Pip, al vermoedde ze het antwoord.

Jake's duim tekende kleine cirkels op de rug van haar hand, een zo tedere geste dat haar hart samentrok. 'Ik wilde niet dat je zou denken dat ik... de leiding wilde nemen. Beschermend zijn op een manier die je onafhankelijkheid zou beledigen.'

De bekentenis verraste haar, niet door de inhoud maar door de treffende juistheid. Hoeveel mannen waren in de loop der jaren op haar afgegaan met de aanname dat haar kleine postuur gelijkstond aan breekbaarheid, dat haar gender en etniciteit betekenden dat ze sturing nodig had in plaats van partnerschap?

'Je hebt in de gaten dat dat een gevoelig punt is,' zei ze, een understatement dat hen beiden een kleine glimlach ontlokte.

'Moeilijk te missen,' antwoordde Jake. 'Je bent fel zelfstandig, Pip. Het is een van de dingen die ik het meest in je bewonder. Ik wilde niet weer zo'n man zijn die je komt redden terwijl jij prima in staat bent jezelf te redden.'

De oprechtheid in zijn stem raakte iets diep in haar, een erkenning waarnaar ze niet wist dat ze op zoek was. 'Ik hield zelf ook de boot af,' bekende ze. 'Na Kit's dood nam ik me voor mezelf nooit meer in die positie te brengen, iets met iemand op te bouwen om het dan te verliezen.'

'Ik weet het.' Zijn vingers sloten zich iets steviger om de hare. 'En met Honey die gestolen is, alles wat je met Vivienne doormaakt... de timing is niet bepaald ideaal.'

Pip draaide zich verder naar hem toe, hun knieën stootten onhandig tegen elkaar op de hooibaal. 'Bestaat er ooit ideale timing voor dit soort dingen?'

Jake's ogen kregen lachrimpeltjes in de hoeken; de glimlach bereikte ze nog voor zijn lippen. 'Waarschijnlijk niet.'

Het moment hing tussen hen in, balancerend op de rand van verandering. Pip voelde zichzelf bijna onbewust voorover leunen, aangetrokken door de zwaartekracht van wat er al weken tussen hen groeide. Jake boog naar haar toe, de afstand slonk in langzame graden tot hun lippen nog maar centimeters van elkaar waren.

En toen bewogen ze tegelijk, Pip die zich uitstrekte terwijl Jake dieper boog; hun neuzen botsten, alle hoeken verkeerd. Hun lippen raakten elkaar kort en onhandig, voor Jake nog verder moest buigen om hun lengteverschil te compenseren en bijna van de hooibaal af kukelde.

Pip trok zich terug met een verraste lach. 'Dit is belachelijk.'

'Volledig,' beaamde Jake, een diepe lach gromde door zijn borst. 'Ik krijg nu al een stijve nek.'

Het lachen brak de spanning open en veranderde die in iets warmers, comfortabelers. Pip keek naar Jake, zijn gezicht blozend en open van pret, en voelde iets in haar landen. Dit klopte, dit onbewaakte moment van gedeelde humor.

'Ik heb een oplossing,' zei ze, terwijl ze opstond en hooi van haar spijkerbroek veegde. Ze liep naar de zadelkamer, kwam terug met een dikke, schone paardendeken van de plank. Met een snelle zwiep spreidde ze die uit over de verse vlasbedden in de lege stal naast die van Honey.

Jake keek toe, zijn uitdrukking verschoof van amusement naar iets donkerders, vurigers. 'Pip,' zei hij, hoorbaar aarzelend. 'Weet je dit zeker? Na alles met Honey, de emotionele belasting waar je onder staat...'

Ze draaide zich naar hem om, zijn bezorgdheid waarderend terwijl ze die tegelijk wegwuifde. 'Ik ben uitgeput, gestrest en draai op zo'n drie uur slaap,' erkende ze. 'Maar ik weet precies wat ik wil, Jake. En op dit moment wil ik jou.'

De directheid van haar uitspraak hing een hartslag tussen hen in voor Jake opstond en met twee lange passen de korte afstand naar haar overbrugde. Deze keer, toen hij haar kuste, de ene hand beschermend in haar nek en de andere om haar taille, was de hoek perfect. Hun lippen ontmoetten elkaar doelgericht; de voorzichtige verkenning van de kus in de observatiewagen was vervangen door zekerheid en groeiende hitte.

Pip ging op haar tenen staan, haar armen haakten om zijn nek en trokken hem dichterbij. Zijn mond was warm tegen de hare, smaakte licht naar zout en azijn, zijn hand bij haar taille stevig genoeg om haar iets te liften en hun lichamen te laten aansluiten ondanks het lengteverschil. Ze voelde de solide wand van zijn borst tegen de hare, de beheerste kracht in de manier waarop hij haar vasthield, noch verpletterend, noch schuchter.

Ze lieten elkaar los, buiten adem, hun voorhoofden tegen elkaar. 'Beter?' vroeg Jake met een stem die aan de rafelrandjes schuurde.

'Veel beter,' stemde Pip toe. 'Maar dat lengteverschil blijft een probleem.'

Zijn lach was zacht tegen haar lippen. 'Ik sta open voor creatieve oplossingen.'

Ze pakte zijn hand en leidde hem naar de uitgespreide deken. 'Gelukkig ben ik uitstekend in probleemoplossen.'

Jake volgde haar op de deken; de verse vlasbedden eronder vormden verrassend comfortabel mee naar hun lichamen. Terwijl ze geknield tegenover elkaar zaten, werd het verschil in lengte kleiner, hun ogen bijna op gelijke hoogte. Pip reikte naar de knopen van zijn overhemd, haar kleine vingers bewogen met dezelfde behendigheid die ze gebruikte voor ingewikkelde hoofdstellen en delicate medische handelingen.

'Je bent mooi,' murmelde Jake, terwijl hij haar gezicht aankeek met een intensiteit die warmte door haar buik liet krullen. Zijn hand ving de hare en stopte haar halverwege zijn overhemd. 'We kunnen op elk moment stoppen. Zeg het maar.'

Pip glimlachte; ze waardeerde de consideratie maar had geen enkele intentie te stoppen. 'Voor jou geldt hetzelfde,' antwoordde ze, waarna ze zich vooroverboog en haar lippen drukte op de blootgelegde huid van zijn borst, zijn scherpe inademing voelend.

Hun kleren verdwenen in etappes, elke nieuwe onthulling begroet met tedere verkenning. Jake's handen waren eerbiedig voorzichtig op haar lichaam, alsof hij een terrein in kaart bracht dat hij uit zijn hoofd wilde leren. Pip was directer; haar praktische aard strekte zich uit tot deze meest intieme wisselwerking, ze leidde zijn aanraking naar waar ze hem wilde hebben en liet zonder terughoudendheid merken wat haar plezier gaf.

Toen hij aarzelde bij de sluiting van haar bh, reikte ze simpelweg naar achteren en maakte hem los, liet hem vallen. Zijn scherpe inademing was bevredigend, evenals de blik van absolute concentratie die over zijn gezicht trok. Zijn handen, toen ze uiteindelijk haar borsten omvatten, waren zacht maar zeker; zijn duimen streken over haar tepels op een manier die haar deed naar adem happen.

'Vertel me wat je fijn vindt,' fluisterde hij tegen haar hals, en dat eenvoudige verzoek, het duidelijke verlangen om haar te plezieren in plaats van te veronderstellen, wakkerde haar opwinding alleen maar aan.

'Dit,' antwoordde ze, terwijl ze zijn handen en zijn mond leidde. 'En dit.'

Ze vonden hun ritme ondanks de fysieke verschillen tussen hen; Jake's veel grotere gestalte vulde de hare op de een of andere manier aan in plaats van haar te overweldigen. Er waren momenten van gelach, zoals toen hij haar bijna in zijn oksel smoorde, of toen zij van houding moest veranderen om de lengte van zijn benen te herbergen. Maar het lachen verdiepte alleen de intimiteit, maakte deze versmelting van lichamen tot een verlengstuk van het partnerschap dat ze tijdens het onderzoek hadden opgebouwd.

Toen ze uiteindelijk samensmolten, Pip bovenop hem, de controle nemend over tempo en diepte, Jake's handen steunend op haar heupen, werd het fysieke genot versterkt door de emotionele verbondenheid. Zijn ogen weken niet van haar gezicht, hij keek vol verwondering toe hoe ze bewoog, hoe genot haar uitdrukking transformeerde. Ze voelde zich tegelijk krachtig en kwetsbaar, geven en nemen in gelijke mate.

Hun climax, toen die kwam, was verre van gechoreografeerd maar toch op de een of andere manier perfect. Pip bereikte de hare eerst, de sensatie spoelde in golven door haar heen en liet haar bevend achter; Jake volgde enkele tellen later met een schorre kreet die hij niet probeerde te dempen. Ze zakten samen neer op de deken, hijgend, ledematen in een comfortabele warboel verstrengeld.

Toen hun hartslagen vertraagden, sloot Jake zijn armen om haar heen en trok haar tegen zijn borst, waar ze precies in paste, haar hoofd onder zijn kin gevleid. 'Ik heb nog nooit...' begon hij, toen viel hij stil, op zoek naar woorden. 'Dat was...'

'Ik ook niet,' antwoordde Pip, begrijpend wat hij niet kon zeggen. 'Niet sinds Kit.'

Zijn hand streek in lange, kalmerende banen over haar rug. 'Ik meende wat ik eerder zei. Ik bewonder je kracht, je onafhankelijkheid. Dat wil ik niet veranderen.'

Pip tekende patronen op zijn borst, peinzend. 'Ik leer dat hulp aannemen me niet minder onafhankelijk maakt,' zei ze uiteindelijk. 'Het heeft jaren geduurd voor ik dat begreep.'

'En ik leer dat iemands kracht respecteren niet betekent dat ik afstand moet houden als het moeilijk wordt,' antwoordde Jake. 'Ik was zo bang om over grenzen te gaan, om die controlerende diender te zijn die niet luistert.'

Pip hief haar hoofd om hem aan te kijken, haar hand volgde de lijn van zijn kaak. 'We zijn allebei een beetje stuk, hè?'

Zijn glimlach was teder, zijn ogen warm in het licht van de lantaarn. 'Misschien. Maar de gebroken plekken kunnen heel bijzonder worden als ze gelijmd zijn. Zoals dat prachtige Japanse porselein dat weer in elkaar wordt gezet met puur goud.'

Ze rilde even in de koele lucht en sloeg de rand van de paardendeken over hen heen, voor ze zich weer tegen zijn borst nestelde, luisterend naar het regelmatige kloppen van zijn hart onder haar oor. Ze voelde zich rustiger dan ze zich in weken, misschien jaren had gevoeld. In de naastgelegen stal verroerde Honey zich in haar bed, een zacht gesnurk deed vermoeden dat de merrie eindelijk comfortabel lag te slapen. Pip sloot haar ogen en stond zichzelf dit moment van verbinding toe, van niet volledig zelfredzaam zijn, van het delen van zowel kracht als kwetsbaarheid met iemand die haar volledig zag.

'We moeten zo maar aankleden,' murmelde ze tegen zijn huid, zonder daadwerkelijk een aanstalten te maken. 'Een van de anderen kan nog laat even komen checken als ze terug zijn van de vergadering.'

Jake's arm klemde zich steviger om haar. 'Nog vijf minuten,' onderhandelde hij, terwijl hij een kus op haar kruin drukte.

'Nog vijf minuten,' stemde Pip toe, dichter tegen hem aan kruipend. In dit moment, gewiegd in Jake's armen, met Honey die veilig naast hen lag te herstellen, voelden de gebroken plekken in haar vanbinnen ineens minder scherp.

Ochtendschijn filterde door de hoge ramen van de schuur en schilderde gouden rechthoeken over de betonnen vloer. Pip werd langzaam wakker en was even gedesoriënteerd door het ongewone gevoel volledig in warmte gewiegd te zijn. Jake's arm lag zwaar over haar middel, zijn lichaam beschermend om haar kleinere gestalte heen gekruld op de paardendeken die als hun bed had gediend. Een zacht gehinnik uit de volgende stal herinnerde haar meteen waar ze was en waarom; de realiteit kwam terug met Honey's zachte begroeting.

'Jake,' fluisterde ze, terwijl ze zich in zijn armen omdraaide en zijn gezicht ontspannen vond in de slaap, zachter dan ze het ooit had gezien. Ze raakte zijn wang even aan en voelde de stoppelbaard onder haar vingertoppen. 'Jake, het is ochtend.'

Zijn ogen gingen langzaam open, verwarring week toen hij op haar gezicht scherpstelde. 'Morgen,' mompelde hij, zijn stem hees van de slaap. Een glimlach spreidde zich uit over zijn gezicht, echt en onbewaakt. 'Is er iemand binnen geweest?'

'Ik denk het niet,' antwoordde Pip, terwijl ze de schuur rondkeek. Alles was zoals ze het hadden achtergelaten, geen spoor van onderbreking tijdens hun geïmproviseerde nacht samen. 'Maar Emma komt zo naar beneden voor het voeren.'

Dat besef bracht hen allebei in snelle beweging; ze maakten zich van elkaar los en reikten naar verspreide kledingstukken. Pip trok haar spijkerbroek aan en zocht naar haar shirt, dat ze half onder de stalwand terugvond. Het alledaagse van aankleden voelde vreemd intiem na de nacht die ze hadden gedeeld; ze wierpen elkaar stiekeme blikken toe in het zachte ochtendlicht.

'Je auto staat hier de hele nacht al,' merkte Pip op, terwijl ze haar shirt dichtknoopte met vingers die een tikje stuntelden onder Jake's waarderende blik. 'De anderen zullen het hebben gezien.'

Jake haalde zijn schouders op en stopte zijn eigen shirt in. 'Daar kunnen we nu niet veel meer aan doen.'

Hun blikken vonden elkaar in de kleine ruimte en plots glimlachten ze allebei; de absurditeit van de situatie doorboorde elke ongemakkelijkheid van de ochtend erna. Pip voelde een lach in zich opborrelen, onverwacht en bevrijdend.

'Sarah wordt onuitstaanbaar,' zei ze, terwijl ze met haar vingers door haar verwarde haar kamde. 'Ze zegt al weken dat er iets tussen ons was.'

'Slimme vrouw,' antwoordde Jake, terwijl hij naar haar toeliep en een sprietje stro uit haar donkere lokken peuterde. Zijn aanraking was zacht; zijn lengte maakte dat hij makkelijk zag wat zij niet kon zien. 'Zo. Ietsje toonbaarder.'

'Dank je.' Pip draaide zich naar Honey's stal; professionele bezorgdheid kreeg weer de overhand. 'Ik moet haar temperatuur opnieuw meten.'

De merrie stond overeind en knabbelde aan haar hooi, een flinke verbetering ten opzichte van de vorige avond. Ze stond met meer energie in haar houding en hief haar hoofd om hen te volgen. Pip gleed de stal in, thermometer gereed, opgelucht dat Honey alerter oogde.

'Wil jij haar hoofd even vasthouden?' vroeg ze aan Jake, die haar instructies zonder aarzelen opvolgde, een grote hand onder Honey's kaak, de andere die haar hals sussend streelde terwijl Pip naar de achterkant liep en de thermometer positioneerde.

'Praat tegen haar,' droeg Pip op, terwijl ze opmerkte hoe soepel Jake zich aanpaste aan haar aanwijzingen. 'Ze reageert goed op een kalme stem.'

Jake begon zachtjes tegen de merrie te praten, vertelde haar over de weersvoorspelling, over hoe mooi ze was, over hoe dapper ze was geweest. De eenvoudige, kalmerende monoloog hield Honey stil en rustig tot de thermometer piepte.

'38,1,' kondigde Pip aan, de opluchting hoorbaar in haar stem. 'Hij daalt. En ze staat ook makkelijker op dat gewonde been.'

Ze werkte de rest van de ochtendverzorging af; Jake hielp waar nodig, volgde haar leiding zonder het over te nemen. Zijn bereidheid om van haar expertise te leren, om haar in dit domein als autoriteit te respecteren, raakte Pip diep. Te veel mannen in haar ervaring zagen haar kleine postuur en gender als redenen om aan haar kunde te twijfelen, maar Jake keek gewoon, leerde, en zijn vertrouwen in haar vaardigheden bleek uit elke interactie.

'We moeten deze verbanden vervangen,' legde Pip uit, terwijl ze spullen pakte uit de medische kist die ze buiten de deur had klaargezet. 'Hou haar stabiel als ze verplaatst, maar ik denk niet dat ze dat zal doen.'

Jake posteerde zich bij Honey's schouder, een hand licht op haar hals, klaar om zo nodig steun te geven. 'Hoe lang duurt het voordat ze weer helemaal de oude is?'

'Weken, minstens,' antwoordde Pip, terwijl ze voorzichtig het oude verband van Honey's kogel verwijderde. 'De lichamelijke wonden helen sneller dan de psychische. Ze heeft maandenlang zorgvuldige behandeling nodig.'

'Zoals mensen die trauma hebben meegemaakt,' merkte Jake zacht op.

Pip keek op en kruiste zijn blik over Honey's rug. 'Precies zo. Tijd, geduld en consequente grenzen.'

Ze werkten een paar minuten in comfortabele stilte; het enige geluid bestond uit Honey's af en toe zachte prusten en het verre koor van ochtendvogels buiten. Pip merkte dat ze hyperbewust was van Jake's aanwezigheid, van hoe gemakkelijk ze om elkaar heen bewogen in de kleine ruimte, al een intieme choreografie ontwikkelend zoals bij een stel.

'Mijn dienst begint om negen uur,' zei Jake, toen ze met de verbanden klaar waren. 'Ik moet naar huis om me om te kleden. Maar ik wil je later graag zien, als dat uitkomt?'

Pip overwoog haar rooster. 'Ik heb tot vier uur lessen, daarna ben ik vrij. Al ben ik 's avonds weer hier om Honey te checken.'

'Ik kan weer avondeten meenemen,' stelde Jake voor. 'Als mijn dienst om zes uur eindigt.'

'Dat lijkt me fijn.' Pip sloot de medische kist en zette die op de plank buiten de stal. 'Het onderzoek loopt nog, toch? Is er dan geen belangenverstrengeling?'

Jake dacht na terwijl hij haar naar de zadelkamer volgde. 'Je bent nog steeds consultant in de zaak, ja. Maar Porter weet dat we nauw hebben samengewerkt. Zolang we professioneel blijven bij officiële werkzaamheden, zie ik geen probleem.'

'Gesproken als een echte regeltijger,' plaagde Pip, al klonk er warmte in haar stem.

'Regels hebben hun plek,' antwoordde Jake met een kleine glimlach. 'Net als weten wanneer je flexibel moet zijn.'

Pip reikte naar de antibiotische zalf in een hoge kast in de zadelkamer, maar haar vingers kwamen een paar centimeter tekort. Zonder iets te zeggen stak Jake zijn arm uit en pakte hem moeiteloos, waarna hij hem haar met een speels buiginkje overhandigde.

'Je hebt blijkbaar toch je nut,' grapte ze, terwijl ze de tube aannam. 'Meer dan alleen je knappe kop.'

'Graag gedaan,' antwoordde hij, de lichtheid in zijn toon die van haar weerspiegelend. 'Al heb ik gisteravond nog een paar andere nuttigheden gedemonstreerd, dacht ik.'

Hitte schoot naar Pip's wangen; de herinneringen aan hun vrijen waren nog vers. 'Ja, nou. Dat ook.'

Hun blikken ontmoetten elkaar; gedeelde herinnering liet een warme stroom tussen hen ontstaan. Jake stapte dichterbij, een hand die licht op haar taille rustte.

'Ik moet gaan,' zei hij, al maakte hij geen aanstalten.

'Dat moet je,' stemde Pip in, terwijl ze haar gezicht naar het zijne hief.

Hun lengteverschil, dat de vorige nacht zo onhandig had geleken, voelde nu volkomen natuurlijk toen Jake zich boog om haar te kussen. Hun lippen ontmoetten elkaar met vertrouwde vanzelfsprekendheid, alsof ze dit al jaren deden in plaats van uren. Pip ging op haar tenen staan, haar armen haakten om zijn nek en ze voegde zich met nieuwgevonden gemak tegen hem aan.

Toen ze loskwamen, liet Jake zijn voorhoofd even tegen het hare rusten. 'Zes uur,' beloofde hij. 'Met eten.'

'Ik ben hier.' Pip deed een stap achteruit en liet hem gaan, al wilde een deel van haar hem langer vasthouden. 'Rij voorzichtig.'

Ze keek vanuit de schuurdeur toe hoe hij naar zijn auto liep, het vroege ochtendlicht dat in zijn haar glansde. Hij draaide zich nog één keer om om te zwaaien voor hij instapte, en Pip hief haar hand in antwoord, een glimlach die aan haar lippen trok. Pas toen zijn auto de oprit af was verdwenen, ging ze weer naar binnen en liep met hernieuwde energie naar Honey's stal.

'Nou,' zei ze tegen de merrie, die haar aankeek met helderblauwe ogen die frisser leken dan de dag ervoor. 'Dat is nog eens een wending, hè?'

Honey hinnikte zacht en duwde met haar neus tegen de zak waar Pip vaak lekkers bewaarde.

'Ah, nu op zoek naar eten, ja? Dat is een goed teken.' Pip aaide de neus van de merrie, terwijl opluchting en blijdschap zich in haar borst vermengden. 'Met ons komt het allebei goed, lieverd.'

En voor het eerst sinds Honey gestolen was, geloofde Pip dat echt. De weg naar herstel zou voor beiden lang zijn, maar ze zouden hem niet alleen afleggen. Ze hadden de McKenzies, ze hadden elkaar en nu, onverwacht maar prachtig, hadden ze Jake ook. Het ochtendlicht stroomde over hen heen, liet Honey's vacht vlammen in goud, en Pip verwelkomde de nieuwe dag, en alles wat die beloofde, met een open hart.

Hoofdstuk Vijftien

Jakes bureau was een eiland van orde te midden van de ochtendchaos op het bureau. Drie nette stapels papier vormden de hoeken van een driehoek op zijn blad: getuigenverklaringen, logboeken van transportbedrijven en veterinaire rapporten over de teruggevonden paarden.

Zijn telefoon ging over, met op het scherm 'NSW Stock Squad' en het directe nummer van inspecteur Dawson. Jake voelde een vleug van verwachting terwijl hij opnam.

'Senior Constable Harrison.'

'Harrison, je spreekt met Dawson.' Haar stem droeg de kille efficiëntie die hij tijdens hun gezamenlijke operatie al snel was gaan waarderen. 'We hebben een doorbraak. Die telefoon die we tijdens de inval hebben buitgemaakt? De techneuten hebben 'm vanmorgen eindelijk gekraakt.'

Jake ging rechter in zijn stoel zitten. 'En?'

'Hij heeft ons alles gegeven.' Hij kon de tevredenheid in haar stem horen. 'Contactgegevens, sms'jes waarin ophaal- en bezorgmomenten worden geregeld, zelfs foto's van een aantal gestolen paarden met locatiegegevens die er nog in zitten.'

'Dat is uitstekend nieuws,' zei Jake, terwijl hij zijn aantekeningen in gedachten al herordende. 'Nog nieuwe verdachten?'

'Beter nog.' Dawsons stem kreeg een triomfantelijke ondertoon. 'We hebben de eigenaar van het transportbedrijf gearresteerd, een kerel genaamd Pete Wattley. Een uur geleden gepakt toen hij de grens overstak met een vrachtwagen vol paarden, allemaal als gestolen opgegeven in de Sunshine Coast-regio.'

Jakes vingers werden gevoelloos. De telefoon glipte bijna uit zijn hand terwijl in zijn hoofd de verbindingen razendsnel oplichtten.

'Wattley?' herhaalde hij, zijn stem zorgvuldig gecontroleerd ondanks de adrenalinekick. 'Pete Wattley?'

'Precies. Doet er een belletje rinkelen?' Klonk daar... plagerij in haar stem?

Jake slikte. 'Inspecteur, heeft Pete Wattley familiebanden met een Martin Wattley? Runt een kleine manege bij Ridgemont?'

De pauze aan de andere kant was kort maar veelzeggend. Toen Dawson weer sprak, kon hij het glimlachje in haar stem horen. 'Het zijn broers, Harrison. Pete en Martin Wattley. Het nummer van Martin Wattley staat ook in de belgeschiedenis van die telefoon... met meerdere inkomende en uitgaande gesprekken in de afgelopen maanden.'

Jake leunde achterover in zijn stoel, een merkwaardige lichtheid die zich door zijn borst verspreidde. Weken onderzoek, draadjes volgen die nergens heen leken te leiden, en ineens tekende het patroon zich loepzuiver af.

'Ik stuur je alles wat we over Martin Wattley hebben,' vervolgde Dawson. 'Aangezien je vanaf het begin bij de zaak betrokken bent, wil ik graag dat je, als het kan, het verhoor van hem op je neemt en hem arresteert namens de politie van Queensland zodra jouw bevelen binnen zijn. Er komen vervolgingen in beide staten, maar omdat de meeste diefstallen bij je in de buurt zijn gepleegd, vermoed ik dat jouw club als eerste met hem aan de slag mag.'

'Absoluut.' Jake greep al naar zijn notitieblok, zijn hoofd raasde door ondervragingstactieken. 'We hebben al wekenlang onze vermoedens over Martin. Op zijn terrein waren die in scène gezette doorknipte hekken, en hij hing vanaf het begin al aan de randen van dit onderzoek.'

'De sms'jes die we hebben teruggevonden suggereren dat de operatie behoorlijk geavanceerd was,' voegde Dawson toe. 'Meerdere spelers, gerichte buit op waardevolle fokmerries. De broers hebben waarschijnlijk niet alleen gewerkt.'

Jake dacht aan Vivienne Ashford, haar onverwachte verschijningen op sleutelmomenten, haar scherpe interesse in het onderzoek. Haar band met Martin Wattley had altijd al vreemd geleken, gezien haar rijkdom en sociale status. Maar toch niet... hij klemde zijn kaak. Hij zou het bewijs volgen, waar het hem ook bracht.

'Ik houd het in gedachten tijdens het verhoor,' beloofde hij. 'Stuurt je het bewijsdossier elektronisch?'

'Het is al onderweg naar jouw inbox,' bevestigde Dawson. 'En Harrison? Goed werk in deze zaak. Niet veel agenten zouden deze verbanden over de jurisdicties heen hebben gelegd.'

'Ik had hulp,' zei Jake, denkend aan Pips expertise, haar vastberadenheid. 'Zonder de inzichten van mevrouw Rodriguez-McKenzie was het me niet gelukt.'

'Absoluut.' Dawsons toon klonk bewonderend. 'Ik heb een ploeg ervaren veediefstalspecialisten en geen van ons had dit fokschandaal ook maar kunnen bedenken.

Verdomd slim van mevrouw Rodriguez-McKenzie om het te doorzien. Er zijn minstens enkele tientallen veulens geboren vorig jaar, toen we denken dat het begon, die niet zijn wie men zegt dat ze zijn. Het wordt een hele kluif om ze te vinden, maar het zouden er dit jaar meer dan veertig zijn geweest als we die faciliteit niet hadden ontdekt.'

Na het beëindigen van het gesprek bleef Jake enkele seconden roerloos zitten terwijl hij de implicaties liet bezinken. Martin Wattley. De stukjes pasten zó perfect dat hij zich afvroeg hoe hij het niet eerder had gezien. Martins financiële problemen waren lokaal maar al te bekend, zijn manege die het zwaar had door concurrentie van grotere bedrijven. Hij had de hippische kennis, de connecties en, nog belangrijker, toegang tot informatie over waardevolle paarden in het district.

Jake haalde het zaakdossier op zijn computer tevoorschijn en scande de tijdlijn die ze hadden opgebouwd. Martin dook steeds weer op: hij meldde de verdachte hekschade, woonde dorpsbijeenkomsten bij waar de diefstallen werden besproken, gaf zelfs 'behulpzame' suggesties aan paardeneigenaren over beveiligingsmaatregelen. Klassiek infiltratiegedrag: dicht bij het onderzoek blijven om de vorderingen te monitoren.

Een klop op zijn deur onderbrak zijn gedachten. Sergeant Porter stond in de deuropening, met opgetrokken wenkbrauwen bij Jakes blik.

'Goed nieuws?'

'Het beste,' bevestigde Jake terwijl hij opstond. 'We hebben onze link met de paardendieven. NSW heeft zojuist de broer van Martin Wattley opgepakt met een vrachtwagen vol gestolen paarden, en hun elektronische communicatie legt een directe link met Martin.'

Porters gezicht brak open in een zeldzame glimlach. 'Nou, verdraaid. Wil je hem binnenbrengen?'

Jake knikte en greep al naar zijn jasje. 'Ik doe het verhoor zelf, als je het goedvindt. Ik bouw deze zaak al vanaf het begin op.'

'Helemaal van je,' stemde Porter in. 'Ik regel het arrestatiebevel. Neem Carson mee als ondersteuning. En Harrison? Goed werk.'

Jake trok zijn vest aan, een gevoel van rechtvaardige voldoening dat zich over hem legde. Gerechtigheid voor Honey, voor alle gestolen paarden en hun eigenaren. Voor Pip, die zowel de diefstal had doorstaan als de venijnige roddels van Vivienne. De gedachte dat hij het haar kon vertellen, haar opluchting te zien in plaats van de zorg die wekenlang haar ogen had overschaduwd, verwarmde hem meer dan louter professionele voldoening.

De persoonlijke en professionele draden van zijn leven vervlochten zich op onverwachte manieren, en voor het eerst vocht hij er niet tegen om ze gescheiden te houden.

De verhoorkamer rook naar oude koffie en angst. Martin Wattley zat ineengedoken op de harde plastic stoel, zijn normaal florissante gezicht vlekkerig van het zweet ondanks de kilte in de ruimte. Zijn vingers wreven rusteloos tegen elkaar, korte nagels tot op het levende vlees afgebeten. Jake legde drie mappen strak uitgelijnd voor zich neer, elk met bewijs dat Martins leven stuk voor stuk zou ontmantelen. De opnameapparatuur zoemde zacht in de hoek, het rode lampje stabiel. Jake hield zijn gezicht neutraal, al sudderde er voldoening onder zijn professionele façade. Hij had tientallen verhoren in kamers als deze afgenomen, maar zelden voelde er één zo persoonlijk beladen.

'Verhoor met Martin Wattley, aanvang om 11.42 uur,' verklaarde Jake duidelijk voor de opname. 'Aanwezig zijn Senior Constable Jake Harrison en Constable David Carson.' Hij richtte zijn aandacht op Martin. 'Meneer Wattley, je bent gewezen op jouw rechten en je hebt op dit moment afgezien van juridische bijstand. Klopt dat?'

Martin knikte, schraapte toen zijn keel. 'Ja. Ik heb geen advocaat nodig. Dit berust allemaal op een misverstand.'

Jake opende de eerste map en haalde foto's tevoorschijn van de in scène gezette hekschade op Martins terrein. 'Laten we hiermee beginnen. Je meldde deze schade als bewijs van een poging tot paardendiefstal. Onze forensische analyse geeft aan dat de sneden van binnen jouw terrein zijn gemaakt, niet van buitenaf. Kun je dat verklaren?'

Martins ogen schoten naar de foto's en weer weg. 'Dan moet er een fout in jouw analyse zitten. Ik trof het zo aan.'

Jake knikte alsof hij dit overwoog en legde vervolgens een verklaringformulier op tafel. 'Dit is jouw ondertekende verklaring waarin je stelt dat je driemaal verdachte voertuigen in de buurt van jouw terrein hebt gezien. Maar de beveiligingscamera's van jouw buurman staan zo gericht dat ze passerend verkeer registreren en tonen geen dergelijke voertuigen op de door je opgegeven data en tijdstippen.'

'Dan zijn ze vast uit een andere richting gekomen.' Martins stem klonk iets hoger. 'Kijk, ik probeerde alleen maar behulpzaam te zijn, te melden wat ik zag.'

'Behulpzaam,' herhaalde Jake, het woord bleef tussen hen hangen. Hij opende de tweede map. 'Meneer Wattley, bent je bekend met een transportbedrijf genaamd Wattley Equine Transit?'

Er ging een nauwelijks merkbare siddering door Martins lichaam, maar Jake had er op gelet. 'Dat is het bedrijf van mijn broer. Van Pete. Ik ben er niet bij betrokken.'

Jake haalde een reeks bankafschriften tevoorschijn. 'Toch ontvangt jouw bankrekening aanzienlijke contante stortingen na elke paardendiefstal in deze regio. Interessante timing.'

'Lesgelden,' zei Martin snel.

'Allemaal contant, geen bonnen, geen leerlingregistraties die met deze bedragen corresponderen.' Jake hield zijn toon gemoedelijk. 'En deze sms'jes tussen je en jouw broer...' Hij schoof afdrukken over de tafel. 'Waarin 'waar' en 'leverdata' worden besproken die precies overeenkomen met de gemelde diefstallen.'

Martin schudde zijn hoofd, een zweem van zweet nu zichtbaar op zijn bovenlip. 'Je verdraait het. Pete bezorgt hooi voor me. Daar gaat dit allemaal over.'

Jake bestudeerde hem een moment en liet de stilte ongemakkelijk rekken. Toen opende hij de derde map en haalde één foto tevoorschijn, die hij met de beeldzijde naar boven tussen hen in legde. Het was Pete Wattley die in handboeien van zijn vrachtwagen werd weggeleid, terwijl agenten op de achtergrond paarden aflosten.

'Jouw broer is een paar uur geleden gearresteerd toen hij de grens tussen Queensland en New South Wales overstak,' zei Jake zacht. 'Met vijf gestolen merries in zijn vrachtwagen. Zijn telefoon is ontgrendeld, meneer Wattley. We hebben elk bericht, elke foto, elke locatie. De administratie van het transportbedrijf is in beslag genomen. Er is geen plek meer om je te verschuilen.'

De kleur trok uit Martins gezicht weg. Hij staarde naar de foto, zijn mond zonder geluid bewegend. Toen hij eindelijk sprak, was zijn stem gezakt tot een fluistering.

'Hij had niet gepakt mogen worden.'

Jake voelde de bekende rush van een aanstaande bekentenis, maar hield zijn uitdrukking neutraal. 'Vertel me alles over de operatie, Martin. Alles.'

Martins schouders zakten, nederlaag in elke lijn van zijn lichaam. 'Het was in het begin mijn idee. De manege ging failliet. De bank dreigde met executieverkoop. Pete had de vrachtwagens, ik had de kennis over waardevolle paarden.'

Hij haalde een bevende hand door zijn dunner wordende haar. 'We begonnen klein, slechts één of twee merries van plekken ver genoeg weg zodat niemand het aan ons zou koppelen.'

'En van daaruit is het gegroeid,' hielp Jake, terwijl hij een notitieblok naar Martin toe schoof. 'Ik wil namen, data, locaties. Elk paard, elke handlanger. Iedereen die de merries voor je hebt gehouden, en kopers die ze van je hebben overgenomen.'

'In het begin waren het alleen Pete en ik,' ging Martin verder, zijn ogen op de tafel gericht. 'Ik identificeerde doelen, hij regelde het transport. Maar toen...' Hij aarzelde en keek zenuwachtig naar het opnameapparaat.

'Wat toen, meneer Wattley?'

Martin slikte zichtbaar. 'Toen raakte Vivienne Ashford erbij betrokken.'

Jake voelde een golf van rechtvaardiging, maar hield zijn gezicht onbewogen. 'Leg uit hoe mevrouw Ashford betrokken raakte.'

'Ze stalde de pony van haar dochter bij mij. We hadden een... affaire.' Martins wangen kleurden. 'Toen haar man erachter kwam, stopte hij met het betalen van de stallingskosten, maar zij wilde de pony nog steeds houden. Ze zag het geld dat ik opeens had, stelde vragen. Ik was dom, heb haar na te veel drankjes over de operatie verteld.'

'En in plaats van je aan te geven, deed ze mee,' stelde Jake vast.

Martin knikte ellendig. 'Ze zei dat ze kon helpen. Ze gaat naar al die societyfeestjes, bezoekt chique wedstrijden met die dochter van haar. Ze heeft toegang tot informatie over waardevolle paarden, dekplannen, wanneer eigenaren weg zouden zijn.' Hij schudde zijn hoofd. 'Ze was er eigenlijk verdomd goed in. Ze wist precies welke merries de hoogste prijzen zouden opleveren, welke drachtig waren van dure hengsten.'

Jakes pen ging gestaag over zijn notitieblok. 'Wat was de rol van mevrouw Ashford, precies?'

'Inlichtingen,' zei Martin, die nu, nu de het meer doorbroken was, warm liep voor zijn bekentenis. 'Ze speelde informatie door over doelpaarden, beveiligingssystemen, schema's van eigenaren. Soms bezocht ze eigendommen onder het mom van sociale visites, noteerde waar de paarden stonden, welke waardevol waren. In ruil daarvoor wilde ze een deel van de winst en...' Hij hield in.

'En wat, meneer Wattley?'

'En bepaalde veulens, zodra de gestolen merries hadden geworpen. Voor Charlottes rijcarrière, als ze ouder werd. Ze wilde kampioensbloed zonder kampioensprijzen te betalen.'

Jake knikte, stukjes die op hun plek vielen. 'Vertel me over Honey. Pip Rodriguez-McKenzie's palominoponymerrie. Ze past niet bij de Western performance-merries die jullie doorgaans kozen.'

Iets als schaamte flitste over Martins gezicht. 'Dat was anders. Vivienne vroeg juist specifiek om die.'

'Waarom?'

'Louter wrok.' Martin haalde ongemakkelijk zijn schouders op. 'Vivienne had geprobeerd de pony voor haar dochter te kopen, bood wat zij een royaal bedrag vond. Pip weigerde te verkopen. Vivienne kon er niet tegen om nee te horen, zeker niet van...' Hij viel stil.

'Van?' drong Jake aan, zijn stem iets verhardend.

Martin verschoof op zijn stoel. 'Van iemand die ze onder haar achtte. Sociaal gezien, bedoel ik. Ze maakte opmerkingen over Pips achtergrond, dat zij niet de invloed zou moeten hebben die ze bij Ridgewater heeft.'

Jakes vingers sloten zich steviger om zijn pen, het enige uiterlijke teken van zijn woede. 'Dus Honey werd specifiek gestolen om mevrouw Rodriguez-McKenzie te kwetsen.'

'Ja,' gaf Martin toe. 'Vivienne zei dat het haar "een lesje over prioriteiten" zou leren. Ze stond erop. Ik kende iemand met een kleine perlinohengst, wat een ander mooi veulen zou garanderen. Vivienne zei dat Charlotte dat leuk zou vinden.'

Jake dacht aan Honey's verwondingen, de bijtsporen die haar gouden vacht hadden getekend, het trauma dat Pip zo geduldig had helpen helen. Zijn kaak spande een fractie voordat hij zich herpakte.

'Ik wil alles, meneer Wattley. Elk paard, elke locatie, elke betrokken persoon. Te beginnen met een volledige verklaring over de rol van Vivienne Ashford.'

Martin knikte, blijkbaar opgelucht dat hij zich kon ontlasten. 'Ik zal je alles vertellen. Alleen... wat gebeurt er nu?'

'Nu leg je een volledige bekentenis af, daarna wordt je formeel aangeklaagd.' Jake sloot de mappen. 'Samenzwering, diefstal, fraude, dierenmishandeling. Het lijstje is aanzienlijk. Maar de rechtbank zal jouw medewerking meewegen. Je gaat de gevangenis in, meneer Wattley, maar waarschijnlijk niet zo lang als ik persoonlijk gepast zou vinden.'

'En Vivienne?'

Jake ontmoette zijn blik rechtstreeks. 'Mevrouw Ashford zal dezelfde gerechtigheid ondervinden als je.' Hij schoof het notitieblok dichterbij. 'Begin met schrijven, meneer Wattley. Elk detail.'

Terwijl Martin koortsachtig begon te krabbelen, gunde Jake zichzelf een moment van stille voldoening. Gerechtigheid voor Honey, voor Pip, voor alle paardeneigenaren die hadden geleden. En voor Vivienne Ashford, wier sociale status en rijkdom haar niet zouden beschermen tegen de gevolgen van haar criminele daden—een gedachte die zich met rechtvaardige warmte in Jakes borst nestelde.

Vivienne Ashford streek haar Chanel-jurk glad terwijl ze door de glanzende houten deuren van de Ridgemont Country Club stapte, haar Gucci-hakken tikten met gezag over de marmeren vloer. Ze had het diepgroene zijde bewust gekozen, wetend dat het haar kastanjebruine haar perfect deed uitkomen. Lunchen in de club met haar vriendinnen was een woensdagritueel, haar tafel altijd gereserveerd bij het raam met uitzicht op de met schijnwerpers verlichte achttiende green. De maître d' snelde normaal gesproken toe om haar te begroeten, gretig om het meest modieuze lid van Ridgemont naar haar plaats te begeleiden. Vandaag bleef hij opmerkelijk afwezig. Vivienne fronste licht en liet haar blik over de entreehal glijden. Er hing iets anders in de lucht, al kon ze niet meteen duiden wat.

Ze liep richting de eetzaal, kin geheven, schouders naar achteren. Een gesprek bij de receptie viel prompt stil toen ze langsliep. Vivienne schonk een vriendelijke glimlach die niet werd beantwoord. Curieus, maar nauwelijks de moeite waard om bij stil te staan. Misschien hadden ze het over iets privés.

Vivienne hield stil bij de ingang van de eetzaal, gewend aan hoofden die zich omdraaiden, waarderende blikken en jaloerse fluisteringen. In plaats daarvan werd ze begroet door een golf van stilte die als een onzichtbaar tij door de ruimte rolde. Gesprekken stokten, blikken schoten naar haar en meteen weer weg, hoofden bogen naar elkaar in dringende gefluisterde overlegjes.

Hoe vreemd. Vivienne hield haar glimlach in stand, al voelde die plots broos op haar lippen. Misschien droeg iemand anders dezelfde jurk, of had ze een andere sociale flater begaan waarvan ze zich niet bewust was? Ze streek haar haar glad en checkte op oneffenheden die de vreemde sfeer konden verklaren.

Haar vaste tafel stond bij het raam te wachten, bezet door Helen Carter, Susan Bayliss en Margaret Wellington, het prestigieuze triumviraat van de Ridgemont-society. Vivienne liep er met zekere tred naartoe, ondanks het onprettige geprik tussen haar schouderbladen.

'Dames,' begroette ze hen warm.

Drie paar ogen bekeken haar met uitdrukkingen variërend van schaamte tot kille minachting. Helen, normaal gesproken uitbundig met kushandjes en complimenten, keek als eerste weg en staarde strak naar haar waterglas. Susan griste haar Birkin-handtas van tafel, de knokkels wit om de leren hengsels.

'Ik ben bang dat we net wilden vertrekken,' zei Margaret, haar stem doortokkend met de afgemeten precisie die generaties vrijwilligers van liefdadigheidscommissies had geïntimideerd.

'Vertrekken?' Vivienne wierp een blik op hun bijna volle wijnglazen, het onberoerde mandje brood. 'Maar jullie zijn amper begonnen aan de maaltijd.'

'Niettemin.' Margaret stond op, de anderen volgden haar voorbeeld met militaire synchronisatie. 'We voelen ons... ongemakkelijk bij het huidige gezelschap.'

Vivienne voelde de hitte naar haar wangen stijgen. 'Ik begrijp het niet. Is er iets gebeurd?'

De vrouwen wisselden veelbetekenende blikken. Helen had tenminste nog het fatsoen om tweeslachtig te kijken, maar Susans lippen persten zich tot een dunne lijn van oordeel.

'Ik denk dat je heel goed weet wat er gebeurd is,' zei Susan zacht. 'De hele club praat erover. Martin Wattley is vanmorgen aangehouden.'

De naam hing tussen hen in. Vivienne perste een lachje eruit, hoewel haar maag zich samentrok tot een strakke, koude knoop.

'Wat heeft dat akelige mannetje met mij te maken? Hij is Charlottes voormalige rijinstructeur, niets meer.'

'Blijkbaar heeft hij de politie behoorlijk wat over je te melden,' antwoordde Margaret, haar blik onwrikbaar.

De drie vrouwen liepen langs haar heen, een gecoördineerde uittocht die Vivienne alleen achterliet naast de verlaten tafel. Ze bleef staan, zich pijnlijk bewust van de ogen die vanaf de omliggende tafels toekeken, de fluisteringen die ternauwernood achter handen en menu's werden ingehouden. Dit kon niet waar zijn. Martin zou het niet wagen haar erbij te lappen. Hij was verzot op haar, smachtend naar haar goedkeuring. Hij zou haar toch niet verraden?

Vivienne schoof een stoel naar achteren en ging met opzettelijke gratie zitten, reikend naar het wijnglas dat Margaret had laten staan. Haar hand trilde licht, verraadde de paniek die onder haar zorgvuldig onderhouden façade oplaaide. Martin aangehouden. Aan het praten met de politie. Wat had hij precies gezegd? Hoeveel wisten ze?

Ze overwoog toch maar lunch te bestellen, als een uitdagende verklaring dat ze zich niets aantrok van het gepeupelgeklets, toen de clubmanager haar tafel naderde. Robert Shaw runde Ridgemont Country Club al vijftien jaar; zijn smetteloze pakken en diplomatieke manieren waren een vast onderdeel van het etablissement. Vandaag was zijn gebruikelijke gladde uitdrukking vervangen door ongemakkelijke strakheid.

'Mevrouw Ashford,' begon hij, onbewust terugvallend op haar getrouwde naam ondanks haar frequente correcties. 'Mag ik je even onder vier ogen spreken?'

'Wat je te zeggen hebt, kun je hier zeggen, Robert,' antwoordde Vivienne, terwijl ze met opzet een slok nam uit het achtergelaten wijnglas. 'Ik sta op het punt te bestellen.'

Shaws ongemak nam hoorbaar toe. 'Ik ben bang dat dat vandaag niet mogelijk is. Ik heb van het bestuur opdracht gekregen je te informeren dat jouw lidmaatschap tijdelijk is geschorst, in afwachting van een beoordeling.'

Vivienne zette het glas zo hard neer dat de wijn over de rand klotste en het smetteloze tafellaken bevlekte. 'Geschorst? Op welke gronden?'

'Het bestuur verwees naar de statuten van de club, specifiek het onderdeel over leden wier handelen de club in diskrediet kan brengen.' Shaw verlaagde zijn stem, al was het in de eetzaal inmiddels muisstil en probeerde iedereen mee te luisteren. 'Gezien de aard van de beschuldigingen tegen je, vond men onmiddellijke actie noodzakelijk.'

'Beschuldigingen?' Viviennes stem schoot omhoog. 'Welke beschuldigingen? Een paar belachelijke roddels? Dit is absurd! Ik ben hier al jaren lid. Mijn vader heeft de helft van de kunstwerken in dit gebouw geschonken!'

Shaw bleef professioneel onaangedaan ondanks haar toenemende volume. 'Ik breng enkel het besluit van het bestuur over, mevrouw Ashford. Ik moet je verzoeken het terrein te verlaten totdat de zaak is afgewikkeld.'

'Weggaan?' Vivienne kwam overeind, verontwaardiging die haar groeiende onrust even overstemde. 'Ik laat me niet zo behandelen. Wie zit hierachter? Zijn het de McKenzies? Of die Filipijnse jockey die iedereen op de een of andere manier heeft wijsgemaakt dat ze hier thuishoort?'

Haar woorden weergalmden in de gedempte eetzaal en ontlokten pijnlijke grimassen bij verschillende gasten. Shaws uitdrukking verhardde iets.

'Mevrouw Ashford, maakt je dit alstublieft niet moeilijker dan nodig is.'

'Ik eis dat ik het bestuur spreek. Meteen.' Vivienne klemde haar designertas tegen haar borst als een schild. 'Dit is discriminatie. Het is... het is een heksenjacht!'

'Het bestuur zal contact met je opnemen over de beoordelingsvergadering,' zei Shaw, terwijl hij onopvallend naar de uitgang gebaarde. 'En nu, als je met mij mee wilt komen...'

Vivienne werd zich bewust van een beweging bij de ingang van de club. Door de glazen deuren naar de lobby zag ze de rood-blauwe flitslichten van een politievoertuig de oprit opdraaien. Haar protest stokte in haar keel.

'Martin Wattley,' mompelde iemand in de buurt net hard genoeg dat ze het kon horen. 'Ze zeggen dat hij alles heeft bekend over die paardenroofbende.'

IJs stroomde door Viviennes aderen. Ze bewoog naar de zijuitgang, haar waardigheid en voorkomen niet langer van belang. De manager volgde haar, zichtbaar opgelucht dat ze meewerkte. Door de ramen naar de parkeerplaats zag ze Jake Harrison uit het politievoertuig stappen, met een andere agent naast hem. Hun doelgerichte pas richting de ingang liet geen twijfel over hun bestemming.

'Ik moet bij Charlotte kijken,' zei Vivienne schor, terwijl ze in haar tas naar haar autosleutels graaide. 'Familienoodgeval. Met dat gedoe over mijn lidmaatschap kom ik later wel in het reine.'

Ze duwde de zijdeur open naar de parkeerplaats, haar hakken zakten weg in het gemanicuurde gazon terwijl ze diagonaal overstak naar haar Range Rover. Achter haar gingen de hoofdingangen van de club open. Ze hoorde Jakes stem haar naam roepen, officieel en onverbiddelijk.

Vivienne bereikte haar auto, haar vingers trilden zo hevig dat ze haar sleutels liet vallen. Toen ze zich boog om ze op te rapen, viel er een grote schaduw over haar heen.

'Vivienne Ashford,' zei Jake Harrison, zijn stem gespeend van de deferentie waaraan ze gewend was, 'ik arresteer je op verdenking van samenzwering tot diefstal, heling van gestolen goederen en dierenmishandeling.'

Ze richtte zich langzaam op, de sleutels in haar vuist geklemd, zich bewust van gezichten die tegen de ramen van de countryclub waren gedrukt en met de gretige belangstelling van toeschouwers bij een openbare terechtstelling naar haar val keken. Alles wat ze had opgebouwd, alles waarop ze meende recht te hebben, stortte in één klap in omdat Martin Wattley niet het verstand had gehad zijn onnozele mond te houden.

'Je hebt het recht om te zwijgen,' ging Jake verder, en Vivienne sloot haar ogen, niet in staat het gewicht te dragen van zoveel starende blikken terwijl haar zorgvuldig geconstrueerde wereld om haar heen instortte.

Pip klemde Honeys halstertouw met beide handen vast, haar knokkels wit. Marcus bewoog de echo-probe behoedzaam, zijn gezicht verried niets terwijl hij de grijze vormen op het kleine scherm bestudeerde. Het was een lange dag geweest, maar nadat ze hadden gegeten had Marcus Pip gevraagd of ze het erg vond als hij even een snelle test deed. Pip was niet van plan nee te zeggen tegen de familie-dierenarts als hij dacht dat Honey iets nodig had, dus vergezelde ze hem naar de stal en hield Honeys hoofd vast terwijl Marcus achteraan aan het werk ging.

'Is het haar lever? De bloedtests lieten verhoogde enzymen zien,' zei Pip, niet langer in staat haar zorgen in te houden. 'Of is er inwendig letsel dat we gemist hebben?'

Marcus antwoordde niet meteen; zijn focus was absoluut terwijl hij de positie van de probe aanpaste en op een knop drukte om het beeld te bevriezen. De hoeken van zijn mond trokken omhoog, een zeldzame barst in zijn professionele houding.

'Geen leverproblemen,' zei hij uiteindelijk, terwijl hij even naar Pip opkeek. Hij zei niets meer tot hij het instrument had teruggetrokken en had opgeruimd; hij gooide zijn handschoenen weg en wenkte Pip dichterbij. 'Kom dit eens bekijken.'

Pip deed Honeys halster af zodat de merrie terug kon naar haar hooi en ging naast Marcus staan; door haar kleine postuur moest ze zich iets uitstrekken om het scherm goed te zien. Marcus kantelde het naar haar toe en volgde met zijn vinger een kleine boonvormige figuur tussen de grijze ruis.

'Daar is-ie,' zei hij, zijn stem warm van professionele voldoening. 'Ik schat zo'n vier weken ver.'

Pip staarde naar het scherm, haar brein worstelde met wat ze zag. 'Dat is... dat is een veulen?'

Marcus knikte, zijn gebruikelijke klinische distantie verzacht door haar evidente schok. 'Hartslag is sterk. Ontwikkeling oogt normaal voor deze fase.'

Pips ogen vulden zich onverwacht, haar zicht werd wazig terwijl ze naar het kleine leven in Honey bleef kijken. Een veulen. Ondanks alles, ondanks de trauma's en de angst, had het leven doorgezet. 'Maar ze zou toch niet hengstig zijn geweest!'

'Er zijn hormonen die ze haar gegeven kunnen hebben,' wierp Marcus tegen. 'En we weten dat er een hengst op haar is gezet.'

'Al die snij- en schaafwonden, ik dacht dat ze de hengst van zich had afgevochten omdat ze niet hengstig was, maar blijkbaar niet,' zei Pip verwonderd.

'Merries zijn verbazend goed in het beschermen van hun zich ontwikkelende veulens, zelfs onder extreme omstandigheden,' zei Marcus, zijn klinische toon terugkerend terwijl hij de echo-apparatuur opborg. 'Er is geen reden dat het niet perfect gezond zou zijn.'

Pip knikte sprakeloos, nog steeds aan het verwerken. Dit veulen, verwekt met geweld, onder de meest afschuwelijke omstandigheden, stond symbool voor alles wat er mis was gegaan. Toch, terwijl Honey rustig haar hooi stond te eten en haar blauwe ogen weer helder en vertrouwend waren, kon Pip niets anders voelen dan verwondering.

'Wat kunnen we verwachten?' vroeg ze uiteindelijk, haar nuchterheid die zich herstelde. 'Gezien alles wat ze heeft meegemaakt...'

'We zullen haar nauwlettend monitoren,' antwoordde Marcus. 'Maar fysiek herstelt ze goed. Geen reden om nu complicaties te verwachten. Ze zal aangepaste voeding nodig hebben, regelmatige controles.' Hij pauzeerde en bestudeerde Pips gezicht. 'Er zijn opties, weet je. Vroege dracht kan veilig worden beëindigd als je beslist dat dat het beste is. En aangezien je de hengst niet kent...'

Pip schudde meteen haar hoofd, van haar eigen felheid geschrokken. 'Nee. Dat is niet... dat zou ik niet...'

Marcus knikte, begripvol zonder verdere uitleg. 'In dat geval zorgen we dat ze alles krijgt wat ze nodig heeft.'

Hij begon aantekeningen te typen in Honeys medisch dossier terwijl Pip de merrie voorzichtig uit de behandelbox vrijmaakte. Honey draaide zich om en duwde met haar neus tegen Pips schouder, op zoek naar de traktaties die gewoonlijk op onderzoeken volgden. Pip haalde een wortel uit haar zak en glimlachte, ondanks de tranen die nog altijd dreigden.

'Braaf meisje,' fluisterde ze, terwijl ze de fluwelige snoet van de merrie streelde. 'Jij slimme, dappere meid.'

De staldeur ging open en liet Jakes lange gestalte binnen. Hij naderde voorzichtig, uit respect voor de rust na het onderzoek.

'Gaat alles goed?' vroeg hij, terwijl zijn blik verschoof van Pips met tranen besmeurde gezicht naar Marcus' beheerste neutraliteit.

'Ze is drachtig,' zei Pip, de woorden voelden nog vreemd op haar tong. 'Vier weken ver. Het veulen ziet er gezond uit.'

Marcus sloot het medisch dossier met een klik. 'Ik laat jullie tweeën even praten. Pip, ik zorg dat er morgen een voedingsplan ligt. Ze heeft per direct een aangepast voerschema nodig.'

'Dank je, Marcus,' zei Pip, oprecht dankbaar.

Toen Marcus vertrokken was, kwam Jake dichterbij en stak zijn hand uit om Honeys hals zacht te aaien. De merrie accepteerde zijn aanraking zonder moeite, een teken hoe ver ze was gekomen in het opnieuw leren vertrouwen van mensen.

'Ik heb misschien informatie over de vader,' zei hij. 'Of beter gezegd: die heeft Martin Wattley. Hij zei dat ze haar bij een perlino-hengst hebben gedekt, wat dat dan ook precies is, om een mooi veulen te garanderen? Zou vast een aardig bedrag opleveren als je het wilde verkopen.'

Pip voelde een golf van beschermingsdrang, verrassend in haar intensiteit. 'Nee. Honey en haar veulen blijven gewoon hier,' zei ze resoluut. 'Ik neem geen enkel bod op haar aan. Sommige dingen zijn meer waard dan geld.'

Jakes arm sloeg om haar schouders, warm en steunend. 'Ik dacht al dat je dat zou zeggen.'

'Het voelt goed,' legde Pip uit, terwijl ze licht tegen hem aan leunde. 'Na alles wat Honey heeft meegemaakt, alles wat wij samen hebben doorstaan... dit veulen staat voor iets nieuws. Een frisse start.'

'Over frisse starts gesproken,' zei Jake, zijn stem lichter, 'Vivienne Ashford is vanmiddag officieel aangeklaagd. Ik dacht dat je dat wilde weten.'

Pip keek naar hem op, een last viel van haar borst die ze niet eens volledig had erkend. 'Echt? Nu al?'

'Martins verklaring was uitgebreid,' bevestigde Jake. 'En geconfronteerd met het bewijs besloot ze mee te werken in plaats van een proces te riskeren. Ze krijgt waarschijnlijk op z'n minst een voorwaardelijke straf en stevige boetes, maar belangrijker: ze heeft toegezegd geen contact meer te zoeken met jou of welk McKenzie-familielid dan ook. Ik ben er vrij zeker van dat ze van plan is terug te verhuizen naar Brisbane.'

Pip ademde langzaam uit en verwerkte dit laatste stukje van de ontknoping. 'En Martin?'

'Die zal schuldig pleiten aan alle aanklachten. Zijn medewerking levert strafvermindering op, maar hij zal tijd uitzitten, net als zijn broer.' Jakes uitdrukking toonde tevredenheid zonder wraakzucht.

Ze stonden in comfortabele stilte naar Honey te kijken. De ronde flanken van de merrie zouden binnenkort zichtbaarder uitzetten met haar groeiende veulen, tastbaar bewijs dat het leven ondanks trauma doorgaat, van nieuwe beginnen die uit pijnlijke eindes ontstaan.

'Ik zat te denken,' zei Pip na een tijdje, 'als het veulen er is, heb ik hulp nodig met de nachtchecks. Iemand die lang genoeg is om bij de hoge kast in de zadelkamer te komen, waar we de veulenset bewaren.'

Jakes lippen krulden tot een glimlach. 'Vraag je me om in te trekken vanwege mijn lengte?'

'Onder meer,' antwoordde Pip op dezelfde lichte toon, al spraken haar ogen boekdelen. 'Je speurderskwaliteiten kunnen ook van pas komen, om zoekgeraakte borstels op te sporen en te achterhalen waar Kate de macadamia-proteïneballen verstopt. Die hebben we nodig voor late-nachtsnacks tijdens het veulenseizoen.'

Zijn arm klemde zich steviger om haar schouders en trok haar dichter tegen zich aan. 'Ik denk dat dat wel te regelen valt.'

Honey hief haar hoofd op uit het hooi en bekeek hen met kalme, blauwe ogen die geen schaduwen van angst meer kenden. Volgend jaar zou haar veulen komen, met alle chaos en vreugde van nieuw leven. Tegen die tijd zou de paardenroofzaak allang gesloten zijn, recht gedaan, wonden geheeld. Pip voelde hoe het klopte, dit cyclische patroon van eindes en beginnen, van recht en herstel.

'Het komt met ons goed,' zei ze zacht, de woorden zowel constatering als besef.

Jake drukte een kus op haar kruin. 'Ja,' stemde hij eenvoudig toe. 'Met ons komt het goed.'

Hoofdstuk Zestien

Jake's handen raakten verstrikt in Pips haar terwijl hij hun kus verdiepte, omgeven door de vertrouwde geur van hooi en paarden in de warme schuur van Ridgewater. Het avondlicht viel door hoge ramen naar binnen en wierp gouden rechthoeken over de betonnen vloer waar ze stonden, even blind voor alles behalve elkaar. Honey hinnikte zachtjes vanuit haar stal, misschien ter goedkeuring of gewoon om haar avondvoer te vragen, maar Jake registreerde het nauwelijks. In de dagen sinds de arrestatie van Vivienne en Martin waren hij en Pip in een prettig ritme beland van werk en samenzijn, waarbij de grens tussen collega en geliefde vervaagde tot iets nieuws en verrassend vanzelfsprekends.

De schuurdeur zwaaide met theatrale plotselingheid open en overspoelde de ruimte met laatmiddagzon.

'Nou, mooi is dat, om na een topdag op de races van Eagle Farm hierop binnen te lopen!'

Een grote gestalte stond tegen het licht in in de deuropening, één hand dramatisch voor zijn ogen. Jake verstarde, zijn armen nog om Pips kleine lichaam, terwijl hij knipperde tegen de plotselinge inbraak van licht en stem.

Pip maakte zich van hem los met een gil die pure vreugde was, geen schaamte. 'Harry!'

Voor Jake begreep wat er gebeurde, was Pip met verbluffende snelheid voor iemand zo klein de schuurvloer over geschoten en wierp ze haar tengere lijfje op de nieuwkomer. De man, makkelijk twee keer zo groot als zij, ving haar in wat alleen een berenknuffel genoemd kon worden, tilde haar moeiteloos van de grond en draaide haar één keer rond voordat hij haar weer neerzette.

'Moet je jezelf eens zien,' zei de man, zijn stem bulderend van genegenheid. 'Nog steeds klein van stuk en nog steeds problemen aan het zoeken!'

Jake bleef onbeholpen staan waar Pip hem had achtergelaten, pijnlijk bewust van zijn rode gezicht. Hij haalde een hand door zijn haar om het te temmen waar Pips vingers het hadden doorwoeld, en streek met geaffecteerde nonchalance zijn overhemd glad, waar niemand in zou trappen.

'Harry, wat doe jij hier?' eiste Pip, zonder schaamte opkijkend naar de forse man. 'Je had niet gezegd dat je zou komen!'

'Waar zit het plezier dan?' antwoordde Harry, zijn ogen twinkelend terwijl zijn blik naar Jake verschoof. 'Bovendien, het lijkt erop dat ik op een interessant moment ben gearriveerd.'

Jake herkende hem nu: Harry Kittredge, de legendarische renpaardentrainer, de man die Pip als kind onder zijn hoede had genomen, haar een loopbaan had gegeven en een vaderfiguur was gebleven lang nadat ze de racewereld de rug had toegekeerd. Jake slikte, zich ineens meer een tiener voelend die betrapt was door de vader van zijn vriendin dan een professionele politieagent in de dertig.

'Oh!' Pip leek zich plots Jakes bestaan te herinneren. Ze draaide zich om, haar wangen roze van een mengeling van opwinding en late verlegenheid. 'Harry, dit is Jake Harrison. Jake, dit is Harry Kittredge.'

Jake stak de schuur over met zijn hand uitgestoken, zijn professionele training nam het over ondanks zijn ongemak. 'Meneer. Aangenaam kennis te maken. Ik heb veel over je gehoord.'

Harry's handdruk was stevig, zijn taxerende blik zowel vriendelijk als beoordelend. 'Senior Constable Harrison. Ik heb ook over je gehoord.' Zijn mond trok in een grijns die precies suggereerde wat hij had gehoord en van wie. 'Al lijk ik het nu uit eerste hand mee te maken.'

Harry's lach daverde door de schuur en deed een pony in de buurt snuiven. Jake voelde zijn oren gloeien maar kreeg een glimlach voor elkaar, beseffend dat het plagerij uit goed hart was.

'Ik heb avondeten meegebracht,' kondigde Harry aan, terwijl hij gebaarde naar de auto buiten. 'Indiaas afhaaleten, genoeg voor iedereen. Dacht, ik verras jullie eens.'

'Dat is je zeker gelukt,' zei Pip droog, al fonkelden haar ogen van geluk. 'Kom op, naar het huis voordat het eten koud wordt.'

Jake merkte dat hij hen volgde terwijl Harry verschillende welriekende tassen uit zijn auto haalde, de rijke geuren van curry en warm brood deden zijn maag knorren ondanks de nasmeulende schaamte. Pip ging hen voor naar het woonhuis, haar eerdere gêne blijkbaar vergeten door de vreugde van Harry's onverwachte bezoek.

Harry zette de afhaaltassen met ceremoniële zwier op het kookeiland neer, terwijl Pip rondliep om borden, glazen en bestek te verzamelen. Jake schoot automatisch te hulp, opende kastjes op Pips aanwijzingen om serveerschalen te pakken.

'Harry!' Sarah verscheen in de deuropening, haar verrassing maakte plaats voor plezier. 'Niemand had gezegd dat je zou komen!'

'Dat is omdat niemand het wist,' antwoordde Pip, op haar tenen reikend naar de wijnglazen. Jake ging geruisloos achter haar staan en pakte ze moeiteloos van de hoge plank.

Emma en Kate kwamen even later binnen; de zussen begroetten Harry met de vanzelfsprekende hartelijkheid van familie. Jake bekeek de interacties met belangstelling, en merkte hoe de McKenzie-vrouwen Harry met liefdevolle, plagerige genegenheid behandelden. Toen kwam Jemima gillend van plezier binnenrennen om zich op 'Uncle Harry' te storten. Jake liet zichzelf naar de achtergrond verdwijnen terwijl ze kwetterden, tevreden om het familiedynamiek te zien ontvouwen.

Harry begon bakjes uit te pakken; de keuken vulde zich met de aromatische geuren van curry, kardemom en koriander. 'Butter chicken, lamb rogan josh, groente korma, palak paneer,' somde hij op, terwijl hij elk bakje op het eiland zette. 'En echte naan, geen supermarkttrommel.'

'Dit is geweldig, Harry,' zei Emma, appreciërend inhalerend. 'Wat is de aanleiding?'

'Heb ik een aanleiding nodig om mijn lievelingsmeiden te bezoeken?' antwoordde Harry, al flitsten zijn ogen heel even naar Jake. 'Bovendien, een fantastische dag gehad op Eagle Farm. Drie winnaars uit de stal, waaronder een debutant die twintig tegen één uitbetaalde.'

Terwijl ze zich rond het eiland verzamelden en hun borden vulden met geurige gerechten, kwam Jake recht tegenover Harry te staan. De oudere man wachtte tot iedereen had opgeschept voordat hij Jake aankeek met een directe blik die vriendelijk was maar onmiskenbaar serieus.

'Dus, Senior Constable,' begon hij, schijnbaar achteloos. 'Wat zijn jouw plannen met ons meisje hier precies?'

Het werd stiller in de keuken; vier paar vrouwelijke ogen schoten tussen hen heen en weer met uiteenlopende gradaties van schaamte, amusement en nieuwsgierigheid. Jake voelde Pip naast zich verstijven.

'Harry,' waarschuwde ze.

'Het is een redelijke vraag,' kaatste Harry mild terug. 'Pip heeft geen vader, en hoe graag ik Jim het ook in die rol zie, ik ken haar al veel langer.'

Jake legde zijn vork neer en beantwoordde Harry's blik recht. 'Ik geef heel veel om Pip,' zei hij, zijn stem vaster dan hij zich voelde. 'En ik respecteer haar onafhankelijkheid.'

'Goed begin,' knikte Harry, terwijl hij een vork vol rijst opschepte. 'Waar ziet je zichzelf over vijf jaar?'

'Harry!' protesteerde Pip opnieuw, haar wangen kleurend.

Jake legde zacht zijn hand op de hare onder het blad. 'Het is oké,' zei hij zacht tegen haar, waarna hij weer naar Harry keek. 'Professioneel hoop ik door te groeien binnen het korps, maar mijn plannen zijn om hier in Ridgemont te blijven en misschien uiteindelijk, als mijn baas met pensioen gaat, te solliciteren om het bureau te leiden. Privé...' Hij aarzelde, zich bewust van het gewicht van zijn volgende woorden. 'Ben ik van plan te zijn waar Pip maar wil dat ik ben.'

Er verschoof iets in Harry's uitdrukking; goedkeuring verwarmde zijn ogen, al ging zijn ondervraging onverstoorbaar verder. 'Je heeft een gevaarlijke baan. Hoe past dat bij het boerenleven?'

Het verhoor ging tijdens de maaltijd door; Harry's vragen waren direct maar niet onvriendelijk. Jake antwoordde eerlijk, al prikte het ongemak als een kraag die te strak zat, door de publieke aard van het gesprek. Aan de overkant wisselden de McKenzie-zussen geamuseerde blikken, terwijl Pip zich met verdachte intensiteit op haar eten concentreerde.

Toen Harry over Jakes langetermijn-financiële planning begon, greep Pip eindelijk in.

'Kappen nou, Harry,' zei ze beslist. 'Je bent erger dan Sarah en Kate bij elkaar. Jake staat hier niet terecht.'

Harry's bulderlach brak de spanning. 'Ik doe gewoon even mijn huiswerk, lieverd. Iemand moet toch op je letten.'

'Ik kan uitstekend op mezelf passen,' kaatste Pip terug, al klonk er meer genegenheid dan ergernis in haar stem.

'Heb ik ook nooit ontkend,' antwoordde Harry luchtig. 'Betekent niet dat de mensen die om je geven niet óók in je hoek kunnen staan.'

Terwijl het gesprek verschoof naar nieuws over Harry's paarden en de laatste successen van de zussen, merkte Jake dat hij ontspande. Hij herkende Harry's beschermende vragen voor wat ze waren: de bezorgdheid van iemand die zielsveel van Pip hield en zeker wilde weten dat ze gelukkig was. Er zat geen kwaad in, alleen oprechte zorg.

Tegen de tijd dat de borden leeg raakten, lachte Jake mee om Harry's verhalen over Pips beginjaren als jockey, haar incidentele flaters en een paar successen tegen de verdrukking in. De warmte in Harry's stem wanneer hij over haar prestaties sprak, vertelde Jake alles wat hij moest weten over hun band.

Pip leunde tegen Jakes zij, haar eerdere gêne vergeten terwijl ze gemoedelijk met Harry bakkeleide over de details van een bepaalde race. De nonchalante intimiteit van dat gebaar, gedaan zonder nadenken en in het bijzijn van haar familie, voelde als acceptatie. Als thuishoren.

Jake betrapte Harry erop dat hij naar hen keek, een peinzende uitdrukking op zijn doorleefde gezicht.

De oudere man gaf hem een klein knikje, bijna niet waarneembaar, maar Jake begreep wat het betekende.

Voorlopige goedkeuring. Voor nu.

Pip bleef staan voor de keukendeur, koffiemok halverwege naar haar lippen, toen Harry's stem via het halfopen raam naar binnen dreef. 'Dus die Vivienne heeft echt geprobeerd haar reputatie te ruïneren? Na haar paard te hebben gestolen?' De verontwaardiging in zijn toon was onmiskenbaar. Kate's antwoord klonk zachter, maar Pip ving genoeg op om te begrijpen dat ze het hadden over de roddelcampagne die haar klanten had gekost en de afgelopen maanden zoveel onrust had veroorzaakt. Ze had het Harry zelf niet verteld, hem die zorg willen besparen, maar duidelijk waren de McKenzie-zussen hem aan het bijpraten.

Pip zuchtte en duwde de deur open, terwijl ze haar aanwezigheid aankondigde. 'Morgen.'

Harry en Kate draaiden zich om van waar ze bij het koffieapparaat stonden; Harry's gezicht schakelde moeiteloos van verontwaardiging naar een vrolijke begroeting. 'Daar is ze! Net op tijd voor een vers bakkie.'

'Ik heb er al een, dank je,' zei Pip, haar mok optillend. Ze liet haar blik tussen hen heen en weer gaan en merkte Kates licht schuldige uitdrukking op. 'Dus je bent helemaal bijgepraat over het lokale drama, zie ik.'

Harry deed geen moeite het te ontkennen. 'Je had me eerder moeten bellen, lieverd. Ik had dat typ Vivienne al maanden geleden voor je geregeld.'

'Het is nu geregeld,' zei Pip, terwijl ze op een kruk bij het kookeiland ging zitten. 'Ze is aangeklaagd, de paarden zijn veilig terug bij hun eigenaren, en mensen beginnen bij te draaien.' Ze noemde niet de aanhoudende steek van afgezegde lessen, de klanten die niet waren teruggekeerd ondanks Vivienne's val van haar voetstuk.

'Hmm.' Harry's grom deed vermoeden dat hij niet geheel overtuigd was. 'Plannen voor vandaag?'

'Ritje naar de voerwinkel,' antwoordde Pip. 'We zitten laag in supplementen voor de drachtige merries, en ik moet de mineralenblokken ophalen waar we op wachten; Nate heeft gisteren een bericht achtergelaten dat ze binnen zijn.'

'Perfect!' Harry klapte in zijn handen. 'Ik ga met je mee.'

Pip verslikte zich bijna in haar koffie. 'Dat is echt niet nodig, Harry. Het is maar een snel boodschapje.'

'Onzin. Prachtige dag voor een ritje naar het dorp.' Zijn toon was licht maar duldde geen tegenspraak. 'Bovendien, ik ben al in geen tijden in Ridgemont geweest. Wil wel eens zien hoe de boel veranderd is.'

Kate ving Pips blik achter Harry's rug en vormde met haar lippen: 'Laat hem.'

Pip erkende de zinloosheid van verzet. Als Harry Kittredge iets in zijn hoofd had, zeker als het om zijn 'meiden' ging, dan was de kous af.

'Goed dan,' gaf ze toe. 'Maar we gaan in mijn pickup, niet in jouw chique auto. Ik moet voer terugbrengen.'

'Zou niet anders willen,' stemde Harry stralend in.

Een uur later reed Pip het parkeerterrein van Ridgemont Produce op, Harry comfortabel in de passagiersstoel. Onderweg had ze geprobeerd hem ervan te overtuigen dat de roddelkwestie was uitgewoed, dat er geen reden was voor zijn inmenging. Zijn niet-committerende hummen deden vermoeden dat hij niet luisterde.

'Denk eraan, gewoon een normale winkeltrip,' waarschuwde Pip terwijl ze uit de pickup stapten. 'Ik moet hier professionele relaties onderhouden.'

Harry's onschuldige uitdrukking misleidde haar allerminst. 'Natuurlijk, lieverd. Ik ben er alleen om de zware zakken te dragen.'

Op het moment dat ze binnenstapten, wist Pip dat het een verloren zaak was. Harry haalde diep, theatraal adem en bulderde: 'Dát is nog eens hoe een echte plattelands-voerwinkel hoort te ruiken!'

Iedereen in de zaak keek op. Nate, die zakken met chaff bij de kassa aan het stapelen was, richtte zich met een schok op. Zijn ogen werden groot toen hij de beroemde trainer herkende.

'Lieve hemel, is dat Harry Kittredge?'

Harry stapte op hem af, hand uitgestoken, en wist de hele ruimte te beheersen ondanks de smalle gangpaden en het lage plafond. 'In eigen persoon! En je moet Nate zijn. Pip heeft me alles over je verteld.'

Pip volgde in Harry's kielzog, zich pijnlijk bewust van het gefluister dat door de winkel trok. Het stel bij de paardendekens aan de achterwand stond inmiddels openlijk te staren. Een oudere boer bij het zadenrek was midden in zijn keuze gestopt om te gapen.

'Het is een eer, meneer Kittredge,' zei Nate, terwijl hij Harry's hand enthousiast schudde. 'Grote fan van jouw paarden. Die merrie van je, Midnight Serenade, een absolute schoonheid. Gaat zij de Melbourne Cup in?'

'Zeg maar Harry,' drong hij aan, Nate op de schouder kloppend. 'Een vriend van Pip is een vriend van mij. Dit meisje hier,' hij sloeg een arm om Pips schouders, 'is praktisch mijn dochter, weet je. Ik heb haar alles geleerd wat ze over paarden weet. Al denk ik dat zij mij tegenwoordig ook nog wel wat kan leren! Ik zou haar zó op Midnight Serenade zetten als ze terugkwam naar de sport!'

Zijn stem droeg moeiteloos door de winkel, zodat iedereen aanwezig het compliment hoorde. Pip voelde haar wangen warm worden, maar Harry ging al door.

'Het meest natuurlijke talent dat ik ooit heb gezien, zelfs als klein, tenger ding. Je had haar veulens moeten zien hanteren waar professionele jockeys doodsbenauwd voor waren! En hoe ze de lichaamstaal van een paard leest, pure gave. Nog nooit zoiets gezien.'

Nates grijns werd breder terwijl hij knikte. 'Met de lastige gevallen weet ze zeker raad. Iedereen hier in de buurt weet dat ze Pip moet bellen als ze een probleempaard hebben.'

'Slimme mensen,' beaamde Harry met nadruk. 'Nu, Pip heeft wat spullen nodig, en ik ben hier om te sjouwen. Maar eerst, laat me eens zien wat jullie hebben in die supplementengangen. Ik wilde al een tijdje iets nieuws proberen voor mijn tweejarigen.'

Terwijl Nate Harry gretig naar de supplementenafdeling leidde, slofte Pip erachteraan, haar lijst verkreukeld in haar plots klamme handpalm. Ze merkte dat de sfeer in de winkel kantelde; klanten die haar blik eerder ontweken, keken nu met duidelijke interesse. Het gefluister had van toon veranderd, nieuwsgierig in plaats van veroordelend.

Een vrouw die Pip herkende als een van Viviennes vroegere vriendinnen, kwam aarzelend op hen af. 'Pardon, meneer Kittredge? Mijn dochter is gek op de races. Zou ik misschien jouw handtekening voor haar kunnen krijgen?'

'Natuurlijk!' bulderde Harry, terwijl hij een pen uit zijn zak haalde. 'Hoe heet ze?'

'Melissa,' antwoordde de vrouw, terwijl ze een bonnetje aanbood om achterop te tekenen. 'Ze rijdt zelf, al is ze net begonnen.'

'Melissa. Mooie naam.' Harry zette met zwier zijn krabbel. 'Weet je, als ze serieus wil rijden, moet ze les nemen bij Pip hier. De beste instructeur die ze kan hebben, je boft dat Pip in de buurt zit.'

De vrouw wierp Pip een blik toe, iets als spijt flitste over haar gezicht. 'Ik... ja, misschien moeten we dat inderdaad eens uitzoeken.'

Er kwam nog een klant bij, en nog een. Al gauw stond Harry omringd, handtekeningen zettend op zakken voer en bonnetjes, poserend voor selfies met starstruck paardenliefhebbers. Bij elk contact wist hij Pip erbij te betrekken, trok hij haar in gesprekken, liet hij trainingsvragen aan haar over en noemde hij haar keer op keer 'mijn meisje' of 'als een dochter voor me'.

Pip glipte weg en liep door de winkel om haar spullen te verzamelen, hyperbewust van de verschuivende dynamiek om haar heen. Mensen die wekenlang oogcontact hadden vermeden, glimlachten nu, knikten, en kwamen zelfs voorzichtig met vragen over trainingsproblemen op haar af.

Nate trof haar bij het schap met gewrichtssupplementen, met een veelbetekenende blik. 'Je Harry is me er eentje.'

'Subtiel is hij niet,' gaf Pip toe, zonder de genegenheid in haar stem te kunnen verbergen.

'Misschien was subtiliteit ook niet wat er nodig was,' antwoordde Nate. 'In dit stadje gaat nieuws snel, en de mening van Harry Kittredge weegt zwaar bij paardenmensen.'

Tegen de tijd dat ze klaar waren met winkelen, had Harry een klein groepje bewonderaars verzameld. Hij stond erop de zwaarste zakken naar Pips pickup te dragen, en bleef in het parkeerterrein de scepter zwaaien terwijl hij ze inlaadde.

'Dat meisje heeft me dingen geleerd over doordringen tot moeilijke paarden die de werking van mijn hele stal heeft veranderd,' kondigde hij aan aan het geboeide publiek. 'Ik zou niet staan waar ik nu sta zonder haar inzichten. Pure natuurlijke intuïtie, maar wel onderbouwd met degelijk studie- en arbeidsethos. Dáár wordt ze bijzonder van.'

Toen Pip achter het stuur klom, keek ze toe hoe Harry zijn geïmproviseerde pr-offensief afrondde met een laatste rondje handenschudden. Toen hij eindelijk bij haar in de pickup stapte, zakte hij onderuit met de voldane rust van iemand die precies bereikt heeft wat hij van plan was.

'Harry,' begon Pip, niet zeker of ze hem moest berispen of bedanken.

'Ik spreek alleen de waarheid, lief,' zei hij rustig. 'Geen spoor van overdrijving in wat ik zei.'

Pip zette de pickup in z'n versnelling en reed het parkeerterrein af, terwijl er tegen wil en dank een glimlach aan haar lippen trok. 'Je bent onmogelijk.'

'Maar wel doeltreffend,' antwoordde Harry met een knipoog. 'Zag je die vrouw met die dure laarzen, die je praktisch smeekte om naar het pony'tje van haar dochter te kijken?'

'Ik heb het gezien,' gaf Pip toe. Diezelfde vrouw had drie weken geleden haar dochters lessen afgezegd, onder het mom van een roosterprobleem waarvan Pip wist dat het onzin was.

'Nu even hier naar binnen sturen,' zei Harry. 'Ik heb trek in een hapje lunch. Doet de pub nog steeds die voortreffelijke steaksandwiches? En denk je dat jouw Jake zin heeft om bij ons aan te schuiven?'

The Exchange Hotel gonsde met ongebruikelijke energie voor een zaterdagmiddag, elke tafel bezet en aan de bar stonden ze drie dik. Pip wrong zich door de menigte, balancerend met drie pints in haar kleine handen terwijl ze terugliep naar de hoektafel die Harry en Jake hadden veroverd. Boven het algemene rumoer kondigde de stem van de commentator op de televisie aan de muur de volgende race op Flemington aan, maar voor één keer was het koersen niet de hoofdact. Die eer viel Harry Kittredge ten deel.

'Daar komt de derde race,' kondigde Harry aan, zijn stem moeiteloos boven het geroezemoes uit. 'Nummer vier, let op hoe ze in de laatste rechte lijn van achteren komt. De jockey heeft haar in de training wat ingehouden, maar ik zag haar laatste werkje afgelopen dinsdag. Ze heeft een eindschot dat iedereen zal verrassen.'

Koppen draaiden naar de televisie; meer dan een paar gokkers tikten haastig op hun telefoons om lastminuteweddenschappen te plaatsen. Pip zette de pints op hun tafel, schoof er één naar Jake en één naar Harry, en ging zitten.

'Je hebt heel wat opschudding veroorzaakt,' mompelde ze tegen Harry, knikkend naar de menigte.

'Gewoon aardig doen,' antwoordde hij met overdreven onschuld, die haar geen seconde misleidde.

Jake ving haar blik aan de overkant van de tafel, zijn glimlach een mengeling van amusement en bewondering. Hij was na zijn ochtenddienst bij hen aangeschoven voor de lunch en leek volkomen tevreden om de Harry Kittredge-show gade te slaan. De nonchalante manier waarop zijn arm over de rugleuning van Pips stoel rustte, voelde inmiddels vanzelfsprekend; zijn aanwezigheid naast haar was een stille ankerpunt te midden van Harry's theatrale optreden.

De race begon, de pub viel in de relatieve stilte van intense concentratie. Harry boog zich een fractie naar voren, ogen op het scherm gericht, maar zijn uitdrukking bleef zelfverzekerd in plaats van gespannen. En inderdaad, toen de paarden de laatste bocht namen, begon nummer vier haar opmars vanuit het middenveld, haalde gestaag concurrenten in en stoof in de laatste meters de koploper voorbij.

De pub barstte los. Wie Harry's tip had gevolgd, juichte uitbundig, anderen kreunden om gemiste kansen. Een man die Pip herkende als de plaatselijke slager hief zijn glas in Harry's richting. 'Dat zijn er al drie op rij die je goed hebt! Wat is je geheim, maat?'

'Geen geheim,' antwoordde Harry bescheiden, al twinkelden zijn ogen van voldoening. 'Gewoon veertig jaar kijken naar hoe paarden bewegen. Je ziet het aan hun voorbereiding als je weet waar je op moet letten.'

Er verscheen een nieuwe ronde drankjes op hun tafel, aangeboden door dankbare gokkers wier portemonnees geprofiteerd hadden van Harry's inzichten. Pip betrapte zichzelf op glimlachen, ondanks haar aanvankelijke gêne om Harry's aandachttrekkerij. Zijn larger-than-life aanwezigheid had de sfeer in het hele stadje op de een of andere manier getransformeerd. Waar ze eerder fluisteringen en schuine blikken achter zich aan had voelen komen, baadde ze nu in de weerkaatste gloed van Harry's bekendheid.

'Gisteravond nog even naar die jongere van jou gekeken,' zei Harry, terwijl hij zich naar Pip wendde toen er een nieuwe race begon. 'Die vosbruine ruin met die lange witte kous linksachter.'

'Challenger,' vulde Pip aan. 'Emma's project. Hij komt oorspronkelijk uit jouw stal, weet je nog?'

'Zeker wel. Mislukt als renpaard, maar hij beweegt als een droom voor het springen. Ik dacht dat je hem zelf misschien aan het scholen was.'

'Ik heb er een paar keer op gezeten,' gaf Pip toe. 'Hij heeft talent, maar het is Emma's project, en eigenlijk is hij wat groot voor mij. Ik blijf meestal bij mijn pony's, dat weet je.'

Harry knikte bedachtzaam. 'Het kan de moeite waard zijn om hem ook voor eventing te cross-trainen. Hij heeft de beweging voor dressuur.'

Hun gesprek over trainingstechnieken trok verschillende luisteraars in de buurt aan, doorgewinterde paardenmensen die de expertise herkenden die hier terloops werd uitgewisseld. Pip beantwoordde vragen over haar methodes, terwijl Harry met zichtbare trots naar haar verwees. Waar men haar kwalificaties eerder misschien ter discussie stelde, luisterde men nu aandachtig; Harry's aanbeveling gaf elk woord extra gewicht.

Tegen de tijd dat ze drie uur later de pub verlieten, had Pip visitekaartjes uitgedeeld aan vijf potentiële nieuwe klanten en drie probleempaarden toegezegd te zullen beoordelen. De middagzon wierp lange schaduwen over de straat terwijl ze terugliepen naar de auto, Harry nog steeds het hoge woord voerend tegen een paar racefanaten die hen naar buiten waren gevolgd.

'Ik kan maar beter teruggaan,' zei Harry tegen zijn bewonderaars. 'Die jonkies trainen zichzelf niet, zelfs niet met mijn beste mensen op stal, en dinsdag staan we op Randwick. Let op Tartan Misdemeanour in de tweede. Idiote naam, maar geloof me... wat een paard.' Hij tikte met een veelbetekenende knipoog tegen de zijkant van zijn neus voordat hij op de passagiersstoel klom.

Voor het eerst in maanden, terwijl Pip terugreed naar Ridgewater, Jake achter hen aan in zijn auto en Harry opgewekt voor zich uit neuriënd naast haar, voelde ze zich weer helemaal zichzelf, ontdaan van het gewicht van roddel en twijfel dat haar sinds Honey's diefstal had achtervolgd.

Toen ze bij Ridgewater aankwamen, liep Pip naar haar kantoor in de schuur, van plan de berichten te checken voor de avondvoerbeurt. Haar laptop kwam zoemend tot leven, het geluid van e-mailmeldingen klonk herhaaldelijk terwijl haar inbox ververste.

'Dat klinkt niet normaal,' merkte Jake op, leunend tegen het deurkozijn.

Pip staarde ongelovig naar het scherm. 'Drieënvijftig nieuwe berichten sinds vanmorgen.'

Harry verscheen achter Jake, over zijn schouder meekijkend. 'Populair meisje.'

Pip klikte op de eerste e-mail, van een vrouw die tijdens de ergste roddel de lessen van haar dochter had opgezegd. Haar ogen werden groot terwijl ze voorlas: 'Beste Pip, ik hoop dat het goed met je gaat. Ruby vraagt of ze terug mag naar haar lessen bij jou, en na met verschillende mensen in de voerwinkel te hebben gesproken, realiseer ik me dat we een fout hebben gemaakt door van instructeur te veranderen. Je reputatie als trainer is ongeëvenaard en we zouden vereerd zijn als je Ruby weer als leerling zou willen aannemen.'

'Nou, nou,' mompelde Harry, hoorbaar tevreden.

Pip opende nog een bericht. 'Mevrouw Rodriguez-McKenzie, ik informeer naar jouw trainingsprogramma voor jonge paarden. Mijn Shetlandpony is te gevaarlijk gebleken voor mijn kind om op te rijden, maar Harry Kittredge zelf heb je aanbevolen als de beste persoon voor uitdagende gevallen.'

En nog een: 'Na je vandaag in de pub te hebben gezien en jouw methodes te hebben gehoord van Harry Kittredge, wil ik graag een beoordeling inplannen voor de showpony van mijn dochter. We hebben verzamelingproblemen die lijken op kwesties die je al eerder heeft opgelost...'

Bericht na bericht vulde haar scherm, voormalige klanten die schaapachtig excuses aanboden en vroegen om de lessen te hervatten, nieuwe aanvragen over ponyverkopen en trainingsplekken, zelfs verzoeken om consulten van verschillende grote hippische accommodaties in de regio. Pip scrolde er met groeiende verbazing doorheen en las af en toe stukken voor aan Jake en Harry.

'Ik kan dit niet geloven,' zei ze uiteindelijk, hoofdschuddend. 'Ik heb weer een wachtlijst. Vanmorgen maakte ik me nog zorgen over de voerkosten voor volgende maand.'

Harry leunde tegen het bureau, armen over zijn borst, en keek buitensporig tevreden met zichzelf. 'Wonderlijk wat een beetje waarheid kan doen.'

'Een beetje waarheid en de stempel van goedkeuring van Harry Kittredge,' voegde Jake glimlachend toe.

Pip stond plotseling op, emotie wellend in haar borst nu de volle impact van Harry's daden tot haar doordrong. Zonder een woord sloeg ze haar armen om zijn forse middel en begroef haar gezicht tegen zijn overhemd. Harrys armen sloten zich meteen om haar heen, één grote hand die haar rug zachtkoekjes klopte.

'Zo, zo,' murmelde hij, zijn bulderende stem verzacht. 'Ik heb alleen de zaken rechtgezet, dat is alles.'

'Je hebt mijn bedrijf gered,' zei Pip, haar stem gedempt tegen zijn borst.

'Onzin,' wierp Harry tegen, al trokken zijn armen steviger aan haar kleine gestalte. 'Jouw talent en harde werk hebben je bedrijf gered. Ik heb mensen alleen herinnerd aan wat ze al over je wisten.'

Pip deed een stap achteruit en veegde snel langs haar ogen. 'Toch. Dank je.'

Jake keek vanuit de deuropening toe, zijn uitdrukking warm en begrijpend. In zijn gezicht zag Pip een nieuw respect voor de band tussen haar en Harry, die connectie die carrièrewissels, tragedie en jaren van afstand had doorstaan. Ze stak haar hand naar hem uit, trok hem hun kring in, en Harry maakte ruimte, gooide een arm om Jakes schouders.

'We moeten dit vieren,' verklaarde Harry, zijn natuurlijke uitbundigheid terug. 'Sarah zei dat er een fles champagne in de koelkast staat voor speciale gelegenheden. Ik zou zeggen dat dit daaronder valt.'

'Ik wil alleen nog even een paar van deze mails lezen,' zei Pip, waarop zowel Harry als Jake moesten lachen.

'Neem alle tijd die je nodig hebt, mijn meisje.' Harry tikte zachtjes aan haar vlecht. 'Alle tijd die je nodig hebt.'

Een half uur later stonden ze met de zussen McKenzie in de keuken, glazen bubbels in de hand. Harry stond aan het hoofd van het keukeneiland en hief zijn glas met plechtige waardigheid.

'Op Pip's Perfect Ponies,' kondigde hij aan, zijn stem warm van trots. 'Moge het bedrijf bloeien zoals het verdient, onder de leiding van de meest getalenteerde paardenvrouw die ik ooit het voorrecht heb gehad te kennen.'

'Op Pip,' viel de rest hem in, glazen die tegen elkaar tikten.

Pips telefoon pingde met wéér een e-mailmelding, maar ze negeerde het, haar aandacht gericht op de gezichten om haar heen, dit geïmproviseerde gezin dat pal achter haar was gaan staan toen ze het het hardst nodig had. Harry's larger-than-life aanwezigheid, Jakes standvastige steun, de onwankelbare loyaliteit van de zussen McKenzie – samen vormden ze een beschermende cirkel waar geen roddel doorheen drong.

Terwijl Harry aan een nieuw racerverhaal begon, zijn handen ruim gebarend, leunde Pip tegen Jakes zij. Tevredenheid nestelde zich diep in haar botten. Haar reputatie hersteld, haar bedrijf herleefd en haar familie om haar heen: ze voelde dat eigenaardige gevoel van juistheid wanneer dingen terugvallen op hun plek. Niet perfect, misschien, maar wél goed in alles wat ertoe deed.

Hoofdstuk Zeventien

DE ZWARE DEUREN VAN het restaurant van de Ridgemont Country Club gleden voor hen open en lieten een golf van gouden licht over het schemerige terras uitwaaieren. Pip streek nerveus haar jurk glad en voelde zich misplaatst, ondanks Jake die geruststellend naast haar liep. De marineblauwe stof voelde vreemd op haar huid, gewend als ze was aan jeans en werkoverhemden. Maar Jake had haar met zo'n oprechte waardering aangekeken toen hij haar kwam ophalen, dat het ongemak de moeite waard leek.

'Weet je zeker dat ik er goed uitzie?' fluisterde ze toen ze de foyer binnenstapten, terwijl haar ogen wennen aan de glanzende marmeren vloer en de gepolijste houten accenten.

Jakes hand vond de holte in haar rug, warm en standvastig. 'Je ziet er prachtig uit,' zei hij, zijn stem laag genoeg dat alleen zij het kon horen. 'Al zou ik dat ook vinden als je je smerigste stallenplunje droeg.'

Het restaurant strekte zich vóór hen uit, met hoge glazen wanden en zacht licht dat op kristallen glazen en zilveren bestek speelde. Tussen de tafels, gedekt met smetteloos wit linnen, zaten vooral de welgestelde inwoners van Ridgemont. Pip herkende verschillende gezichten van de vergaderingen over de rondweg en merkte met voldoening dat iedereen haar en Jake welkom toeknikte en toelachte. Zíj vonden dat ze hier thuishoorde, en die gedachte liet haar een beetje ontspannen.

'Senior Constable Harrison, mevrouw Rodriguez-McKenzie,' begroette de maître d' hen met professionele warmte. 'Jouw tafel is gereed. Wil je mij volgen?'

Ze werden naar een tafeltje in de hoek geleid met panoramisch uitzicht over de golfbaan, waar het strak gemaaide groen in de schaduw wegzakte terwijl de schemering viel. Pip schoof op haar stoel, en merkte hoe Jake wachtte tot zij zat voor hij zelf plaatsnam, een kleine attentie die haar verwarmde.

'Ik heb de baan nog nooit vanuit dit perspectief gezien,' gaf ze toe, terwijl ze naar het weidse landschap keek. 'Het is echt prachtig.'

'Voor het eerst hier?' vroeg Jake, terwijl hij zijn servet openvouwde.

'In het restaurant wel. Ik ben met Jim en de meiden bij evenementen in het hoofdclubhuis geweest, maar nooit hier.' Ze pakte de wijnkaart op en haar ogen werden even groot bij het zien van de prijzen. 'Dit is... nogal chic voor een donderdagavond.'

Er speelde een vleugje ondeugd in Jakes glimlach. 'Ik vond dat we jouw triomfantelijke terugkeer naar sociale aanvaardbaarheid moesten vieren, dankzij de Grote Harry Kittredge.'

Pip lachte, een geluid dat blikken van naburige gasten trok—zonder een spoor van oordeel, voor de verandering. 'Hij is onmogelijk, hè? Ik kan nog steeds niet geloven wat hij in de fouragehandel heeft geflikt. Arme Nate heeft in die twee uur waarschijnlijk meer supplementen verkocht dan de hele maand.'

'De pub was nog beter,' zei Jake, terwijl zijn blauwe ogen in de hoeken kraakten. 'Ik heb nog nooit iemand een hele zaak zo compleet zien pakken zonder daadwerkelijk uniform of wapen.'

Hun gesprek stokte toen een ober verscheen om de drankjes op te nemen. Zodra hij weg was, boog Pip zich voorover en verlaagde haar stem samenzweerderig.

'Heb je Ted Wilson van de ijzerhandel gezien? Hij zette vijftig dollar op dat paard in de derde race, dat Harry tipte.'

Jake knikte, duidelijk genietend van de herinnering. 'En won bijna vijfhonderd. Ik dacht even dat hij ter plekke zijn eerstgeborene naar Harry zou vernoemen.'

'Harry had dat fantastisch gevonden,' giechelde Pip. 'Kun je het je voorstellen? 'Dit is mijn zoon, Harry Kittredge Wilson.' Arm kind.'

'Je beroemde aangenomen vader heeft wel gevoel voor drama,' plaagde Jake, terwijl hij naar haar hand reikte. Zijn duim trok zachte cirkels in haar handpalm, wat aangename rillingen langs haar arm stuurde.

'Hij is niet echt mijn pleegvader,' corrigeerde Pip, al kon ze de genegenheid in haar stem niet verbergen. 'Gewoon... het dichtst in de buurt, denk ik.'

'Zoals hij over je praat,' zei Jake, 'is het duidelijk dat hij je als zijn dochter ziet. De trots in zijn stem als hij het over je heeft...' Hij schudde lichtjes zijn hoofd. 'Het is bijzonder, Pip. Jullie band is ongelooflijk.'

Ze voelde een warmte in haar opwellen die niets met de temperatuur in het restaurant te maken had. 'Hij nam een gok op mij toen ik nog een kind was. Ik heb alles aan hem te danken.'

'Ik denk dat hij zou zeggen dat het andersom is,' antwoordde Jake. 'Zoals hij het vertelt, heb jij zijn trainingsmethoden op z'n kop gezet.'

Hun drankjes arriveerden, samen met versgebakken brood dat wolkjes stoom losliet zodra ze het braken. Pip snoof waarderend; haar maag herinnerde haar eraan dat de lunch al lang geleden was.

'Zijn vermogen om winnaars te kiezen was onwaarschijnlijk,' zei ze, terugkerend naar hun eerdere gesprek. 'Drie races op rij, en die outsider in de vijfde! Ik zweer dat hij een geheime afspraak heeft met de paarden.'

Jake lachte. 'De blik van de kroegbaas toen iedereen begon te winnen... ik dacht even dat hij Harry de toegang zou ontzeggen.'

'Welnee, de tent zat voller dan ik ooit heb gezien, en iedereen kocht drankjes,' kaatste Pip grijnzend terug. 'Harry was zijn nieuwe beste vriend.'

Ze raakten in een ontspannen gesprek, haalden herinneringen op aan de dag die Pips positie in de gemeenschap had veranderd. Het menu bood decadente opties waar Pip van opkeek, maar Jake moedigde haar aan om te kiezen wat haar maar aanstond; dit was tenslotte een échte viering.

Hun voorgerechten waren net gearriveerd—een fijne compositie van sint-jakobsschelpen voor Pip en rundercarpaccio voor Jake—toen de restaurantmanager midden in de zaal verscheen en zachtjes met een lepel tegen een kristallen glas tikte. Het zachte klinken bracht de gasten geleidelijk tot stilte.

'Dames en heren, mag ik heel even jouw aandacht,' riep hij, zijn stem droeg door de verstilde ruimte. 'Ik heb een belangrijke mededeling over de Ridgemont Golf and Country Club.'

Pip wisselde een nieuwsgierige blik met Jake, haar vork halverwege naar haar mond.

'Zoals sommigen van je misschien via-via hebben gehoord, waren er veranderingen gaande in onze managementstructuur,' vervolgde de manager. 'Ik kan nu bevestigen dat de Ridgemont Golf and Country Club inderdaad is verkocht. De nieuwe eigenaren nemen binnen enkele dagen de bedrijfsvoering over.'

Een gemurmel golfde door het restaurant; gasten draaiden zich naar hun tafelgenoten met verraste uitdrukkingen. Pip boog zich naar Jake toe en merkte hoe zijn professionele interesse meteen was gewekt.

'De raad van bestuur heeft mij verzekerd dat alle bestaande lidmaatschappen worden gehonoreerd en dat ons personeel blijft,' voegde de manager gehaast toe, duidelijk voorbereid op zorgen. 'De nieuwe eigenaren hebben toegezegd de hoge standaard van de club te handhaven en in de komende maanden enkele spannende vernieuwingen te introduceren.'

'Ik vraag me af wie het heeft gekocht,' fluisterde Pip. 'En waarom die haast? De club is al generaties in handen van dezelfde familie.'

Jake knikte bedenkelijk. 'Interessante timing, nu de beslissing over de rondweg nog uitstaat.'

De manager sloot zijn aankondiging af met geruststellingen over continuïteit en hief zijn glas op 'spannende, nieuwe beginnen'. Het restaurant hervond geleidelijk zijn eerdere geroezemoes, al klonk er nu een ondertoon van speculatie doorheen.

'Je denkt hetzelfde als ik, of niet?' vroeg Pip, terwijl ze nog een coquille op haar vork prikte. 'Dit kan alles veranderen aan het tracé van de rondweg.'

'Afhankelijk van wie de nieuwe eigenaren zijn,' stemde Jake in. 'De westelijke route zou dat struikland langs de grens ineens ontzettend waardevol maken voor commerciële ontwikkelingen, maar de vorige eigenaren leken daar niet happig op.'

Pip dacht na en herinnerde zich de verhitte raadsvergaderingen waarin de golfclubeigenaren hartstochtelijk tegen elke route hadden geageerd die hun terrein zou kunnen verstoren. 'Ik vraag me af of iemand het juist vanwege de rondwegpotentie heeft gekocht.'

'Het is mogelijk,' zei Jake, nadenkend. 'Grondspeculatie steekt altijd de kop op wanneer grote infrastructuurprojecten worden aangekondigd.'

'Ik moet Sarah hierover vertellen,' mompelde Pip. 'De westelijke route zou beter zijn voor Ridgewater, dan gaat de weg over geen enkel deel van het landgoed.'

Jake glimlachte naar haar en pakte opnieuw haar hand. 'We kunnen het haar morgen vertellen. Vanavond is alleen voor ons, weet je nog?'

Pips zorgen smolten onder zijn blik weg en maakten plaats voor een vlinderig genoegen bij de simpele woorden 'alleen voor ons'. Ze kneep in zijn vingers en beantwoordde zijn glimlach.

'Alleen voor ons,' stemde ze toe, en ze hief haar glas voor een klein toastmoment. 'Op nieuwe beginnen dan. Van allerlei soort.'

Pip sneed in haar perfect gebakken steak en proefde de volle smaak terwijl zij en Jake hun gesprek weer oppakten. De onverwachte aankondiging van de club had hen even afgeleid, maar de intimiteit van hun hoektafel had hen al snel weer in haar greep. Jake was halverwege een verhaal over zijn eerste poging tot paardrijden als tiener, toen Pip een bejaard echtpaar opmerkte dat vastbesloten hun kant op liep, terwijl de vrouw haar gezicht van herkenning deed stralen.

'O nee,' mompelde Pip, terwijl ze haar vork neerlegde.

Jake keek over zijn schouder en volgde haar blik. 'Vrienden van je?'

Voor ze kon antwoorden, bereikte het echtpaar hun tafel; de vrouw klemde opgewonden haar hand om de arm van haar man.

'Mevrouw Rodriguez-McKenzie! Wat ben ik blij dat we je zagen,' riep de vrouw uit, haar zilveren haar glanzend onder het zachte restaurantlicht. 'We móesten je persoonlijk bedanken.'

Pip kende het stel: de familie Torrens, eigenaren van een vosmerrie die bij de inval was teruggevonden. Ze kwam een beetje overeind van haar stoel en schonk, ondanks de onderbreking, een warme glimlach. 'Mevrouw Torrens, meneer Torrens. Hoe gaat het met Dahlia?'

'Absoluut geweldig, dankzij je,' antwoordde meneer Torrens, zijn gegroefde gezicht vol oprechte dankbaarheid. 'De dierenarts zegt dat ze volledig is hersteld van de beproeving. Ze is zelfs weer aan het werk.'

'We vertellen iedereen hoe je haar hebt helpen identificeren,' voegde mevrouw Torrens eraan toe, terwijl ze Pips hand tussen die van haar sloot. 'Toen die politieagent ons de foto's liet zien die je had genomen, wisten we meteen dat zij het was.'

Jake verschoof op zijn stoel en stak zijn hand naar het echtpaar uit. 'Senior Constable Harrison,' stelde hij zich voor. 'Ik was betrokken bij de terugvinderingsactie.'

'Natuurlijk! De agent die die afschuwelijke Wattley heeft gearresteerd,' riep mevrouw Torrens uit, die Pip losliet om Jakes hand enthousiast te schudden. 'Wat vormen jullie een team!'

Pip voelde haar wangen warm worden, maar Jake glimlachte slechts, vriendelijk professioneel. De Torrens bleven nog een paar minuten, vertelden uitgebreid over Dahlia's herstel en spraken herhaaldelijk hun dank uit, totdat een subtiele hint van een wachterige ober over hun eigen afkoelende diner hen uiteindelijk tot vertrek aanzette.

'Sorry daarvan,' zei Pip, toen ze weer alleen waren, met een zweem van verlegenheid in haar stem.

Jake schudde zijn hoofd, eerder geamuseerd dan geïrriteerd. 'Niet nodig. Het is fijn om te zien dat mensen je expertise erkennen.' Hij nam een slok van zijn wijn en voegde eraan toe: 'Al moet ik zeggen, ik wist niet dat onze date een publiek zou trekken.'

'Harry's ingreep heeft té goed gewerkt,' gaf Pip toe, terwijl ze weer aan haar maaltijd begon. 'Ik heb de afgelopen drie dagen meer aanvragen gehad dan in de drie maanden ervoor.'

Ze wisten hun hoofdgerecht behoorlijk ongestoord te genieten, en het gesprek vloeide vlot tussen hen. Pip merkte dat ze zich ontspande ondanks de af en toe toegeworpen blikken, en dat Jakes rustige aanwezigheid haar op een manier grondde die ze sinds Kit niet meer had gevoeld.

'Nagerecht?' stelde Jake voor toen hun borden werden afgeruimd, terwijl hij de kaart naar haar toeschoof.

Pips ogen lichtten op bij de opties. 'Chocoladesoufflé,' besloot ze meteen. 'Ik maak ze nooit thuis, want de meiden eten ze op voor ze goed en wel gerezen zijn.'

Jake lachte, bestelde twee soufflés en koffie. Hun korte rust werd vrijwel onmiddellijk verstoord door de komst van een vrouw in een duur broekpak—al verraadden haar bewegingen Jake meteen dat ze tot in haar vezels een paardenmens was.

'Mevrouw Rodriguez-McKenzie!' kondigde de vrouw aan, die met verbluffende abruptheid naast hun tafel verscheen. 'Melanie Forrester. Mijn dochter Harmonie rijdt bij Cheryl Banks op Southbridge Equestrian.'

Pip knipperde, even uit het veld geslagen door de introductie zonder inleiding. 'Goedenavond, mevrouw Forrester.'

'Ik was gisteren in de fouragehandel toen Harry Kittredge zei dat je een Welsh-pony te koop had,' ging de vrouw verder, terwijl ze zonder uitnodiging de lege stoel aan hun tafel naar achteren trok en ging zitten. 'Een valkruin ruin met uitzonderlijke beweging voor dressuur.'

Pip wisselde snel een blik met Jake, wiens uitdrukking neutraal bleef, op de lichte opwaartse trek van zijn wenkbrauw na. 'Dat is Toffee,' bevestigde ze. 'Maar hij staat eigenlijk nog niet te koop. Ik was van plan met hem te starten in Nambour...'

'Ik neem hem,' verklaarde mevrouw Forrester, terwijl ze haar telefoon tevoorschijn haalde. 'Zonder te kijken. De aanbeveling van Harry Kittredge is voor mij genoeg. Wat vraagt je? Twaalfduizend? Vijftienduizend?'

Jake schraapte discreet zijn keel, maar de vrouw denderde door, blijkbaar blind voor het feit dat ze een etentje verstoorde.

'Harmonie heeft meteen een nieuw paard nodig. Haar huidige pony is volkomen onvoldoende voor het wintercircuit, en Cheryl zegt dat we moeten upgraden voor de kwalificatiewedstrijden voor het juniorenstaatskampioenschap.' Ze keek op van haar telefoon. 'Ik kan vanavond nog een aanbetaling overmaken en morgen het transport regelen.'

Pip kwam rechter op zitten; haar professionele houding zakte op zijn plaats, ondanks haar innerlijke frustratie. 'Ik waardeer jouw interesse, mevrouw Forrester, maar ik verkoop geen pony's zonder eerst het kind te ontmoeten dat erop gaat rijden. Toffee heeft een specifiek type ruiter nodig, en ik ben erg zorgvuldig in het matchen van karakters.'

'Maar als de prijs goed is...' begon de vrouw.

'De prijs doet er niet toe als de match niet klopt,' zei Pip beslist. 'Ik plan graag een moment in waarop Harmonie hem kan proberen, misschien in het weekend?'

Jake volgde de woordenwisseling met nauwelijks verholen amusement, zijn vingers spelend met zijn wijnglas, terwijl Pip het gesprek vakkundig naar een professionele afronding stuurde. Tegen de tijd dat mevrouw Forrester eindelijk vertrok—met Pips visitekaartje in haar hand en met tegenzin een afspraak voor de zondag erop—waren hun chocoladesoufflés gearriveerd.

'Dat was meesterlijk,' murmelde Jake, terwijl Pip met een zucht weer achterover in haar stoel zakte. 'Heel diplomatiek.'

'Het spijt me zo,' antwoordde ze, terwijl ze haar lepel oppakte. 'Dit is niet helemaal de romantische avond die ik voor ogen had.'

Jake stak zijn hand over tafel en liet zijn vingers de hare raken. 'Het is wel verhelderend. Ik leer dat daten met Pip Rodriguez-McKenzie betekent dat ik haar moet delen met de halve paardenminnende bevolking van Queensland.'

'Meestal niet tijdens het diner,' protesteerde Pip, al kon ze niet voorkomen dat ze glimlachte om zijn goedmoedige plagerij.

'Ik vind het niet erg,' verzekerde Jake haar, terwijl hij met zichtbare waardering door zijn soufflé brak. 'Het hoort bij wie je bent.'

Pip voelde een warmte opborrelen die niets met de temperatuur in het restaurant te maken had. Weinig mannen zouden zo begripvol zijn over de constante onderbrekingen, de geur van paarden die soms aan haar bleef hangen hoe grondig ze ook douchte, en de grillige werktijden die haar vak vroeg.

Ze hadden nog maar net de eerste happen van het decadente nagerecht genomen, toen Jakes telefoon vasthoudend in zijn zak trilde. Hij wierp er een fronsende blik op en keek toen verontschuldigend naar Pip.

'Het bureau,' legde hij uit, waarna hij opnam met een kort: 'Harrison.'

Pip zag zijn uitdrukking meteen overschakelen naar professioneel terwijl hij luisterde; zijn dessert vergat hij. 'Wanneer? Iemand gewond?' Een pauze. 'Goed. Ik ben er over tien minuten.'

Hij beëindigde het gesprek, en echte spijt trok over zijn gezicht. 'Het spijt me, Pip. Een dronken toerist is achteruit door de muur van de biertuin van de pub gereden. Geen ernstige verwondingen, maar het is chaos en sergeant Porter heeft iedereen opgetrommeld.'

'Natuurlijk,' zei Pip meteen, en ze legde haar lepel neer. 'Je moet gaan.'

'Dit is niet hoe ik onze avond wilde laten eindigen,' zei Jake, terwijl hij al naar de ober wenkte.

'Ik heb mijn auto niet bij me,' realiseerde Pip zich ineens. Jake had haar opgehaald van Ridgewater. 'Zou je me op de terugweg thuis kunnen afzetten? Of ik ga met je mee naar het bureau en wacht daar?'

'Ga met me mee,' besloot Jake, terwijl hij opstond. 'Het zal niet lang duren, en dan kan ik je daarna netjes naar huis rijden.'

De restaurantmanager kwam naar hen toe terwijl ze zich gereedmaakten om te vertrekken en had genoeg opgevangen om de situatie te begrijpen. 'Maakt je zich alstublieft geen zorgen over de rekening, Senior Constable. Je kunt die morgen telefonisch voldoen.'

'Dat is erg vriendelijk, dank je,' antwoordde Jake, terwijl zijn hand weer de holte van Pips rug vond en ze samen richting uitgang liepen.

Pip wierp nog één weemoedige blik op haar half opgegeten soufflé, voor ze zich door Jake door het restaurant liet leiden. Ondanks het onderbroken dessert en de ingekorte avond kon ze zich niet teleurgesteld voelen. Er zat iets geruststellends in de vanzelfsprekendheid waarmee ze de onverwachte wendingen van de nacht samen hadden genomen—iets dat wees op een begrip voorbij de wittebroodsweken van hun relatie.

Toen ze de koele avondlucht instapten, kneep Jake zacht in haar hand. 'Regent het op het toetje?'

'Absoluut,' stemde Pip toe, terwijl ze tegen hem aan leunde op weg naar zijn auto. 'Ik geef die soufflé heus niet op.'

Het politiebureau van Ridgemont gonsde van ingehouden nachtelijke activiteit terwijl Pip in de stoel naast Jakes bureau plaatsnam. Jake was met een agent en de ongelukkige toerist de verhoorkamers in verdwenen, met de belofte zo snel mogelijk terug te zijn. Alleen gelaten bekeek Pip de kleine, persoonlijke details die deze plek onmiskenbaar de zijne maakten.

Het bureau was tot in de puntjes georganiseerd: mappen strak uitgelijnd, pennen op kleur geordend in een stevige metalen houder. Jakes werkplek weerspiegelde zijn methodische aard. Er stond één ingelijste foto naast zijn computerscherm: Jake in wandeluitrusting op een bergtop, turend in het zonlicht, jonger en zorgelozer dan ze hem ooit had gezien.

Pip boog zich dichter naar de onderscheidingen aan de muur achter zijn stoel. Verschillende certificaten prezen zijn werk in wijkagentuur, en een ingelijste brief van de Queensland Police Commissioner loofde zijn rol in een complexe fraudezaak. Niets over de zaak in Brisbane die hem achtervolgd had, merkte ze op—de tragedie met huiselijk geweld waarvan hij haar eens had toevertrouwd dat die hem naar Ridgemont had gedreven.

Ze streek lichtjes met haar vinger over het oppervlak van zijn bureau en dacht eraan hoe snel hij onmisbaar voor haar was geworden. Zes maanden geleden was ze nog eigenzinnig zelfstandig en overtuigd dat romantische verwikkelingen alleen maar tot nieuw hartzeer zouden leiden. Nu betrapte ze zichzelf erop dat ze haar dagen rond Jake plande, uitkeek naar zijn appjes en verhalen opspaarde om met hem te delen. Het was zo natuurlijk gegaan dat ze de overgang amper had opgemerkt.

Het geluid van verheven stemmen uit de verhoorkamer onderbrak haar gedachten. Iemand—vermoedelijk de dronken toerist—protesteerde luidkeels tegen het onrecht 'om voor een klein rijfoutje' gearresteerd te worden. Pip glimlachte in zichzelf en stelde zich Jakes professionele geduld voor tegenover zoveel baldadigheid.

Twintig minuten later kwam Jake naar buiten, zijn stropdas iets losser en een vermoeide amusementsglimlach om zijn mond. Hij klaarde zichtbaar op toen hij haar zag en versnelde zijn pas naar zijn bureau.

'Het spijt me van het diner,' begon hij, precies op het moment dat Pip zei,

'Het spijt me van al die onderbrekingen.'

Ze hielden beiden in, en schoten toen tegelijk in de lach om hun synchroniteit.

'Grote geesten,' zei Jake, terwijl hij op de rand van zijn bureau naast haar stoel ging zitten.

'Of schuldige gewetens,' kaatste Pip met een glimlach terug. 'Ik meen het echt, sorry van mevrouw Forrester. Ons zo aan tafel overvallen om een pony te kopen die ze nog nooit heeft gezien...'

Jake schudde zijn hoofd en streek een lok haar achter haar oor. 'En ik ben sorry voor Meneer Onder Invloed Buitenlandse Nationaliteit die op mijn wacht openbaar eigendom vernielt. Hoort allemaal bij het werk.'

'Is hij echt door een muur gereden?' vroeg Pip, terwijl ze iets naar zijn aanraking toeleunde.

'Hij heeft de schutting van de biertuin compleet gesloopt, twee picknicktafels meegenomen en is tegen de buitenkoelkast van de pub geknald.' Jakes uitdrukking was de perfecte mix van professionele afkeuring en private amusementszin. 'Hij beweert dat hij in de war raakte door 'aan de verkeerde kant van de weg rijden' en achteruit voor vooruit aanzag. Carson stopt hem voor vannacht in de dronkenmanscel en morgenochtend overleggen we met de officier van justitie over eventuele aanklachten—als de idioot is ontnuchterd en we een advocaat voor hem hebben gevonden.'

'Er is niemand gewond?'

'Gelukkig niet. Een paar mensen met schaafjes omdat ze nog net opzij doken, maar niets ernstigs.' Jake keek op zijn horloge. 'Ik moet nog even snel een rapport maken, dan breng ik je naar huis. Tien minuten, hooguit.'

'Neem je tijd,' verzekerde Pip hem, terwijl ze zich weer in haar stoel nestelde. 'Ik heb geen haast.'

Zoals beloofd rondde Jake zijn papierwerk efficiënt af; af en toe keek hij op om haar een glimlach toe te werpen terwijl zijn vingers razendsnel over het toetsenbord gleden. Pip keek naar hem en waardeerde de gefocuste bekwaamheid die hij op elke taak legde. Toen hij uiteindelijk zijn computer uitzette en zijn jasje pakte, stond zij op en rekte zich uit; de geleende jurk voelde steeds knellender na uren zitten.

'Weet je,' zei ze terwijl ze naar zijn auto liepen, 'ik vind dat we werkonderbrekingen best goed aan kunnen. Beter dan de paardenmensen-onderbrekingen in elk geval.'

Jake lachte en opende het passagiersportier voor haar. 'Het helpt dat we allebei veeleisende banen begrijpen. Mijn ex snapte nooit waarom ik niet gewoon 'iemand anders het kon laten doen' als er tijdens het eten een oproep kwam.'

'Kit was precies zo,' antwoordde Pip, terwijl ze instapte. 'Altijd met het telefoonnetje klaar om uitgezonden te worden. Je leert de momenten die je hebt te koesteren.'

Jake knikte, en er gleed iets plechtigs over zijn gezicht toen hij de motor startte. 'De onzekerheid laat je de zekerheid waarderen, als je die vindt.'

De rit terug naar Ridgewater verliep in vertrouwde, soepele conversatie—over de mogelijke gevolgen van de verkoop van de countryclub en over observaties van het menu in het restaurant. Pip voelde zichzelf wegzinken in het bekende ritme van hun dialoog, die gemakkelijke pingpong waar ze al bijna vanaf hun eerste ontmoeting in waren gevallen.

Toen Jake voor het hoofdgebouw stopte, was het donker op één brandende porchlamp na die op Pips terugkeer wachtte. De zussen McKenzie leken al naar bed; het landgoed lag vredig onder een deken van sterren. Jake zette de motor uit maar maakte geen aanstalten om uit te stappen.

'Dank je voor het diner,' zei Pip zacht in de plotselinge stilte. 'Zelfs met de onderbrekingen was het heerlijk.'

'Dank jij voor je begrip over de oproep,' antwoordde Jake, terwijl hij zich naar haar toe draaide. De dashboardverlichting tekende zachte schaduwen langs zijn gezicht, accentueerde de lijn van zijn kaak en de warmte in zijn ogen.

Iets impulsiefs bewoog in Pip, een speels verlangen om de avond nog net even te rekken. Zonder waarschuwing klikte ze haar gordel los en klom behendig over de middenconsole, waarna ze zich op Jakes schoot in de bestuurdersstoel nestelde. Haar kleine gestalte paste net tussen hem en het stuur, al was het krap.

'Pip,' zei Jake, hoorbaar verrast, al vonden zijn handen automatisch hun plek op haar heupen.

'Hmm?' reageerde ze onschuldig, terwijl ze haar rok wat opschoof en zich comfortabeler op zijn dijen schikte.

'Wat ben je aan het doen?' Zijn stem was lager geworden, met die rauwe rand die aangename rillingen over haar ruggengraat stuurde.

'Improviseren,' fluisterde ze, en ze boog zich voorover om haar lippen op de zijne te leggen.

De kus werd meteen dieper; Jakes aanvankelijke verbazing maakte plaats voor enthousiaste overgave. Zijn handen gleden over haar rug en trokken haar dichterbij, terwijl haar vingers zich in zijn haar verstrengelden. De krappe ruimte maakte elke beweging intiemer; elk verschuiven zorgde voor heerlijke wrijving tussen hen.

Pip volgde met haar lippen de lijn van zijn kaak, en voelde zijn ademhaling versnellen terwijl haar handen onder zijn overhemd verkenden: warme huid en gespannen spieren. Het stuur drukte oncomfortabel in haar rug, maar het kon haar niets schelen, niet als Jake precies dat geluid achter in zijn keel maakte.

Zijn handen vonden de zoom van haar jurk; zijn vingertoppen tekenden patronen op haar blote dijen waardoor ze hijgend tegen zijn mond aanleunde. De autoruiten begonnen van hun gedeelde adem te beslaan en schiepen een eigen, besloten wereld, los van de stilte van Ridgewater daarbuiten.

'Jij,' murmelde Jake tussen kussen door, zijn stem heerlijk schor, 'bent een regelrechte rampenverleidster.'

Pip bewoog haar heupen opzettelijk tegen de zijne, wat hem een verstikte kreun ontlokte. 'Je kunt me altijd in de boeien slaan,' plaagde ze ademloos, 'als je me uit de problemen wilt houden.'

Jake verstijfde onder haar; zijn handen pauzeerden hun verkenning. Toen Pip een beetje achteruitging om hem aan te kijken, was zijn uitdrukking verschoven van speels verlangen naar iets serieuzers, doelgerichter.

'Trouwt met me,' zei hij, de woorden vielen met verbluffende helderheid in de verhitte ruimte tussen hen.

Pip verstarde; haar lichaam werd plots stil, terwijl haar gedachten probeerden bij te benen wat ze zojuist had gehoord. Ze knipperde; ze wist zeker dat ze hem verkeerd had verstaan.

'Wat?' fluisterde ze, nauwelijks hoorbaar.

Jakes handen schoven naar haar gezicht, hielden het teder vast; zijn blik was standvastig en zeker ondanks de spontaniteit van het moment. 'Trouw met me, Pip. Ik weet dat het snel is, en waarschijnlijk niet hoe je je aanzoek had voorgesteld—half aangekleed in een beslagen auto—maar...' Hij haalde diep adem. 'Ik hou van je. Ik wil een leven met je opbouwen. Op Ridgewater, met de paarden, met alles erop en eraan.'

Pip staarde hem aan, haar hart bonsde tegen haar ribbenkast, terwijl de verrassing plaatsmaakte voor een golf van vreugdevolle zekerheid. De vraag was een paar tellen geleden niet in haar opgekomen, maar nu ze tussen hen in hing, voelde het antwoord zo vanzelfsprekend als ademhalen.

'Ja,' zei ze, en een glimlach brak over haar gezicht als een zonsopgang. 'Ja, ik wil met je trouwen.'

Zijn glimlach was briljant in het schemerlicht; opluchting en geluk mengden zich op zijn gezicht, voor hij haar weer dicht tegen zich aantrok en hun verloving bezegelde met een kus die een leven vol begrip beloofde, vol gedeelde bestemming, vol passie die zich niets aantrok van conventionele timing of omgeving.

'Ik heb geen ring,' murmelde hij tegen haar lippen.

'Dat kan me niets schelen,' antwoordde ze oprecht. 'Al wordt het nog interessant om dit aanzoeksverhaal aan Harry uit te leggen.'

Jake lachte; het geluid trilde door hun beide lichamen. 'We kunnen de details altijd redigeren. Zeggen dat het tijdens het dessert in de countryclub gebeurde.'

'Nee,' besloot Pip, terwijl ze met haar vinger de lijn van zijn glimlach volgde. 'Dit is perfect zoals het is. Onverwacht, impulsief en helemaal wij.'

Ze kuste hem opnieuw, haar kleine lijf tegen het zijne geperst op de bestuurdersstoel, terwijl de nacht zich als een deken om hen heen sloot en Ridgewater de wacht hield bij dit nieuwe begin—die onverwachte wending in een reis die begonnen was met gestolen paarden en waarvan ze nu, met absolute zekerheid, wist dat die zou uitmonden in een gedeelde toekomst die geen van beiden had voorzien, maar waar ze blijkbaar al die tijd op hadden gewacht.

Hoofdstuk Achttien

De gemeenschapsruimte van het politiebureau van Ridgemont was van een gewoon utilitaire plek veranderd in iets dat bijna plechtig aandeed. Pip verplaatste haar gewicht van de ene voet op de andere, de onwennige knelling van haar nette schoenen een constante herinnering dat dit niet haar natuurlijke habitat was. De vlag van de Queensland Police Service hing strak en formeel achter een kleine lessenaar, geflankeerd door schikkingen van inheemse bloemen die duidelijk bedoeld waren om een vleugje buiten naar binnen te brengen. Ze trok onopvallend aan de mouw van haar marineblauwe broekpak, een aankoop waarover ze drie dagen had getobd voordat Sarah haar uiteindelijk naar Brisbane had gesleept om écht te gaan winkelen.

'Hou op met friemelen,' mompelde Sarah naast haar, al klonk er geen echte berisping in haar stem. 'Je ziet er perfect uit.'

Pip knikte en rekte zich op tot haar volledige lengte, wat haar nog steeds een goed hoofd kleiner maakte dan de meeste mensen in de zaal. Haar blik vond Jake aan de overkant, kaarsrecht in zijn ceremoniële politie-uniform, de donkere stof perfect gestreken, koperen knopen glanzend in het tl-licht. Er fladderde iets in haar borst, een mengeling van trots en ongeloof dat deze man, deze standvastige, eerlijke man, haar ten huwelijk had gevraagd.

Hij ving haar blik en de hoek van zijn mond trok in de kleinste glimlach, een privé-erkenning alleen voor haar, temidden van de groeiende menigte politiemensen, lokale notabelen en pers. Best veel pers, eigenlijk. Pip had niet verwacht dat verslaggevers van kranten uit Brisbane de reis zouden maken voor wat ze had ingeschat als een kleine, lokale erkenning.

'Wist jij dat er zóveel mensen zouden zijn?' fluisterde ze tegen Sarah.

'Natuurlijk,' antwoordde Sarah met een kleine grijns. 'Jullie twee hebben een misdaadbende aangepakt die over de staatsgrens opereerde. Het gaat allang niet meer alleen over gestolen paarden, maar over georganiseerde misdaad tussen deelstaten. Best een dingetje.'

Voordat Pip dat kon laten bezinken, viel er een stilte in de ruimte toen sergeant Porter binnenkwam, gevolgd door een man wiens uniform het insigne droeg van de politiecommissaris van Queensland zelf. Pip voelde haar maag samentrekken. Toen Jake een huldiging had genoemd, had ze zich iets veel bescheidener voorgesteld, wellicht alleen de lokale agenten en een paar mensen uit de gemeenschap.

'Iedereen op z'n plek,' kondigde sergeant Porter aan, met die specifieke toon van gezag die geen tegenspraak duldde.

Jake liep naar voren, nam zijn positie in met de vanzelfsprekende soepelheid van iemand die gewend is aan formele ceremonies. Pip aarzelde tot Sarah haar zachtjes een duwtje gaf.

'Jij hoort hier ook bij,' herinnerde haar vriendin haar. 'Toe maar.'

Pip ging naast Jake staan, zich pijnlijk bewust van hoe klein ze leek naast hem in zijn formele uniform. Haar keurige vlecht voelde ineens tekortschietend naast de gepolijste, officiële verschijning die hij uitstraalde. Ze vouwde haar handen voor zich om het gefriemel te bedwingen, hief haar kin en zette haar schouders schrap in de houding die ze had geperfectioneerd na jaren zichzelf bewijzen in door mannen gedomineerde omgevingen.

De commissaris stapte naar voren, zijn uitdrukking ernstig terwijl hij het gezelschap overzag voordat hij aan zijn toespraak begon. Pip luisterde met een half oor terwijl hij het belang uiteenzette van samenwerking over jurisdicties heen, de dreiging van georganiseerde misdaad in plattelandsgemeenschappen en de inzet van het korps om agrarische belangen te beschermen. De formele taal kabbelde langs haar heen tot ze Jakes naam hoorde vallen.

'Senior Constable Harrison heeft uitzonderlijke recherchevaardigheden, betrokkenheid bij de gemeenschap en volharding getoond in het tot een succesvol einde brengen van deze zaak,' zei de commissaris. 'Zijn werk heeft geleid tot meerdere aanhoudingen in twee deelstaten en de teruggave van waardevol fokmateriaal ter waarde van miljoenen dollars.'

Jake stapte naar voren, zijn bewegingen strak en geoefend, om de ingelijste onderscheiding in ontvangst te nemen. Zijn 'Dank je, meneer' klonk helder en vast, maar Pip zag de lichte blos van trots die langs zijn hals omhoog kroop.

'Bovendien,' vervolgde de commissaris, 'staat deze zaak model voor het belang van politiewerk in samenwerking met experts uit de gemeenschap.' Hij wendde zich tot Pip, die een schok van verbazing voelde. 'Mevrouw Rodriguez-McKenzie, jouw expertise was cruciaal bij het identificeren van de gestolen dieren en het vaststellen van de patronen die deze zaak hebben opengebroken. Namens de Queensland Police Service wil ik je dit certificaat van waardering aanbieden voor jouw onschatbare hulp.'

Pip knipperde en verstijfde even toen ze besefte dat van haar werd verwacht dat ze zelf naar voren stapte om een certificaat in ontvangst te nemen. Jakes subtiele knik gaf haar de moed om te bewegen; haar handen trilden maar een beetje toen ze het ingelijste document aannam.

'Dank je wel,' bracht ze uit, haar stem kleiner dan ze had gewild in de plots verstilde ruimte.

Flitsen laaiden op en verblindden haar even. Toen haar zicht weer helder werd, realiseerde ze zich tot haar schrik dat de fotografen zich op haar en Jake richtten, zij aan zij, hun lengteverschil blijkbaar een opvallend beeld opleverend. Pip was altijd onzeker geweest over haar lengte, maar de warmte van Jakes aanwezigheid naast haar hielp haar zenuwen bedaren.

'En nu,' kondigde sergeant Porter aan, 'zijn Senior Constable Harrison en mevrouw Rodriguez-McKenzie bereid een paar vragen van de pers te beantwoorden.'

Pip klemde haar certificaat steviger vast terwijl ze naar een tafeltje liepen dat met microfoons was uitgerust. Jake schoof eerst haar stoel naar achteren, een kleine attentie die niet onopgemerkt bleef bij het publiek. Meer flitsen volgden toen ze gingen zitten.

'Senior Constable Harrison,' riep een verslaggever die Pip herkende van de Ridgemont Gazette, 'hoe voelt het om deze onderscheiding te krijgen?'

Jake boog zich licht naar zijn microfoon. 'Het is een eer, natuurlijk, maar ik moet benadrukken dat deze zaak niet opgelost was zonder de expertise van mevrouw

Rodriguez-McKenzie in fokpraktijken bij paarden en haar contacten in de gemeenschap. Dit was echt teamwerk.'

Een andere verslaggeefster stak haar hand op. 'Kun je uitleggen hoe je het patroon in de diefstallen hebt vastgesteld?'

'Eigenlijk,' zei Jake, met een gebaar naar Pip, 'kan mevrouw Rodriguez-McKenzie die vraag beter beantwoorden. Haar kennis verbond de puntjes.'

Alle ogen richtten zich op Pip, die haar pols voelde versnellen. Ze boog naar haar microfoon, dankbaar voor de talloze uren die ze had doorgebracht met het uitleggen van complexe trainingsconcepten aan nerveuze ouders.

'De dieven richtten zich specifiek op drachtige merries met waardevolle Western-prestatielijnen,' legde ze uit, haar stem steeds steviger terwijl ze zich op de feiten concentreerde in plaats van op het publiek. 'Toen we dat patroon eenmaal hadden vastgesteld, konden we de transportdocumentatie gaan volgen, waaruit een ongewoon hoog aandeel merries bleek die naar specifieke eigendommen gingen.'

De vragen gingen door; Jake leidde steevast technische kwesties door naar Pip en nam zelf de procedurele aspecten voor zijn rekening. Zijn rustige aanwezigheid naast haar maakte het verhoor draaglijk, net als zijn duidelijke respect voor haar bijdrage. Toen een bijzonder vasthoudende verslaggever uit Brisbane naar hun 'samenwerking' vroeg, bleef Jakes antwoord beheerst en professioneel.

'De expertise van mevrouw Rodriguez-McKenzie op hippisch gebied is in deze regio ongeëvenaard,' verklaarde hij resoluut. 'Haar vermogen om subtiele details in de zaak op te merken, leverde de doorbraak op die we nodig hadden. Onze samenwerking toont aan hoe waardevol het is als politie met experts uit de gemeenschap optrekt.'

Pip hield haar beheerste uitdrukking vast, al verwonderde ze zich vanbinnen over Jakes diplomatieke omzeiling van ook maar een hint naar hun persoonlijke relatie. Ze hadden afgesproken dat privé te houden, voorlopig in elk geval.

Toen de persconferentie op zijn einde liep, verkrampte Pips hand van het krampachtig vasthouden van het certificaat. De formele erkenning voelde onwerkelijk, zo ver verwijderd van haar dagelijkse leven met vroege ochtenden in de stal en de stille voldoening van het werken met haar pony's. Maar het gewicht van het ingelijste papier in haar handen maakte het onmiskenbaar echt, een tastbare erkenning dat haar kennis verder reikte dan de grenzen van Ridgewater.

Het kleine park achter het politiebureau bood een zalige ontsnapping aan de geairconditioneerde formaliteit waaruit ze zojuist waren gevlucht. Pip hief haar gezicht naar de namiddagzon en voelde de spanning uit haar schouders glijden. Een bankje onder een oude jacaranda bood het perfecte toevluchtsoord, afgezonderd genoeg om niet opgemerkt te worden door achterblijvende verslaggevers, maar nog wel binnen zicht van de achteringang van het bureau. Jake leidde haar erheen met een lichte aanraking aan haar elleboog, terwijl zijn andere hand de knellende knoop van zijn stropdas al losser maakte.

'Je was briljant daarbinnen,' zei hij terwijl ze gingen zitten, zijn stem warm van oprechte bewondering.

Pip lachte, een zachte uitademing van opgekropte zenuwen. 'Ik was doodsbang. Heb je gezien hoeveel camera's er waren? Ik bleef denken dat ik iets belachelijks zou zeggen en eindigen als een of andere virale meme.'

'Onmogelijk,' kaatste Jake terug, terwijl hij zijn das helemaal losmaakte en zijn boord opende. De verandering was onmiddellijk: zijn officiële houding smolt weg tot de ontspannen uitstraling waar ze zo van was gaan houden. 'Je was het toonbeeld van professionele expertise.'

Ze schopte haar knellende schoenen uit en wiebelde met haar tenen in het gras, met een zucht van verlichting. 'Zegt de man die praktisch in een uniform is opgegroeid. Sommigen van ons zijn niet gebouwd voor formaliteiten, hoor.'

Jakes grote hand zocht de hare en omsloot haar kleinere vingers volledig. Waar dat verschil haar ooit onzeker had gemaakt, voelde het nu als een fysieke herinnering aan hoe ze elkaar aanvulden. Zijn duim tekende zachte cirkels in haar handpalm, een kleine intimiteit die warmte door haar heen liet stromen.

'Had je ooit gedacht, toen we de diefstal van Honey onderzochten, dat we hier zouden belanden?' vroeg hij, met zijn vrije hand gebarend naar het politiebureau waar hun ingelijste onderscheidingen nu naast elkaar op sergeant Porters bureau lagen voor bewaring.

'Nooit van m'n leven,' gaf Pip toe. 'Ik was alleen wanhopig op zoek naar mijn merrie. Ik had nooit verwacht...' Ze viel stil; soms vond ze het nog steeds lastig woorden te geven aan de onverwachte wending die haar leven had genomen.

'Een criminele samenzwering over staatsgrenzen heen? Officiële erkenning van de commissaris? Of je verloofd raken met de onderzoekend agent?' vulde Jake aan, de hoekjes van zijn ogen krekend van humor.

'Alles,' antwoordde ze, en leunde licht tegen zijn schouder. 'Al had ik het deel met de samenzwering graag overgeslagen.'

Ze zaten een moment in comfortabele stilte, terwijl ze twee regenbooglori's boven hen ruzie zagen maken om territorium in de jacarandatakken. Het certificaat was onverwacht geweest, bijna gênant in zijn formaliteit, maar Pip kon niet ontkennen dat het een kleine gloed van trots had aangestoken. Niet alleen voor zichzelf, maar voor wat het vertegenwoordigde: een samenwerking die was gegroeid uit professioneel respect en was uitgegroeid tot iets veel diepers.

'Hoe laat moet je terug op Ridgewater zijn?' vroeg Jake uiteindelijk.

'Ik heb Emma beloofd te helpen met de avondvoeders,' antwoordde Pip, terwijl ze op haar horloge keek. 'Maar pas over een paar uur. Sarah houdt tot die tijd de veulenwacht.'

Jake knikte, zijn uitdrukking bedachtzaam. 'Ik heb nagedacht over onze woonsituatie,' zei hij, terwijl hij zich iets draaide om haar directer aan te kijken. 'Na de bruiloft, bedoel ik.'

Pip voelde een kriebel van verwachting. Ze waren zo druk geweest met de nasleep van de zaak dat praktische gesprekken over hun toekomst beperkt waren gebleven.

'Ik weet dat jij 's ochtends vroeg in de stallen moet zijn,' vervolgde Jake. 'En soms laat op de avond, zeker in het veulenseizoen, en ik weet dat je de McKenzies niet met de hele last wilt laten zitten zonder jou.'

'De geneugten van paardenbezit,' stemde Pip met een kleine glimlach in. 'Niet bepaald compatibel met een normale negen-tot-vijf.'

'Niets aan een van onze levens is ooit normaal geweest,' merkte Jake op, terwijl hij haar hand zacht kneep. 'Daarom denk ik dat het, voorlopig in elk geval, het meest logisch is dat ik na de bruiloft in Ridgewater intrek. Als dat oké is voor jou en de McKenzies, natuurlijk.'

Pip voelde de opluchting door zich heen stromen. Ze had zich precies hierover zorgen gemaakt: hoe ze haar verantwoordelijkheden op Ridgewater zouden combineren met zijn werk op het bureau. Het idee om gescheiden te zijn van haar paarden, vooral van Honey, was een stille onrust geweest die ze nog niet hardop had uitgesproken.

'Zou jij dat willen?' vroeg ze. 'In het Grote Huis trekken?'

'Natuurlijk,' antwoordde Jake alsof het de gewoonste zaak van de wereld was. 'Ik ben degene met het voorspelbaardere rooster, op de meeste dagen tenminste. Het is logisch dat ík degene ben die verhuist. En ik hou van Ridgewater.' Zijn uitdrukking verzachtte. 'Ik hou van het leven dat je daar hebt opgebouwd, van die gemeenschapszin. Daar wil ik deel van uitmaken.'

Pip ging op haar tenen staan om hem te kussen, een snelle, dankbare druk op zijn lippen. 'De zussen zullen door het dolle zijn.'

Jake lachte, het geluid trilde door de hand die de hare nog steeds vasthield. 'Dat verbaast me niets. Al dacht ik, op de lange termijn, dat we misschien iets voor onszelf in de buurt zouden willen zoeken. Niet te ver, gewoon...' Hij aarzelde, op zoek naar de juiste woorden.

'Iets dat van ons samen is,' vulde Pip hem aan, onmiddellijk begrijpend. 'Dat zou ik fijn vinden. Er staat een oud huisje op de noordgrens, onderdeel van een boerderij die jaren geleden in het land is opgegaan – het is vervallen, maar Jim en Ingrid dachten erover om het te renoveren voordat ze besloten in plaats daarvan te gaan reizen. Het ligt nog op Ridgewater-grond, maar wel apart genoeg om als ons eigen plekje te voelen.'

'Dat klinkt perfect,' stemde Jake in, zijn uitdrukking ontspannend in een glimlach. 'Dicht genoeg voor middernachtelijke veulencontroles, maar wel met onze eigen ruimte.'

'Niet dat we iets kunnen doen voordat Main Roads de definitieve beslissing neemt over de omleidingsweg,' waarschuwde Pip. 'Als ze het hele landgoed onteigenen, hebben we voor niets veel tijd en moeite in een verbouwing gestoken.'

'We kunnen intussen alvast kijken wat er moet gebeuren,' zei Jake luchtig. 'Geen haast.'

Ze vervielen in het bespreken van praktische details, het comfortabele heen-en-weer van twee mensen die een gedeelde toekomst plannen. Jakes bereidheid om zich aan haar leven aan te passen, om de eisen van haar werk te begrijpen, raakte Pip diep. Na Kits dood had ze zo veel jaren haar onafhankelijkheid zorgvuldig bewaakt, bang om te zwaar op iemand anders te leunen. Jake bedreigde die onafhankelijkheid niet; hij ondersteunde haar, versterkte haar zelfs.

'We moeten waarschijnlijk terug,' zei Jake uiteindelijk, terwijl hij op zijn horloge keek.

Pip knikte en schoof met tegenzin haar schoenen weer aan. Toen ze van het bankje opstonden, trok Jake haar in een zachte omhelzing, haar hoofd dat precies onder zijn kin paste. Het lengteverschil dat ooit zo onhandig had geleken, voelde nu als nog een manier waarop ze perfect in elkaar pasten, ieder aanvullend wat de ander miste.

'Dank je,' mompelde ze tegen zijn borst.

'Waarvoor?' vroeg hij, zijn stem prettig brommend tegen haar oor.

'Dat je begrip hebt voor Ridgewater. Dat je niet verwacht dat ik moet kiezen tussen mijn leven daar en bij jou zijn.'

Jakes armen sloten iets steviger om haar heen. 'Dat zou nooit een keuze zijn die jij zou moeten maken, Pip. Niet met mij.'

Terwijl ze hand in hand terugliepen naar het bureau, voelde Pip een zekerheid over zich neerdalen die niets te maken had met certificaten of officiële erkenning. Deze samenwerking was gebouwd op iets blijvends: wederzijds respect, oprecht begrip en de stille vreugde van het plannen van een toekomst waarin geen van beiden zichzelf hoeft te verkleinen om ruimte te maken voor de ander.

Ridgewater baadde in het zachte goud van de late middag, het licht dat fotografen 'golden hour' noemen vanwege de manier waarop het het alledaagse tot iets etherisch kan maken. Pip keek toe hoe de fotograaf, een vriendin van Emma, lichtreflectoren plaatste en hoeken testte bij de afrastering van de paddock. De vrouw had op dit tijdstip aangedrongen, stellend dat het licht 'absoluut perfect' zou zijn voor verlovingsfoto's, al vermoedde Pip dat er geen enkel moment was waarop zij zich helemaal op haar gemak zou voelen als middelpunt van een camera.

'Hou op zo angstig te kijken,' riep Emma vanuit de staldeur, waar zij en haar zussen zich hadden verzameld om het geheel met onverhuld amusement te bekijken. 'Het zijn maar een paar foto's, geen nieuwe persconferentie van de politie.'

'Makkelijk praten,' riposteerde Pip, terwijl ze onbewust aan de zoom van haar eenvoudige zomerjurk trok. Nadat ze haar grondig hadden geplaagd om haar 'politiebureau-chic' broekpak, had ze Sarah overgehaald om voor deze foto's iets zachters te kiezen: een lichtblauwe jurk die de warme tinten van haar huid mooi liet uitkomen.

Jake stond een paar meter verder, onredelijk op zijn gemak in een donkere spijkerbroek en een kraakhelder wit overhemd dat zijn zongebruinde huid complimenteerde. Hij ving haar blik en knipoogde; dat kleine gebaar kalmeerde haar zenuwen op de een of andere manier. In tegenstelling tot de stijve formaliteit van de huldiging voelde dit veel meer als henzelf, omringd door het vertrouwde landschap van Ridgewater, met de geur van paarden en hooi in de lucht.

'Perfect, hebbes!' kondigde de fotograaf aan, terwijl ze hen wenkte. 'Pip, ik wil jou hier,' zei ze, terwijl ze op een stevige hooibaal klopte die ze precies voor een houten split-rail hek had neergezet. 'En Jake, jij gaat pal naast haar staan.'

Pip klom op de hooibaal en stond ineens oog in oog met Jake toen hij positie innam. De fotograaf deed een stap achteruit, bekeek de compositie en knikte tevreden.

'Zie je? Probleem opgelost,' verklaarde ze. 'Nu zijn jullie even lang op de foto's.'

'Geniaal,' riep Kate vanuit de stal. 'Dat hadden we jaren geleden moeten bedenken. Pip kan gewoon overal een trapje mee naartoe nemen.'

'Of die hoge schoenen uit de jaren zeventig dragen,' voegde Sarah toe. 'Hoe heetten die ook alweer? Moonboots?'

'Plateauhakken,' corrigeerde Emma, 'en dan wel zo'n zestig centimeter hoog.'

Pip rolde met haar ogen om het gekibbel van de zussen, al kon ze een glimlach niet onderdrukken. Wat ooit een bron van onzekerheid was geweest, haar lengteverschil met Jake, was inmiddels verworden tot een familiegrap, iets om omheen te werken in plaats van over te tobben.

'Negeer ze maar,' fluisterde Jake, terwijl zijn hand de holte van haar rug vond. 'Ze zijn gewoon jaloers dat zíj vandaag geen professionele foto's krijgen.'

De fotograaf cirkelde om hen heen en ving verschillende hoeken terwijl ze in ontspannen poses wegsmolten. 'Dat is het,' moedigde ze aan. 'Gewoon ontspannen en natuurlijk met elkaar praten. Doe maar alsof ik er niet ben.'

'Beetje lastig als jij ons vertelt dat we moeten doen alsof je er niet bent,' grapte Pip, maar ze probeerde zich op Jake te concentreren in plaats van op de camera.

'Heb je al meer nagedacht over de bruiloft?' vroeg Jake, die het onderwerp handig verlegde terwijl ze, op aanwijzing van de fotograaf, van houding veranderden.

Pip schudde haar hoofd. 'Niet echt.'

'Je weet dat we geen haast hebben,' zei Jake, terwijl zijn duim kleine cirkels streek op haar pols, waar hun handen ineen waren. 'We kunnen zo lang wachten als jij wilt.'

De consideratie in zijn stem, de vanzelfsprekende manier waarop hij haar prioriteiten naast die van hem plaatste, verraste Pip soms nog steeds. Ze leunde tegen hem aan terwijl de fotograaf bleef klikken en hun natuurlijke samenspel vastlegde.

'Ik wil graag in de lente trouwen,' gaf ze toe. 'Voordat het showseizoen té druk wordt. Misschien oktober?'

'Oktober klinkt perfect,' stemde Jake in, zijn glimlach rimpelde de hoekjes van zijn ogen op de manier die haar hart nog altijd deed overslaan. 'Kleine ceremonie?'

'Heel klein,' bevestigde Pip. 'Alleen familie en goede vrienden. Hier op Ridgewater, misschien bij het meer.'

De fotograaf vroeg Jake om Pip op te tillen en langs de afrastering te lopen, wat hij deed; hij tilde haar moeiteloos in zijn armen. De absurditeit ervan maakte Pip aan het lachen, een oprechte lach die een tegenchortel ontlokte aan de McKenzie-zussen, die vanaf hun uitkijkpunt toekeken.

'Heb je nagedacht over kinderen?' vroeg Jake zacht toen ze pauzeerden voor meer foto's, zijn stem alleen voor haar bestemd.

De vraag verraste Pip, al had dat misschien niet gemoeten. Ze hadden zoveel aspecten van hun toekomst besproken, maar dit onderwerp was grotendeels onbesproken gebleven.

'Soms,' gaf ze toe, terwijl ze zijn blik recht beantwoordde. 'De laatste tijd vaker dan vroeger.'

Jakes uitdrukking bleef open en geduldig terwijl hij wachtte tot ze verderging.

'Na Kit kon ik het me niet voorstellen,' legde ze zacht uit. 'Het idee om een kind in een wereld te brengen die zo onzeker en zo vol verlies voelde... het was te veel.'

De fotograaf was verder weg gelopen en gaf hen ruimte, terwijl ze meer spontane momenten vastlegde. Pip merkte haar nauwelijks meer op, volledig gefocust op het gesprek en op de man naast haar.

'En nu?' moedigde Jake zacht aan toen ze stilviel.

Pip overdacht de vraag serieus, het gewicht ervan nestelde zich naast de groeiende zekerheid die ze de afgelopen maanden had gevoeld. 'Nu kan ik het me voorstellen,' zei ze uiteindelijk. 'Een jongetje met jouw ogen misschien. Of een klein meisje dat leert rijden op haar eerste pony.'

Er verschoof iets in Jakes uitdrukking, een verzachting die hem jonger en kwetsbaarder maakte. 'Dat zou ik graag willen,' zei hij eenvoudig. 'Heel graag.'

'Ze worden waarschijnlijk klein,' voegde Pip met een kleine glimlach toe. 'Met mijn genen erbij.'

'Perfect van formaat,' corrigeerde Jake. 'Net als hun moeder.'

De McKenzie-zussen waren stilgevallen, wellicht aanvoelend dat het gesprek intiemer was geworden, zelfs op afstand. De ondergaande zon zette alles in amberkleurig licht, maakte van de weiden goud en van de verre heuvels paarse schaduwen.

'Dit is de eerste keer,' zei Pip, haar stem even brekend, 'sinds Kit, dat ik me zeker genoeg voel om zo'n toekomst voor me te zien. Om erin te geloven.'

Jakes hand sloot steviger om de hare. 'Ik kan niet beloven wat de toekomst brengt,' zei hij, zijn stem laag en ernstig. 'Mijn werk kent risico's, net als dat van Kit. Maar ik kan wel beloven dat ik altijd je partner zal zijn, in elke betekenis van het woord. Niet alleen man en vrouw, maar echte partners die samen het leven aangaan.'

De eenvoudige eerlijkheid van zijn woorden raakte iets diep in Pip, een plek die ze zo lang zorgvuldig had bewaakt dat ze bijna was vergeten dat die bestond. Niet als vervanging van wat ze met Kit had verloren, maar als iets nieuws dat ze bouwden, net zo kostbaar, maar totaal anders.

'Ik geloof je,' fluisterde ze, en ze besefte met een stille golf van vreugde dat ze het echt deed.

De fotograaf kwam weer dichterbij en gebaarde naar de wei, waar Honey dichter naar het hek was komen grazen, haar gouden vacht lichtgevend in de ondergaande zon, haar ronde buik een bewijs van het nieuwe leven in haar.

'Zouden we er een paar kunnen maken met het paard op de achtergrond?' vroeg ze. 'De compositie zou prachtig zijn.'

Ze gingen zo staan dat Honey rustig grazend achter hen in beeld kwam; de merrie hief af en toe haar hoofd om hen met nieuwsgierige blauwe ogen te bekijken. Terwijl de camera klikte en dit moment van volmaakte tevredenheid vastlegde, voelde Pip de symboliek ervan over zich heen spoelen. Honey, gestolen en teruggevonden, nu dragend van nieuw leven. Zijzelf en Jake, hun band gesmeed in die crisis, nu bezig hun eigen toekomst te plannen.

'Perfect,' verklaarde de fotograaf, terwijl ze de beelden op haar camerascherm bekeek. 'Absoluut perfect.'

En dat wás het, dacht Pip, terwijl Jake haar van de hooibaal hielp, zijn handen stevig aan haar taille. Niet perfect in de zin van foutloos of zonder uitdagingen, maar perfect in zijn volledigheid, in de balans die ze samen hadden gevonden. Hun lengteverschil, ooit zo onhandig, was nu gewoon nog een aspect van hoe ze elkaar aanvulden, ieder bracht zijn eigen kracht in een samenwerking die groter was dan de som der delen. De foto's zouden dit moment vastleggen, dit gevoel, maar Pip wist dat ze ze niet nodig zou hebben om het te herinneren. Sommige dingen, als je ze eenmaal vindt, worden voor altijd een deel van je.

Hoofdstuk Negentien

DE DAGERAAD SPREIDDE BLEKE vingers over de oostelijke weiden van Ridgewater terwijl Pip de borstriem van Beau's reiskleed bijstelde. Het kleine bruine pony'tje stond geduldig naast de paarden trailer, zijn intelligente ogen volgden Charlotte Ashford, die haar poetskist voor de derde keer controleerde. Nevel hing over de lagere paddocks en beloofde later warmte, maar nu had de ochtendlucht een frisse scherpte waardoor Pip dankbaar was voor haar fleecejack. Wedstrijddagen begonnen altijd belachelijk vroeg, maar er zat iets vredigs in het voorbereiden tijdens deze stille uren voordat de wereld echt ontwaakte.

'Zit zijn kleed niet te strak?' vroeg Charlotte, terwijl ze haar checklist in haar zak stopte. In haar stem klonk niets meer van de kille perfectionisme dat Pip onder

Vivienne's heerschappij had gezien. In plaats daarvan kleurde oprechte bezorgdheid om het comfort van de pony haar woorden.

'Perfect,' verzekerde Pip haar, terwijl ze Beau over zijn hals klopte. 'Hij zit lekker, precies zoals het hoort. Ben je klaar om hem in te laden?'

Charlotte knikte, haar sproeterige gezichtje ernstig terwijl ze de leidtouw uit Pip's uitgestrekte hand aannam. Toen ze het zorgvuldige omgaan van het meisje gadesloeg, voelde Pip een golf van trots die niets met haar eigen lesgeven te maken had en alles met het aangeboren inlevingsvermogen van het kind.

Zes maanden geleden had niemand Beau een tweede blik gegund. De verwaarloosde pony was op de veiling in Laidley gekocht voor slechts 210 dollar, met ribben die door zijn doffe vacht staken, het hoofd laag, de ogen leeg met wat Pip herkende als het paarden equivalent van depressie. Niemand was optimistisch over zijn vooruitzichten, zelfs Pip niet. Ze had gedacht dat hij te oud was om zelf aan te pakken toen ze hem op het veilingterrein zag, maar toen ze in zijn mond keek en het gebit van een vijfjarige aantrof, had ze besloten hem een kans te geven – en daar was ze blij om.

'Kom op, Beau,' moedigde Charlotte hem aan, haar stem zacht maar beslist terwijl ze de pony naar de oprit leidde. 'Hop, omhoog.'

De gedaanteverandering bij zowel pony als kind was opmerkelijk om te zien. Onder Pip's liefdevolle zorg had de pony's vacht weer glans gekregen en zijn ogen hun sprankeling terug. En Charlotte, bevrijd van Vivienne's constante kritiek nadat haar moeder in opspraak was geraakt en naar Brisbane was vertrokken, was opgebloeid tot een bedachtzame, vastberaden ruiter. Joe Ashford had Pip voorzichtig benaderd over rijlessen voor zijn dochter kort nadat hij de volledige voogdij had gekregen. Het duurde niet lang voordat de gezellige Jemima besloot dat

Charlotte haar nieuwe beste vriendin zou worden, en vervolgens bracht Charlotte elke middag haar tijd door op Ridgewater, al had niemand voorzien dat ze verliefd zou worden op Beau.

Beau stapte zelfverzekerd de oprit op, zijn hoeven die holle dreunen gaven op het metaal. Pip volgde en zette het tussenschot vast voordat Charlotte de leadrope overdroeg.

'Hij vindt deze vooruitkijkende tussenschotten fijner dan die schuine,' merkte Charlotte op, terwijl ze omhoog reikte om hem tussen de oren te krabben. 'Pap zegt dat het is omdat hij kan zien waar hij heen gaat.'

'Je vader heeft misschien gelijk,' stemde Pip toe, terwijl ze de lijn aan de panieksnap bevestigde. 'Beau is een denkende pony. Hij wil weten wat er gebeurt.'

Een kreet vanaf de overkant van het erf kondigde Jemima's komst aan; het achtjarige meisje leidde met één hand haar stevige Welsh-kruising terwijl ze met de andere enthousiast zwaaide. Sparky, altijd betrouwbaar, stapte naast haar voort zonder ook maar te merken dat haar aandacht verdeeld was.

'Charlotte! We gaan alles winnen!' riep Jemima, haar blonde vlecht stuiterend tegen haar rug terwijl ze half huppelend het erf overstak. 'Sparky sprong gisteren het oefenparcours van 80 centimeter perfect. Mam zei dat het onze beste ronde ooit was.'

De meisjes vlogen elkaar om de hals, en begonnen meteen druk te kletsen over hun rubrieken, de andere deelnemers en of de show in Numbour dezelfde suikerspinverkoper zou hebben als vorig jaar. Pip nam Sparky's lijn van Jemima over, zodat de meisjes even hun moment van voorpret konden hebben terwijl zij de tweede pony klaarmaakte om te laden.

'Mam zegt dat je haar blauwe lint mag gebruiken voor je vlecht als je wilt matchen,' bood Jemima aan, haar vrijgevigheid ongeforceerd. 'Omdat Beau blauwe accenten op zijn frontriem heeft.'

'Echt? Dat zou perfect zijn!' antwoordde Charlotte, haar ogen groot. 'Pap heeft een nieuw wedstrijdjasje voor me gekocht, maar we konden het juiste lint niet vinden.'

Pip leidde Sparky de oprit op en zette hem naast Beau in de tweepaards trailer. De pony's begroetten elkaar met zachte hinninkjes, al vrienden door gedeelde weidegang en lessen. Ze zette Sparky vast en controleerde beide pony's nog een laatste keer voordat ze de borstbomen vergrendelde.

'Goed, meiden, laten we de oprit omhoog doen en vastzetten,' kondigde Pip aan, terwijl ze terugliep naar de achterkant van de trailer. 'Jemima, jij die kant van de oprit, Charlotte, jij deze kant. Tillen op drie.'

De meisjes gingen staan zoals opgedragen, hun gezichten vol vastberadenheid terwijl ze Pip hielpen de zware oprit op te trekken. Hun gelijkmatige samenwerking sprak van het partnerschap dat was ontstaan door maanden van gedeelde lessen en avonturen. Met de oprit vergrendeld en de zijdeur dicht, maakte Pip nog een laatste rondje om de trailer, waarbij ze uit gewoonte de banden en de koppeling controleerde.

'Nu in de ute, dames,' dirigeerde ze, terwijl ze de achterdeur van haar dubbelcabine opende. 'Wedstrijdjasjes aan de hangers graag, niet geplet onder jullie konten.'

De meisjes klommen in en hingen zorgvuldig hun smetteloze wedstrijdkleding aan de haakjes die Pip speciaal hiervoor had aangebracht. Hun opgewonden gebabbel smoorde niet, een achtergrondkoor van kinderlijke uitgelatenheid dat Pip deed glimlachen ondanks het vroege uur.

Pip sloot hun deur net toen er nog een voertuig het erf opreed; Jake's vertrouwde sedan kraakte over het grind. Hij stapte uit met twee meeneembekers, waaruit stoom in de koele ochtendlucht kringelde. Bij het zien van hem voelde Pip de inmiddels vertrouwde vlinders in haar buik.

'Perfecte timing,' riep ze, terwijl ze hem halverwege tussen hun voertuigen tegemoetliep. 'We staan op het punt te vertrekken.'

Jake gaf haar een van de bekers, de warmte kroop dankbaar in haar koude vingers. 'Dacht dat je dit wel kon gebruiken. Het is nauwelijks beschaafd om op dit uur al wakker te zijn.'

'Zegt de man die routinematig nachtdiensten draait,' plaagde Pip, terwijl ze op haar tenen ging staan om een snelle kus op zijn wang te drukken. 'Maar dank je. Dit was precies wat ik nodig had.'

'Charlotte ziet er anders uit,' merkte hij zacht op terwijl Pip dankbaar een slok van de sterke koffie nam. 'Meer op haar plek. Gelukkiger.'

Pip knikte, terwijl ze door het raam naar de meisjes keek, die nog altijd geanimeerd zaten te praten. 'Ze bloeit op bij Joe. Hij weet misschien niet veel van pony's, maar hij weet wel hoe je een goede vader bent. Hij laat haar kind zijn, in plaats van een mode-accessoire of statussymbool.'

'En die pony,' ging Jake verder, wijzend naar de trailer waar Beau's bruine hoofd net door het raampje te zien was. 'Was dat niet degene waarvan niemand dacht dat hij goed zou herstellen?'

'Diezelfde,' bevestigde Pip, niet in staat de voldoening uit haar stem te houden. 'Charlotte is elke middag bij hem geweest sinds Joe de voogdij kreeg. Ze hebben elkaar geheeld, denk ik.'

Jake's uitdrukking verzachtte terwijl hij haar gezicht bestudeerde. 'Je hebt een gave om de juiste persoon aan het juiste paard te koppelen.'

Het compliment verwarmde haar meer dan de koffie. 'Het is eigenlijk niet zo anders dan politiewerk. Observeren, patronen herkennen, motivatie begrijpen.'

'Behalve dat er aanzienlijk meer mest bij komt kijken,' voegde Jake eraan toe, terwijl zijn ogen in de hoeken kraalden.

'Daarover gesproken, we moeten gaan voordat die twee nog meer produceren in de trailer,' zei Pip, knikkend naar de pony's. 'Nambour is een goed uur rijden, en ik wil dat de meiden de tijd hebben om het parcours te lopen voordat hun rubrieken beginnen.'

Jake opende het passagiersportier en gleed naast haar op de stoel terwijl Pip achter het stuur plaatsnam. Het vertrouwde gewicht van zijn aanwezigheid naast haar, rustig en geruststellend, bracht balans in de nerveuze energie die van de achterbank afstraalde. Terwijl ze de motor startte en begon met het zorgvuldige manoeuvreren om de trailer van het erf te rijden, ving Pip Jake's blik op in de achteruitkijkspiegel; hij keek naar de meisjes, zijn uitdrukking peinzend.

'Wat?' vroeg ze zacht.

'Niks,' antwoordde hij, terwijl zijn hand de hare vond op de versnellingspook. 'Ik dacht gewoon dat sommige partnerschappen voorbestemd zijn, zelfs als niemand het in het begin ziet.'

Het stille begrip in zijn stem deed Pip glimlachen terwijl ze de weg opdraaiden en de opkomende zon lange schaduwen wierp over de paddocks van Ridgewater achter hen.

De showterreinen van Nambour kolkten van activiteit. Vlaggen klakten in de wind, hun kleuren fel tegen de wolkeloze blauwe lucht. Aankondigingen kraakten door stokoude luidsprekers, de woorden vervormd tot onverstaanbare lettergrepen die toch urgentie overbrachten. Pip ademde de vertrouwde cocktail in van stof, paarden zweet en vetrijke kraamkost, een geur die haar meteen terugbracht naar elke agrarische show uit haar jeugd.

Charlotte zat op Beau bij de ingang van de springpiste, haar kleine handen wit om de teugels terwijl ze wachtte tot ze werd binnengeroepen voor haar beginners springrubriek. De pony stond opmerkelijk stil, zijn bruine vacht glanzend van de zorgvuldige poetsbeurt, een nette rij knotjes in zijn manen waar de meisjes de vorige middag uren aan hadden besteed om ze perfect te krijgen. Tien meter verder liep Joe Ashford in een strak rondje te ijsberen, af en toe zijn telefoon checkend, al vermoedde Pip dat dit vooral was om zijn nerveuze handen iets te doen te geven. Zijn nieuwe tweed pet en gepoetste R.M. Williams laarzen markeerden hem als een vader die vastbesloten was zich in de wereld van zijn dochter te verdiepen, hoe steil de leercurve ook was.

'Denk eraan te ademen,' zei Pip zacht, terwijl ze voor de laatste keer Charlotte's beugelriem bijstelde. 'Beau weet wat hij moet doen. Jouw taak is hem daarbij te helpen, niet ieder pasje te willen controleren.'

Charlotte knikte, haar gezicht een masker van concentratie onder haar cap. 'Wat als ik het parcours vergeet?'

'Dat doe je niet,' verzekerde Pip haar. 'Maar als het toch gebeurt, kijk dan naar mij. Ik sta bij het juryhokje.'

Ze streek Charlotte's wedstrijdjasje recht, marineblauw met subtiele zilveren biezen, dat Joe had opgespoord nadat Charlotte verlegen haar lievelingskleur had genoemd. Het jasje was misschien een maatje te groot, duidelijk met groei in gedachten gekocht, maar het geheel straalde nette, pretentieloze inzet uit. Geen designerlabels of maatwerk zoals Vivienne had geëist, gewoon een schoon, correct verzorgd kind op een goed verzorgde pony.

'Handen zacht, blik vooruit,' vervolgde Pip, in het ritme van last-minute coaching. 'Denk aan wat we geoefend hebben voor de aanrijroute naar de dubbel. Halve ophouding in de hoek en dan hem zijn eigen afstand laten zoeken.'

'Halve ophouding in de hoek,' herhaalde Charlotte, haar stem werd vaster terwijl ze de vertrouwde aanwijzingen opsomde. 'En dan Beau vertrouwen.'

Pip deed een stap terug en bekeek haar leerlinge met een kritische blik. Beugels even lang, singel vast, teugels op juiste lengte. Belangrijker nog: de samenwerking tussen meisje en pony oogde solide, gebouwd op geduldige arbeid en groeiend vertrouwen.

'Jullie kunnen dit,' zei ze met stille zekerheid. 'Allebei.'

Bij het hek waren Emma en Jemima verschenen, de laatste stuiterend op haar tenen van ingehouden opwinding. Emma hield in één hand een videocamera, haar andere arm om Jemima's schouders, evenzeer een beteugelende als steunende geste.

'Charlotte! Beau ziet er geweldig uit!' riep Jemima, wild zwaaiend. 'We gaan zo hard juichen!'

Charlotte wist een gespannen glimlach en een klein zwaaien terug op te brengen, haar ogen schoten even naar haar vader die het ijsberen had opgegeven om zich bij Emma en Jemima aan het hek te voegen. Joe's uitdrukking was een complexe mix van trots, zenuwen en iets wat in Pip's ogen op verwondering leek, alsof hij amper kon geloven dat deze beheerste jonge amazone zijn dochter was.

De ringmeester riep hun nummer om, wat betekende dat Charlotte's tijd was begonnen. Pip kneep één keer in de kuit van het meisje, een laatste bemoedigend gebaar, voordat ze een stap terugdeed.

Charlotte stuurde Beau de ring in, haar rug recht, kin geheven in de houding die Pip haar door eindeloze lessen had ingeprent. De oren van de pony waren gespitst, zijn pas verlengde toen hij de hindernissen herkende. Charlotte zette hem in een beheerste galop, ritme en verbinding makend voordat ze hem op de eerste hindernis africhtte.

Pip haastte zich naar haar plek bij het juryhokje, het hart kloppend tegen haar ribben met een vertrouwde spanning.

Dit betekende zó veel voor Charlotte, misschien wel meer dan het kind zelf besefte. Het ging niet alleen om linten of punten; het ging erom te bewijzen dat zij én haar ooit ongewenste pony hier thuishoorden.

Beau zeilde met ruime marge over de eerste hindernis, een simpele kruisje. Charlotte kwam direct na de landing overeind, klaar voor de wending naar hindernis twee. Het kleine publiek rondom de piste keek met de kritische blik van de paardenwereld, in eerste instantie afwachtend bij het zien van de gewone bruine pony zonder opvallend uiterlijk, maar gaandeweg met meer aandacht naarmate Beau verrassende atletiek liet zien en Charlotte stille doeltreffendheid.

'Wat een lief ruitertje,' mompelde een vrouw achter Pip tegen haar gezellin. 'Geweldige balans, en ze laat de pony zijn werk doen.'

Hindernissen drie en vier verdwenen onder Beau's zorgvuldige hoeven, terwijl Charlotte precies het evenwicht vond tussen begeleiden en de pony ruimte geven. Pip's spanning loste op in voorzichtige hoop. Ze stroomden nu, iedere sprong vloeiender dan de vorige, Charlotte's eerdere stijfheid smolt weg tot zelfverzekerd samenspel.

'Dat is het,' fluisterde Pip, al kon Charlotte haar op die afstand onmogelijk horen. 'Vertrouw hem.'

Het parcours boog terug naar het midden van de arena voor een enkele steilsprong, voordat het scherp draaide naar de laatste uitdaging: een dubbel die de meeste combinaties parten had gespeeld. Twee hindernissen op drie galopsprongen van elkaar, met het tweede element iets hoger dan het eerste. Het vroeg om precisie in de aanrijdroute en perfect ritme tussenin, een toets die zelfs op dit beginnersniveau het onderscheid maakte tussen passagiers en echte ruiters.

Er viel een stilte over het publiek toen Charlotte de wending naar de combinatie maakte. Zelfs Jemima verstilde, haar opgewonden gestuiter pauzerend terwijl ze Emma's hand kneep. Joe boog zich voorover tegen het hek, knokkels wit van spanning.

Charlotte hield Beau precies zoals opgedragen in de hoek half in, verzamelde zijn galop en zette hem midden voor de aanrijdroute. De oren van de pony flikkerden kort naar haar terug en vergrendelden toen op het eerste element van de dubbel. Drie perfecte passen naar het afzetpunt, en Beau maakte zich rond, zijn voorbenen netjes invouwend terwijl hij over het eerste element boog.

'Tel de passen,' murmelde Pip, wetend dat Charlotte precies dat zou doen.

Eén, twee, drie uitgebalanceerde passen tussen de elementen, en Beau kwam weer omhoog, waarbij hij de tweede, hogere steilsprong met speelruimte nam. Charlotte behield haar houding perfect, noch storend in het evenwicht van de pony, noch in elkaar zakkend over zijn hals. Ze landden zuiver en galoppeerden weg richting de finish met het gemakkelijke ritme van een partnerschap in volmaakte harmonie.

Het publiek barstte los. Iemand floot scherp, anderen applaudisseerden met oprechte waardering. Maar Pip's aandacht bleef op Charlotte's gezicht gericht toen het meisje door de vlaggen galoppeerde, haar uitdrukking veranderend van intense concentratie naar ongelovige blijdschap toen ze besefte wat ze hadden gepresteerd.

'Een foutloze ronde voor Charlotte Ashford op Beau!' bevestigde de omroeper. 'Daarmee pakt zij de koppositie in de Beginners Springklasse!'

Charlotte maakte nog een rondje voordat ze Beau naar de uitgang stuurde, haar glimlach nu stralend en ongeremd. Ze klopte de pony herhaaldelijk op de hals en boog voorover om iets in zijn gespitste oren te fluisteren. Pip liep hen tegemoet, maar werd ingehaald door Joe Ashford, die met verrassende behendigheid over het lage toeschouwershek was gesprongen.

Hij bereikte zijn dochter net toen ze Beau buiten de ring stilzette en stak zijn armen uit om haar op te vangen terwijl ze afgleed. Charlotte keek naar haar vader op, haar ogen zoekend naar zijn reactie.

'Hebt je het gezien, pap? Hebt je gezien hoe Beau sprong?' De woorden buitelden eruit, hijgend van opwinding.

Joe hurkte neer zodat hij op ooghoogte met zijn dochter kwam, zich niet bewust van het stof dat nu aan zijn zorgvuldig geperste broek plakte. 'Ik heb het gezien,' zei hij, zijn stem hees van emotie. 'Je was schitterend. Jullie allebei.'

Hij sloot Charlotte in zijn armen, zijn brede schouders beschermend krommend om haar ranke lijfje. Over zijn dochters schouder ontmoetten Joe's ogen die van Pip, en ze spraken een dankbaarheid uit die woorden oversteegen.

Pip voelde een grote, warme hand op haar schouder en draaide zich om om Jake naast zich te vinden, zijn glimlach zo trots alsof Charlotte zijn eigen kind was. 'Dat heb jij gedaan,' zei hij zacht. 'Jij zag wat ze samen konden worden.'

'Zij hebben het werk gedaan,' wierp Pip tegen, al verspreidde zijn woorden warmte door haar borst.

'Nadat jij liet zien dat het mogelijk was,' hield Jake vol.

Hun moment werd onderbroken door Jemima, die eindelijk losbrak uit Emma's beteugelende arm en zich met een gil van pure vreugde op Charlotte stortte. De meisjes klapten samen in een kluwen van ledematen en opgewonden woorden, terwijl Joe wijselijk een stap terugdeed om niet in de wervelwind van feestgedruis verstrikt te raken.

'We hebben nog een prijzenplank nodig,' merkte Emma droog op toen ze zich bij hen voegde, de camera nog steeds op opnamen. 'Met die twee is de boel vol vóór het halve seizoen om is.' Jemima had haar eerste rubriek op Sparky al gewonnen en zou straks meedoen aan een OTTB-klasse met haar volbloedmerrie Pepper, die Emma in een andere trailer had meegenomen samen met twee van haar eigen paarden.

Pip keek toe hoe Charlotte Beau terugleidde richting de trailer, haar houding nu ontspannen maar nog steeds correct, en ze felicitaties van andere ruiters met verlegen gratie aannam. De pony liep naast haar met de alerte, geïnteresseerde blik van een dier dat zijn doel heeft gevonden. Niet zomaar een showpony of statussymbool, maar een partner.

'De moeite van het vroeg opstaan waard?' vroeg Jake, terwijl zijn hand de hare zocht.

Pip knikte, haar stem even niet vertrouwend, terwijl ze toekeek hoe Joe naast zijn dochter meeliep, nog steeds een tikje verbijsterd door de gebeurtenissen van de ochtend, maar onmiskenbaar en onvoorwaardelijk trots.

'Elke keer weer,' kreeg ze uiteindelijk uit haar keel, terwijl ze in Jake's vingers kneep. 'Sommige dingen zijn elke minuut slaaptekort waard.'

De zonsondergang schilderde de weiden van Ridgewater in amber en goud, het laatste licht dat in het dauwvochtige gras vonkte als verspreide juwelen. Pip leunde tegen het witgeschilderde hek, het hout nog warm van de daghitte. Naast haar stond Jake met zijn gebruikelijke stille aanwezigheid, hun schouders raakten elkaar net niet, maar dicht genoeg om het comfortabele gevoel van zijn nabijheid te voelen zonder te hoeven kijken. De hitte van de dag had plaatsgemaakt voor een zachte koelte die de geur van eucalyptus van de grensbomen meebracht en de zoete, groene geur van pas beregende aarde.

In het midden van de paddock galoppeerden Charlotte en Jemima zij aan zij op hun pony's, hun gelach droeg over de open ruimte. Sinds ze terug waren van de show waren de meisjes onafscheidelijk; Jemima stond erop om Charlotte te helpen haar blauwe winnaarslint in de zadelkamer op te spelden.

'Kijk ze eens,' zei Pip zacht, terwijl ze toekeek hoe de meisjes synchroon cirkels reden, hun pony's in perfecte afstemming. 'Twee maanden geleden kon Charlotte amper galopperen zonder het zadel vast te grijpen. Kijk nu eens naar haar.'

De silhouetten van de meisjes staken af tegen de oranje lucht, donkere vormen die bewoog met de vloeiende gratie die kwam van uren in het zadel. Charlotte zat diep, haar handen stil, haar zelfvertrouwen zelfs op afstand zichtbaar. Beau paste zijn pas precies aan Sparky aan, soepel en vrij, oren gespitst en ogen helder van interesse. Onherkenbaar vergeleken met de pony waarvan Pip dacht dat hij letterlijk op zijn laatste benen liep toen ze hem voor het eerst zag.

Jake's arm legde zich om Pip's schouders en hij moest zich daarvoor flink buigen om het lengteverschil te compenseren. De vertrouwde onhandigheid van die houding deed Pip glimlachen; Jake had nooit ook maar een keer geklaagd over de kronkel die nodig was om haar dicht tegen zich aan te houden.

'Zijn de plateauschoenen al binnen?' vroeg Jake, alsof hij haar gedachten las.

Pip lachte en leunde tegen zijn zij. 'Gisteren. Sarah stond erop dat ik oefen met lopen vóór de bruiloft. Ze zegt dat ze weigert een van haar bruidsmeisjes in de taart te zien kukelen omdat ik niet kan balanceren op plateaus van vijftien centimeter.'

'Vijftien centimeter?' Jake trok een wenkbrauw op. 'Dat lijkt me wat overdreven.'

'Het was dat of mij de hele ceremonie op een kist laten staan,' zei Pip. 'Bovendien is het goede oefening voor onze bruiloft. Of kniel jij liever tijdens onze ceremonie?'

De trouwdatum van Sarah en Marcus naderde snel, met een stortvloed aan voorbereidingen die op de een of andere manier zowel stressvol als vreugdevol waren. Sarah stond op eenvoud: een ceremonie bij het meer van Ridgewater, hooguit dertig gasten, een receptie in de tuin. Maar zelfs eenvoud vergde planning, zeker wanneer er paarden bij betrokken waren, wat natuurlijk zo was. Legend, inmiddels officieel met pensioen op vierentwintig maar nog steeds schitterend, zou de ringen dragen, geleid door Jemima die met plechtige toewijding had geoefend.

'Ik heb geen moeite met knielen,' zei Jake, zijn stem aannemend die warme, lage toon die Pip altijd aangename rillingen bezorgde. 'Ik kniel al sinds ik je ken.'

Pip mepte speels tegen zijn arm. 'Dat is precies het soort zin waardoor Emma je heeft verboden je eigen geloften te schrijven.'

'Emma heeft geen romantiek in haar ziel,' antwoordde Jake met gespeelde ernst.

'Emma heeft jouw poging tot poëzie gelezen,' kaatste Pip terug. 'Ze beschermt je tegen jezelf.'

Hun lach vermengde zich, licht en makkelijk in het gouden licht. Aan de overkant van de paddock waren de meisjes teruggezakt naar stap, zodat hun pony's de hals konden strekken na de inspanning. Aan Jemima's levendige gebaren te zien, vertelde ze een episch verhaal, waarbij Charlotte af en toe knikte om het verhaal te punctueren.

'Ze is zó anders nu,' merkte Pip op, terugdenkend aan Charlotte's triomf die ochtend. 'Je had Vivienne moeten zien op shows voordat dit allemaal gebeurde. Ze stond bij het hek elk bewegingetje af te kraken, en besteedde daarna de hele rit naar huis aan het opsommen van alles wat Charlotte verkeerd had gedaan. Vivienne had Charlotte nooit op Beau laten stappen. Veel te gewoontjes en alledaags om te zien.'

Jake's arm kneep haar schouders een fractie steviger. 'Joe vertelde me dat ze Charlotte voor iedere wedstrijd aan het huilen maakte. Hij zei dat het zo vaak gebeurde dat hij dacht dat het normaal was, dat alle kinderen zo zenuwachtig waren.'

'En kijk nu,' zei Pip, warmte verspreid door haar borst terwijl ze zag hoe Charlotte naar voren boog om Beau over de hals te kloppen, haar hele houding ontspannen en zeker. 'Eerste plaats in haar divisie, en het enige waar ze het op de terugweg over had, was hoe slim haar pony is.'

'Het is niet alleen de pony,' zei Jake. 'Het ben jij ook, weet je. De manier waarop je ze lesgeeft, het is... het is iets bijzonders om te zien.'

Pip voelde haar wangen warm worden bij de oprechte bewondering in zijn stem. 'Ik probeer ze alleen maar te helpen hun zelfvertrouwen te vinden. De rest doen zij zelf.'

'En dat is precies waarom je zo'n goede instructeur bent,' hield Jake aan. 'Je maakt het niet over jou. Je maakt het over wat ze samen kunnen bereiken.'

In de weide had Jemima een soort zoethoutlint uit haar zak gehaald, dat ze doormidden brak om met haar vriendin te delen. De meisjes kauwden kameraadschappelijk terwijl hun pony's naast elkaar graasden, de wedstrijdspanning van de dag plaatsmakend voor het eenvoudige plezier van kind zijn met geliefde dieren.

'Partnerschappen werken het best zo,' vervolgde Jake, zijn blik verschuivend van de meisjes naar Pip's naar hem opgeheven gezicht. 'Als beide kanten hun volledige kracht meebrengen, zonder dat de één de ander probeert te sturen of te verkleinen. Zoals Charlotte en haar ooit ongewenste pony.'

'Of een piepkleine paardentrainster en een uit de kluiten gewassen politieman?' stelde Pip voor, haar lippen krullend in een glimlach.

'Precies,' stemde Jake plechtig in. 'Al heb ik bezwaar tegen "uit de kluiten gewassen". Ik geef de voorkeur aan "imposant".'

'"Onhandig lang,"' kaatste Pip.

'"Strategisch verhoogd,"' bood Jake aan.

Hun speelse gekibbel vervloeide in een comfortabele stilte terwijl de zon verder zakte en het gouden licht langs de westelijke horizon tot karmozijn verdiepte. De eerste sterren verschenen, scherpe speldenprikken in het donker wordende blauw erboven. In de verte klonken de geluiden van paarden die zich op het erf voor de nacht settelden: het ritmische knarsen van kauwend hooi, het af en toe zachte hinniken, de holle bons van een hoef tegen een staldeur.

Terwijl de duisternis over de paddock kroop, stuurden de meisjes hun pony's eindelijk huiswaarts, hun gelach meedrijvend op de avondbries. Charlotte's stem klonk helder en zelfverzekerd, zo anders dan het aarzelende fluisteren dat ze gebruikte toen Pip haar net begon te lesgeven.

'We gaan morgen weer, toch? Voor school?'

'Natuurlijk,' zweefde Jemima's antwoord terug. 'Ochtendgloren-training. Tegen de zomer zijn we onverslaanbaar.'

Jake's hand vond die van Pip, zijn vingers verstrengelden met de hare. 'Ik bel Joe zo even om te zeggen dat ze eraan komen. Hij wilde Charlotte op ijs trakteren om haar winst te vieren.'

'Straks,' zei Pip, niet happig om dit vredige moment te verbreken. 'Laten we nog heel even naar ze kijken.'

De silhouetten van de meisjes werden kleiner terwijl ze richting de lichtjes van het erf reden, het rustige staptempo van hun pony's de afstand ongedwongen wegvreet. Pip legde haar hoofd tegen Jake's arm, kwam ondanks haar uiterste best nog steeds niet tot zijn schouder, en voelde zijn zachte lach door zijn borst trillen.

'Met of zonder plateauschoenen,' mompelde hij, terwijl hij een kus op haar kruin drukte, 'ik zou geen enkele vezel aan je willen veranderen.'

In de invallende schemering kneep Pip in zijn hand, woordeloos instemmend. De overwinningen van de dag, Charlotte's triomf, het dagelijkse wonder van kinderen en paarden die samen groeien, en dit stille moment met Jake vloeiden samen tot één helder, perfect besef: ze waren precies terechtgekomen waar ze hoorden. Samen.

Pips pompoenscones

INGREDIËNTEN

2½ kopjes (ca. 315 g) zelfrijzend bakmeel, gezeefd
1 kopje (ca. 240 g) pompoen, gestoomd, gepureerd en afgekoeld*
¼ kopje (60 g) boter, op kamertemperatuur
1 ei, licht losgeklopt
½ kopje (110 g) fijne kristalsuiker
⅓–½ kopje (80–120 ml) melk
½ theelepel gemalen nootmuskaat

BEREIDINGSWIJZE

Verwarm de oven voor op 240 °C. Bekleed een bakplaat met bakpapier.

Klop de boter en suiker met een elektrische mixer tot het mengsel licht en luchtig is; klop geleidelijk het ei erdoor.

Roer de pompoen erdoor, voeg dan de droge ingrediënten toe en zoveel melk als nodig is om een zacht, plakkerig deeg te krijgen. Kneed het deeg snel en licht op een met bloem bestoven werkvlak tot het glad is.

Druk het deeg gelijkmatig uit tot een dikte van 2 cm. Doop een ronde uitsteker van 5 cm in de bloem en steek zoveel rondjes uit als mogelijk.

Leg de scones zij aan zij, net tegen elkaar aan, op de voorbereide bakplaat. Kneed de deegresten voorzichtig weer samen en herhaal het uitdrukken en uitsteken. Bestrijk de bovenkant met een beetje extra melk.

Bak de scones 12–15 minuten, tot de bovenkant goudbruin is en hol klinkt als je erop tikt.

Serveer ze warm met een topping naar keuze – heerlijk met alleen boter, maar probeer ze ook hartig met roomkaas en fijngehakte bieslook, of als zoete traktatie met een drizzle honing of ahornsiroop!

* Kook je de pompoen in water, dan wordt hij veel natter en kan je deeg te plakkerig worden. Stomen is het beste, of in de magnetron in een afgedekte schaal met een klein beetje water.

Nu beloof ik je: er komt ook een recept voor Emma's legendarische ananasjam... maar daarvoor moet je **De Amazones van Ridgewater** *blijven lezen!*

De Amazones van Ridgewater – waar passie en purpose samenkomen en elk einde een nieuw begin is

Soms worden de grootste gevechten het dichtst bij huis uitgevochten.

Wanneer de overheid van Queensland dreigt Manege Ridgewater te vernietigen met een nieuwe bypass, staan de McKenzie-zussen en hun gekozen familie voor de strijd van hun leven. Maar soms komt redding uit de meest onverwachte hoek: de vervangende dierenarts die Sarah's behoefte aan controle uitdaagt, de politieagent die Pips expertise waardeert, de opgebrande corporate die in Emma's helende handen gelooft, de teruggetrokken auteur die Kate's onverwachte muze wordt, en de cynische journalist die Zoe helpt het onredbare te redden.

Van spoedoperaties bij hun prijsdekhengst tot interstate onderzoeken naar gestolen paarden, van olympische dromen tot het revalideren van getraumatiseerde dieren: deze koppels smeden partnerschappen die in crisistijd worden getest en door een gedeeld doel alleen maar sterker worden. In een wereld waar mens en paard elkaar helen, overwint liefde niet alleen alles – ze verandert alles.

Andere boeken van Caitlyn Lynch

De Verloren Australiërs

Het Meisje in de beek
   Het Meisje op het jacht
   Het Meisje in het herenhuis

De Reddingsrangers – Eliteromantic-suspense vol actie en Special Forces-helden

Gered door de ranger
    De thuiskomst van de ranger
    De missie van de ranger
    Het bloed van de ranger
    Ranger Vuur (exclusief voor nieuwsbriefabonnees)

De Amazones van Ridgewater – In het hart van Australië: moedige vrouwen en onvergetelijke paarden

Vertrouw op je pad
    Barrières doorbreken
    Balans vinden
    Geschreven in de sterren
    Kerstmis op Ridgewater

Tropische ontsnapping – 7 vrolijke, flirterige tropische romans!

Een bieuw begin op het Rif
    De onverwachte miljardair
    Foute bruiloft, echte liefde
    Op laag luur
    Hartstocht in de ring
    Liefde in beeld
    Liefde in de praktijk

Op zichzelf staande romans

Liefde in de scrum – Een liefdesroman over een rugbyspeler en een rockzangeres
Als wensen paarden waren - Een Ierse romance

Ontdek alle publicaties van Shenanigans Press op onze websitehttps://www.shenaniganspress.com/nl !

Of volg ons op sociale media; we zijn te vinden op Facebook en Instagram.

En vergeet je niet in te schrijven voor onze nieuwsbrief om op de hoogte te blijven van nieuwe uitgaven, acties, winacties en meer!